여명의 눈동자

6

여명의 눈동자

김성종 장편대하소설

6

여명의 눈동자

6

운명의 길 7
아버지와 딸 35
광란의 일월 69
잠 행 159
대동강 185
반역의 길 223
동천의 달 247
죽음의 손 271
어느 소녀 319
사랑의 길 339
여자의 길 379

운명의 길

 한편 사무실로 돌아온 하림은 분을 이기지 못해 냉수를 벌컥벌컥 들이켰다. 생각할수록 대치에게 모욕을 당한 것 같아 속이 뒤틀려왔다. 그자는 왜 나를 찾아왔을까. 상처받은 나를 한번 구경하고 싶어서 온 것일까. 승리자로서 패배자를 한번 구경하고 싶었겠지.
 대치에 대한 것은 그 동안 여옥에게서 단편적으로 들은 것뿐이어서 그에게는 어떤 선입견이 없었다. 단지 여옥이 그토록 못 잊어 할 정도의 남자라면 꽤 훌륭한 사나이일 것이라고만 생각해 왔었다. 한 가지 그를 감동시킨 것이 있다면 대치가 버마 국경을 넘어 중국대륙으로 건너가 끝내 살아 돌아왔다는 사실이었다. 여옥으로부터 그 이야기를 얼핏 들었을 때 하림은 그 초인적인 의지력에 적이 감동했었다. 그러나 한편으로는 사람이 위기에 처하면 누구나 그럴 수도 있을 것이라고 생각했고 그래서 대치에 대해서는 특별한 선입견을 갖지 않고 있었다.
 그러한 그에게 오늘 처음 보게 된 대치의 모습은 너무나 충격적인 것이었다. 그는 괴이하고 험하고 당돌하고 대담무쌍한 데가 있었다. 마음만 먹으면 무엇이나 해치우고야 마는 극렬한 인간 — 바로 이것이 하림이 대치에게서 느낀 인상이었다. 찻집에 앉아 있을 때 그는 흡사 폭풍을 안고 있는 사나이 같았다. 그런 사나이와 함께 살게 될 여옥을 생각하니 일말의 불안감이 이는 것을 어찌할 수 없었다.

대치의 모욕 정도는 참을 수 있다. 그러나 여옥이 불행해지는 것은 정말 참을 수 없다. 여옥이는 누구보다도 행복하게 살아야 할 여자다. 그런데 대치란 사나이는 너무 거세어 보인다. 그자는 목적을 위해 가정 따위는 헌신짝처럼 버릴지도 모른다. 폭풍이 불면 여옥이 따위는 가랑잎처럼 날아가 버릴 것이다. 여옥이가 보고 싶다.

여옥이는 대치와 동거하면서부터 사령부에 나오지 않고 있었다. 차마 하림과 얼굴을 대하고 일할 수가 없어 직장을 그만둔 것이다. 하림도 굳이 그녀에게 나오라는 말은 하지 않았다. 그녀를 매일 대한다는 것은 그로서는 너무 괴로운 일일 것이기 때문이었다.

퇴근 때까지 일이 손에 잡히지 않아 그는 내내 사무실 안에서 서성거리기만 했다. 처리해야 할 일들은 잔뜩 쌓여 있었다. 그러나 도무지 일할 마음이 나지 않았다.

해질녘 그는 혼자 지프를 몰고 한강으로 나갔다. 10월이라 날씨는 썰렁한 편이었다. 그는 인적 하나 없는 모래밭에 앉아 낙조에 물든 붉은 강물 위로 시선을 던졌다.

강물은 낙조와 구름을 싣고 소리없이 흘러가고 있었다. 만감이 교차하는 가슴을 강물 위로 띄워 보내며 그는 묵묵히 담배를 피워댔다. 여옥의 모습이 낙조 속에 나타났다 사라졌다 하고 있었다

이제 와서 생각하니 여옥으로부터 자신이 순순히 물러선 것이 후회되었다. 그러나 부질없는 생각이었다. 그런 생각은 감상적인 것이고 냉정히 살펴볼 때 그의 처사는 백 번 옳은 것이었다.

그는 강물 위로 돌멩이를 집어던졌다. 파문이 일면서 여옥의 모습이 흔들리다가 사라졌다. 보고 싶다고 그는 생각했다. 그러나 될수록 잊어야 한다. 그것이 그녀를 위한 길이다. 그는 가슴이 찢기고 뒤틀리는 것 같은 고통을 느꼈다. 너무 고통이 심해 그는 전신이 잠시 마비되어 버리는 것 같았다. 그녀를 잊을 수는 없다. 너무 사랑하기 때문에 잊는다는 것은 불가능하다. 그러나 잊어야 한다.

대치를 만났던 일을 생각하자 그는 어금니를 질끈 깨물었다. 불쾌한 사나이다. 몇 시간이 지났는데도 불쾌감이 사라지지 않는다. 건방지고 당돌한 자식……최대치……최대치. 문득 그가 무엇을 하고 있는 사나이일까 하는 생각이 들었다.

그렇게 거세어 보이는 사나이라면 분명 정치운동을 하고 있을 것이다. 그런 사나이가 장사꾼이나 월급쟁이라는 것은 어쩐지 어울리지가 않는다.

그는 뒤로 벌렁 드러누워 눈을 감았다. 날이 어두워지면서 공기가 차가워지고 있었다. 눈을 떴을 때는 하늘에 별들이 총총히

빛나고 있었다.

그는 일어나 바지에 두 손을 찌르고 모래밭 위를 걸어갔다. 발에 사각사각 밟히는 모래의 감촉이 부드러웠다. 조금 후 그는 담배에 불을 붙인 다음 다시 걸음을 옮겼다.

멀리 산밑 마을에 불빛이 몇 개 보였다. 능선이 밤하늘과 경계를 이루면서 끝없이 이어져 나가고 있었다. 바람에 그의 머리칼이 흐트러졌지만 그는 그대로 내버려 두었다.

"이별이란 인간의 타고난 운명이다."

하고 그는 중얼거렸다.

"우리는 언제나 이별을 준비하고 있지 않으면 안 된다. 이별……그것은 슬프면서도 아름다운 것이다."

그는 주르륵 눈물을 뿌렸다. 한번 나오기 시작한 눈물은 걷잡을 수 없이 흘러나왔다. 그렇게 감정이 격해진 것은 아니었다. 가슴은 담담히 가라앉아 있는데 눈물만 자꾸 나오고 있었다. 그는 눈물을 닦으려고도 하지 않은 채 그대로 내처 걸어갔다.

"여옥이 같은 여자를 사랑했다는 것만으로도 나는 행복해."

"사랑해요."

바람을 타고 여옥의 목소리가 들려오는 것 같아 그는 주위를 둘러보았다. 그리고 비로소 자신이 어둠 속에 서 있다는 것을 깨달았다.

"여옥이……여옥이를 생각해서라도 절대로 대치를 미워하지 말아야겠군. 그가 한쪽 눈밖에 없으리라고는 미처 생각지도 못했지."

"감사해요. 그이를 미워하지 마세요. 그러시면 제 마음이 아파요."

"여옥이……"

그는 몸을 돌려 다시 움직이기 시작했다. 바람이 조금 거세어지는 듯하자 모래가 섞여 날아왔다. 그는 어깨를 웅크리고 급히 지프를 세워둔 쪽으로 걸어갔다. 눈물이 말라붙어 얼굴이 뻣뻣한 느낌이 들었다.

지프 속으로 들어온 그는 차문을 닫고 한참 동안 어둠 속에 앉아 있었다. 손가락 하나 까닥하기가 싫었다. 고독이 뼛속 깊이 스며드는 것을 느끼면서 그는 어깨를 추스렸다. 형체도 색깔도 없는 고독이 이렇게 진하게 느껴지기는 처음이었다.

"사랑하는 여자를 생각하며 울고 있는 사내를 어떻게 달래야 하나."

그는 자신을 내려다보며 중얼거렸다.

그날 저녁 외출에서 돌아온 대치는 저녁식사를 드는 자리에서 하림을 만난 이야기를 꺼냈다.

"오늘 그……하림이란 자를 만났었지. 꽤 건방진 자식이던데……"

여옥은 그의 말에 수저를 들다 말고 놀란 눈으로 대치를 바라보았다. 대치는 그러한 여옥이 재미있다는 듯이 더욱 놀라운 말을 했다.

"혼내 주려다 말았어. 네 생각을 해서 놔뒀지."

여옥은 몸이 갑자기 식는 것 같았다. 그녀는 대치를 똑바로 쳐다보면서 물었다.

"어떻게 해서 만나셨어요?"

"어떻게 만나긴……내가 직접 찾아가서 만났지."

여옥은 너무 어이가 없어 한동안 멍한 표정이었다.

"내가 잘못했나?"

"……"

"기분이 나쁜 모양이군."

"……"

두터운 벽 같은 것이 눈앞을 가로막는 것 같아 그녀는 머리를 조금 흔들었다.

"상당히 똑똑한 놈이었어. 생기기도 잘생겼고……"

여옥은 참을 수 없었다..

"왜 그 사람을 만나셨어요?"

"그냥 만났어. 호기심에서 한번 만나본 거야. 도대체 너를 사랑한 놈이 어떻게 생겼나 하고 말이야. 그리고 너를 돌봐 준 데 대해 인사도 차릴 겸해서 만난 거야."

여옥의 머리가 밑으로 떨어졌다. 대치가 질투한다고 생각하자 그녀는 얼굴을 들 수가 없었다.

"난 그래서 감사하다고 인사를 했지. 그랬더니 그자 말이 자기는 여옥이를 돌봐 준 적이 없다나. 그러면서 하는 말이 여옥이를 잘 돌봐주라는 거야. 만일 그렇지 않으면 천벌을 받을 거리는 거야."

여옥의 손등 위로 눈물이 후드득 떨어졌다. 대치는 그것을 보면서도 잔인하게 말을 계속 했다.

"그 말을 들으니까 기분이 나빠서 참을 수가 있어야지. 그래서 당신이 상관할 일이 아니라고 했지. 그랬더니 휙 일어나 나가 버리더군."

대치는 말을 마치고 여옥의 반응을 살폈다. 여옥은 여전히 눈물만 흘리고 있었다. 그녀는 대치 앞에서 눈물을 보여서는 안 된다는 것을 알면서도 하림을 생각하자 걷잡을 수 없이 눈물이 나오기 시작한 것이다. 대치는 외눈으로 여옥을 쏘아보다가 이해가 간다는 듯 고개를 끄덕였다.

"그자를 사랑했나?"

여옥은 울음을 들이키며 대치를 외면했다.

"그 친구, 여자들이 잘 따르게 생겼더군. 그자를 사랑했나?"

여옥은 미쳐 버릴 것 같았다.

"결혼까지 약속했으니 물론 사랑했겠지."

"어쩔 수 없었어요!"

여옥은 방바닥 위로 엎어지며 울음을 터뜨렸다. 대치의 표정이 굳어졌다.

"그자를 사랑했느냐고 묻지 않아?"

"사랑하지 않았어요!"

"정말?"

"정말이에요!"

"그럼 왜 결혼하려고 했지?"

"……"

하림씨, 사랑해요. 여옥은 마음속으로 외치고 있었다. 대치 앞에서 거짓말하는 자신이 이상하게 생각될 정도였다.

대치는 울고 있는 여옥을 내려다보다가 그녀를 끌어안았다. 그리고 입술을 찾았다.

"내가 쓸데없는 말을 했나 보군. 미안해."

그는 질투를 참지 못하겠는지 한참 동안 여옥을 끌어안고 정신없이 입술을 더듬었다.

식사할 생각도 하지 않은 채 여옥은 대치의 애무에 몸을 맡기고 있었다. 그녀는 처음부터 대치에게 절대 복종하는 태도를 취하고 있었다. 그녀의 성품이 원래부터 그러하려니와 남편에게 무조건 복종하는 것이 최고의 미덕이라고 그녀는 생각하고 있었던 것이다. 따라서 대치에 대한 반항 같은 것은 있을 수가 없었다.

가끔씩 대치의 애꾸눈이 그녀를 쏘아볼 때면 섬뜩한 느낌이 없지 않아 들 때가 있었다. 그것은 지난날 중국대륙에서 그와 사랑을 나눌 때는 전혀 느끼지 못하던 것이었다. 그의 모습이 너무 험하게 변했기 때문일까. 그러나 그의 모습이 아무리 험하다 해도 그에 대한 애정은 변할 수 없는 것이고 그래서도 안 되는 것이다. 한쪽 눈까지 잃었을 정도니 얼마나 고생이 심했을까. 두 눈, 두 팔, 두 다리를 모두 잃었다 해도 나는 그이를 사랑해야 한다. 그이가 어떻게 변해도 내 마음이 변할 수는 없다. 그이가 살아 돌아온 것만도 얼마나 다행한 일이냐. 그녀는 대치에게서 전해 오는 그 전과는 다른 느낌을 애써 지우면서 이렇게 생각하는 것이었다.

윗목에 밥상을 밀어놓은 채 젊은 두 남녀는 방바닥 위를 뒹굴면서 애욕을 불태웠다. 소극적이던 여옥도 나중에는 그 순간을 만끽하겠다는 듯 대치를 부둥켜안고 몸부림쳤다.

그러나 그 순간이 사라지자 그녀의 가슴속에는 하림에 대한 그리움이 다시 솟아오르는 것이었다. 그것은 확실히 모순이었다. 모순이자 배신이라고 할 수 있었다. 그런 줄 알면서도 하림에 대한 그리움은 짙어가기만 하는 것이었다. 대치씨가 찾아갔을 때 그분의 마음은 어땠을까. 물어 보나마나 충격이 컸을 것이다. 분노하고 절망하고 질투하고……모욕을 느끼셨겠지. 그렇게 생각하자 대치가 야속했다. 굳이 그분을 찾아가서 그분의 마음을 아프게 할 게 뭐람.

잠자리에 누웠을 때도 그녀는 하림에 대한 생각으로 잠이 오지 않았다. 이제 마음대로 만날 수도 없다고 생각하니 더욱 그가 보고 싶었다.

그런데 여옥의 이러한 마음이 통했던지 의외로 빨리 하림을 만날 수 있는 기회가 생겼다. 그것도 대치가 요구하고 나선 것이다. 그녀가 잠을 이루지 못해 뒤척이고 있을 때 대치는 이렇게 말했다.

"집에서 일만 할 게 아니라, 견문도 넓힐 겸 직장에 다시 나가는 게 어떨까?"

여옥은 어둠 속에서도 눈이 번쩍 뜨였다. 그러면서도 한편으로는 의아한 생각이 들었다. 그녀가 짐작하기에 대치는 아직 정해진 직업이 없이 놀고 있는 것 같았다. 그렇다면 가장인 그가 먼저 직장을 찾아 나서야 옳은 것이다. 그런데 그는 반대로 아기 엄마인 그녀를 직장에 내보내려 하고 있다. 눈 때문에 자기는 직장을 얻기가 어려워서 그러는 것일까. 어쩐지 얼른 납득이 가지 않는 점이 있었지만 그녀는 굳이 거기에 대해 캐물으려 하지는 않았다. 그 대신 하림씨와 다시 함께 일할 수 있으면 얼마나 좋을까 하고 엉뚱한 생각을 했다.

그런데 그녀의 그와 같은 엉뚱한 생각을 꿰뚫어보기라도 한 듯 대치는 이렇게 말하는 것이다.

"직장치고는 미군사령부 같은 데가 아주 좋지. 대우도 좋고 분위기도 좋을 거란 말이야. 단지 양키놈들이 여자를 너무 좋아해서 탈이지만 말이야."

여옥은 가슴이 두근거려왔다. 대치가 미군사령부를 들먹인다는 것이 아무래도 믿어지지가 않았다. 그래서 그녀는 자신의 귀를 의심하면서 대치의 다음 말을 기다렸다.

"미군사령부에서는 무슨 일을 했지?"

"타이프를 쳤어요."

"타이프도 칠 줄 아나?"

"네, 조금……배웠어요."

"어느 부서에서 일했어?"

"정보국에서 일했어요?"

"뭐, 정보국?"

대치가 놀라는 것이 그대로 느껴졌다. 여옥은 그가 그토록 놀라는 것이 어쩐지 이상했다.

"거기 책임자가 누구야?"

"아얄티라고 하는 미군 중령이에요."

"아얄티?"

대치의 목소리가 갑자기 어둠을 울렸다.

"뭐, 뭐라고 그랬지?"

"아얄티라고 그랬어요."

여옥은 대치가 그렇게 놀라는 이유를 알 수가 없었다.

"분명히 아얄티란 말이지?"

"네."

"어, 어떻게 생겼어?"

"항상 검은 안경을 끼고 있어서 얼굴은 자세히 몰라요.."

"검은 안경……"

대치의 입에서 신음 소리가 흘러나왔다.

"왜 그렇게 놀라세요? 그분 아세요?"

"아니, 내가 알 리가 있나. 이름이 이상해서 그랬어."

대치는 한동안 침묵했다. 무엇인가 골똘히 생각하는 것 같았지만 여옥으로서는 그의 흉중을 알 리가 없었다. 한참 후 대치는 아까보다는 침착한 목소리로 입을 열었다.

"하림이란 자도 한 방에서 함께 일했나?"

"네, 그랬어요."

대치가 그를 질투하는 것 같아 여옥은 그의 가슴에 얼굴을 묻

운명의 길 · 17

었다.
 "정보국에서는 무슨 일을 하고 있나?"
 "그건 잘 모르겠어요."
 "내 생각에는 정보국 타이피스트라면 아주 좋은 직업인 것 같아. 다시 그곳에 나가서 일을 하는 게 어떨까? 여옥이는 아무래도 집에만 있는 것보다는 사회활동을 하는 게 좋을 것 같아. 어때?"

 여옥은 가슴이 막혀 뭐라고 대답할 수가 없었다. 그가 무엇 때문에 자기를 다시 그곳에 들어가게 하려는 것인지 알 수가 없었다. 단지 좋은 직장이기 때문에 놓치지 말고 그곳에서 일하라는 것이라고는 어쩐지 믿어지지가 않았다. 또한 그녀의 사회활동을 위해서 그곳을 권하는 것이라고도 믿어지지 않았다. 무엇인가 다른 이유가 있을 것 같았다. 그렇지 않다면 왜 하림과 함께 일하도록 권한단 말인가. 하림은 그의 연적이라고 할 수 있다. 연적에게 자기의 아내를 묶어두려고 하는 남자가 어디 있는가. 그리고 다른 직장도 많은데 왜 하필 그곳에 가라는 것인가. 그곳이 좋은 직장이라는 것은 납득이 간다. 그러나 단지 그 이유 때문에 나를 그곳에 나가라고 하는 것일까. 아무래도 이해가 가지 않는다. 혹시 나를 시험해 보려고 그러는 게 아닐까. 그렇게 생각하자 여옥은 오싹 소름이 끼쳤다.

 한참 지나서 그녀는 살며시 고개를 흔들었다.
 "거기서는 일하지 않겠어요,. 다른 데라면 몰라도……"
 "왜? 그보다 좋은 직장이 없을 텐데……"

"그래도 싫어요."

여옥은 대치가 자기를 시험하기 위해 그러는 것만 같아 이루 말할 수 없이 마음이 참담했다.

"난 여옥이 기꺼이 나설 줄 알았는데 이해할 수가 없군. 왜 싫다는 거지?"

여옥은 울음이 터지는 것을 참으며 입술을 깨물었다. 이렇게 하는 것은 너무 잔인한 짓이다. 대치씨는 왜 나를 괴롭히는 것일까.

"하림이란 자 때문에 그러나?"

대치는 계속 짓궂게 물어왔다. 여옥은 입을 꼭 다물고 어둠 속을 쏘아보았다. 아무 말도 하기 싫었다.

"왜 싫다는 거야? 하림 때문에 그러나?"

"……"

"그러고 있지 말고 시원히 말해 봐. 기분 상했나?"

"……"

"이러면 안 되는데……. 말 안 할 텐가?"

대치의 목소리가 갑자기 커지는 듯했다. 여옥은 와락 대치의 가슴을 파고들며 머리를 흔들었다.

"왜……왜 저를 거기에 내보내려고 하시는 거예요? 왜 그러시는 거예요? 제가 하림씨와 함께 일하는 게 그렇게도 소원이세요?"

대치의 손이 그녀의 손을 부드럽게 쓰다듬어 주었다.

"오해하지 마. 다른 뜻이 있어서 그런 게 아니야. 난 다만 직장으로는 거기가 아주 좋기 때문에 그런 거야. 정말 다른 오해는 하지 마."

"아무리 그렇다 해도 전 이해할 수 없어요. 하림씨가 있는 직장에……"

"이것 봐. 그건 여옥이 마음에 달려 있는 거야. 하림이와 함께 일한다 해도 여옥이만 마음을 굳게 먹으면 아무 탈 없을 거 아니야? 그리고 여옥이는 이제 엄연히 내 아내야. 하림이를 겁내야 할 이유가 하나도 없지 않아? 하림이와는 이제 완전히 남남으로 서로 인사 정도는 하고 지낼 수 있지 않아? 거기 나가면 하림이의 도움도 받을 수 있고 여러모로 좋을 거야. 난 여옥이를 믿기 때문에 그 직장을 권하는 거야."

여옥은 대치의 말을 어떻게 받아들여야 할지 도통 갈피를 잡을 수가 없었다. 그의 말을 이해할 수 있을 것도 같고 그것을 그대로 받아들여서는 안 된다는 생각도 들었다.

"서로 원수를 진 일도 없는 이상 하림이와 함께 일한다는 것이 이상할 것 없지 않아? 내가 보기에 하림이란 친구……상당히 교양 있고 점잖은 것 같아. 따라서 내 아내인 당신한테 깍듯이 예의는 지킬 거란 말이야."

대치는 계속해서 그녀를 설득했다. 여옥은 더 이상 뭐라고 말할 수가 없었다. 대치가 그렇게 강권하다시피 하니 거부할 수도 없었고 한편으로는 하림과 함께 다시 일할 수 있게 된다고 생각하니 꼭 꿈만 같았다. 결국 그녀는 침묵으로 대치의 권유를 받아들였다.

내일 하림을 만난다고 생각하니 그녀는 잠이 오지 않았다. 무엇보다도 하림이 그녀를 어떻게 대할지 그것이 제일 궁금했다. 대치는 피곤했는지 이내 코를 골며 잠에 떨어졌다.

그러나 여옥은 잠을 이룰 수가 없었다. 흥분과 불안이 뒤엉켜 머리 속은 더욱 맑아지기만 했다. 불안이란 대치의 흉중을 알 수 없는 데서 오는 것이었다.

하림과 함께 일한다는 것이 옳은 일인지 그른 일인지도 모른 채 여옥은 이튿날 오후 하림을 만나러 갔다. 사령부가 들어 있는 반도 호텔 쪽으로 걸어가면서 그녀는 줄곧 가슴이 뛰는 것을 느꼈다. 하림을 만난다는 것은 그 만큼 그녀에게 있어서는 감격스러운 일이었던 것이다.

여옥은 사령부 부근의 찻집에 들어가 전화를 걸자 하림은 몹시 놀라는 것 같았다. 그는 한달음에 달려왔다. 탁자를 마주하고 앉은 두 사람은 한동안 서로 바라보기만 할 뿐 입을 열지 않았다. 먼저 시선을 떨어뜨린 쪽은 여옥이였다. 그녀는 여전히 죄스러운 마음이었기 때문에 차마 하림의 뜨거운 시선을 마주 받을 수가 없었다.

하림은 며칠 사이에 눈에 띄게 수척해져 있었다. 얼마나 괴로웠으며 저렇게 수척해졌을까 하고 생각하니 여옥은 가슴이 아팠다.

"별일 없었나요?"

차를 마시고 담배에 불을 붙이고 나서야 하림이 착 가라앉은 목소리로 물었다. 여옥은 입을 꼭 다문 채 고개만 끄덕였다.

"대치씨도 별일 없지요?"

여옥은 자신이 죄인이라는 생각이 들었다. 나는 이분한테 씻을 수 없는 죄를 짓고 말았다. 하림이 감정을 억제하고 있는 것이 생생히 느껴졌다. 여옥은 가슴이 찢어지는 것 같았다.

"아기도 잘 크지요?"

여옥은 갑자기 하림의 너무 점잖은 말투가 싫었다. 이렇게 거리를 두고 말해야 한단 말인가. 그보다 내 손이라도 잡아 주시면 얼마나 좋을까. 그러나 여옥은 자신의 그러한 생각에 몸서리가 쳐졌다. 역시 나는 부정한 여자인가. 대치씨의 아내인 내가 다른 남자에게 손목을 잡히기를 바라다니.

"아기 이름은 뭐라고 지었나요?"

"대운(大運)이라고 지었어요."

한자를 물어 보고 난 하림은 고개를 끄덕이며 웃어 보였다.

"그렇게 지을 만하지요. 그놈은 보통 아이들하고는 다르니까."

여옥은 어떻게 말을 꺼내야 할지 몰라 망설여지기만 했다. 문득 그녀의 요구를 하림이 거절할지도 모른다는 생각이 들자 더욱 입이 떨어지지 않았다.

"대치씨는 뭐 하나요?"

"모르겠어요. 아직 직장에 나가는 것 같지는 않아요."

그녀는 마치 남의 일 말하듯 말했다. 내가 왜 이럴까 하면서도 말투가 그렇게 나오고 있었다.

"빨리 직장을 구해야 할 텐데……하긴 내가 보기에 대치씨는 월급이나 받으며 살아갈 사람이 아닌 것 같던데……"

여옥은 마주잡았던 두 손을 풀며 한숨을 내쉬었다. 그러한 그녀를 하림이 깊은 눈길로 바라보았다. 그것은 할 이야기가 있으면 어서 하라는 그러한 눈길이었다.

"저기……드릴 말씀이 있어요."

여옥은 시선을 떨어뜨린 채 가만히 입을 열었다.

"어서 말해 보시오."

하림은 고개를 끄덕이며 상체를 앞으로 기울였다.

"저기……다시 사령부에서 일할 수 없을까요?"

"아니, 왜……?"

하림의 놀라는 모습을 보자 여옥은 더욱 입을 열기가 어려워졌다. 그러나 이왕 꺼낸 말을 돌이킬 수도 없어 그녀는 몹시 거북해 하며 이야기했다.

"아무래도 집에 있는 것보다는 사회생활을 하는 게 나을 것 같아서 그래요."

"단지 그 이유 때문인가요?"

하림의 표정이 밝아지는 듯하다가 도로 어두워졌다. 그는 아직 납득이 안 가는지 유심히 그녀를 바라보고 있었다.

"묻지 말아주세요. 함께 일할 수 있게 해 주세요."

하림은 천천히 고개를 저었다.

"이유를 먼저 알아야 합니다. 그렇지 않고는 곤란해요. 여옥이는 혼자 몸이 아니니까 말이오."

"아니에요. 괜찮아요. 그분도 허락했어요."

"뭐라구요? 대치씨가 사령부에서 나하고 함께 일해도 좋다고 했어요?"

하림은 몹시 놀라고 있었다. 여옥은 후회했지만 이미 늦어 있었다.

"상관없다고 그랬어요. 그분도 제가 직장 생활하는 걸 찬성했어요."

"그건 그렇다 하지만 왜 하필……"

하림은 대치의 처사가 아무래도 이해가 안 가는지 한동안 골똘히 생각에 잠겨 있었다. 한참 후 그는 생각난 듯 물었다.

"혹시 대치씨가 권한 게 아닌가요?"

"아니에요."

여옥은 완강히 고개를 저었다. 그러나 하림은 의혹의 눈길을 거두지 않고 있었다.

"여옥이가 대치씨한테 오해를 받아가며 나하고 일하겠다고는 말하지 않았을 거요. 여옥이가 그런 말을 할 수 없다는 걸 나는 잘 알아요."

"……"

여옥은 힘없이 고개를 저었다.

"우리가 함께 일한다는 것이 여옥이한테 이로울 게 하나도 없다는 걸 모르나요? 우리가 함께 일하게 되면 어느 땐가는 대치씨가 오해를 하게 될 거고……그렇게 되면 여옥이와 대치씨 사이는 멀어지게 될 거요. 이건 위험한 짓이오."

"그래도 좋아요."

"그렇게 감정대로 말하지 말아요. 냉정히 생각해 봐요."

"저하고 일하는 것이 싫으신가요?"

하림은 고개를 저었다.

"나도 함께 일하고 싶소. 그렇지만 여옥이는 가정을 지켜야 할 입장이오."

여옥은 고개를 돌렸다. 어느새 그녀의 눈에 눈물이 가득 고여 있었다.

"내가 이해할 수 없는 건 대치씨의 처사요. 왜 대치씨는 여옥씨를 나와 함께 일하게 하려고 하는지, 난 아무래도 이해가 안 가요."

"그분은 오해하실 분이 아니에요."

여옥의 이 말에 하림은 말문이 막히고 말았다. 그것은 대치의 뜻을 순수하게 받아들이라는 말이나 다름없었다.

하림은 담배 한 대를 다 피울 때까지 침묵하고 있었다. 여옥은 하림을 괴롭히는 것 같아 일어서고 싶었다. 그러나 일어설 수가 없었다. 차라리 하림이 완강히 거절한다면 대치에게도 변명할 이유가 된다. 그러나 하림은 그런 태도를 취하지 않았다.

"정 그렇다면……함께 일합시다."

하림은 담배를 비벼 끄며 무겁게 결론을 내렸다.

"감사해요. 번번이 이렇게……"

"대치씨의 뜻을 순수하게 받아들이겠소. 그러나……"

하림은 다음 말을 잇지 않았다. 여옥은 그의 말을 기다렸지만 그는 끝내 그녀에게 아무 말도 하지 않았다. 그 대신 그는 다른 말을 했다.

"아얄티 중령에게 일단 보고를 하겠소. 다시 함께 일하게 되다니 믿어지지 않는 일이오."

여옥이 역시 마찬가지 기분이었다. 하림과 헤어져 집으로 돌아오는 그녀의 마음은 기쁘면서도 착잡했다.

10월 중순. 정계는 여전히 구심점을 찾지 못한 채 혼미를 거듭하고 있었다. 좌우익의 대결은 더욱 치열해지고 있었고, 미군정은 군정대로 기능을 제대로 발휘하지 못하고 있었다.

무엇보다도 난립된 각종 정당과 사회단체들이 혼란에 더욱 부채질을 가하고 있었다. 공산당은 데모대를 조직해서 연일 데모를 벌이고 있었고 우익은 우익대로 제각기 갈라져 정권쟁탈에 부심하고 있었다. 그러나 그 많은 정당 사회단체들을 휘어잡을 수 있는 인물이 아직 국내에는 없었다. 따라서 사람들은 국외에 나가 있는 망명인사들이 하루빨리 귀국하기를 학수고대하고 있었다. 그러나 10월이 됐는데도 그들은 아직 돌아오지 않고 있었다.

이때에 도쿄의 맥아더 장군으로부터 서울의 하지 사령관 앞으로 한 통의 긴급전문이 날아왔다. 그 전문내용은 다음과 같은 것이었다.

「조선의 노애국자인 이승만(李承晩) 박사가 근일 중 서울로 간다. 그는 30년 이상이나 미국에 있으면서 조선 독립운동을 계속하여 조선인의 존경을 받고 있다. 조선주둔 미군정은 이승만 박사의 귀국을 영웅처럼 대접하라. 그는 시민자격으로 10월 16일 김포공항에 도착할 것이다.」

지도적인 인물이 없어 고심하던 미군 측에서도 이보다 더 반가운 소식이 없었다.

10월 16일 오후 5시, 하림은 밖으로 나갔다. 이승만 박사가 귀국한다는 것을 정보국을 통해 미리 알고 있는 그는 시간을 맞춰 밖으로 나온 것이다.

신문사 차가 지나가면서 호외를 뿌리는 것이 보였다. 달려가 주워 보니 이박사의 귀국을 알리는 호외였다.

장안은 금방 술렁이기 시작했다. 이승만 박사의 귀국은 그만큼 사람들에게 흥분을 안겨 주고 있었다. 사람들은 노애국자를 보기 위해 그가 묵게 될 조선호텔 쪽으로 꾸역꾸역 모여들기 시작했다.

오후 5시, 이승만은 미군용기편으로 꿈에 그리던 고국 땅에 닿았다. 30여 년만의 귀국이었다. 김포공항에 내린 그는 중절모를 벗어들고 그의 백발만큼이나 황량한 들판을 바라보면서 한동안 서 있었다. 서쪽 하늘로 기울어진 햇빛이 너무 눈이 부신 탓일까, 눈에는 눈물이 어려 있었다.

이윽고 그는 앞으로 천천히 걸음을 옮겼다. 대기하고 있던 두 대의 미군 헌병 지프와 승용차가 그를 따라 조금씩 움직였다. 5

척 단구의 노신사는 갑자기 허리를 굽히더니 붉은 흙을 손으로 쓸어 쥐고 그것을 한참 동안 들여다본 다음 일어서서 천천히 승용차에 올랐다.

미군 헌병 지프가 시내에 나타난 것은 거리에 어스름이 깔리기 시작할 때쯤이었다. 지프를 따라 이 박사가 탄 승용차가 나타나자 연도에 늘어선 사람들은 그를 조금이라도 더 보려고 서로 밀치고 밀리고 하면서 차도로 뛰어나왔다.

하림도 이 박사를 눈여겨 보아두려고 고개를 길게 빼고 자동차를 바라보았다. 그러나 그의 눈에 비친 것은 허연 백발과 흔들리는 중절모뿐이었다. 쿠션에 몸을 깊이 묻은 이박사의 모습은 잘 보이지가 않았다.

그가 중절모를 벗어 흔들자 사람들은 환호성을 올렸다. 하림은 이박사의 인기와 그에 대한 존경심이 그토록 대단한 것을 보고는 내심 적지 않게 놀라고 있었다.

잠깐 사이에 그는 권위적이고 절대적인 이미지를 사람들의 가슴에 심어 주고 있었다. 사람들은 맹목적이다시피 무조건 이박사를 따르고 있었다. 그것은 오랫동안 지도자를 갖지 못한 가련한 백성들의 순수한 감정의 발로였는지도 모른다.

그렇다고 하지만 이승만에게는 분명 대중을 휘어잡는 마력 같은 것이 있었다.

나흘 뒤인 10월 20일 공개석상인 연합군 환영대회에서 이승만은 그의 마력을 유감없이 발휘했다. 하림도 거기에 참석했는데 하지 중장이 먼저 이승만을 이렇게 소개했다.

"여러분, 이 자리에는 한국의 위대한 지도자가 참석해 계십니다. 그는 일생을 오직 한국 독립을 위해 희생해온 분입니다. 그는 일본의 포악한 압박 때문에 국외에 있었으나 조국의 해방을 달성하는데 무한한 원동력이 되었습니다. 이 환영대회는 미군을 위해서는 너무나 성대하지만 그분을 위해서는 오히려 초라하다고 할 것입니다. 나는 여러분이 여러분의 지도자이신 이승만 박사의 말씀을 듣기를 원하고 있을 줄 압니다."

이 소개 말에 사람들은 흥분과 기대로 이승만을 기다렸다. 이윽고 연단 앞으로 나온 이승만은 그 특유의 느리고 약간 떨리는 듯한, 그리고 원색적인 언어를 구사하면서 다음과 같이 서두를 꺼냈다.

"이 자리는 연합군을 환영하는 자리인데, 나를 내세워서 인사를 바라니 조금은 어리둥절하고 많이는 고맙습니다."

우레 같은 박수 소리가 터지고 흥분을 참지 못한 청년들 가운데는 혈서를 써 가지고 단위로 뛰어 올라가는 사람도 있었다.

하림은 침착하고 냉정한 눈으로 노정객이 군중을 압도해 가는 광경을 바라보고 있었다.

"……나를 앞장세워서 여러분이 따라와 한데 뭉치면 모든 문제는 원만히 해결될 것입니다."

이 한마디는 군중들을 완전히 사로잡았고 대회장은 떠나갈 듯한 환호성으로 뒤덮였다. 하림에게도 그 말은 매우 인상적으로 들렸고 쐐기처럼 가슴에 깊이 들어와 박혔다. 얼마나 당당하고 위압적인 말인가. 그의 카리스마적 풍모에 군중들은 누구 하나 저항감을 느끼지 않고 기다렸다는 듯이 환호하고 있었다.

그럴 수밖에 없는 것이 사람들은 얼마나 민족의 지도자가 나타나기를 고대하고 있었던 것인가. 일제의 탄압을 받으며 암흑의 36년을 지내온 불쌍한 백성들은 이제 해방을 맞아 카리스마적 지도자가 나타남으로써 그토록 시끄럽던 정계는 물을 끼얹은 듯 조용해져 버렸다. 공산당까지 데모를 그치고 이승만에게 몰리기 시작했다.

이승만이 묵고 있는 조선호텔에는 각양각색의 사람들이 다 모여들어 저마다 그에게 가까이 접근하려고 애쓰고 있었다. 그러나 이승만은 어느 한쪽에 치우침으로써 나머지 사람들을 적으로 만드는 어리석음을 저지르지는 않았다. 그는 포용력이 있었고 꿰뚫어보는 혜안을 가지고 있었다.

미군정은 물론 모든 백성들이 기대한 가운데 그는 자신의 능력을 과시하기라도 하는 듯 순식간에 50여 개의 정당 및 사회단체를 한데 묶어 이른바 독립촉성중앙협의회(獨立促成中央協議會)라는 것을 조직했다. 흡사 장바닥처럼 시끄럽던 정계를 귀국하자마자 한 손에 쓸어 쥐고 떡 주무르듯 주물러 버리는 그의 정치적 수완에 미군정 당국은 자못 혀를 내두르지 않을 수 없었다. 이승만의 거동을 주시하고 난 정보국의 아얄티 중령은 하림에게 이렇게 말했다.

"이박사는 카리스마적 인물이오. 신생국에 적합한 인물이지요. 그는 조국에 대한 애정과 함께 정치적 야심도 가지고 있는 한마디로 신비한 인물이오. 미스터 장도 정치적 야심이 있으면 그를 따르시오."

하림은 고개를 저었다.

"그런 야심은 없습니다."

"이박사를 존경하나요?"

"아직 저는 그분을 잘 모릅니다."

정말 하림으로서는 이승만에 대해서 알고 있다고 자부할 수 없었다.

이승만이 귀국한 지 며칠 후 하림은 동지들과 함께 요정 동백정의 별실을 빌어 긴급회의를 열었다. 회의내용은 친일분자들에 대한 대책이었다.

"내가 입수한 정보에 의하면 친일분자들이 정치세력을 형성해서 앞으로 있게 될 그들에 대한 처형을 방해하려 하고 있습니다. 그들은 목숨을 내걸고 방해공작을 펴나갈 겁니다."

이것은 해방 전 하림에게 김구의 밀서를 가져온 강민(康民)의 말이었다. 그는 좌중에서 제일 나이가 많았다. 모두가 놀란 눈으로 강민을 바라보았다.

"놈들은 각 정당 사회단체에도 속속 침투해 들어가 있습니다. 놈들은 현재로서는 전혀 눈에 띄지 않고 있지만 그대로 두었다가는 제일 강력한 세력으로 부상하게 될 것입니다. 놈들은 몰리고 있는 판이기 때문에 조직력이 강하고 저돌적입니다. 이것은 놈들의 강점입니다."

"어떻게 해서 그런 정보를 입수하게 됐나요?"

하림이 술을 권하면서 물었다.

"우연한 기회에 알게 됐습니다. 내 중학교 동창 중에 고등계 형사질을 한 놈이 있는데 그놈이 나에게 이야기해 준 겁니다. 놈은 술자리에서 내 과거를 모르고 내가 관동군 특무대에 있었다고 하자 그런 언질을 주면서 나한테 조직에 들어오면 살 수 있다고 했습니다."

"그 조직 이름이 뭡니까?"

"아직은 모릅니다. 놈은 거기까지 가르쳐 주지는 않았습니다. 강력한 조직이 있으니, 살고 싶으면 들어와서 함께 일하자고 했습니다."

방안에 긴장이 흘렀다. 모두가 술 마시는 것도 잊은 채 강민을 바라보고 있었다. 강민이 계속 말했다.

"내 생각에는 우리가 빨리 대책을 세우지 않으면 안 될 것 같습니다. 한시라도 빨리 세울수록 좋습니다."

강민의 말에 이의를 제기하는 사람은 없었다. 그들은 의기투합해서 모이기는 했지만 아직 이렇다 하게 구체적으로 조직을 꾸며 행동화하지는 못하고 있었다. 이제 그들이 기다리던 대상이 나타났으니 행동에 들어가야 할 때였다.

"강선생님 말씀대로 즉시 대책을 세우도록 합시다."

모두가 이구동성으로 찬성을 표했다.

사실 일제 하에서 가장 악질적으로 반민족 행위를 한 자들은 새 국가 건설을 위해서도 깨끗이 제거되어야 옳은 것이다. 그렇게 함으로써 역사의 교훈이 되는 것이다. 다시 그와 같은 치욕의 역사가 되풀이될 수는 없는 것이다.

하림은 합법적인 방법을 생각해 보았다. 그러나 정권쟁탈에 부심하는 보수세력들이 과연 반민족 행위들을 과감히 제거할 수 있을런지는 적이 의심스러웠다. 새정부가 들어서고 새로 제정된 법률에 따라 놈들을 처단하기까지는 오랜 시간이 걸릴 것이다. 그 동안 놈들은 세력을 확장해서 오히려 반격해 들어올 것이다.

 '놈들을 제거하지 않고는 일제의 잔재도 제거할 수 없다! 그렇게 되면 국가의 장래는 혼란에 빠질 것이다!'

 하림은 속으로 이렇게 외친 다음 동지들을 바라보고 자신의 생각을 말했다.

 "우선 우리 조직의 이름을 정해야겠습니다. 우리 조직은 일종의 지하조직, 다시 말해 비합법적인 것이기 때문에 암호로 통할 수 있는 것이면 좋겠습니다."

 "합법적인 조직으로 만들 수는 없나요?"

 젊은 동지가 물었다. 하림을 손을 흔들었다.

 "그건 안 됩니다. 첫째, 합법적인 조직이 된다면 합법적으로 놈들을 제거해야 합니다. 그런 것은 차라리 경찰에게 맡기는 것이 좋습니다. 합법적인 조직이 되면 효과를 거둘 수가 없습니다. 둘째, 그렇게 되면 놈들에게 이쪽의 정체를 드러내게 됩니다. 이건 오히려 위험한 짓입니다."

 "그렇군요."

 "우리 조직의 암호명을 Z로 하면 어떨까요? Z는 해방 전까지 우리가 사용하던 작전암호명이었는데 그것을 그대로 사용하는 게 어떨까요?"

하림의 제의에 모두가 찬성의 뜻을 표했다.

Z본부를 시내 중심가에 빠른 시일 내에 차린다는데 합의를 본 다음 그들은 구체적인 작전계획에 들어갔다.

"놈들의 보스는 누굽니까?"

"아직 모릅니다."

강민이 술잔을 들다 말고 대답했다. 하림은 망설이다가 말했다.

"놈들을 알기 위해서는 우리들 중 누군가가 놈들의 조직 속으로 들어가야 할 겁니다. 그렇지 않고는……"

그가 미처 말을 끝내기도 전에 강민이 뛰어들었다.

"당연한 말이오. 우리 동지들 중 거기에 들어갈 수 있는 사람은 현재 나뿐이오. 내가 들어가서 놈들의 조직을 세부적으로 알아내겠소."

강민은 40대로 대접을 받아야 할 입장이었고 일의 성격으로 보아 젊은 사람이 앞장서는 것이 옳을 것 같았다.

그러나 현재 그보다 더 적당한 사람이 없었고 더구나 그가 자청한 일이라 하림은 결국 그에게 그 중요하고도 위험한 일을 맡기는 수밖에 없었다.

아버지와 딸

 그날 밤 하숙집으로 돌아온 하림은 불현듯 얼굴도 보지 못한 딸이 몹시 보고 싶어졌다. 사랑하는 가쯔꼬가 이승의 그에게 남기고 간 유일한 선물, 가쯔꼬 부친의 요청으로 형이 은하(銀河)라고 이름 지어줬다는 그 딸아이를 그는 너무 오래 잊고 있었던 것이다. 내 혈육을 내버려두다니 이럴 수가 있는가. 고아처럼 자라고 있을 딸을 생각하자 그는 잠을 이룰 수가 없었다.

 이튿날 사령부에 출근하는 길로 그는 아얄티 중령에게 일본에 다녀올 수 있도록 비행기편을 부탁했다.

 "무슨 일로 그러지요?"

 "제 딸애가 거기 있습니다. 아직 얼굴도 보지 못했습니다. 일본군에 입대하기 전에 일본 여자와 사귄 적이 있는데 제가 입대한 사이에 딸애를 낳고 그 여자는 죽었습니다. 아기는 그 여자의 집에서 기르고 있는 모양입니다."

 아얄티는 심각한 표정으로 듣고 나더니 그 자리에서 어딘가로 전화를 걸었다. 조금 후 그는

 "오늘밤 8시에 도쿄로 떠나는 수송기가 있습니다. 나도 마침

도쿄에 다녀올 일이 있으니까 함께 떠나도록 합시다."
하고 말했다.

하림은 아얄티와 함께 일본에 가게 되어 마침 잘됐다는 생각이 들었다.

하림으로부터 딸을 데려오기 위해 일본에 다녀오겠다는 말을 들은 여옥은 눈물을 글썽이며 말없이 그를 바라보기만 했다. 그 눈빛은 한없는 연민에 싸여 있었다. 그리고 그것은 혼자서 아기를 어떻게 기르려고 하지요, 하고 묻고 있었다.

하림도 아기를 어떻게 기르겠다는 계획은 없었다. 다만 자기 자식이기 때문에 보고 싶어진 것이다. 그리고 자신이 마땅히 거두어야 한다고 생각한 것이다.

그날 밤 하림은 아얄티와 함께 김포공항으로 나갔다. 그가 떠날 때 여옥이 무엇인가 안겨 주었는데 비행기 안에서 풀어 보니 아기가 입을 옷가지들이었다. 여옥의 마음 씀씀이에 하림은 몹시 감동하면서 자기를 위해 주는 사람은 역시 여옥이밖에 없다는 생각이 들었다.

여옥이 말이 나왔으니 말인데, 그녀가 사령부에 다시 근무하게 되자 두 사람은 자연 서로 서먹서먹하지 않을 수 없었다. 그러나 그것도 그것이려니와 두 사람은 매일 서로 대하면서도 그 전처럼 애정 어린 마음을 나눌 수 없으니 그보다 더 고통스러운 일이 없었다.

미군 수송기는 거대했다. 하림은 군수물자가 잔뜩 쌓인 곳에 짐짝처럼 끼어 앉아 기체의 흔들림에 몸을 맡기고 있었다. 아얄티 중령이 캔 맥주를 가져왔다.

"난 맥아더 장군을 만나러 가는 길이오."

맥주를 한 모금 마시고 난 아얄티가 묻지도 않은 말을 했다

"매우 중요한 일인가 보지요?"

"남한에 대한 군사지원을 대폭적으로 늘리도록 요청할 생각입니다."

아얄티는 그 동안 수집한 정보로 보아 38선을 경계로 소련과 군사적인 대결이 불가피하다고 말했다.

"소련군은 북한에 강력한 공산정권을 세우기 전에는 철수하지 않을 겁니다. 뿐만 아니라 남한까지 적화시키기 위해 북한에 무한정으로 군사지원을 할 겁니다. 직접 병력지원을 할 것인지는 알 수 없지만 아무튼 강력한 지원이 있을 것만은 틀림없다고 봐야 할 겁니다."

하림은 전쟁에 대한 공포가 전신을 엄습하는 것을 느꼈다. 아얄티는 계속해서 말했다

"이 기회에 미군이 대처하지 않으면 남한은 적화될 겁니다. 현재 북한에는 12개 사단의 소련군 병력이 주둔하고 있지만 남한에는 미군이 겨우 5만 명 주둔하고 있습니다. 뿐만 아니라 미군정은 보수적인 적당한 인물에게 정권을 넘기고 물러날 생각만 하고 있습니다. 미군이 물러난다는 것은 전쟁을 부르는 것이나 다름없지요."

시끄러운 프로펠러 소리에 아얄티는 고함을 치다시피 말하고 있었다.

"적들은 이미 전략을 짜놓고 있는지도 모릅니다!"

하림은 가슴이 울렁거려 견딜 수가 없었다. 그의 얼굴은 술기운으로 붉게 달아올라 있었다.

"마프노……그놈이 모든 책략을 꾸미고 있어! 그놈은 악마야! 악마!"

아얄티는 증오에 찬 목소리로 외쳤다.

"소련군사령부 내에 있는 36인조 조선인 특무장교들을 조종하는 놈이 바로 KGB의 마프노야! 갈아먹어도 시원치 않을 살인자!"

아얄티는 더운지 땀을 흘리고 있었다.

"군사지원을 늘리는 일이 가능할 것 같습니까?"

"쉬운 일은 아닙니다. 맥아더 장군이 오케이하기만 하면 되는데, 맥아더 장군은 소련의 침투를 대수롭지 않게 생각하고 있단 말입니다. 그는 커뮤니즘에 대해 별로 경계의식이 없는 것 같아요."

아얄티는 잠시 얼굴을 찌푸렸다가 하림 곁으로 바싹 다가앉아 귀엣말을 했다.

"부탁이 있소. 가까운 시일 안에 평양으로 들어가 정보망을 구축하시오."

느닷없는 지시에 하림은 어리둥절했다. 그러나 그는 정신을 차리고 아얄티를 바라보았다.

"특무대 36인조의 동태와 소련군의 움직임을 보고해 주시오. 물론 시일이 오래 걸리겠지만 미스터 장이라면 해낼 수 있을 거요."

한마디로 그것은 스파이가 되라는 것이었다. 하림은 자신의 몸이 급류에 휩쓸리는 것을 느끼면서 고개를 끄덕였다.

"알겠습니다. 해보겠습니다."

두 시간 후 그들이 탄 수송기는 하네다 공항에 닿았다. 빨간 신호등만이 여기저기 서 있는 벌판에 내리자 하림은 어디가 어딘지 분간할 수가 없었다. 연락을 받았는지 그들 앞에는 미군 지프 한 대가 대기하고 있었다. 아얄티와 함께 지프를 타고 도쿄 시내로 들어온 하림은 폐허화된 시가를 보고 몹시 놀라지 않을 수 없었다. 도쿄가 줄곧 미군기의 공습을 받은 것은 알고 있었지만 그토록 철저히 파괴되었을 것이라고는 생각지도 못했었다.

밤이 늦은데도 곳곳에서 횃불을 밝히고 복구작업에 열중하는 일본인들을 보자 그는 문득 인간의 어리석음에 생각이 미쳤다. 인간은 애써 세워놓은 건물들을 자기 손으로 때려부순다. 그리고 다시 자기 손으로 구슬땀을 흘리며 그 자리에 똑같은 건물을 짓는다. 왜 인간은 현명한 것 같으면서도 이렇게도 어리석은 것일까.

"일본인들은 패전의 복구에 아주 무서운 집념을 보이고 있지요. 그들은 자기들이 다시 일어설 수 있다고 확신하고 있는 것 같아요."

아얄티의 말에 하림은 아무 대꾸도 하지 않았다. 상처를 입은 일본인들이 그것을 계기로 깊이 반성해 주기를 그는 바랄 뿐이었다.

그들은 어느 호텔 앞에서 차를 내려 안으로 들어갔다. 그것은 대전 중에만 해도 삼류호텔이었는데 용케 파괴되지 않아 지금은 일류 호텔로 통하고 있었다.

호텔 손님은 주로 미군들이었다. 방을 하나씩 정하고 아래층 나이트클럽으로 내려오니 홀 안에는 일본 여인들이 가득했다. 아얄티는 거침없이 두 여인을 불러 테이블로 갔다. 하림의 파트너는 매우 앳돼 보이는 여자로 그런 곳에 나온 지도 얼마 안 되는지 몹시 수줍어했다.

"이중에 반수 이상은 과부들이지요. 전쟁의 후유증은 오랫동안 계속될 거요."

아얄티가 술잔을 건네 주며 말했다.

밤거리에 흘러넘치는 여자들을 누가 위로해 줄 것인가. 남자들이 일으킨 전쟁의 뒤치다꺼리를 떠맡게 된 이 여인들은 지금 무엇을 생각하고 있을까. 우선 한 푼이라도 더 벌어서 입에 풀칠이라도 해야겠지.

하림은 쓸쓸한 기분을 느끼면서 파트너의 손을 가만히 잡았다. 그 손은 의외로 거칠었다. 아마 거친 일을 했기 때문일 것이다. 여자가 고개를 숙이며 손을 뽑았다.

그들이 술에 취해 일어났을 때는 자정이 훨씬 지나 있었다. 여자들은 호텔 방까지 따라왔다. 아얄티는 하림의 방에 여자를 밀어넣어 주고 자기 방으로 갔다.

하림은 여자가 자기 옷을 벗겨 주는 것을 느끼면서 잠이 들었다. 그리고 얼마 후 반쯤 잠든 상태에서 여자와 관계를 맺었다. 죄의식은 들지 않았다. 이것도 하나의 귀중한 삶이라고 그는 막연히 생각했다.

이튿날 그는 아얄티와 헤어져 혼자 거리로 나왔다. 밤에 보던 것보다 훨씬 더 시가는 파괴되어 있었다. 여기저기 거지들이 떼지어 다니는 것이 인상적이었다.

한참을 걷다 말고 그는 우뚝 멈춰 섰다. 그는 자기도 모르게 어느새 가쯔꼬가 살던 집앞에 와 있었던 것이다. 그는 울렁거리는 가슴을 진정하고 그 집을 바라보았다. 그 집은 고스란히 그대로 남아 있었는데 출입문에는 나무를 가로질러 못질이 되어 있었다.

집을 보자 불현듯 가쯔꼬 생각이 나 그는 한동안 우두커니 서 있었다. 그녀와 지내던 일들이 주마등처럼 머리를 스쳐갔다. 금방이라도 가쯔꼬가 문을 열고 나올 것만 같아 그는 숨을 죽이고 서 있었다. 다다미방 위에서 그녀와 관계하던 일이 생각나자 그는 숨을 흑하고 들이켰다.

그의 가슴은 어느새 축축이 젖어들고 있었다. 그는 문을 두드리며 가쯔꼬를 부르고 싶었다.

'가쯔꼬! 가쯔꼬! 문 열어요! 하림이 왔습니다! 군에 입대하기 위해 도쿄를 떠나던 날 나는 당신이 플랫폼의 기둥 뒤에 몸을 가리고 서 있는 것을 보았습니다. 그러나 화가 나서 모른 체 했지요. 그 뒤 나는 내 어리석음에 얼마나 후회했는지 모릅니다. 가쯔꼬, 그때 일을 사과합니다.……'

그러나 이런 말들은 소리가 되어 나오지는 않았다. 헤어지던 날 그녀를 철저히 무시했던 일이 생각나자 그는 가슴이 아파 견딜 수가 없었다

'가쯔꼬, 정말 미안합니다. 나는 갑니다. 당신이 낳은 아기를 잘 키울 테니 걱정하지 마십시오.'

그는 문 앞으로 다가서서 문을 몇 번 쓰다듬어 본 다음 더 참을 수 없어 휙 돌아서서 그곳을 급히 떠났다.

그 길로 그는 동경역으로 나가 시즈오까행 기차에 몸을 실었다. 시즈오까는 그에게 초행이지만 가쯔꼬의 부친이 살고 있는 곳의 주소는 알고 있었기 때문에 찾는데 별로 어려움은 없을 것 같았다.

기차는 줄곧 바다를 끼고 달리고 있었다. 넘실대는 태평양의 물결이 차창 가득히 밀려드는 것을 느끼면서 하림은 가끔씩 눈을 감고 명상에 잠기곤 했다. 눈을 감았다 떠도 보이는 것은 수평선뿐이었다. 가도가도 끝이 보이지 않는 바다 위로 태양이 눈부시게 빛나고 있었다. 갈매기가 나타나면 그는 보이지 않을 때까지 그것을 눈으로 쫓곤 했다.

스루가만에 들어서자 바다 건너로 이즈반도(伊豆半島)가 아득히 보였다. 날씨가 쾌청한데도 그곳은 안개에 싸여 있는 듯했고 그래서인지 신비스럽게 보이기까지 했다. 이윽고 눈을 감고 잠에 빠져드는데 누군가가 그를 깨웠다.

"시즈오까에 다 왔어요."

맞은편 자리에 앉아 있던 시골 소녀가 수줍은 듯 말하고 있었

다. 잠을 깬 하림은 소녀에게 웃어 보이고 나서 가방을 들고 일어섰다.

현청 소재지인 만큼 시즈오까시는 첫눈에도 지방도시치고는 크고 활기가 있어 보였다. 도쿄와는 달리 시가에는 파괴의 흔적이 보이지 않았고, 사람들은 대전을 치른 국민 같지 않게 생기있게 움직이고 있었다. 그러나 어딘가에 비극은 살아 있을 것이다. 그들은 다만 그것을 잊으려고 노력하고 있을 뿐이다.

"가미야마 산사꾸 (上山三作)씨 댁이 어디쯤인가요?"

시즈오까에서 선운(船運)을 장악하고 있는 부호인 만큼 웬만한 사람이면 다 알 것이라 생각하고 하림은 길 가던 노인에게 절을 하고 물었다. 그러자 노인은 이상한 듯이 하림을 바라보고 나서

"선박회사 경영하던 가미야마씨 말인가요?"
하고 되물었다.

"네, 그분 댁을 찾고 있는 중입니다."

노인은 기침을 한번 했다. 그리고 내뱉듯이 말했다.

"가미야마씨는 지난봄에 죽었습니다."

하림은 머리 위의 태양이 갑자기 뜨겁게 느껴졌다. 그는 침을 꿀꺽 삼키고 나서 이미 걸음을 옮기고 있는 노인을 붙들었다.

"죄송합니다. 한가지만 더 묻겠습니다. 가미야마씨의 유족은 지금 거기서 살고 있겠지요?"

"그건 모르겠습니다. 한번 가보구려."

노인에게 집 위치를 알아낸 하림은 급히 움직이기 시작했다.

불길한 예감으로 그는 머리가 어지러워 오는 것을 느꼈다. 가미야마 노인이 세상을 떠났다면 틀림없이 가쯔꼬의 오빠가 내 딸을 데리고 있을 것이다. 그 사람이 내 딸을 귀여워해 주고 있을까? 아무리 누이동생이 낳은 애라고 하지만 사생아라고 천대하고 있을지도 모른다. 그러나저러나 살아 있기만 하면 다행이다. 만일 은하가 세상에 없다면 나는 무엇으로 그 아이에 대한 죄를 치를 수 있을까. 제발 살아 있어라. 그는 허둥대며 뛰다시피 걸었다.

가미야마 노인의 집은 바다가 내려다보이는 언덕받이 위에 자리잡고 있는데다 주위에 숲이 우거져 멀리서 보기에는 풍치가 그만이었다. 대부호의 집답게 규모도 웅장했다.

하림은 한달음에 언덕 위로 뛰어올라가 활짝 열려진 대문 앞에 우뚝 섰다. 흥분으로 쿵쿵 뛰는 가슴을 진정하느라고 그는 한참 동안 그 자리에 서 있었다.

바다에 지는 낙조를 받아 저택은 아름다운 분위기를 띠고 있었다. 이런 곳에서 아기가 자라고 있다면 안심해도 좋을 것 같다고 생각하고 있을 때 나무 사이로 사람이 다가오는 것이 보였다. 나타난 사람은 중년의 뚱뚱한 사나이였다. 소매가 긴 일본의 전통적인 하오리 차림에 게다를 끌고 어슬렁어슬렁 다가온 사나이는 배를 한껏 내밀면서 가느스름한 눈으로 하림을 쳐다보았다.

"실례합니다."
"네, 무슨 일인가요?"

"여기가 가미야마씨 댁인가요?"

"전에는 그랬지만 지금은 아닙니다.."

하림은 금방 얼굴이 창백해졌다. 그는 초조하게 사내를 바라보았다.

"그럼 이사갔습니까?"

"그런 셈이지요."

사내는 하림을 훑어보면서 거만하게 고개를 끄덕였다.

"저기, 가미야마씨가 돌아가셨다는 말을 들었는데 정말입니까?"

"네, 정말입니다. 나하고는 조금 인척관계가 되죠."

"그 아드님이 한 분 계실 텐데 어디로 이사가셨나요?"

"도대체 왜 그러는 거요?"

사내는 의심스럽다는 듯이 하림을 살폈다. 하림은 머뭇거리다가 말했다.

"중요한 일로 만날 일이 있어서 그럽니다.."

"중요한 일이라니, 무슨 일인가요?"

"가미야마씨의 따님이 낳은 아기를 찾으려고 그럽니다. 분명히 가미야마씨가 생전에 그 아기를 돌보고 있었을 텐데 돌아가셨다니 난처하군요."

"그럼 댁은 어떻게 되는 관계요?"

"그애의 보호자 되는 사람입니다.."

"보호자? 그럼 바로 당신이 가쯔꼬를 차지했다는 그 죠오센징인가?"

하림은 울화가 치밀어 얼굴이 시뻘개졌다. 성질대로 한다면 놈을 한 대 쳐버리고 돌아서 버리고 싶었지만 그럴 수도 없어 그는 어금니를 깨물며 사내를 쏘아보기만 했다. 패전 국민이 반성할 줄 모르고 여전히 죠오센징이라고 하다니 한심하기 짝이 없었다.

사내는 고개를 크게 끄덕이며 흥미있다는 듯이 하림을 요모조모 뜯어보고 있었다.

"그렇다면 아기를 찾으러 조선에서 왔단 말이오?"

"네, 그렇습니다."

"으음, 알만하겠는데……그런데 가미야마씨의 아들은 전사했소."

갈수록 태산이었다. 충격과 분노로 하림의 얼굴이 일그러졌다. 그러나 그는 화를 내지 않고 꾹 참았다.

"막판에 군에 들어가서 전사했지요."

"그럼 그 부인은 어디에 살고 있나요?"

"이 집을 팔고 도쿄로 갔지요."

"도쿄 어딥니까?"

"그건 모릅니다. 듣기로는 홀 같은데 나간다고 하는데 자세한 건 모르겠소."

사내가 집안으로 들어가려고 하는 것을 하림은 쫓아가서 붙잡았다.

"죄송합니다. 그 여자를 만날 수 있는 방법이 없을까요? 부탁합니다."

"난 모르겠소."

사내는 고개를 활활 저으면서 나무 사이로 사라져 버렸다. 하림은 너무도 안타까워 지금부터 무슨 일을 해야 할지 몰랐다. 이렇게 되면 아기를 잃어 버린 것이나 다름없다. 그 여인이 기르고 있다 해도 자기 자식처럼 따뜻하게 키울 리는 만무한 것이다. 어디선가 자기 딸이 학대받고 있을 것이라고 생각하자 견딜 수가 없었다. 자식에 대한 뜨거운 부정(父情)과 죄의식 때문에 그의 눈에는 피 같은 눈물이 괴었다.

그는 언덕 위에 서서 망망한 바다를 바라보았다. 저녁놀이 지고 있는 바다는 매우 아름다웠다. 바다 저쪽 손닿을 수 없는 곳에 딸이 있다고 생각하자 그는 더욱더 못 견디게 딸이 보고 싶어졌다.

한참 후 비탈길을 내려온 그는 동네를 돌며 여기저기 수소문하기 시작했다. 남자들보다는 주로 아낙네들한테 묻곤 했다. 그 결과 가미야마씨의 며느리인 쓰네가 아이들을 데리고 도쿄로 간 것이 확실해졌다. 남편이 전사하고, 그 쇼크로 시아버지인 가미야마 노인마저 별세하자 쓰네는 집을 팔고 도쿄로 떠나 버린 것 같았다.

"소학교에 다니는 두 남매와 함께 갔지요. 가쯔꼬가 낳은 그 애비 없는 딸자식도 거두어 갔지요. 도쿄 어디로 갔는지는 모릅니다."

어느 아낙으로부터 이런 말을 듣자 하림은 쓰네를 만나지 않고는 서울로 돌아갈 수 없다고 생각했다.

쓰네의 친정 집이라도 알면 찾아가 보련만 그녀가 북해도 출신이라는 것만 알려져 있을 뿐 그밖에 대해서 아는 사람은 아무도 없었다. 그렇지만 하림으로서는 쓰네에 대한 더 정확한 소식을 듣기 전에는 그곳을 떠날 수가 없었다. 쓰네가 도쿄로 갔다는 것만으로 그녀를 찾는다는 것은 불가능하다. 넓은 도쿄 거리에서 주소도 얼굴도 모른 채 어떻게 그녀를 찾는단 말인가.

하림은 우체국으로 가서 도쿄에 묵고 있는 아얄티 중령에게 장거리 전화를 걸어 사정을 이야기하고 지금으로서는 언제 서울로 돌아가게 될지 모르겠다고 말했다. 아얄티는 매우 걱정하면서 자기가 도울 일이 없느냐고 물었지만 하림은 사양했다. 언제라도 귀국할 수 있는 비행기편을 부탁한 다음 하림은 전화를 끊었다.

시즈오까의 그 동네에서 하룻밤 묵으면서 그는 포기하지 않고 쓰네에 대한 소식을 물었다. 딸을 잃었다는 생각에 그날 밤을 그는 꼬박 뜬눈으로 지샜다. 아기의 울음 소리가 들려오는 것만 같아 그는 도무지 잠을 이룰 수가 없었다.

그런데 이튿날 오후 한 부인이 매우 귀중한 소식 하나를 알려 주었다. 그것은 그렇게 결정적인 소식은 아니었지만 지금까지 얻어들은 것 중에서 가장 도움이 되는 것이다.

"도쿄의 긴자 거리에서 한 달 전에 쓰네를 우연히 본 적이 있어요."

교양미가 있어 보이는 그 부인은 하림이 더 이상 물을 필요가 없을 정도로 자세히 이야기해 주었다.

"여기서 살 때와는 아주 딴판이었어요. 옷 입은 거랄지 화장이 아주 눈에 띄게 화려했어요. 너무 달라진 모습이라 말을 걸기가 거북해서 그대로 지나쳤어요. 더구나 어떤 미군하고 동행이기에 그냥 모른 체했어요."

도쿄에서 쓰네가 무엇을 하는지 대충 윤곽이 잡히는 것 같았다.

그 길로 하림은 역으로 나가 도쿄행 열차에 몸을 실었다.

딸 생각으로 그의 머리가 터질 것 같았다. 낯선 아이가 보이기만 해도 그는 혹시 자기 아이가 아닌가 하고 유심히 쳐다보곤 했다. 그러나 아기의 얼굴을 모르니 알 도리가 없었다.

도쿄에 도착하니 한밤중이었다. 밤이 너무 깊었으므로 그는 모든 것을 내일로 미루고 여관을 찾아들었다.

이튿날 아침 그는 긴자로 나가 쓰네를 찾기 시작했다. 긴자거리 역시 파괴의 흔적이 여기저기 남아 있었지만 그 어느 거리보다도 복구가 빨라 곳곳에 상점이 들어서고 있었고, 술집도 꽤 많았다. 그는 술집마다 돌아다니며 쓰네를 찾았다.

"혹시 여기 시즈오까에서 온 쓰네라는 분 안 계십니까?"

그야말로 막연하기 짝이 없는 일이었지만 그는 쉬지 않고 돌아다녔다. 그리고 허탕을 칠 때마다 가슴이 메이곤 했다.

그는 하루종일 식사도 거른 채 쓰네를 찾았다. 땀에 젖은 얼굴로 정신없이 쓰네를 찾고 있는 그의 모습에 대부분의 사람들이 마누라한테 버림받은 남자쯤으로 그를 생각했다. 그들 중에는 키들키들 웃으며 혀를 차는 여자도 있었다.

해가 지고 거리에 불빛이 들어오자 하림은 피로와 허탈에 금방이라도 쓰러질 것만 같았다. 식당에 들어가 공복을 채우려고 했지만 가슴이 타는 듯해서 먹을 수가 없었다. 포기한다는 것은 생각할 수도 없는 일이다. 딸을 찾지 않고는 서울로 돌아갈 수 없다. 어떻게든 찾아야 한다. 아직 살아 있다면 도쿄 어딘가에 있겠지. 딸의 울음 소리가 들리는 것만 같아 그는 밖으로 뛰어나갔다.

거리에 어둠이 내리자 밤의 여인들이 벌떼처럼 나타나고 있었다. 그것을 보자 하림은 쓰네라는 여인을 밤에 찾아야 한다고 생각했다.

그러나 밤이 깊도록 돌아다녀 보았지만 역시 쓰네의 종적을 찾을 길이 없었다. 보다 못한 한 나이 지긋한 여인이 그에게 방법을 가르쳐 주었다.

"그렇게 찾으면 안 될 거예요. 여기 여자들은 모두 가명을 쓰고 있으니까. 고향도 속이고 있어요."

"그럼 어떻게 해야 합니까?"

"이렇게 제각기 따로 움직이는 것 같지만 여기에도 조직이 있다구요."

여인의 말에 하림은 납득이 갔다. 환락가에는 으레 암흑조직이 있기 마련이다.

"왕초를 한번 만나보세요. 왕초는 금방 찾아낼 거예요"

"왕초가 누굽니까?"

"우리는 언니라고 부르지요."

"여잡니까?"

"네, 여자예요. 그 여자는 기둥서방이 든든하니까 왕초 노릇을 하고 있지요. 그 기둥서방이 실제로 왕초지만 뒷전에 물러앉아 있고 언니가 여자들을 관리하고 있어요."

하림은 여인이 가르쳐 준 대로 긴자거리의 여인들을 지배하고 있는 왕초를 만나러 갔다. 왕초는 생각과는 달리 수수한 차림의 머리를 틀어올린 중년 여인이었다. 그녀는 보디가드로 보이는 청년 두 명을 데리고 어느 홀의 2층에 앉아 있었다. 하림은 무턱대고 공손히 인사했다.

"뭐야?"

청년 두 명이 험한 눈으로 하림을 흘기며 물었다. 그것을 왕초가 말리며 하림을 가까이 오게 했다.

"나를 찾아오셨나요?"

"네, 좀 드릴 말씀이 있어서……"

"호오, 이런 미남 청년이 나 같은 걸 다 찾아오다니……"

왕초는 주위를 물리치고 하림에게 자리를 권했다. 여인의 살찐 얼굴을 가만 보니 젊었을 때는 꽤 미인이었을 성싶은 그런 얼굴이었다. 이 여인이 밤의 여인들을 다스리는 포주라고 생각하니 어쩐지 믿어지지가 않았다.

"어떻게 나를 찾아왔지요?"

"어느 분이 소개해 주었습니다.".

"누가?"

여인의 얼굴에 불쾌한 빛이 나타났다.

"누군지는 모릅니다. 어느 여자 분이……"

"망할 년, 함부로 입을 놀리다니."

중얼거리는 것을 보고서야 하림은 여인의 가슴에서 이글거리는 거센 성격을 읽을 수가 있었다.

"미안합니다."

"아, 당신이 사과할 필요는 없어. 그래 용건이 뭐요?"

금방 얼굴이 환해졌다. 하림은 이 여인에게 매달려야 한다고 생각했다.

"저 다름이 아니라 딸을 찾고 있습니다."

"흠, 자식을 찾는 심정은 알만 하지. 나도 자식이 있으니까. 그런데 당신 나이에 술집에 나갈 정도로 큰딸을 두었을 리는 없을 텐데?"

"네, 물론입니다. 제 딸은 갓난아기에 불과합니다."

"호오, 그런데 그 딸을 나 보고 찾아달라는 거요?"

"아, 아닙니다."

그때 실내의 불빛이 갑자기 어두워지면서 블루스 곡이 흘러나오기 시작했다.

"그러지 말고 우리 춤이나 추면서 이야기할까?"

하림이 뭐라고 말할 사이도 없이 여인은 이미 홀로 걸어나가고 있었다. 하림은 학생 때 춤을 추어둔 것이 천만다행이라고 생각했다.

하림이 홀로 나가 여인의 살찐 허리에 팔을 두르자 여인의 몸이 꿈틀하고 움직였다. 하림은 그녀를 기쁘게 해 주기 위해 능숙하게 리드해 나갔다. 자신의 처지를 생각할 때 괴로운 일이었지만 딸을 찾기 위해서라면 그는 무슨 짓이라도 할 각오가 되어 있었다.

왕초는 춤보다는 하림의 품에 안기는데 더 열을 올리고 있었다. 섹스에 오래 굶주린 듯 그녀는 뜨거운 숨을 몰아쉬면서 하림의 품속을 파고들었다.

"딸이 어떻게 됐다고?"

"딸을 찾고 있습니다. 쓰네라고 하는 시즈오까 출신의 여인이 딸애를 데리고 도쿄로 왔다는 말을 들었습니다. 긴자거리에서 일하고 있는 것 같습니다.."

"시즈오까 출신의 쓰네라……"

어두운 구석에 이르자 왕초의 팔이 하림의 목을 끌어안았다. 살찐 허벅지가 다리 사이에서 비비꼬이고 있었다.

"공짜로 가르쳐 줄 수는 없어요. 알아요?"

여인의 눈이 욕망으로 번득이고 있었다. 하림은 여인의 귀에 대고 속삭였다.

"공짜는 바라지 않습니다."

"값이 비쌀 텐데……"

"비싸도 좋습니다."

"내가 누군지 알고 있을 텐데?"

"알고 있습니다."

"겁나지 않아요?"

"오히려 영광입니다."

여인은 킬킬거리고 웃었다.

"쓰네라는 여자가 여편넨가?"

"아닙니다. 그 여자한테 딸을 맡겨 두었는데, 그 여자가 갑자기 딸을 데리고 떠나 버렸습니다."

"당신은 죠오센징 같은데……"

"네, 그렇습니다. 군에 입대하기 전에 여기서 학교를 다니면서 연애를 했는데 그 여자가 제가 입대한 사이에 아기를 낳고 죽었습니다. 그 아기는 쓰네가 맡아 길렀습니다. 저는 소식만 듣고 딸을 찾으러 나선 겁니다."

"호오, 대단한 사나이로군요. 학교는 어디 다녔죠?"

"동경제대에 다녔습니다."

여인은 눈빛이 달라지는 것 같았다. 그녀는 속삭였다.

"오늘밤 따로 만나요."

"좋습니다. 그 대신 쓰네를 만날 수 있게 해 줘야 합니다."

"아, 물론이죠. 내일 중에 만나도록 해 주지. 우리 애들을 풀면 금방 찾을 수 있어요. 시즈오까에서 온 쓰네라고 했죠?"

그곳을 나온 하림은 맨 정신으로는 왕초를 만날 수 없을 것 같았다. 그래서 싸구려 술집에 들러 입에 닿는 대로 술을 퍼마셨다.

"망할 년, 나한테 몸을 제공하라 이 말이지. 여자가 남자 몸을 사다니 세상에 이럴 수가 있나."

아무리 생각해도 역겨운 노릇이었다. 자신이 창부 같이 생각되어 견딜 수가 없었다. 그러나 딸을 찾는 것을 포기할 수는 더 더욱 없었다. 어떤 대가를 치르더라고 딸을 찾아야 한다. 죽은 가쯔꼬를 생각해서라도 은하를 찾아야 한다.

왕초가 말해 준 호텔로 가니 보이가 기다렸다는 듯이 그를 안내했다. 방에는 이미 왕초가 와서 기다리고 있었다. 그녀는 목욕을 끝냈는지 수건으로 몸을 두르고 침대 위에 비스듬히 드러누워 담배를 피우고 있었다. 하림은 흐느적거리는 몸을 겨우 가누면서 여인을 노려보았다.

"흥. 많이 취했군 그런 식이면 약속에 어긋나는데……"
"아, 염려 마시오. 약속은 지켜드릴 테니 당신도 약속을 지켜야 해요."

하림은 여자가 보는 앞에서 옷을 훌훌 벗었다. 흥미있게 바라보던 여인의 얼굴이 차츰 벌겋게 달아올랐다.

"잠깐만 기다리십시오."

벌거벗은 하림은 욕실로 들어가 냉수로 샤워를 했다. 한바탕 샤워를 하고 나자 술기가 가시는 것 같았다. 하림이 욕실에서 나오자 여인은 기다렸다는 듯이 수건을 몸에서 걷어냈다. 하림은 살찐 암소를 보는 듯했다. 무지무지하게 큰 젖가슴은 축 늘어져 있었고 넓게 퍼진 엉덩이는 침대 한쪽을 거의 가리다시피 했다. 하복부는 밀가루 반죽을 주물러놓은 듯 주름살이 많이 잡혀 있었고 숲은 제철이 지나 시들어져 있었다.

여인은 살려달라는 듯 팔을 뻗어 왔다. 그것은 하나의 절규였다. 하림은 눈을 찔끔 감았다. 하는 수 없다. 나는 이미 버려진 놈 아닌가. 자만을 떨 필요는 없다. 나는 사랑하는 딸을 찾아야 하는 것이다. 그밖에는 아무 것도 생각할 필요 없고 주저해도 안 되는 것이다.

그는 침대 위로 올라가 그녀의 주름진 하복부에 공손히 입을 맞추었다. 마치 그렇게 함으로써 자신을 멸시하기라도 하려는 듯이.

이튿날 밤 하림은 마침내 섹스를 제공한 대가로 쓰네를 만날 수가 있었다.

그녀는 소문대로 미군들이 많이 드나드는 홀에서 그들을 상대로 술을 팔고 있었다. 하림이 홀 안에 들어갔을 때 그녀는 너무 술에 취해 몸을 제대로 가누지 못하고 있었다. 그런데다 험상궂게 생긴 흑인 병사의 품에 안겨 있어서 함부로 말을 걸 수가 없었다.

하림은 한쪽 구석에 버티고 앉아 그녀가 혼자 되기를 기다리고 있었다. 그러나 그녀와 흑인 병사는 서로 떨어질 줄을 모르고 밀착되어 가기만 하고 있었다. 차마 눈뜨고 볼 수 없을 정도로 그들은 애무에 열중하고 있었다.

쓰네를 보고 있는 동안 하림은 가슴이 타는 것을 느끼지 않을 수 없었다. 저토록 타락해 버린 여자가 남의 자식을 자기 자식처럼 돌보고 있을 리가 만무했던 것이다.

한 시간이 지나고 두 시간이 흘렀지만 여전히 그들은 붙어 앉아 있었다. 흑인은 브래지어 속으로 손을 집어넣어 젖가슴을 주물러대면서 계속 그녀의 입술을 빨고 있었다. 쓰네는 완전히 흑인의 무릎 위에 올라앉아 그가 만지는 대로 몸을 내맡기고 있었는데 붉은 조명등에 드러나 그녀의 얼굴이 때때로 경련하는 것으로 보아 아마 쾌감의 극치를 맛 보고 있는 것 같았다. 그녀는 흑인의 목을 껴안은 채 흡사 파도를 타듯 다리 위로 천천히 몸을 움직이고 있었다.

그들뿐만 아니라 홀 안에 있는 쌍쌍이 모두 애무에 정신을 팔고 있었다. 거기에서는 전쟁이 끝난 후의 절망적이고 퇴폐적인 생활이 적나라하게 그려지고 있었다.

흑인이 소변을 보려는지 자리를 떠났을 때 하림은 기회를 놓치지 않고 쓰네에게 다가갔다. 그가 곁에 다가앉아도 그녀는 눈을 멀겋게 뜬 채 아무런 반응을 보이지 않았다.

"시즈오까에서 오신 쓰네씨죠?"

그녀는 움찔 놀라는 것 같았다. 흐트러진 머리카락을 쓸어 올리면서 물었다.

"뭐……뭐라구요?"

"시즈오까의 쓰네씨 아니십니까?"

화장으로 뒤덮인 그녀의 얼굴이 무섭게 일그러졌다.

"잘못 봤어요. 난 그런 사람 아니야."

"다 알고 왔어요."

하림은 거칠게 그녀의 팔을 꽉 움켜쥐었다. 그녀가 눈을 부릅떴다.

"이거 왜 이래? 이거 놓지 못해?"

"함께 좀 나갑시다! 할 이야기가 있으니까!"

"다, 당신 도대체 누, 누구야? 내 이름은 도시에란 말이야! 이거 봐!"

"쓰네씨, 왜 거짓말하시는 겁니까? 쓰네씨라는 걸 다 알고 왔단 말입니다."

"헛 참, 기가 막혀. 이, 이 봐, 웨이터. 이 손님 끌어내!"

웨이터가 다가와 하림을 끌어내려고 했다. 하림은 웨이터를 쏘아보았다.

"자넨 저리 비켜! 이 여자와 조용히 할 중요한 이야기가 있으니까."

하림의 태도가 워낙 점잖고 엄했던지 웨이터는 주춤하고 물러섰다. 그때 화장실에 갔던 흑인이 돌아왔다. 쓰네가 재빨리 뭐라고 지껄이자 흑인은 눈을 부릅뜨면서 하림에게 주먹을 휘둘렀다. 그러나 놈이 워낙 취해 있어서 그는 하림의 상대가 될 수 없었다. 헛손질만 하다가 흑인은 의자를 안고 앞으로 푹 고꾸라졌다

그것을 보고 홀 안에 있던 미군들이 슬슬 일어나 몰려들 기세를 보였다. 하림은 더 이상 거기에 있다가는 불리할 것 같아 맥주병을 하나 집어들고 뒷걸음질로 재빨리 그곳을 빠져 나왔다. 그러나 일단 쓰네와 부딪힌 이상 끝장을 보지 않고는 그곳을 물러날 수가 없었다. 눈치를 챈 쓰네가 뒤가 켕기는 일이라도 있어 종적을 감추는 날에는 아기를 영영 못 찾을지도 모르기 때문이었다.

뒷문이 없는 것을 확인하고 나서 하림은 이를 악물고 쓰네가

나오기를 기다렸다. 쓰네를 놓치면 아기를 찾지 못한다는 생각에 잠시도 한눈을 팔지 않고 홀 입구를 주시했다.

쓰네가 나온 것은 자정이 지나 한 시쯤 되었을 때였다. 그녀는 혼자가 아니라 아까의 그 흑인과 동행이었다. 쓰러질 듯 비틀거리면서 그녀는 흑인이 이끄는 대로 끌려가고 있었다.

그것을 본 하림은 적이 낭패했다. 이렇게 되면 그들이 가는 데까지 따라가지 않을 수 없는 것이다.

그들은 부근의 허름한 여관으로 들어갔다. 하림은 쓰네를 만날 수 있는 기회가 자꾸만 사라지는 것 같아 몹시 초조했다. 그들이 방으로 들어가는 것을 보고서야 하림은 바로 그 옆방을 얻어들었다.

옆방에서는 쓰네와 흑인이 벌써 일을 벌이기 시작했는지 신음 소리가 들려오기 시작하고 있었다. 조금도 거리낌없이 신음 소리가 터져나오는 것으로 보아 그들은 주위에 조금도 신경을 쓰지 않는 것 같았다. 그것을 듣고 있는 하림도 자신의 입장을 깜박 잊고 열에 떠 방안을 서성거릴 정도였다.

벽에 쿵 부딪치는 소리와 쓰네의 신음 소리가 한데 어우러져 한밤의 정적을 휘저어 놓고 있었다. 이 방 저 방에서 사람들이 고개를 내밀고 흑인과 일본 여인의 정사에 귀를 기울였지만 갈수록 그들의 유희는 요란스러워지고만 있었다. 규칙적이다가도 갑자기 부딪쳐 깨어지는 것 같은 마찰음에 하림은 방안에서 숫말이 뛰고 있는 것 같은 착각을 느꼈다. 정말 흑인은 숫말인지 그 짓을 거의 새벽녘이 다 될 때까지 계속 되풀이했다. 조용해지는가 하면 다시 몸과 몸이 부딪치는 마찰음과 여인의 신음 소리가 되풀이 일어나곤 했다. 결국 먼저 지친 것은 여자인 것 같았다.

"제발……그만……그만……이 깜둥이……됐어……됐다구."

금방 울음 소리라도 터뜨릴 것 같은 쓰네의 하소연이 하림의 귀에도 들려왔다. 그래도 흑인은 그녀에게서 떨어지지 않는 모양이었다. 나중에는 쓰네의 신음 소리도 사라지고 흑인의 몸 움직이는 소리만 들려오고 있었다.

방구석에 쭈그리고 앉아 하림은 어금니를 깨물며 빨리 날이 새기를 기다리고 있었다. 어차피 잠자서는 안 되기 때문에 그는 내내 그렇게 버티고 앉아 있었다. 그러나 너무 피로한 탓으로 새벽녘에 그는 앉은 채로 깜박 졸았다. 눈을 떴을 때는 창문이 뿌우옇게 밝아오고 있었다. 그는 후다닥 일어나 밖으로 나가 보았다. 다행히 옆방에는 아직 쓰네의 하이힐이 놓여져 있었다. 그는 다시 방안으로 들어와 기다렸다.

날이 완전히 밝았을 때 옆방에서 다시 일을 벌이는 소리가 들려왔다. 눈을 뜬 흑인이 그래도 부족했던지 또 달라붙는 모양이었다. 피곤에 지친 여인의 사정하는 소리에 이어 다시 들뜬 소리가 들려왔다.

하림은 담배를 뽑아 물고 방안을 서성거렸다. 왠지 자신이 치욕을 당하는 것 같아 분노가 일었다. 아기가 쓰네의 신음 소리에 눌려 질식당하는 것 같아 견딜 수가 없었다. 그들을 죽이고 싶다고 생각했을 때 옆방 문이 열리는 소리가 들려왔다. 문틈으로 얼른 내다보니 흑인 병사가 허리춤을 추스르면서 나가는 것이 보였다. 빨리 서두르는 것으로 보아 아마 귀대시간이 가까운 모양이었다.

흑인이 나가는데도 쓰네는 내다보지도 않았다. 혼이 난 데다 너무 지쳐서 쓰러져 있을 것이라고 하림은 생각했다.

흑인이 여관 밖으로 완전히 사라진 것을 확인한 하림은 문을 열고 옆방으로 다가갔다. 그는 노크를 할까 하고 생각하다가 벌컥 문을 열고 안으로 들어갔다.

"어머, 누구세요?"

벌거벗은 채 이불 위에 엎어져 있던 쓰네가 상체를 일으키며 소리쳤다. 그 바람에 바가지를 엎어놓은 것 같은 젖가슴이 덜렁거렸다. 낯선 사나이가 서 있는 것을 알자 그녀는 반사적으로 이불을 끌어당겨 몸을 가렸다. 헝클어진 머리와 짓뭉개진 화장기로 그녀의 얼굴은 더할 수 없이 추해 보였다. 눈이 동그랗고 얼굴이 갸름한 것이 원래 바탕은 미인형인 것 같았다. 그러나 지금은 술과 섹스, 그리고 정신적 파멸로 얼굴이 추하게 일그러져 있었다.

"조용히 하시오! 어젯밤 홀에서 만난 사람이오!"

그녀는 그제야 생각이 나는지 더욱 눈을 크게 떴다.

"난……난 쓰네가 아니란 말이에요!"

"쓰네씨, 난 내 딸을 찾으러 왔을 뿐입니다. 당신에게 해를 끼치려고 온 게 아닙니다."

쓰네는 입을 벌린 채 한동안 멍하니 하림을 바라보다가 다시 경계태세로 들어갔다.

"무슨 말인지 난 통 모르겠네요."

"가쯔꼬의 딸을 찾으러 왔단 말입니다. 내가 그애의 보호자 되는 사람입니다!"

"그럼 당신이 바로 가쯔꼬의 애인인 그 죠오센징인가요?"

여인이 놀라움과 멸시가 섞인 눈으로 하림을 새삼 훑어보았다. 하림은 분노를 참으며 대답했다.

"네, 바로 내가 가쯔꼬의 애인입니다. 내 딸은 어디 있습니까?"

여인의 눈이 곤두섰다. 그녀는 하림을 쏘아보다가 양담배를 한대 피워 물었다.

"흥, 무슨 염치로 이제 나타났죠? 뻔뻔스럽군."

하림은 갑자기 기습을 당한 것 같은 기분이었다. 그렇지만 그로서는 이렇게 늦게 나타난 데 대해서 변명할 말이 없었다. 이쪽은 어디까지나 신세를 져온 입장인 만큼 상대가 질책하면 고스란히 당할 수밖에 없었다.

"정말 미안하게 됐습니다. 일찍 오려고 했습니다만 사정이 여의치 못해 이렇게 늦었습니다."

"어미젖도 먹지 못한 핏덩이를 내가 어떻게 기른 줄 아세요? 내 자식도 그렇게 거두지는 않았다고요."

이제 입장은 완전히 뒤바꾸어져 있었다. 여인은 기세등등해져 있었고 하림은 풀이 죽어 어쩔 줄을 모르고 있었다. 쓰네는 옷을 입으려고도 하지 않고 담배를 뻑뻑 피워댔다. 하림은 조심스럽게 앉았다.

"정말 뭐라고 감사의 말을 드려야 할지 모르겠습니다. 은혜는 평생 잊지 않겠습니다."

"그야 당연하죠. 난 그렇지 않아도 은하 아빠가 나타나면 톡톡히 양육비를 받아낼 생각이었으니까요."

쓰네의 눈이 번득이는 것을 하림은 가만히 바라보았다.

"그렇지 않아도 양육비를 드릴 생각이었습니다. 먼저 내 딸을 보여 주십시오."

"그거야 보여 드려야죠."

여인은 이불을 젖히고 일어서더니 돌아서서 주섬주섬 옷을 입기 시작했다. 하림의 눈앞에서 여인의 둥근 엉덩이가 마구 춤을 추었.

시즈오까에서 남편과 시아버지를 모시고 있을 때만 해도 이 여자는 얌전한 현모양처였을 것이다. 그러던 여자가 이렇게 갑자기 변해 버린 것이다. 인간은 도대체 어느 정도까지 타락할 수 있을까. 무엇이 이 여자를 이렇게 만들었을까.

옷을 입고 난 쓰네는 홱 돌아서더니 불쑥 손을 내밀었다.

"돈을 먼저 주셔야죠."

"돈은 드리겠소. 아기를 먼저 보여 주시오."

여인은 머리를 흔들어댔다.

"그렇다면 돈을 먼저 주세요. 나는 공돈을 요구하는 게 아니라구요."

여인의 입에서 술냄새가 확 풍겨왔다. 하림은 여인을 쏘아보다가 지갑 속에서 되는 대로 달러를 집어내어 그녀에게 주었다. 달러를 한 주먹 받아든 그녀는 입이 딱 벌어졌다. 이윽고 그녀는 만족한 표정으로 앞장서서 밖으로 나갔다. 하림은 묵묵히 그녀를 따라갔다.

폐허의 거리에 어울리지 않게 쓰네의 옷차림은 무척 사치스럽고 야했다. 지나가는 사람들이 모두 한번씩 그녀를 쳐다보았지만 그녀는 그럴수록 콧대를 높이 세우고 거침없이 걸어갔다. 한참을 그렇게 걸어가던 그녀는 문득 걸음을 멈추고 택시를 잡았다.

차가 달리는 동안 하림은 그녀에게 한마디 물었다.

"가쯔꼬씨의 묘는 어디 있습니까?"

"화장했어요."

쓰네는 대수롭지 않은 듯 가볍게 말하고는 껌을 짝짝 씹었다.

한 시간쯤 지나 택시는 시 변두리에 자리잡고 있는 어느 낡은 건물 앞에서 멈춰 섰다. 넓은 마당에서 헐벗은 아이들이 뛰어놀고 있는 것을 보고 하림은 사뭇 놀랐다.

"여기가 어딥니까?"

"보면 몰라요? 고아원이에요"

쓰네는 거침없이 대답했다.

"그럼 아기를 여기다 맡겨뒀단 말입니까?"

하림은 분노에 차서 물었다. 쓰네는 어깨를 으쓱했다.

"보다시피 저도 먹고살아야 하지 않아요? 내 자식도 아닌 아기, 기저귀 갈아주다가 굶어죽으면 어떻게 하라구요. 내가 과부가 아니라면 또 몰라도……"

하림은 터지려는 분노를 가까스로 눌러 참았다. 이 여자에게는 잘못이 없다. 잘못은 나에게 있는 것이다.

사무실로 들어가 사정을 이야기하고 십 분쯤 기다리자 보모가 아기 하나를 안고 들어왔다. 아기는 심하게 기침하면서 울어대고 있었는데 뼈와 눈만 남은 것이 거의 다 죽어가고 있었다. 아무리 보아도 하림은 그애가 자기 자식 같지가 않았다.

"이애가 은합니까?"

그는 떨리는 목소리로 쓰네에게 물었다. 쓰네는 백을 들고 일어서면서 고개를 끄덕였다.

"네, 맞아요. 난 이제 가도 되겠죠?"

"뭐라고?"

돌아서려는 그녀를 향해 하림의 손이 획하고 날았다. 손바닥이 따귀에 철썩하고 부딪치는 소리가 실내를 울렸다. 갑작스레 따귀를 얻어맞은 쓰네는 뺨을 움켜쥐고 멀거니 하림을 바라보다가 그가 다시 때리려고 하자 냅다 문을 열고 밖으로 도망쳐 버렸다.

하림은 쓰네를 쫓아가지 않았다. 생각 같아서는 쫓아가서 더 때려 주고 싶었지만 꾹 참았다. 누구를 원망하고 누구한테 책임을 물을 것인가.

이렇게 된 것은 전적으로 그의 책임이었다. 자기가 뿌린 씨는 자기가 거두어야 하는 것이다. 그런데도 그는 지금까지 그 씨를 거두지 않은 것이다. 비록 부득이한 사정이 있었다고 해도 그 책임을 면할 수 없는 것이다. 다른 사람한테 책임을 물어서도 안 되는 것이다. 아기가 기침을 할 때마다 그는 가슴이 찢어지는 것만 같아 견딜 수가 없었다.

밖으로 나온 그는 아기를 안고 소리 없이 울었다. 혈육에 대한 정이 그토록 깊은 것인 줄 그는 비로소 처음으로 느낀 것이다. 뼈만 남고 눈만 남은 아기는 살 것 같지가 않았다. 지하에 있는 가쯔꼬가 이것을 알면 얼마나 가슴 아파할까.

아기가 여행을 견뎌낼 것 같지 않았으므로 그는 우선 급한 대로 아기를 입원시켰다.

"영양실조에다 폐렴까지 앓고 있습니다."

나이가 많은 의사는 하림을 쏘아보면서 힐난하듯 말했다. 의사는 하림에게 아기를 그렇게 까지 되도록 방치해 둔 책임을 눈으로 묻고 있었다. 하림은 너무 부끄러워서 얼굴을 들 수가 없었다.

"부탁입니다. 어떻게든지 낫게만 해 주십시오."

동경제대 의학부를 다니다 만 그였지만 이때처럼 의사가 우러러 보일 수가 없었다.

"지금 매우 위독한 상태라 뭐라고 자신 있게 말할 수 없습니다. 하여튼 더 두고 볼 수밖에 없습니다."

"부탁입니다. 어떻게든지 살려 주십시오."

의사는 시선을 돌려 버렸다.

하림은 딸 곁에 앉아 꼬박 사흘 밤을 지샜다. 사흘 밤이 지나자 아기는 다소 차도를 보이기 시작했다.

"다행입니다. 조금만 늦었어도 아기의 생명을 건지기 어려웠을 겁니다."

의사는 그제야 겨우 안도의 빛을 보이며 말했다.

하림은 다시 병원에서 열흘을 보냈다. 그 동안 아기는 많이 나아져서 얼굴에 살이 오르고 하림도 낯이 익어 그 앞에서 재롱을 부리기도 했다.

제 얼굴을 되찾으면서부터 은하는 가쯔꼬의 모습을 드러내기 시작하고 있었다. 아기가 영락없이 가쯔꼬를 닮은 것을 알자 하림은 가슴이 쓰리고 아려왔다.

아기가 병원에 입원해 있는 동안 그는 밤이면 어두운 병실 창가에 앉아 멍하니 창밖을 바라보는 버릇이 생겼다. 그렇게 앉아 있노라면 어느새 가쯔꼬의 모습이 창가에 어리는 것이었다. 화장된 그녀는 한줌의 재가 되어 어디에 뿌려졌을까. 분명 아버지가 그 시신을 거두어 화장시켰을 것이다. 그리고 태평양의 푸른 물결 위에 그 재를 뿌렸겠지. 가쯔꼬는 태평양에 있다. 많은 한을 품은 채 태평양 물결 위에 떠돌고 있다.

다시 닷새를 병원에서 보낸 후 하림은 아기를 안고 미군용기 편으로 서울로 돌아왔다.

우선 아기를 믿고 맡길 데가 필요했으므로 그는 그 동안 발을 끊었던 형님 댁을 찾아갔다. 형은 집에 없고 형수가 반색을 하고 뛰어나왔다.

마음씨가 곱고 너그러운 형수는 하림이 일본에까지 가서 딸을 찾아온 것을 알고는 눈물부터 흘렸다. 그리고 하림이 결혼할 때까지 자기가 아기를 보살피겠다고 말했다. 하림은 비로소 안도의 한숨을 내쉬며 그 동안 쌓인 피로가 한꺼번에 밀려드는 것을 느꼈다.

광란의 일월

저녁 무렵이었다.

낮잠을 자고 있던 대치는 대문 두드리는 소리에 잠을 깼다. 조금 후에 아랫방에 거처하는 할머니가 손님이 왔다고 일러 주었다.

대치는 눈을 비비고 천천히 대문 쪽으로 나가 보았다. 대문 앞에는 낯선 사나이 하나가 서 있었다. 삼십대의 빼빼 마른 사나이는 캡에 안경을 끼고 있었다. 대치를 보자 사나이는 작은 소리로

"평양에서 왔습니다."

라고 말했다. 대치는 주위를 둘러본 다음 사나이의 손을 덥석 잡았다.

"오시느라고 수고 많았습니다."

그들은 안방으로 들어가 대좌했다.

"제 이름은 서강천(徐江天)이라고 합니다. 앞으로 최동무와 함께 일하라는 지시를 받고 왔습니다"

"아, 그러십니까. 반갑습니다."

대치는 서강천이 내주는 봉투에서 편지를 꺼내 읽었다.

△ 수신 = 최대치
△ 발신 = S특무대
① 공문을 받는 즉시 최대치 동무는 서강천 동무와 일조가 되어 행동할 것
② 최대치 · 서강천 동무의 공작조는 이후 암호명「시베리아 특급」으로 불린다.
③「시베리아 특급」은 박헌영이 주도하는 공산당에 입당하여 그를 적극 지원하는 한편 감시 보고할 것.
④「시베리아 특급」은 미군의 동태를 감시 보고할 것.
⑤「시베리아 특급」은 미군사령부 내에 세포를 심어 극비 정보를 수집 보고할 것.
⑥「시베리아 특급」은 극우세력의 동태를 감시 보고할 것.
⑦「시베리아 특급」의 조장은 최대치 동무가 맡을 것.

대치가 지령문을 보고 나자 서강천이 그것을 재떨이 속에 구겨 넣고 성냥불을 그었다. 종이가 타는 동안 그들은 말없이 앉아 있었다. 대치는 이제부터 보다 큰일이 그를 기다리고 있음을 알았다.

"최동무는 눈이 그래서 금방 표가 날 테니까 나한테 지시만 내리십시오. 시키는 대로 하겠습니다."

자기보다 몇 살을 더 먹었을 사나이가 복종의 뜻을 밝히자 대

치는 만족한 기분이 들었다.

"한번 잘해 봅시다"

"좋은 집을 구했습니다. 어떻게 이런 집을 구했습니까?"

서강천은 방안을 둘러보다가 벽에 걸려 있는 여옥의 옷 위에서 시선을 멈추었다.

"최동무는 혼자 몸이 아닌가 보지요? 출발할 때 총각이라는 말을 들었는데……"

"하나 데리고 살고 있습니다. 젊은 놈이 혼자 지낼 수 있어야지요."

강천은 웃음을 터뜨렸다.

"여자 다루는 솜씨가 보통이 아니군요."

"솜씨가 있어서 그런 건 아닙니다."

"미인입니까?"

"그런 셈이지요."

"앞으로 자주 볼 텐데 인사시켜 주십시오."

"나중에 인사시켜 주겠습니다. 지금은 직장에 나가고 없습니다."

"어느 직장에 나가는가요?"

"미군사령부에 나가고 있습니다."

서강천의 가는 눈이 안경 너머에서 번뜩였다.

"정말 미군사령부에 근무합니까?"

"네, 그렇습니다."

"그렇다면 우리 임무 중 가장 중요한 것 하나는 가만히 앉아

서 할 수 있겠군요."

강천의 말에 대치는 대꾸하지 않았다.

"정보는 얼마든지 빼낼 수 있지 않겠습니까?"

"글쎄, 한번 해보도록 합시다."

여옥을 이용해야 한다는 것은 이미 오래 전부터 그의 마음속에 자리잡고 있는 생각이었다. 다만 그는 그것을 내색하지 않고 시기만을 기다리고 있었다. 여옥이 그의 말을 들어줄런지는 아직 알 수 없었다. 그러나 그는 그것을 낙관하고 있었다. 여옥이 그의 손아귀에 들어 있는 한 그녀를 요리하는 것은 무척 쉬운 일이다.

이튿날 대치는 박헌영을 만나러 갔다. 이때 박헌영은 이미 조선공산당을 재건해 놓고 맹렬한 활동을 벌이고 있을 때였다. 평양의 소련군사령부에서 보낸 밀사가 기다리고 있다고 하자 그는 다른 사람들을 모두 물리치고 대치부터 만났다.

애꾸눈의 험악한 청년이 안으로 들어서자 박헌영은 섬찟하고 놀라는 것 같았다. 대치는 박이 내미는 손을 붙잡고 고개를 숙였다.

"오느라고 수고 많았소. 자, 앉으시오."

대치는 박이 권하는 대로 소파에 앉았다.

박헌영은 안경을 끼고 있었는데 눈썹이 짙고 치켜 올라간 것이 몹시 사나운 성격임을 드러내고 있었다. 대치는 먼저 그에게 평양에서 보내온 밀서를 꺼내주었다. 거기에는 다음과 같은 내용의 글이 적혀 있었다.

박헌영 동무 귀하

이 편지를 가지고 가는 최대치 동무는 매우 활동적인 귀중한 인재이오니 혁명노선에 참가시키면 많은 도움이 될 것입니다. 앞으로 모든 연락은 최동무를 통해서 이루어질 것입니다. 우리는 남조선에서의 박헌영 동무의 승리를 확신합니다. 멀지 않은 장래에 우리는 통일된 혁명의 노래를 부를 수 있게 될 것입니다. 박헌영 동무 만세! 스탈린 대원수 만세!

1945년 11월 15일
북조선주둔 소련군사령부
정치참모 로마넹코 소장

박헌영은 로마넹코가 보낸 편지라는데 사뭇 놀라고 있었다. 그는 새삼스럽게 대치를 유심히 보고 나서 다시 한번 밀서를 읽었다.

이윽고 그는 턱을 괴고 무엇인가 깊이 생각했다. 소련군사령부로부터 그에게 연락이 온 것은 이것이 처음이었다. 그는 사실 공산당을 재건하면서도 북한에 있는 소련군사령부가 어떻게 그를 받아들일지 몹시 궁금했었다. 공산주의의 종주국인 소련이 인정해 주지 않으면 사실 모든 것은 수포로 돌아가기 때문이었다. 그 동안 북한에는 소련군사령부의 비호를 받으며 새로운 공산당 세력이 강력하게 부상하고 있었다. 그것을 보고 박헌영은 적이 불안하고 초조했다. 북한 세력에 주도권을 뺏긴다면 지금까지 투쟁한 보람이 없어지는 것이다. 만일 소련군사령부로부터 연락이 없으면 결국 이쪽은 도태되고 마는 것이다. 그는 몇 번 사람을 보내 보았지만 소련군사령부로부터는 아무런 반응이 없었다. 그렇다고 물러설 수도 없어 그는 조선공산당 중앙본부를 서울에 차리고 국내 공산세력의 중심인물로 계속 활동해 나갔다. 그렇게 맹렬히 활동하면 소련측에서도 그를 인정하지 않을 수 없을 것이라는 생각에서였다.

과연 그의 이러한 생각이 적중했는지는 몰라도 마침내 그렇게 기다리던 연락이 온 것이다. 비록 그것이 한 청년을 추천하는 내용에 불과한 것이었지만 거기에는 그를 인정하고 격려해 주는 뜻이 분명히 내포되어 있었다.

더구나 중요한 것은 로마넹코 소장이 보낸 편지라는 사실이었다. 로마넹코에 대해서는 일면식도 없는 처지였지만 그는 이렇게 가슴 뿌듯할 수가 없었다. 그것은 서울에 있는 조선공산당 중앙본부를 간접적으로 인정해 주는 것이었고 총비서책인 그를 승인하는 것이라고 볼 수 있었다.

그 동안 북한에는 36인 공작조에 의해 조선공산당 북조선 분국이 설치되어 있었다. 이것은 북한에 있는 공산주의자들의 총집결체라고 할 수 있었다. 지방별로 분산되어 있던 공산주의자들이 이렇게 통일될 수 있었던 것은 다분히 소련군의 압력 때문이었다. 그렇다고 하지만 일국일당(一國一黨) 원칙에 따라 당은 하나만 존재할 수가 있었다. 박헌영의 조선공산당은 이미 모든 국내 공산주의자들의 절대적인 지지를 받고 있었다. 그것을 무시하고 또 하나의 공산당을 북한에 세운다는 것은 아무리 막강한 힘을 가진 소련군이라 해도 아직은 너무 무리한 일이고 시기상조라고 할 수 있다. 그래서 궁리 끝에 박헌영의 조선공산당을 인정해 주기로 하고 또한 그 본부를 서울에 두는 것을 기정사실로 받아들이기로 한 것이다. 그리고 북한에는 분국(分局)을 설치함으로써 우선 급한 대로 북한 일원에 통일된 강력한 공산당을 조직한 것이다.

그러나 소련군의 지원을 받은 36인 공작조가 언제까지고 박헌영에게 주도권을 빼앗기고 있을 리가 없었다. 그들은 당본부를 평양으로 옮기고 따라서 주도권을 차지하려고 때를 기다리고 있었다. 그들은 그것을 단지 시간문제로 보고 있었다. 때가 오면 박헌영은 궁지에 몰리고 그들에게 도움을 청할 것이라고 그들은 생각하고 있었다. 그때 가서는 의당 주도권이 바뀔 것이었다.

"음, 좋아. 앞으로 최군은 내 곁에서 일하도록 하지. 생사고락을 같이 한다는 것은 사나이들의 세계에서는 매우 중요한 일이야. 그런데 눈은 왜 그렇게 됐지?"

박은 자기 수하에 들어온 대치에게 반말로 물었다. 그것은 지금부터 손아래 사람으로 취급한다는 뜻이라고 할 수 있었다.

"일본군에 있을 때 다친 겁니다."

대치는 가볍게 대답했다.

"음, 부상한 거군. 자넨 무슨 일을 자신 있게 할 수 있나?"

"아무 일이나 할 수 있습니다. 저는 관동군에도 있었고 팔로군에도 있었습니다. 상해에 있을 때는 적색공포단에서도 일했습니다."

"적색공포단에서도 일했다고?"

"네, 그렇습니다."

박의 얼굴에 놀라는 빛이 역력히 나타났다.

"음, 그런 경력이라면 앞으로 많은 일을 할 수 있겠군. 에또, 우선 내 방에서 근무해 줘야겠어. 그리고 자넨 힘이 세 보이니까 나쁜 놈들로부터 나를 좀 지켜 주었으면 좋겠어. 세상이 하도 시끄러워 잠시도 마음을 놓을 수 없단 말이야. 어제만 해도 어떤 놈이 노상에서 나한테 시비를 걸지 않겠나."

그렇게 말하고 나서 박은 멋쩍게 웃었다. 스스로도 자기 말이 좀 부끄럽게 생각되었던 모양이었다.

박헌영이 대치를 단번에 자기 측근에 두려고 한 것은 자기가 얼마나 우수하고 투쟁적인 공산주의자인가를 그를 통해서 소련측에 알리기 위해서였다. 실로 어리석은 짓이었지만 북한에서 꾸며지고 있는 음모를 모르는 그로서는 그럴 수밖에 없는 일이었다.

박헌영을 만나고 나온 대치는 그 길로 서강천을 만나러 갔다. 서강천은 아직 거처를 정하지 못해 여관에 들어 있었다. 방바닥에 누워 담배를 피우고 있던 그는 대치가 들어서자 벌떡 몸을 일으켰다.

"어떻게 됐습니까?"

"지금 박을 만나고 오는 길이오. 박은 밀서를 보고 나더니 나를 즉시 자기의 비서겸 경호원으로 채용했소."

"잘됐군요. 즉시 평양으로 보고해야겠습니다. 미군사령부에 대해서도 빨리 활동을 개시하십시오. 그 여자는 아직 포섭하지 못했나요?"

"아직 말도 꺼내지 않았소. 차차 해볼 생각이니까 그렇게 알고 있으시오."

"시급한 문제라 즉시 착수해야 합니다. 시간을 끌어가면서 할 수 있는 일이 아닙니다."

"알고 있소. 그래도 모든 일이란 순서가 있는 게 아니오? 나대로 계획이 있으니 서두르지 마시오."

그의 말은 정말이었다. 그가 굳이 여옥을 하림이 일하고 있는 미군정보국에 나가게 한 것은 그 나름대로 계획이 있어서 그렇게 한 것이었다.

그들은 곧 밖으로 나와 시내 중심가에 아지트를 하나 정했다. 그들이 얻어든 곳은 낡은 한옥이었다. 그 한옥은 낡았지만 드넓었고, 수목이 많아 아늑한 분위기를 띠고 있었다. 빈집이었기 때문에 그들은 그날로 당장 들어갈 수가 있었다. 방안으로 들어가자 서강천은 먼저 가방 속에서 무전기를 꺼내 평양으로 무전을 쳤다.

△ 수신 = S특무대
△ 발신 = 시베리아 특급

①캡(세포책임자), 박헌영에 접근 성공. 박헌영의 측근으로 발탁되었음.

②미군사령부 침투는 시간문제임. 캡은 이미 세포를 심어 두었음.

③극우세력은 이승만을 중심으로 통일된 행동을 전개하기 시작하고 있음. 그러나 불원 김구(金九)가 귀국하게 되면 양상이 달라질 것으로 사료됨.

④금일 자정에 연락바람.

강천이 무전기를 두드리고 있는 것을 지켜보고 있는 동안 대치는 새삼 자신이 엄청난 일을 맡고 있다는 것을 실감할 수가 있었다.

무전을 치고 난 강천은 잠시도 쉬려고 하지 않았다. 부리나케 집안을 치우고 난 그는 취사도구를 마련하려고 밖으로 뛰어나갔다. 그밖에 식모를 구하고 전화까지 한 대 가설하느라고 그는 밤늦게까지 일했다.

집안을 정리하는 것을 도와주느라고 대치는 거의 자정 가까이까지 그곳에 남아 있었다. 대충 정리를 끝내고 난 그들은 술을 마셨다.

"우리 둘이서만 활동한다는 것은 너무 벅찬 일입니다. 조직을 확대하는 게 어떨까요?"

서강천은 공산당 골수분자였다. 따라서 불평이나 회의 같은 것은 일절 없었다.

"그야 당연한 일이지요. 세포를 많이 심어 둬야만 일하기가 쉽고 정보를 많이 얻을 수가 있지요. 믿을 만한 사람들을 찾아 봅시다."

"알겠습니다."

야심에 찬 두 사나이는 술에 취하는 것이 아니라 음모에 취해 가고 있었다.

대치가 서강천과 헤어져 집으로 돌아오니 여옥은 그때까지 자지 않고 그를 기다리고 있었다. 윗목에 밥상이 차려져 있었고 그 옆에는 성경책이 놓여져 있었다. 성경책을 집어든 대치는 그것을 방구석으로 홱 던졌다.

"예수 안 믿을 수 없어?"

대치의 목소리는 거칠었다. 여옥은 놀라서 그를 멍하니 바라보기만 했다. 대치가 그렇게 거칠게 나오기는 처음 있는 일이라 그녀로서는 놀랄 수밖에 없었다. 그러나 이내 술취한 탓이려니 생각하고 그녀는 밥상을 아랫목에 내려놓은 다음 성경책을 집어들었다. 그러자 대치가 소리쳤다.

"예수 안 믿을 수 없난 말이야!"

'왜 그럴까. 이분이 왜 그러실까.'

너무 당황한 여옥은 대답을 못한 채 눈만 크게 뜨고 그를 바라보고 있었다.

"왜 대답을 안 해? 내 말이 안 들리나?"

대치의 태도는 완전히 지배자의 그것이었다. 여옥은 숨이 막히고 눈물이 나오려고 했다. 이분은 내가 그리스도를 믿는 것이 그토록 싫으셨을까. 성경책을 집어던지다니, 얼마나 싫으셨으면 그랬을까.

"어서 저녁 드세요."

여옥은 대치의 감정을 가라앉히고 될수록 부드럽게 말했다. 대치는 여옥을 한참 쏘아보다가 털썩 주저앉아 밥상을 끌어당겼다.

"나는 예수쟁이가 제일 싫단 말이야."

"죄송해요."

여옥이 다소곳이 복종하는 태도를 보이자 대치는 감정을 누그러뜨리면서 식사를 하기 시작했다. 여옥은 가슴이 메어 그와 함께 식사를 할 수가 없었다. 그래서 한쪽에 우두커니 앉아 있으려니 대치가 그녀의 손을 잡아끌었다. 그 바람에 여옥은 왈칵 눈물이 쏟아졌다. 감정이 여릴 대로 여려져 있는 그녀는 사랑하는 이로부터 처음으로 거칠게 취급당하자 그만 슬픔이 북받친 것이다. 대치는 흐느끼는 그녀를 보자 자기가 너무 심하게 굴었다고 생각하면서 그녀의 어깨를 가만히 껴안아 주었다.

"울지 마. 미안해."

"제가 싫으시면 싫다고 솔직히 말씀해 주세요."

여옥의 이 말을 곰곰 생각해 보면 매우 절망적인 말이라고 할 수 있었다. 군위안부 출신인 그녀는 대치에게 자기를 영원히 사랑해야 한다고 주장할 수 없는 약점을 지니고 있었다. 따라서 그가 자신을 싫어한다면 눈물을 머금고 물러날 수밖에 없는 것이다. 여옥의 그 기분을 알아차린 대치는 수저를 놓고 그녀를 꽉 껴안았다.

"그런 말 다시 해서는 안 돼. 그런 말하면 정말 화낼 테다."

"미안해요."

여옥은 대치의 가슴에 얼굴을 묻었다.

"오늘 무슨 기분 나쁜 일이라도 있었어요?"

"아니야. 자, 우리 식사하자구."

"예수를 믿는 게 싫으면 믿지 않겠어요."

대치는 여옥을 바라보았다. 그리고 한참만에 거북하게 입을 열었다.

"믿고 안 믿고는 여옥이 자유지만 난 사실 예수가 싫어. 난 차라리 인간의 의지를 믿고 싶어. 난 죽을 고비를 여러 번 넘겼지만 한번도 신을 찾은 적이 없었어."

"알겠어요. 그러시다면 믿지 않겠어요."

여옥은 자신의 신앙이 대치 앞에서 물거품이 되어 흩어지는 것을 보았다. 지금 그녀에게 있어서는 대치가 바로 신이었다. 따라서 대치가 싫어한다면 그리스도일지라도 버릴 수밖에 없었다.

이튿날 대치는 여옥의 퇴근을 기다렸다가 그녀를 먼발치로 미행했다. 혹시 그녀가 하림과 밖에서 만나지 않나 해서였다. 그것은 남자의 단순한 의혹과 질투심이 빚은 유치한 행동이라고 할 수 있었다. 그래서는 안 되는 줄 알면서도 그는 어쩐지 마음이 놓이지가 않았던 것이었다.

명동으로 들어선 여옥은 어느 가게 앞에서 걸음을 멈추었다. 쇼윈도에는 눈처럼 하얀 웨딩 드레스가 화사한 빛을 뿌리고 있었다.

그녀는 한동안 넋을 잃은 채 드레스를 바라보고 있었다. 대치가 가까이 다가가도 모른 채 거기에만 시선을 고정시키고 있었다. 그것을 보고 있자니 대치는 문득 여옥이 측은한 생각이 드는 것이었다. 얼마나 저걸 입고 싶으면 저렇게 넋을 빼고 바라보고 있을까. 하림과의 결혼을 하루 앞두고 포기해야 했으니 더욱 마음이 착잡할 것이다. 말은 안 하고 있지만 몹시도 결혼식을 올리고 싶겠지.

대치는 여옥의 어깨 위에 가만히 손을 올려놓았다. 여옥은 화들짝 놀라 돌아보았다. 그리고는 대치가 거기에 서 있는 것을 알고는 얼굴을 확 붉혔다. 대치는 지나다 우연히 만난 것처럼 하면서

"그렇게 저것이 입고 싶나?"

하고 물었다. 여옥은 들킨 것이 부끄러워 더욱 더 얼굴이 붉어졌다.

"그럴 필요 없이 하나 사도록 하지."

"아니에요."

여옥이 돌아서려고 하자 대치는 여옥의 손을 잡아끌고 가게 안으로 들어갔다. 그리고 그 자리에서 웨딩드레스를 샀다. 그것은 그 다운 태도라고 할 수 있었다. 여옥은 너무 가슴이 벅차 드레스를 가슴에 안은 채 파르르 떨었다. 그런데 밖으로 나온

대치는 더욱 놀라운 말을 했다.

"내일 모레 결혼식을 올리도록 하지. 쇠뿔은 단김에 빼는 게 좋아."

"왜 갑자기……?"

여옥은 겨우 이렇게 물을 수밖에 없었다.

"갑자기 그런 게 아니야. 우리는 마땅히 해야 할 일을 하는 거야. 오늘 저녁은 밖에서 식사를 하고 가지."

대치는 제일 고급스런 식당으로 앞장서서 성큼성큼 들어갔다. 여옥은 이렇게 행복할 수가 없었다. 너무 행복해서 차라리 불안할 지경이었다.

이튿날 하림은 대치로부터 느닷없이 전화를 받았다. 너무 갑작스런 일이었기 때문에 하림은 어리둥절했다.

"최대칩니다. 일전에는 실례가 많았습니다. 다름이 아니고 내일 12시에 여옥이와 결혼식을 올리기로 했습니다. 간단히 식을 올리는 게 좋을 것 같아 내일로 날을 잡았습니다. 누구보다도 하림씨한테만은 알려야겠기에 이렇게 전화를 걸었습니다. 바쁘시지 않으면 참석해 주셨으면 합니다."

대치의 말은 정중했다. 그러나 하림은 거기에서 다분히 도전적인 기미를 느낄 수가 있었다.

"축하합니다. 내일 시간을 내어 참석하겠습니다."

"감사합니다. 식장은 종로 1가에 있는 원앙예식장입니다."

전화를 받고 난 하림은 충격이 컸다. 동시에 놀림을 당한 기분이었다. 그러면서도 한편으로는 여옥이 마침내 정식으로 다른 남자의 부인이 된다고 생각하자 걷잡을 수 없이 기분이 울적해져 왔다. 여옥의 입에서는 결혼식을 올린다는 말이 나오지 않았다. 그녀는 타이핑에 열중하고 있었다. 내가 괴로워할까 봐 말하지 않는 거겠지.

하림은 퇴근시간을 기다렸다가 여옥을 데리고 고궁으로 갔다. 여옥과의 결혼이 깨진 이후 함께 나들이하기는 처음이었다. 고궁에 들어선 그들은 벤치에 나란히 앉아 어둠이 내리는 것을 지켜보았다.

그들은 단둘이 있는 그 시간이 얼마나 소중한가를 서로가 잘 알고 있었다. 그래서 그 시간의 흐름을 의식하고 있다 보니 자연 침묵하고 있을 수밖에 없었다. 그들은 또 입을 열어 말한다는 것이 무의미함을 잘 알고 있었다. 차라리 말하지 않고 있는 것이 적어도 그들의 경우에 있어서는 서로가 진심을 알리는 유일한 방법이라고 할 수 있었다.

"내일 결혼식을 올린다지요?"

어둠이 완전히 내린 뒤에야 하림이 담담한 목소리로 물었다. 여옥은 적이 놀라고 당황했다. 그녀는 하림이 괴로워할까 봐 그에게는 알리지 않고 몰래 식을 올리려고 했었다. 그런데 어느새 하림이 그것을 알고 있지 않은가. 여옥은 하림을 한번 말없이 쳐다본 다음 고개를 숙였다.

"정말 잘된 일이오. 진심으로 축하드리겠소."

하림의 목소리는 피곤한 듯 잠겨 있었다. 여옥은 고개를 쳐들었다.

"어떻게 아셨어요?"

"대치씨가 전화를 걸어왔소."

"그분이 그런 짓을……"

여옥은 당황해서 중얼거렸다. 그분이 하림씨에게 전화를 해야 할 필요가 있을까. 그분은 왜 그런 짓을 했을까. 지난번에도 그분은 하림씨를 만나 난처한 말을 했다지 않은가. 왜 그분은 하림씨를 괴롭히려고 하는 걸까. 여옥은 몸둘 바를 몰라 다시 고개를 떨어뜨렸다.

"죄송해요."

"죄송하다니, 그게 무슨 말이오? 대치씨가 결혼식을 알려온 것은 잘한 일이었소. 그렇지 않으면 난 내일 여옥이가 결혼하는 것도 몰랐을 것 아니오?"

"전 알리고 싶지 않았어요."

"난 여옥이 결혼식에만은 꼭 참석하리라고 생각하고 있었소. 누구보다도 축복해 줘야 할 사람이기 때문이오."

여옥은 자기도 모르게 손을 뻗어 하림의 팔을 껴안았다. 하림은 여옥의 몸이 가늘게 떨고 있는 것을 느낄 수가 있었다.

"용서해 주세요."

"아니오. 그런 말은 하지 마시오. 여옥이는 잘못한 게 하나도 없소."

"아니에요. 용서해 주세요. 저는 하림씨한테 너무 큰 고통을 안겨드렸어요. 용서해 주세요."

"일부러 그런 건 아니지 않소. 어쩔 수 없이 그렇게 된 걸 가지고 죄의식을 느끼지는 말아요. 난 여옥이가 행복하게 살 수만 있다면 그 이상은 아무 것도 바라지 않겠소. 여옥이는 정말 행복하게 살아야 해요."

여옥은 하림의 어깨에 가만히 머리를 기댔다. 하림의 어깨는 포근하고 아늑했다. 그녀는 거기에 머리를 기댄 채 밤새 앉아 있고 싶었다.

하림은 참으려고 했지만 어느새 그의 팔은 여옥의 어깨를 감싸안고 있었다. 그때의 그들은 정말 둘도 없는 영원한 연인들 같았다. 아니 분명 그들은 연인들이었다. 운명적으로 그들은 연인이 되지 않을 수 없는 입장에 놓여 있었다.

"여기에 밤새 앉아 있고 싶어요."

"그래서는 안 돼요."

하림은 그래도 이성적으로 버티고 있었다. 그러나 여옥은 그렇지가 못했다.

"하숙하고 계시는데 한번 가 보고 싶어요."

"그건 안 돼요. 우리는 이 이상 가까워져서는 안 돼요."

여옥은 두 갈래의 애정으로 자신이 여전히 방황하고 있는 것을 느꼈다. 대치와의 결혼식으로 그녀는 얼마나 가슴이 부풀었던가. 그런데 지금 하림의 품에 안겨 그를 떠나고 싶어하지 않는 것은 또 무엇인가.

"저는 우리들의 관계가 깊어진다고 해서 죄의식을 느끼지는 않아요."

하림은 몸을 일으켰다. 여옥도 따라 일어섰다. 그들은 어둠 속에서 서로 마주보고 있었다. 하림은 여옥의 당돌한 말에 당황하고 있었다.

그 상태에서 두 사람의 뜨거운 숨결이 부딪치는 것은 어쩔 수 없는 일이었다. 하림이 팔을 벌리자 여옥은 그의 가슴속으로 뛰어들었다. 하림은 여옥을 가슴속 깊이 품으면서 그녀의 입술을 찾았다.

두 사람은 서로를 끌어안고 한참 동안 꿈꾸듯 어둠 속에 서 있었다. 하림은 무슨 말인가 해야 한다고 생각했지만 입이 열리지가 않았다. 그가 하고 싶은 말은 단 한마디면 족했다. 그러나 그 한마디를 그는 차마 할 수가 없었다. 오히려 먼저 입을 연 쪽은 여옥이었다.

"이제……저를 잊으시겠지요?"

여옥의 목소리는 가냘프게 떨리고 있었다. 하림은 고개를 저었다.

"아니……결코 잊지 않을 거요. 평생 잊을 수가 없을 거요."

"저를 잊어 주세요."

여옥의 입에서 신음 소리가 새어나오는 것을 듣고 하림은 그녀를 더욱 힘차게 끌어안았다. 이 여자를 사랑한다는 것은 이제부터 죄악이 되는 것이다. 그러나 포기할 수 없다. 도저히 이 여자를 잊을 수는 없다.

이윽고 고궁을 나온 그들은 여옥의 집 쪽으로 묵묵히 걸어갔다. 여옥을 바래다 주는 하림의 발길은 말할 수 없이 무겁기만 했다. 그들은 하나같이 침묵 속에 빠져든 채 천천히 걸음을 옮겼다.

이튿날 12시 조금 전에 하림은 원앙예식장으로 나갔다. 여옥을 이제 영원히 떠나보낸다고 생각하자 이루 말할 수 없이 괴로웠지만 그 마지막 가는 모습이라도 보고 싶어서 식장에 참석한 것이다.

식장 입구에서 그는 최대치와 부딪쳤다. 눈에 여전히 안대를 맨 대치는 양복 차림에 흰 면장갑을 끼고 손님들을 맞고 있다가 하림을 보는 순간 표정이 잠깐 굳어지는 듯했다. 그러나 이내 표정을 풀면서 하림에게 손을 내밀었다.

"다시 또 뵙게 되는군요. 바쁘신데 와주셔서 감사합니다."

"축하합니다."

두 사람은 미소했다. 남이 볼 때는 격의 없는 웃음 같았지만 상대의 웃음을 받아들이는 그들 각자의 기분은 서로가 달랐다. 최대치는 그야말로 승리자로서의 여유와 자신을 가지고 웃고 있었다. 그러나 반면 하림은 고통 끝에 나오는 웃음을 웃고 있었다. 그는 패배감과 비통한 감정이 뒤엉킨 묘한 미소를 짓고 있었다.

대치와 거북한 악수를 나누고 식장 안으로 들어선 하림은 구석진 자리에 자리를 잡고 앉았다. 식장 안에는 별로 사람들이 많지 않았다. 갑자기 올리는 결혼식인데다 양쪽 모두 아는 사람들이 많지 않았다. 하림이 아는 사람들로는 아얄티 중령을 비롯한 미군 몇 사람과 정보국에 근무하는 동지들, 그리고 형 내외와 노인 부부가 나와 있었다. 그 외에는 대치 쪽 사람들인지 모두가 모르는 얼굴들이었다.

시간이 되자 안경을 낀 40대의 신사가 주례로 나왔는데 그 얼굴을 보는 순간 하림은 소스라치게 놀랐다. 그도 그럴 것이 주례로 나온 사나이는 조선공산당 총비서인 박헌영이 아닌가. 하림은 어지러워 오는 머리를 가다듬으며 뚫어지게 박헌영을 바라보았다. 그가 미처 정신을 차리지 못하고 있는 사이에 신랑이 입장하고 이어서 웨딩드레스를 입은 신부가 나타났다.

신부를 이끌어 주는 사람은 같이 살고 있는 김노인이었다. 눈처럼 하얀 웨딩드레스를 입은 여옥은 눈부시게 아름다웠다. 그 눈부신 아름다움에 하림은 현기증이 일어날 지경이었다. 장내에 앉아 있는 사람들도 숨을 죽이고 신부의 아름다움에 취해 있는 듯했다.

여옥이 대치와 나란히 주례 앞에 섰을 때 하림의 울적했던 마음은 감동으로 변하고 있었다. 그것은 여옥에 대한 감동이었다. 어린 나이에 죽음의 고비를 수없이 넘기고 마침내 첫사랑의 연인과 결혼하게 되었다는 사실이 그에게는 무한한 감동을 안겨 주고 있었다. 그녀는 마침내 성공한 것이다. 모든 악(惡)과의 싸움에서 승리한 것이다. 그녀의 승리는 인간의 승리라고 할 수 있었다.

여옥을 잃는다는 것은 그로서는 말할 수 없이 가슴 아픈 일이었다. 그러나 자신의 입장에서만 이 결혼식을 보아서는 안 된다는 것을 그는 잘 알고 있었다. 축하해야 한다. 이보다 더 축하해야 할 일이 또 어디 있겠는가. 진심으로 축하해야 한다. 결혼식 주례를 누가 섰건 그런 것은 문제가 되지 않는다. 이 결혼을 계기로 앞으로 그녀가 행복하게 살 수만 있다면 그보다 더 좋은 일이 어디 있겠는가. 제발 여옥이, 행복하게 사시오. 당신 같은 의지라면 어떤 곤경도 헤치고 행복한 가정을 꾸려나갈 수 있을 거요.

하림은 눈을 감았다. 주례가 뭐라고 말하고 있었지만 그의 귀에는 하나도 들리지 않았다. 그는 눈을 감은 채 여옥의 결혼식을 축복해 주었다. 그리고 행복을 빌었다.

눈을 떴을 때 그는 완전히 허탈에 빠져 있었다. 신랑의 팔을 끼고 걸어나오는 여옥의 모습은 더욱 아름다워 보였지만 얼굴빛은 몹시 창백했다. 그리고 몸 전체가 떨고 있는 것 같았다. 거기에 비해 대치는 당당한 모습이었다. 그는 확실히 당당한 사나이였다.

밖으로 나온 하림은 차마 식장을 떠나지 못한 채 한쪽 구석에 우두커니 서 있다가 화장실로 들어가 얼굴을 씻었다. 씻으면서 보니 자신의 얼굴도 여옥이 못지 않게 몹시 창백해져 있었다.

한참 후 그는 화장실을 나와 출입구 쪽으로 걸어가다 말고 우뚝 멈춰 섰다. 바로 신부대기실 앞이었는데 조금 열려 있는 문 사이로 여옥이 울고 있는 모습이 얼핏 보였다. 형수와 할머니가 여옥의 옆에 서서 그녀를 달래고 있었다.

여옥은 두 손으로 얼굴을 감싼 채 흐느껴 울고 있었다. 그녀가 어깨를 들썩일 때마다 눈꽃을 수놓은 것 같은 웨딩드레스가 파르르 떨고 있었다.

하림은 가슴이 무너져 내리는 것 같았다. 그만은 여옥의 심정을 알 수 있었기 때문에 웨딩드레스 차림으로 울고 있는 그녀의 모습을 보는 순간 눈시울이 뜨거워지지 않을 수 없었다. 부모도 없이, 형제도 없이 일가붙이라곤 하나도 없이 홀로 결혼식을 올렸으니 얼마나 슬펐겠는가. 지난날을 생각하면 더욱 비통할 것이다.

여옥의 눈물은 단순한 눈물이 아니다. 부모 곁을 떠나게 되어 훌쩍거리는 여느 신부들의 눈물과는 다른 것이다. 그녀의 눈물은 바로 붉은 피다. 그녀는 지금 피눈물을 흘리고 있는 것이다. 아아, 여옥이, 눈물을 거두고 내일을 생각하시오.

하림은 더 보고 있을 수가 없어 그곳을 지나쳐 밖으로 나왔다. 급히 사령부로 돌아온 그는 넋이 빠진 사람처럼 허공을 응시한 채 자리에 멀거니 앉아 있었다. 그때 전화벨이 요란스럽게 울었다. 수화기를 드니 그를 찾는 동지의 전화였다.

"강민 선생이 위독하십니다! 빨리 좀 와 주십시오!"

하림은 병원 위치를 확인한 다음 달려나갔다. 강민은 중상이었다. 그는 의식을 잃은 채 침대 위에 죽은 듯이 누워 있었다. 얼굴은 온통 붕대로 감겨 있어서 제 모습이 아니었다.

"어떻게 된 겁니까?"

하림은 허탈한 표정으로 침대 곁에 둘러서 있는 동지들을 돌아보며 물었다.

"목격자들의 말에 의하면 몇 놈한테 얻어맞은 모양입니다. 새벽에 하숙집으로 몇 놈이 찾아와서는 저렇게 구타를 한 것 같습니다. 물어 보나마나 친일분자들 소행일 겁니다."

강민은 그 나이에 독신이었다.

하림은 병실을 떠나지 않고 강민이 깨어나기를 기다렸다. 의사의 말로는 매우 위독한 상태라 깨어날지도 의문이라는 것이었다.

다행히도 강민은 저녁때쯤 겨우 깨어났다. 그러나 의식을 완전히 회복한 것이 아니어서 제대로 입조차 열지 못하고 있었다. 하림은 허리를 굽히고 강민을 불렀다.

"강선생님, 강선생님, 저 장하림입니다! 저 하림이에요! 제 목소리 들리십니까?"

가슴 위에 놓여져 있던 강민의 손이 위로 올라갔다가 도로 떨어졌다. 하림은 강민의 손을 두손으로 감싸줘었다.

어떤 놈들이 이랬습니까? 범인이 누굽니까?"

하림이 분노에 차서 물었지만 강민의 입은 움직이지 않고 멍하니 벌어져 있기만 했다.

"강선생님! 강선생님! 제 말 들리십니까?"

하림은 안타까웠다. 강민이 그대로 눈을 감는다면 그보다 더 원통스러운 일이 없을 것 같았다.

그런데 하림의 진정이 통했던지 강민의 입이 조금씩 움직이기 시작했다. 그는 말을 하려고 무진 애를 쓰고 있었다. 그러나 좀처럼 말 소리가 나오지 않았다. 한참 만에야 겨우 그의 입에서는 가는 신음 소리가 새어나왔다.

"우……우……우……"

"네, 네, 말씀하십시오! 들립니다! 조금만 더 힘을 내어 말씀하십시오!"

하림은 강민의 손을 꽉 움켜쥐었다.

"달……달……달……"

강민의 숨이 가빠지고 있었고, 소리는 들릴 듯 말 듯했다. 하림은 강민의 입 위로 바싹 귀를 갖다댔다.

"달……달……달밤."

마침내 구체적인 단어가 흘러나왔다. 그러나 그뿐이었다. 강민은 갑자기 숨을 흑하고 들이키더니 입을 멍하니 벌린 채 천장을 응시했다. 곧이어 한번 경련이 스쳐가고 난 뒤 그는 움직이지 않았다. 그대로 세상을 떠난 것이다.

하림은 강민의 손을 움켜쥔 채 눈물을 뿌렸다. 조국의 독립을 위해 싸우던 인물이 해방이 된 마당에 친일분자의 손에 죽다니 원통하기 짝이 없었다.

Z본부로 돌아온 하림 일행은 즉시 대책회의에 들어갔다. 모두가 울분과 비통으로 눈물을 글썽이고 있었다. 하림은 냉정히 마음을 가라앉힌 다음 회의에 들어갔다.

"강선생님의 죽음은 정말 애석하기 짝이 없습니다. 그러나 우리는 비통한 감정에만 빠져 있을 수 없습니다. 그만큼 사태는 심각하게 발전되고 있습니다. 놈들이 사람을 살해할 정도라면 얼마나 그 조직이 극렬한가를 알 수 있습니다. 놈들은 자신들을 지키기 위해서는 살인도 서슴지 않겠다는 태도가 분명합니다. 따라서 우리는 이제부터 위험을 각오하지 않으면 놈들과 대결할 수 없습니다."

모두가 침통한 표정으로 하림의 이야기를 듣고 있었다.

"놈들이 눈을 찌르면 우리도 찔러야 합니다."

한 동지가 탁자를 치며 외쳤다. 하림은 손을 들어 잔뜩 흥분해 있는 동지를 제지했다.

"중요한 것은 놈들의 조직을 발본색원하는 일입니다. 한두 명 제거해 보았자 오히려 놈들에게 경계심만 불러일으킬 따름입니다. 하루빨리 놈들의 조직 속으로 파고들어 뿌리를 뽑아야 합니다."

"당연한 말입니다. 뿌리를 뽑아야 합니다. 짐승도 상처를 입으면 사나워지고 더욱 경계심을 품는 법입니다. 섣불리 놈들을 건드렸다가는 오히려 상처만 입히고 실패하고 맙니다. 이왕 손대는 김에 철저하게 발본색원해야 합니다."

모두가 이구동성으로 하림의 뜻에 동의하고 있었다.

"그런데 문제는 놈들에게 접근할 수 있는 루트를 아직까지 알 수 없다는 점입니다."

하림은 안타까운 눈으로 동지들을 바라보았다.

"강선생님이 말씀하신 달밤이란 무엇을 의미하는 것일까요?"

"글쎄, 내가 보기에는 일종의 암호가 아닐까 생각하는데 그것만 가지고는 아무래도 알 수가 없겠지요."

회의는 구체적으로 들어가지 못하고 처음부터 겉돌고 있었다. 그럴 수밖에 없는 것이 그들에게는 대책을 세울만한 구체적인 대상이 아직 손에 들어와 있지 않았던 것이다.

이튿날 강민의 장례식이 Z의 사나이들에 의해 조용히 치러졌다. 그는 홀몸이었기 때문에 마지막 가는 길 역시 쓸쓸하기 짝이 없었다.

그가 묻힌 곳은 망우리 공동묘지였다. 겨울을 눈앞에 둔 때라 공동묘지는 그야말로 황량했다.

Z의 사나이들은 붉은 무덤 앞에 나란히 서서 무덤 앞에 술을 뿌리고 눈물을 흘렸다. 그리고 하나같이 복수를 맹세했다.

강민을 망우리 공동묘지에 묻고 시내로 돌아온 하림은 그 길로 강민이 하숙하던 집을 찾아가 그의 유품들을 거두었다. 그는 유품에서 무엇인가 찾고 있었다. 휴지조각 하나라도 그는 소홀히 보아 넘기지 않았다.

한참만에 그는 마침내 그가 찾고 있던 것을 찾아냈다. 그것은 강민의 수첩 속에 적혀 있었다. 「달밤—586」— 이것이 바로 그가 찾고 있던 것이었다.

「달밤—586」은 무엇을 가리키는 것일까. 586은 암호숫자일까, 아니면 주소일까. 혹시 전화번호가 아닐까.

사령부로 돌아온 그는 망설이다가 수화기를 집어들고 586으로 전화를 걸어 보았다.

그것은 정말 별로 기대하지 않고 걸어본 전화였다. 그런데 놀랍게도 신호가 따르르 하고 가지 않는가. 하림은 바싹 긴장한 채 신호가 떨어지기를 기다렸다. 마침내 신호가 찰칵하고 떨어지면서 "네." 하는 굵은 남자의 목소리가 들려왔다. 하림은 그 순간까지도 망설이고 있었다.

이쪽에서 아무 말도 하지 않고 머뭇거리자 상대는
"누구 찾으십니까?"
하고 물어왔다.
"달밤……"
하림은 조용히 중얼거렸다. 무턱대고 한 말이었지만 곧 반응이 있었다.
"달밤을 찾으십니까?"
"네, 그렇습니다."
"무슨 일로 그러십니까?"
"직접 만나서 말씀드리겠습니다."
"그러시면 9시 정각에 비원 앞에서 만나도록 하죠. 오른손에 신문을 들고 계십시오."
"네, 그러겠습니다."

전화를 걸고 난 하림은 곧 긴장과 흥분으로 한동안 꼼짝 않고 앉아 있었다.

9시까지는 아직 시간이 많이 남아 있어서 지금부터 준비를 해도 늦지는 않을 것 같았다. 그는 먼저 동지들에게 전화를 걸어 설명해 주었다.

"문제의 인물이 한 명 나타났습니다. 달밤은 암호명이었습니다. 8시에 본부로 갈 테니까 모두 대기하고 있으시오."

8시에 지프를 몰고 Z본부로 나간 그는 긴장해서 기다리고 있는 동지들에게 통화내용을 이야기했다. 그리고 치밀하게 계획을 세웠다.

약속장소로 나가기 전에 그는 정성들여 변장을 했다. 안경을 낀데다 코밑수염을 달자 중년 사나이로 보였다.

허리춤에 권총을 찌르고 30분 전에 밖으로 나온 그는 차도 타지 않은 채 비원 쪽으로 뚜벅뚜벅 걸어갔다. 비원이 가까워옴에 따라 가슴은 쿵쿵 뛰고 있었다.

비원 앞은 어둠에 잠겨 있었다. 그는 신문을 빼들고 비원 정문 앞으로 다가가 주위를 둘러보았지만 아무도 보이지 않았다. 시간은 정각 9시였다. 건너편을 보니 골목 안에 동지들이 타고 온 지프가 서 있는 것이 보였다.

5분쯤 지났을 때 누군가가 어둠 속을 이쪽으로 걸어오는 것이 보였다. 하림은 담배를 한 대 피워 물었다. 그것은 마침내 나타났다는 신호였다.

가까이 다가온 사람은 중년의 뚱뚱한 신사였다. 사내는 하림의 손에 신문이 들려 있는 것을 확인했는지

"담뱃불 좀 빌릴까요?"

하고 말을 걸어왔다. 하림은 담뱃불을 내주면서 사내를 뚫어지게 응시했다.

"아까 전화를 걸으셨던 분인가요?"

"네, 그렇습니다."

"몇 번으로 걸으셨던가요?"

"586의 달밤에게 걸었습니다."

"제가 전화를 받은 사람입니다. 반갑습니다."

사내가 손을 내밀자 하림이 그것을 받았다.

"무슨 일로 전화를 걸으셨나요?"

"도움을 좀 청하고 싶어서 그럽니다. 저는 쫓기고 있는 몸입니다."

"어디에 계셨던가요?"

"경찰에 있었습니다."

"소속과 성함을 정확히 말해 보십시오."

"소속은……"

하림은 순간 권총을 꺼내 사내의 가슴팍을 콱 찔렀다.

"꼼짝 마라! 쏴 버릴 테다!"

사내는 얼결에 손을 번쩍 들면서 뒤로 주춤 물러났다.

"움직이지 마! 죽고 싶지 않으면 순순히 말을 들어!"

"다, 당신은 누군가?"

"이제 알게 될 거다!"

하림은 왼손으로 라이터 불을 두 번 켰다 껐다 했다. 그러자 맞은편 골목에서 대기하고 있던 지프가 길을 가로질러 쏜살같이 달려왔다. 순간 사내가 도망치기 시작했다. 차에서 뛰어내린 세 사람과 하림은 사내의 앞을 가로막고 달려들었다. 사내는 칼을 빼들고 그들을 노려보다가 발길에 복부를 채이고는 땅바닥 위로 나뒹굴었다. 이어서 몇 번 더 걸어차차 사내의 입에서는

"살려 주십시오."

하는 소리가 흘러나왔다.

하림은 사내의 덜미를 잡고 지프 속으로 밀어 넣었다. 그리고 그 옆에 올라앉으면서 옆구리에 총구를 박았다.

"눈을 가리시오!"

하림의 지시에 뒤에 앉은 동지가 검은 보자기로 사내의 눈을 가렸다.

지프는 일부러 멀리 돌아 본부로 갔다. 이윽고 본부에 도착한 그들은 사내를 끌고 안으로 들어갔다. 중년사내는 눈에 가린 것을 풀자 주위를 두리번거리고 나서 금방 새파랗게 죽을상이 되어 부들부들 떨기 시작했다.

"다, 당신들은 누구요?"

"우리는 너 같은 친일분자들을 제일 증오하는 사람들이다!"

"치, 친일분자라니, 난 그런 사람 아니오!"

한 사람이 사내의 복부를 걷어찼다.

"아, 아이구! 나 죽네!"

사내는 배를 움켜쥔 채 떼굴떼굴 굴렀다.

"엄살떨지 마라! 그 정도에 엄살떨다니!"

우르르 달려들어 마구 발길질을 하는 바람에 한동안 퍽퍽 하는 소리가 실내를 울렸다. 사내는 아무나 붙잡고 살려달라고 애걸했다.

"살려 주십시오! 살려 주십시오! 무엇이든지 시키는 대로 할 테니 살려만 주십시오!"

그때까지 가만 있던 하림이 권총에 철컥하고 장전한 다음 그것을 놈의 이마에 들이댔다.

"너희들 조직 이름이 뭐냐? 바른대로 말하지 않으면 쏴버릴 테다!"

"모, 모릅니다! 저는 다만 연락만 맡고 있어서 아무 것도 모릅니다."

"거짓말 마라!"

하림은 참지 못하고 권총 자루로 놈의 머리를 후려갈겼다. 이마가 터지면서 피가 줄줄 흘러내렸다.

"살려 주십시오! 제발 살려만 주십시오!"

"누가 강민을 죽였지? 강민을 죽이라고 지시한 놈이 누구냐?"

"그, 그런 사람은 모릅니다."

"강민을 조직에 소개한 사람이 누구지?"

"모, 모릅니다."

하림의 주먹이 날았다. 그는 정신없이 상대를 후려갈겼다. 한참 동안 그렇게 때리고 나자 가슴이 좀 후련해지는 것 같았다.

사내는 비열할 정도로 살려달라고 애원하면서도 좀처럼 비밀을 털어놓지 않았다. 한사코 자기는 아무 것도 모른다고 잡아떼었다.

자백을 하지 않으면 자백할 때까지 붙잡아둘 수밖에 없다. 놈의 입을 열지 않고는 놈들의 조직에 한 치도 접근할 수가 없으므로 어떻게 하든지 놈의 입을 열게 해야 했다.

하림은 마지막 방법으로 놈의 옷을 모두 벗겼다. 그리고는 칼로 놈의 생식기를 자르려고 했다..

"너 같은 친일분자들이 두 번 다시 태어나서는 안 되기 때문에 이걸 잘라 버리겠다! 너 같은 놈들은 자손을 번식시킬 자격이 없어!"

칼날이 닿자 사내는 소스라치게 놀라 몸을 움츠렸다.

"마, 말씀드리겠습니다! 이것만은 제발……"

"말해 봐! 조직 이름이 뭐냐?"

"동해에 떠오르는 태양……"

"동해에 떠오르는 태양? 그것이 조직명인가?"

"네, 그렇습니다."

"태양은 물론 일본을 상징하겠지?"

"네, 그렇습니다."

"만일 거짓말하면 그때 가서는 용서하지 않는다. 곧 확인할 수 있으니까……"

"사실대로 말하겠습니다."

하림은 사내를 책상 앞에 앉게 한 다음 본격적으로 심문에 들어갔다.

"당신 이름은?"

사내는 피투성이가 된 얼굴을 일그러뜨리며 울기 시작했다. 하림은 책상을 쳤다.

"뭐가 서러워 우는 거야? 일본에 붙어서 동족의 피를 빨아먹은 놈이……"

"제가 입을 열었다는 것을 알면 조직에서 가만두지 않을 겁니다. 저는 이래 죽으나 저래 죽으나 결국 마찬가집니다."

사내는 갑자기 흐느껴 울기 시작했다. 그러나 Z의 사나이들은 그가 울도록 내버려 두지 않았다.

"빨리 말하지 않겠나?"

하림이 눈을 부릅뜨면서 생식기를 잡으려고 하자 사내는 몸을 움츠리면서 비로소 입을 열었다.

"저, 저는 사실 아무 것도 모릅니다. 단지 연락만 맡고 있을 뿐입니다."

"누구의 지시를 받고?"

"누군지는 모릅니다."

"두목이 누구야?"

"모릅니다. 한번도 얼굴을 본 적이 없습니다. 점조직으로 되어 있기 때문에 같은 조직원의 얼굴도 모릅니다."

"당신은 무슨 연락을 맡고 있나?"

"새로 입회하려는 사람에 대한 연락을 맡고 있습니다."

"새로 입회하려는 사람이란 물론 친일분자겠지?"

"그, 그렇습니다."

"연락이 오면 어떻게 처리하나?"

"제가 일차 심사를 한 뒤 보고합니다."

"어디로 보고하나?"

"어딘지는 모릅니다. 전화가 오면 보고만 하도록 되어 있습니다."

사내의 말이 정말이라면 놈들이 얼마나 철저히 보안조치를 취하고 있는지 알 수 있는 일이다.

 사내의 이름은 안준탁(安準卓)이라 했다. 총독부 보안과 출신으로 살길을 찾아 조직에 들어갔다고 했다.

 "살려 주십시오. 살려만 주신다면 무슨 일이든지 하겠습니다."

 "우리는 당신이 정직하게 대답해 주기만 바래. 다른 건 바라지도 않아. 과거의 죄악을 뉘우치지도 않고 오히려 범죄조직을 만들어 세력을 확장하다니 용서할 수 없어. 당신은 어떻게 해서 조직에 들어가게 됐지?"

 "모르는 사람으로부터 연락이 왔었습니다. 그래서 들어가게 된 겁니다."

 안준탁은 어느 날 갑자기 어디론가 끌려갔다. 눈을 가렸기 때문에 위치는 알 수 없었다. 거기서 그는 엄중한 심사를 거쳐 정식회원으로 가입이 된 뒤 풀려났다고 했다.

 "어두운 방안에서 심사를 받았는데 불빛이 제 쪽만 비치고 있어서 심사하는 사람들의 얼굴을 알아볼 수가 없었습니다."

 "당신을 그곳까지 데려간 사람의 얼굴은 기억할 수 있을 거 아닌가?"

 "기억할 수 있지만 변장을 했기 때문에 본 얼굴이 아닐 겁니다."

 "지시는 어떻게 받고 있나?"

 "모든 지시를 전화로 받고 있습니다."

"정식회원이 되면 어떤 증표를 받나?"

사내는 오른쪽 어깨 밑을 가리켰다. 거기에는 직경 1센티미터쯤 되는 검은 점이 하나 찍혀 있었다.

"정식회원이 되면 이런 점을 찍습니다."

"회원이 되면 어떤 혜택을 받게 되지?"

"안전하게 생활할 수 있도록 모든 조처를 취해 줍니다."

"구체적으로 말해 봐."

"문제가 생기면 곧 연락을 취합니다. 그러면 최대한으로 힘을 써줍니다."

"어디로 연락을 취하지?"

"125로 전화를 걸면 됩니다."

"거기 암호는 뭔가?"

"한강……한강입니다."

하림은 그것을 수첩에 적었다.

"모든 회원은 암호로 통하는가?"

"네, 그렇습니다."

"암호와 본명을 알고 있는 사람은 누군가?"

"회장님이 알고 계실 겁니다."

"회장님이 누군지 모른단 말이지?"

"네, 모릅니다."

안준탁은 그곳의 규칙이 매우 무섭게 지켜지고 있다고 했다. 배반자는 무조건 살해된다는 것이었다.

"그저께 강민이라는 사람이 죽었다. 바로 우리 동지였어. 물론 너희들이 죽였겠지?"

"저는 모르는 일입니다. 강민이라는 분이 누구인지도 나는 모릅니다."

"바로 이 사람이야!"

하림은 강민의 사진을 꺼내 코앞에 들이밀었다.

"이 사람을 모른단 말인가?"

"아, 이제 기억이 납니다. 그렇지만 이름은 모르고 있었습니다. 며칠 전 이 사람이 찾아와서 가입하고 싶다고 하기에 연락을 취해 주었을 뿐입니다."

"당신 전화는 어디에 설치되어 있는가?"

"사무실에 있습니다."

"사무실 위치는?"

"명동에 있습니다."

"전화가 오는 시간은?"

"아침 9시, 낮 12시, 저녁 6시…… 이렇게 세 차례씩 오고 있습니다."

"그때 보고할 것은 보고하고 지시를 받나?"

"그렇습니다."

"사무실에는 몇 사람이 있나?"

"저 혼자 있습니다."

하림은 동지 두 사람과 함께 안준탁을 데리고 명동으로 나갔다. 안준탁의 사무실은 그의 말대로 명동 한복판에 있었다.

사무실에는 책상 하나와 응접세트만이 덩그러니 놓여 있을 뿐 아무 장식도 없었다. 전화는 탁자 위에 놓여 있었다.

"어, 어떻게 하실 셈입니까?"

안준탁이 불안해 하며 묻자 하림은 그를 쏘아보았다.

"당신은 시키는 대로만 해! 그렇지 않으면 죽여 버릴 테다!"

하림의 말에 사내는 더 입을 열지 못하고 사색이 되어 아까처럼 부들부들 떨었다.

하림의 지시에 따라 동지 두 명이 밖으로 나가 전화통을 하나 구입해 가지고 왔다. 하림은 그것을 사무실에 있는 전화코드에 연결한 다음 밖으로 나가 전화를 걸어 보았다. 조금 후에 신호가 오자 두 대의 전화벨이 동시에 울었다.

준비를 끝내고 난 하림은 안준탁에게 지시를 내렸다.

"전화가 오면 소개할 사람이 있다고 보고해. 가입을 희망하는 사람이 있다고 보통 때처럼 보고해. 만일 이상한 기미라도 엿보이면 당신은 죽을 줄 알아. 알았나?"

"알겠습니다. 만일 출신성분을 물으면 어떻게 합니까?"

"출신성분을 물으면 살인범이라고 해. 작년 여름에 곽중식(郭重植)이라고 하는 지하 독립운동가를 살해한 범인이라고 해. 대일본제국을 위해 곽중식을 살해한 사람이라고 해."

하림은 어느새 준비했는지 주머니 속에서 구겨진 신문조각 하나를 꺼내 펴보였다. 그것은 그가 말한 살인사건 내용이 보도된 신문기사였다. 아직 그 범인은 잡히지 않고 있었고, 그래서 하림 자신이 그 범인으로 행세할 작정이었던 것이다.

"쫓기고 있기 때문에 도움을 청한다고 해."

"이, 이름을 물으면 뭐라고 할까요?"

"하일욱이라고 해."

"누구 소개냐고 물으면 어떻게 할까요?"

"당신이 소개하는 사람이라고 말해. 믿을 만한 사람이라고 말이야."

"아, 알겠습니다."

"그밖에 질문사항은 없나?"

"어, 없습니다. 그 정도면 됩니다."

그들은 안준탁의 사무실에서 꼬박 밤을 세웠다. 이튿날 9시가 됐을 때 과연 전화벨이 뚜루룩하고 울었다. 하림은 권총을 안준탁의 관자놀이에 갖다 대면서 그에게 눈짓을 했다.

"시키는 대로 해! 알았지?"

안준탁이 몸을 떨면서 수화기를 드는 것과 동시에 하림도 왼손을 뻗어 다른 전화통의 수화기를 집어들었다.

"달밤……"

"동해에 떠오르는 태양……보고사항을 말하라."

상대의 목소리는 의외로 가늘고 부드러웠다. 하림은 총구로 안준탁의 관자놀이를 밀었다. 안준탁은 목을 움츠리면서 입을 열었다.

"보고사항 있습니다."

"누구의 소개인가?"

"제, 제가 소개하는 겁니다."

"믿을 만한가?"

상대의 목소리가 날카로워지고 있었다.

"네, 믿을 만합니다."

"신입회원 가입문제에 있어서는 신중을 기해야 한다. 지난번에 나타난 놈은 가짜였다."

"알겠습니다."

"이름과 전력을 말하라."

"이름은 하일욱……전력은 살인범입니다."

"살인범이라고?"

놀라는 목소리가 들려왔다. 하림은 손바닥에 땀이 배는 것을 느꼈다.

"네네, 그렇습니다."

"강도 살인범 따위는 필요 없어. 정치적 목적을 위해 살인했다면 고려해 볼 수 있어."

"정치적 목적을 위해 살인한 사람입니다. 알만한 사람을 제거한 인물입니다."

"누구를 제거했나?"

"곽중식(郭重植)입니다."

"곽중식이라면 지하에서 항일운동하던 인물이 아닌가?"

"그렇습니다. 바로 작년 여름에 살해된 걸로 알고 있습니다."

"그 사람을 살해했단 말이지?"

"그렇습니다."

"어떻게 아는 사인가?"

"작년 봄에 우연히 알게 됐습니다."

"이상이 있으면 책임지겠나?"

안준탁은 대답을 못하고 머뭇거렸다. 다시 목소리가 들려왔다.

"신입회원에게 이상이 있을 경우 그를 소개한 회원에게 책임을 묻는다는 걸 알고 있겠지?"

"알고 있습니다."

"그렇다면 책임을 지겠지?"

하림이 다시 총구로 머리를 들이밀자 안준탁은 다급히 대답했다.

"네네, 제가 책임지겠습니다."

"좋다. 그렇다면 12시에 다시 전화하겠다. 대기하고 있도록!"

전화가 끊기는 소리가 들리자 안준탁은 거친 숨을 내쉬며 소매로 이마에 번진 땀을 닦았다.

하림도 식은땀을 닦으며 담배를 피워 물었다. 그의 이야기를 듣고 난 동지들은 걱정스러운 듯이 그를 바라보았다.

"어떻게 할 작정입니까?"

"조직에 잠입해야지."

"혼자서 말인가요?"

"물론……"

동지들은 말렸지만 하림은 계획을 취소하지 않았다. 놈들의 조직에 침투한다는 것은 여간 위험한 일이 아니다. 잘못하다가는 강민처럼 살해당하고 말 것이다. 그렇다고는 하지만 그런 위험을 각오하지 않고는 놈들의 조직에 들어갈 수가 없는 것이다.

12시 정각이 되자 과연 약속대로 다시 전화가 왔다. 하림은 수화기를 들고 두 사람의 대화를 엿들었다.

"하일욱의 인상착의를 말해 봐."

"나이는 스물 아홉, 안경을 끼고 콧수염을 달고 있습니다. 옷은 아래 위 검정 양복을 입고 있습니다."

"알았다. 4시에 명동에 있는 백일홍 찻집으로 나오라고 해. 오른쪽 뺨에 반창고를 붙이고 나오라고 해."

"알았습니다."

전화는 여기서 끊어졌다. 하림은 안준탁에게 단단히 주의를 주었다.

"당신은 여기서 종전처럼 일을 하고 있어. 내가 일을 마칠 때까지 우리 동지들과 함께 지내야 한다. 허튼 수작하면 살려두지 않겠다."

"잘 알겠습니다. 목숨만 살려 주십시오. 이제 저는 시키는 대로 할 수밖에 없습니다."

"당신이 반성하고 우리에게 협조해 준다면 용서해 줄 수도 있어. 당신이 도망친다 해도 당신의 신원을 알고 있기 때문에 언제라도 붙잡을 수 있어."

동지들 중에는 안준탁을 죽이여버리자는 의견도 있었지만 하림은 굳이 그럴 필요까지 느끼지 않았기 때문에 거기에 반대했다. 사람의 목숨을 끊는다는 것에 그는 그만큼 신중을 기하고 있었다.

4시 정각에 하림은 명동에 있는 백일홍 찻집 안으로 들어섰다. 변장한 모습에 오른쪽에는 반창고를 붙인 채였다.

찻집 안에는 손님들이 많았다. 그는 빈자리에 앉아 모자를 벗고 커피를 마셨다. 너무 긴장한 탓으로 얼굴에서는 계속 땀이 흐르고 있었다. 그런데 30분이 지나도 그를 찾는 사람은 아무도 없었다. 이상하다고 생각하면서 주위를 둘러보는데 레지가 다가와 전화가 왔다고 일러 주었다.

"얼굴에 반창고 붙이고 있는 사람을 바꿔 달래요."

하림은 급히 카운터 쪽으로 다가가 수화기를 집어들었다.

"하일욱씨 되십니까?"

가는 여자 목소리가 멀리서 아득히 들려왔다.

"네, 그렇습니다."

"지금 바로 뒷문으로 나가 주십시오."

전화는 단 한마디로 끊어졌다. 하림은 당황했다. 망설이던 그는 주위를 한번 둘러보고 나서 뒷문으로 해서 밖으로 빠져 나갔다.

밖은 골목이었다. 골목에는 아무도 없었다. 그가 머뭇거리고 있는데 차도 쪽에서 양장 차림의 젊은 여인 하나가 급히 골목 안으로 걸어왔다. 가까이 오는 것을 보니 화장을 짙게 한 30대 여인이었다.

"방금 전화받으신 하일욱씨 되시죠?"

여인은 주위를 둘러보며 초조하게 물었다.

"네, 그렇습니다……"

"이리 따라오세요."

여인은 앞장서서 골목을 빠져 나갔다. 하림은 긴장한 모습으로 여인의 뒤를 따라갔다.

을지로로 나온 여인은 동대문 쪽으로 가는 전차를 집어탔다. 하림도 여인을 따라 전차에 올랐다.

하림과 나란히 자리를 잡고 앉은 여인은 그에게 아무 말도 하지 않은 채 불안한 눈으로 창밖만 응시하고 있었다.

전차는 거북이처럼 느릿느릿 굴러가고 있었다. 하림은 옆에 앉아 있는 여자가 친일분자라고 생각하니 함께 앉아 있기가 괴로웠다.

10분쯤 지났을 때 전차가 멈추는 것과 동시에 여자가 갑자기 말했다.

"여기서 내리세요."

"안 내리십니까?"

하림은 일어서면서 그대로 앉아 있는 여자를 바라보았다.

"난 상관말고 빨리 내리시라구요!"

여인의 앙칼진 목소리를 들으며 하림은 전차에서 급히 뛰어내렸다.

전차가 떠난 뒤에도 그는 한참 동안 정류장에 멀거니 서 있었다. 꼭 놀림을 당한 기분이었다. 그렇게 한참을 지나도 그에게 접근하는 사람이 없었다.

해가 짧아 어느새 거리는 어둑어둑해지고 있었다. 반 시간이 지나도 그는 아무 이상이 없었다. 그렇다고 그곳을 떠날 수도 없어 그는 호주머니에 두 손을 찌르고 서성거렸다.

거리에 어둠이 완전히 내렸을 때 검은 색 승용차 한 대가 그의 앞에 소리 없이 다가와 멎었다. 차 속은 어두웠고, 아무도 내리는 사람이 없이 문만 열렸다.

"하선생, 타시오!"

차속에서 날카로운 목소리가 들려왔다. 하림은 멈칫하다가 뒷좌석에 올랐다. 거기에는 이미 한 사나이가 중절모를 깊숙이 눌러 쓴 채 앉아 있었다. 운전석과 그 옆자리에도 중절모를 쓴 사나이들이 앉아 있었는데 하림이 차에 오르자 운전석 옆에 앉아 있던 사나이가 차에서 내리더니 뒷자리로 옮겨 앉았다.

이윽고 차가 출발하자 옆자리에 앉아 있던 사나이가 하림의 모자를 벗긴 다음 머리에 자루를 씌웠다.

"기분 나쁘게 생각하지 마시오."

오른쪽 사나이가 낮은 목소리로 말했다. 하림은 시야가 막혀 아무 것도 볼 수 없었다. 짐작으로 차가 가는 방향을 가늠해 보았지만 일부러 빙글빙글 돌아가는 바람에 종잡을 수가 없었다.

그는 모르고 있었지만 차는 춘천 쪽으로 달리고 있었다. 한 시간쯤 달리던 차는 갑자기 오른쪽 비탈길을 타고 내려가 북한강변에 닿았다. 그리고 거기서 좌회전하여 강변을 따라 다시 달려갔다.

차가 멈춘 곳은 높다란 벼랑 밑이었다. 하림은 그들에게 이끌려 밖으로 나왔다. 그들은 시종 아무 말 없이 행동하고 있었다.

사나이들 중의 하나가 플래시를 꺼내들고 강너머로 신호를 보냈다. 하림은 물소리와 차가운 공기에 그곳이 강가임을 알 수가 있었다. 그러나 그곳이 어디쯤인지는 도무지 짐작조차 할 수가 없었다.

어둠을 헤치고 강물 위로 배가 나타난 것은 10분쯤 지나서였다. 하림은 배에 오르면서 문득 공포에 휩싸였다. 영영 돌아올 수 없는 길일지도 모른다고 생각하자 겁이 나서 견딜 수가 없었다. 물 속으로 뛰어들어 도망치고 싶은 충동을 가까스로 참으면서 그는 배의 흔들림에 몸을 맡기고 있었다.

동쪽 하늘에는 초생달이 걸려 있었다. 배 위에 탄 사람들은 하나같이 침묵하고 있었기 때문에 노젓는 소리만이 삐걱삐걱 들려오고 있었다.

어둠 속을 기침 소리 하나 없이 능숙하게 움직이고 있는 그들의 모습에는 분명히 강력한 조직을 배경에 두고 행동하는 사람들의 그 기계적인 감각이 배어 있었다.

하림은 시린 강바람을 깊이 들이마시며 가는 데까지 가보자고 결심했다. 도중에 도망친다는 것은 그의 자존심이 허락치 않았다.

이윽고 배가 강가에 닿자 사나이들은 하림을 양쪽에서 부축하고 배에서 내렸다.

하림은 발에 밟히는 자갈 소리를 들으며 그들이 이끄는 대로 묵묵히 따라갔다. 가는 도중에도 사나이들은 아무 말도 하지 않았다.

자갈밭을 벗어난 그들은 잡목 숲으로 들어섰다. 길이 협소하고 오르막이었기 때문에 하림은 걷기가 매우 힘들었다. 그가 넘어질 듯 비틀거릴 때마다 사나이들이 붙들어 주곤 했다.

잡목숲 안쪽에 별장이 있었다. 숲에 가려 그 별장은 강 건너쪽에서는 거의 보이지 않았다. 그것은 서구식으로 지붕이 뾰족한 별장이었는데 사나이들은 그 앞에 이르자 비로소 걸음을 멈추었다.

별장은 불빛 하나 없이 어둠 속에 잠겨 있었다. 문을 노크하자 갑자기 어둠 속에서 두 마리의 개가 나타나 사납게 짖어대기 시작했다.

"쉿! 조용히!"

사나이 하나가 속삭이듯 명령하자 두 마리의 개들은 낮게 으르렁대다가 사라졌다.

조금 후 문이 열리고 플래시를 든 사나이 하나가 나타났다. 그 사나이는 그들을 안으로 안내했다.

하림은 어느 방으로 들어가 그들이 앉혀 주는 대로 의자에 앉았다. 그제야 비로소 그의 얼굴에 씌워졌던 자루가 벗겨졌다. 그가 본 것은 어둠이었다. 그밖에는 아무 것도 보이지가 않았다. 그의 뒤에서 문이 쾅하고 닫히는 소리가 들려왔다. 하림은 고개를 얼른 돌려보았지만 거기에는 어둠만이 있었다.

몹시 지리하고도 초조한 시간이 흘렀다. 몇 시간이 흘러갔는지 짐작조차 할 수가 없었다. 하림은 자리에서 일어나 어둠 속을 조금씩 움직여 보았다. 손에 와 닿는 것은 벽과 책상, 그리고

의자 같은 것들뿐이었다.

그가 다시 자리에 돌아와 앉았을 때 갑자기 강렬한 불빛이 그의 눈을 찔렀다. 그것은 너무 강렬했기 때문에 그는 한동안 눈을 뜰 수가 없었다.

맞은편에서 인기척이 났지만 그는 불빛 때문에 그쪽을 바로 볼 수가 없었다. 갓이 씌워진 전등은 바로 그의 머리 위에 걸려 있었으므로 그 맞은편 쪽은 몹시 어두웠다.

그가 가까스로 맞은편을 바라보았을 때 책상 저쪽에는 두 사람이 앉아 있었다. 그들은 검은 자루를 뒤집어쓰고 있었기 때문에 전혀 얼굴을 알아볼 수가 없었다. 자루에 뚫린 구멍을 통해 네 개의 눈동자가 번뜩이고 있는 것을 보자 하림은 소름이 쭉 끼쳤다. 담력이 센 그도 그런 경험은 처음이었기 때문에 가슴이 떨리지 않을 수 없었다.

"이름은?"

가면의 사나이들 중 하나가 조용히 물었다. 하림은 떨리는 가슴을 진정하고 상대방을 바라보았다.

"하일욱(河一旭)이라고 합니다."

"나이는?"

"스물 아홉입니다."

"고향은?"

"서울입니다."

"서울 어디?"

질문은 간단하면서도 단호했다.

"종로구 낙원동입니다. 그렇지만 떠돌이 생활을 했기 때문에 거기서 오래 살지는 않았습니다."

"가족은?"

"없습니다."

"그렇다면 무엇으로 신분을 보장할 수 있지?"

날카로운 질문에 하림은 말문이 막혔다. 그러나 이미 각오하고 온 것이었으므로 그는 상대를 똑바로 쏘아보았다.

"안준탁씨에게 물어 보면 잘 알 수 있을 겁니다."

"그 사람이 소개했으니까 물론 서로 아는 사이일 테지. 그런데 당신이 곽중식을 살해했다는데 정말인가?"

"네, 사실입니다."

"언제 어디서 어떻게 살해했나? 또 살해 이유는 뭔가?"

하림은 계획했던 대로 술술 이야기해 나갔다.

"작년 7월 28일 밤 노상에서 그를 살해했습니다. 바로 화신백화점 앞에서였습니다. 무기는 45구경 권총이었습니다. 나중에 알고 보니 곽중식은 현장에서 즉사했습니다."

"어떻게 해서 그를 살해하게 됐지? 죽이게 되기까지의 동기를 말해 봐."

"곽중식과 저는 원래가 어릴 때부터 친구였습니다. 그러나 커서부터는 서로 생각하는 바가 달라 가까이 지내지는 않았습니다. 저는 처음에는 정치적 목적 따위는 없었습니다. 솔직히 말해 저는 간단한 방법으로 돈을 버는 것이 최대의 목적이었습니다. 그러던 중 무슨 청탁문제로 총독부 보안과에서 일하던 안준탁씨를 알게 됐습니다. 그리고 안씨를 통해서 곽중식이 문제의 인물로 수배중인 것을 알았습니다. 그에게는 많은 현상금이 걸려 있기도 했습니다. 안씨는 내가 곽중식과 친구인 것을 알고는 그에 대한 정보를 요구했습니다. 정보를 제공해 주면 제 청탁을 들어주겠다고 했습니다. 그 청탁이란 막대한 이권이 걸려 있는 문제였습니다."

"무슨 청탁이었나?"

"그것은……아편에 관한 것이었습니다. 당시 서울에는 아편 조직이 두 개 있었는데, 하나는 제가 운영하고 있었습니다. 그래서 저는 다른 조직을 제거하고 시장을 독점하기 위해 안씨의 손을 빌리려고 한 겁니다. 관(官)에서 손을 대주면 무난히 시장을 독점할 수가 있었기 때문이었습니다."

"그래서?"

"저는 그때부터 곽을 찾기 시작했습니다. 수소문 끝에 겨우 그와 연락이 닿았습니다. 저는 그와 함께 독립운동을 하고 싶다고 했습니다. 우리는 화신 옆에 있는 어느 찻집에서 만났습니다. 월광(月光)이라고 하는 찻집이었습니다. 저는 권총을 하나 준비해 가지고 나갔습니다. 몇 년만에 만났기 때문에 그는 몹시 반가워했습니다. 저는 그에게 단도직입적으로 자수를 권했습니다. 달걀로 바위를 깨는 격이라고 설명하면서 대일본제국을 위해 봉사하라고 권했습니다. 제 말을 듣고 난 그는 제 얼굴에 침을 뱉고 나갔습니다. 저는 할 수 없다고 생각하고 그를 뒤따라가 화신 앞에서 권총을 쏘았습니다."

"행인들이 보았을 텐데?"

"물론 행인들이 있었습니다. 그러나 곽을 놓치면 다시는 만나기 어려울 것 같아 저는 거기서 곽을 쏘았습니다."

"그 뒤 어떻게 됐지?"

"저는 보상금을 받았고 청탁문제도 무난히 해결을 보았습니다. 그리고 안준탁씨의 정보원으로 쭉 활약해 왔습니다."

하림의 말은 꽤 설득력이 있었다. 그의 이야기를 듣고 난 가면의 사나이들은 고개를 끄덕이고 나서 밖으로 나갔다.

불이 꺼지고 하림은 다시 어둠 속에 앉아 있었다. 결과가 어떻게 될지는 짐작조차 할 수 없었다. 초조한 시간이 한참 흐르고 난 뒤 불이 켜지고 나갔던 사나이들이 다시 들어왔다. 하림의 짐작에 그들은 그의 말을 확인하고 온 듯했다.

"당신은 현재 쫓기고 있는 몸인가?"

"그렇습니다."

"우리는 친일했다고 해서 무조건 도와주지는 않는다. 우리는 우리를 해치려고 하는 자들과 목숨을 다해 함께 싸울 수 있는 사람만 도와준다. 그런 결의를 가지고 있지 않으면 회원이 될 자격이 없어. 아무 일도 하지 않고 도움만 받으려고 한다면 아예 들어올 생각도 하지 마!"

"알겠습니다. 모든 각오가 돼 있습니다."

"목숨을 바칠 각오가 돼 있나?"

"돼 있습니다."

"우리는 모두가 쫓기고 있는 몸이다. 따라서 우리 자신을 지키기 위해서는 우리를 쫓는 자들과 싸우지 않을 수 없다. 어떠한 지시에도 응할 수 있는가?"

"네, 응할 수 있습니다."

복면의 사나이 하나가 갑자기 품속에서 단도를 꺼내들더니 그것을 책상에 콱 박았다. 단도의 손잡이가 부르르 떨었다. 하림은 침을 꿀꺽 삼켰다.

"우리는 배반자를 제일 증오한다. 우리의 조직을 지키기 위해서 우리는 배반자를 무조건 제거한다. 또 하나, 모든 것은 명령에 따라 집행되는 만큼 명령을 어기는 자 역시 살려두지 않는다. 이 두 가지를 명심하기 바란다."

"명심하겠습니다."

하림은 고개를 숙였다.

"우리 조직의 대명제가 있다. 그것은 즉 일본과 조선은 하나라는 사실이다. 일본과 조선은 둘이 될 수 없다. 우리는 오늘의 사태를 매우 슬프게 생각한다. 그러나 머지 않아 곧 일본과 조선은 다시 하나로 뭉칠 것이다. 그때까지 참고 기다리면 되는 것이다. 당신은 조선독립을 바라는가?"

"바라지 않습니다. 천황폐하의 보호 밑에서 살기를 바랍니다."

"만일 당신이 체포되었을 때 당신은 모든 것을 자백하지 않을 자신이 있는가?"

"자신이 있습니다."

"체포되어 자백을 강요받을 때 당신은 자결할 각오가 되어 있는가?"

"되어 있습니다."

"너무 대답을 쉽게 한다."

사나이들은 한동안 말없이 하림을 바라보았다. 하림은 망설이다가 책상 위에 꽂혀 있는 단도를 뽑아들고 오른쪽 무명지를 베었다. 선지피가 책상위로 뚝뚝 떨어지자 한 사나이가 서랍 속에서 백지를 꺼내 하림 앞으로 내밀었다. 하림은 백지 위에 「天皇陛下萬歲(천황폐하만세)」라고 썼다. 그제야 사나이들은 안심이 되는지 고개를 끄덕거렸다.

얼마 후 입회식이 거행되었다. 전등이 꺼지고 자루를 뒤집어쓴 몇 명의 사나이들이 촛불을 가지고 나타났다. 그들은 조직의 핵심 멤버들인 것 같았다.

도마 위에 다리가 묶인 닭 한 마리가 놓여지더니 그 중 제일 우두머리인 듯한 자가 칼로 닭모가지를 싹둑 잘랐다. 목이 잘린 닭은 피에 젖은 날개를 파닥이며 한참 동안 떨어대고 있었다. 사나이는 칼에 닭피를 묻힌 다음 그것을 하림의 이마에 갖다댔다.

펄럭이는 촛불 탓인지 사나이들의 모습이 흡사 유령 같았다. 책상 위에 번진 검붉은 닭피와 이마에 와 닿은 칼날의 섬뜩한 감촉에 하림은 소름이 쭉쭉 끼쳤다.

이윽고 칼을 든 자가 무슨 주문 같은 것을 외웠는데 하림은 그것이 무슨 소리인지 알 수가 없었다. 다른 사나이들도 그 소리를 따라 중얼중얼 외고 있었다. 그 광경은 흡사 무슨 신흥종

교의 의식 같기도 했다. 그들의 모습 또한 진지하고 심각해서 마치 신들린 듯했다.

한참 후 주문이 끝나고 칼든 자가 말했다.

"내 말대로 따라해."

하림은 시키는 대로 따라했는데 그것은 일종의 서약 같은 것이었다.

―. 나는 조직을 위해 살고 조직을 위해 죽는다.
―. 나는 명령에 살고 명령에 죽는다.
―. 나는 내선일체(內鮮一體)의 대명제를 신앙으로 받든다.
―. 나는 천황폐하를 위해 심신을 바친다.
―. 나는 항명과 배신을 죽음으로 보상한다.

고개를 쳐드니 어느새 맞은편 벽 위에 일장기(日章旗)가 걸려 있었다.

하림은 명령에 따라 일장기를 향해 두 번 절했다. 그리고 나서 웃통을 벗고 책상 위에 엎드렸다. 그러자 한 사나이가 다가와 대꼬창이로 그의 오른쪽 어깨를 후벼파기 시작했다. 어깨가 쑤시고 아팠지만 하림은 이를 악문 채 신음 소리 하나 내지 않았다. 사나이는 피를 닦아낸 다음 상처 위에 잉크를 부었다. 그리고 거기에 가제를 대고 반창고를 붙였다.

"자, 하동지, 고개를 들어. 이제 당신은 우리들의 영원한 동지가 되었다."

하림이 상체를 일으키자 복면의 사나이들이 그에게 손을 내밀었다. 하림은 그들과 악수를 나누면서 비로소 안도의 한숨을 내쉬었다.

거기서 하림은 「면도날」이라고 하는 암호명을 받은 다음 밖으로 나왔다. 정식회원으로 가입되었다고는 하지만 그에게는 아지트의 위치를 아는 것은 허용되지 않았다. 그가 처음 왔을 때처럼 얼굴에 자루를 쓴 채 배에 올랐다. 두 사나이가 그를 인도했다.

한 시간 후 그는 파고다 공원 앞에서 차를 내렸다. 복면을 벗겨 주면서 한 사나이가 그에게 일러 주었다.

"내일 12시 10분에 달밤에게 전화해."

하림은 차가 출발하는 순간 재빨리 차넘버를 외워두었지만 그것이 가짜일 것은 뻔한 일이었다.

그 길로 그는 안준탁의 사무실로 달려갔다. 거기에는 그가 지시한 대로 동지들이 여전히 진을 치고 앉아서 그가 돌아오기를 초조하게 기다리고 있었다.

하림이 나타나자 기다리던 동지들은 충격을 받은 듯 벌떡벌떡 일어났다. 안준탁은 한쪽 구석에 겁에 질린 눈으로 앉아 있었다.

하림은 그 동안 일어났던 일들을 동지들에게 자세히 이야기해 주었다. 그것은 너무 놀라운 일이었기 때문에 대원들은 한결같이 입을 벌린 채 그를 멍하니 바라보기만 했다.

"이쪽으로 연락이 올 겁니다. 그때까지 기다려 봅시다."

그날 밤 그들은 교대로 그곳을 지키며 밤을 지샜다. 그러나 아침이 되어도 전화는 오지 않았다. 전화벨이 울린 것은 정확히 12시가 되었을 때였다. 안준탁과 하림이 동시에 수화기를 집어 들었다.

"달밤……"

"동해에 떠오르는 태양……"

침묵이 흐른 다음 지시가 떨어졌다.

"12시 10분에 암호명 면도날이 전화를 할 것이다. 전화가 오면 오늘밤 9시에 군정청 정문으로 나가라고 해. 중절모를 오른손에 들고 있으라고 해."

명령은 엄했다.

"알겠습니다."

안준탁은 떨고 있었다.

"보고할 것은 없는가?"

"어, 없습니다."

"알았다."

이쪽이 뭐라고 할 사이도 없이 전화가 끊겼다. 하림은 동지들과 함께 대책을 숙의했다.

"이번에 만나는 인물의 뒤를 미행할 필요가 있을 것 같습니다. 9시에 내가 만나는 인물을 눈치채지 않게 끝까지 미행해 주시오."

그것을 위해 세 사람이 나섰다. 김재구(金在求), 송준호(宋俊浩), 김영찬(金永贊) 등이었다. 하림은 그들에게 눈치를 채서는 안 된다고 신신당부했다. 그런데 6시쯤 되었을 때 한 동지가 호외를 들고 뛰어들어왔다.

"김구 선생이 귀국하셨습니다."

누구보다도 기다리던 인물이 귀국한 만큼 모두가 환성을 지르며 호외를 들여다보았다.

하림은 미군 정보국을 통해 김구 선생이 조만간 귀국할 것이라는 것을 알고는 있었지만 거족적인 환영절차도 없이 이렇게 갑자기 돌아올 것이라고는 생각지도 못했으므로 적이 놀라지 않을 수 없었다. 호외에는 미군사령관 하지 중장의 간단한 성명이 게재되어 있었다.

"오늘 오후 김구 선생 일행 15명이 서울에 도착하였다. 오랫동안 망명하였던 애국자 김구 선생은 개인의 자격으로 서울에 돌아온 것이다."

하지 중장의 성명문을 읽고 난 젊은이들의 얼굴에 실망하는 빛이 뚜렷이 나타났다. 조금 후 그들은 노골적으로 불만을 나타냈다.

"굳이 개인자격으로 돌아왔다고 못을 박을 게 뭐야. 평생을 조국 독립을 위해 투쟁하시고 엄연한 임정 주석이신데 개인자격으로 맞이하다니 말도 안 되는 짓이야."

미군 당국이 노혁명가를 견제하려고 한 것은 비단 김구의 경우에만 한한 것이 아니었다. 이승만의 경우에도 개인자격으로만 귀국을 허용했던 것이다. 그 이유는 미군정 외에는 어떠한 정치권력도 인정하지 않으려는 기본방침이 서 있었기 때문이었다.

이것은 점령군으로서는 통치기술상 필요한 조치였는지는 모르지만 노애국자를 눈이 빠지게 기다리며 그를 민족의 지도자로 추대하려고 생각하고 있던 조선인들로서는 미군의 그러한 처사에 적이 실망하지 않을 수 없었다.

백범 김구 — 얼마나 기다리고 기다리던 노애국자였던가. 가뭄에 비를 기다리듯 백성들은 얼마나 애가 타서 임정 주석인 그를 기다려 왔던가.

백성들의 환호를 받으며 백범이 귀국하는 모습을 하림은 정말 보고 싶었다. 그런데 마치 돌아와서는 안 될 곳에 돌아온 듯 그가 아무도 모르게 귀국하다니 너무나도 서운했다. 하림은 울적한 심정으로 본부로 돌아와 라디오를 켰다. 백범의 귀국을 알리는 방송이 흘러나오더니 이어서 백범의 목소리가 흘러나왔다.

"친애하는 동포 여러분! 27년 간이나 꿈에도 잊지 못하고 있던 조국강산에 발을 들여놓게 되니 감개무량합니다. 나는 지난 2일 중경을 떠나 상해로 와서 22일까지 머물다가 23일 상해를 떠나 당일 경성에 도착하였습니다. 나와 나의 각료 일동은 한 평민의 자격을 가지고 들어왔습니다. 앞으로는 여러분과 같이 우리의 독립완성을 위하여 진력하겠습니다. 앞으로 전국 동포가 하나가 되어 우리의 국가 독립의 시간을 최소한도로 단축시킵시다. 앞으로 여러분과 접촉할 시간도 많을 것이고 말할 기회도 많겠기에 오늘은 다만 나와 동지 일동이 무사히 이곳에 도착되었다는 소식을 전합니다."

백범의 목소리는 감회에 젖어 떨리는 듯했다. 그의 목소리에는 할 말을 다 못하는 데서 오는 억눌림 같은 것이 배어 있는 듯했다.

귀국성명은 27년 만에 돌아온 노혁명가의 성명치고는 너무나 간단하고 평범한 것이었다. 그렇게밖에 발표할 수 없는 백범의 입장을 생각하자 하림은 분노가 치밀고 눈물까지 나오려고 했다.

그러면 김구는 어떻게 귀국했던가. 그의 성명대로 11월 2일에 중경을 떠난 그는 교통편이 여의치 않아 22일까지 상해에서 기다려야 했었다. 그때까지 미군은 그에 대한 교통편을 마련해 주지 않은 채 차일피일 미루고 있었다. 그도 그럴 것이 김구의 귀국은 미국무성의 검토를 거쳐야 할 문제였던 것이다. 그만큼 미국무성은 그의 귀국에 신경을 쓰고 있었다. 임정요인들의 독촉이 성화같자 미국무성은 마침내 하지 사령관에게 다음과 같은 전문을 보냈다.

"미국 정부는 김구파의 임시정부를 하나의 정파로 간주하고 있다. 그러므로 그들이 입국할 때의 자격은 평민 이상의 것은 아니다. 그들의 입국에 미국의 항공기를 제공하는 것은 무방하다."

하지 사령관은 비로소 김구 일행의 귀국 문제를 중국 전구(戰區)의 웨드마이어 장군과 상의했다. 먼저 임정요인들과 가족수를 파악한 다음 제1진과 제2진으로 나누어 수송한다는데 원칙적인 합의를 보았다.

이렇게 해서 11월 23일, 김구는 김규식(金圭植), 이시영(李始榮), 엄항섭(嚴恒燮), 김상덕(金尙德), 유동열(柳東說), 장준하 등과 함께 제1진으로 미군용 수송기를 타고 귀국하게 된 것이다.

김구 일행이 탄 군용기가 5시경에 김포 비행장에 도착하자 여섯 대의 장갑차를 선두로 한 미군병력이 그들을 호위했다. 기자들의 접근마저 통제된 채 김구 일행은 장갑차에 올라 그곳을 떠났다.

미군이 이렇게 그들을 철저하게 호위한 것은 외부와의 접촉으로 해서 일어날지도 모를 환영무드를 미연에 막기 위해서였다. 미군정 당국은 아무쪼록 김구 일행이 은밀한 가운데 말썽 없이 조용히 입국하기를 바랐던 것이다.

27년 동안 비바람에 씻기고 닦인 김구의 얼굴은 메마르다 못해 처연해 보이기까지 했다. 그는 입을 꾹 다문 채 안경 너머로 차창 밖의 풍경을 바라보고 있었다. 어둑어둑해지기 시작한 초겨울의 황량한 들판을 바라보며 그는 무엇을 생각하고 있었을까. 그렇게도 그리던 조국에 왔건만 그를 향해 손을 혼드는 사람 하나 보이지 않았다. 그는 낯선 땅에 온 기분이었을까.

삼엄한 호송행렬은 찬바람을 가르며 질풍같이 달려가고 있었다. 그것은 마치 무슨 군사작전 같기도 했다.

하림은 정각 9시에 군정청 정문 앞으로 나갔다. 겨울이 막 시작되고 있었으므로 날씨는 꽤 차가웠고, 그래서인지 밤거리에는 인적이 거의 끊어져 있었다. 희미한 가로등 밑에서 걸음을 멈춘 그는 쓰고 있던 중절모를 벗어 오른손에 들고 천천히 담배를 피웠다.

군정청 정문 초소 앞에는 미군 헌병 하나가 화이버를 깊이 눌러쓴 채 열중쉬어 자세로 꼼짝 않고 서 있었다. 찬바람이 코끝을 스치고 지나갈 때마다 하림은 어깨를 웅크리면서 담배를 빨아댔다.

그렇게 10분쯤 서 있자 저쪽 어둠 속에서 구둣발 소리가 저벅저벅 들려왔다. 하림은 바싹 긴장하면서 소리가 들려오는 쪽을 쏘아보았다. 구둣발 소리는 규칙적으로 점점 가까이 들려오고 있었다.

이윽고 나타난 사람은 캡을 눌러쓴 사나이였다. 하림 앞으로 곧장 다가온 사나이는 날카로운 시선으로 하림을 한번 쏘아보고 나서,

"면도날 가지신 거 있습니까?"
라고 물었다.

오른쪽 뺨에 길게 흉터가 난 것이 흉악한 인상이었다. 하림은 모자를 들었다가 놓았다.

"네, 있습니다."

"늦어서 죄송합니다. 우리 저쪽으로 걸어갈까요?"

하림은 잠자코 사나이의 뒤를 따라갔다. 따라가면서 주위를 살피니 어둠 저쪽에서 사람들의 그림자가 움직이는 것이 얼핏 보였다.

캡의 사나이는 하림보다는 키가 작았지만 어깨가 떡 벌어진 것이 힘깨나 쓸 것 같았다. 그들은 경복궁 담을 끼고 걸어갔다. 캡의 사나이는 묵묵히 걸어가다가 갑자기 멈춰 서서 하림을 쏘아보았다.

"지시사항을 말하겠다. 백범을 제거하라."

완전히 명령조였다. 하림은 자기 귀를 의심했다.

"김구 선생을 말입니까?"

"그래. 오늘 귀국한 김구다. 김구는 이승만보다 무서운 인물이다. 그자가 집권하면 친일세력은 하나도 남지 않고 죽게 될 것이다. 그 전에 우리가 그자를 제거해야 한다."

하림은 충격을 누르면서 짐짓 심각하게 고개를 끄덕였다.

"잘 알겠습니다만, 상대가 워낙 거물이라 놔서……"

"겁이 난단 말인가?"

"좀 그렇습니다."

"물론 겁이 나겠지."

캡은 다시 걷기 시작했다. 하림도 그자를 따라 걸었다.

"그렇지만 당신이 죽는 것은 겁이 안 나나?"

"잘 알겠습니다."

"이유는 있을 수 없다. 명령이 떨어진 이상 당신은 명령을 수행해야 한다."

캡은 허리춤에서 묵직한 것을 꺼내더니 그것을 하림에게 주었다. 그것은 권총이었다. 캡은 탄환이 든 조그만 상자와 거사 자금까지 내준 다음 갑자기 어둠 속으로 사라져 버렸다.

하림은 그들이 김구의 목숨을 노리고 있다는 사실에 너무 충격을 느꼈기 때문에 캡이 사라진 뒤에도 그 자리에 한동안 멍하니 서 있었다.

한 시간쯤 지나 하림이 사무실로 돌아오니 미행을 나간 세 동지는 아직 돌아와 있지 않았다. 반 시간쯤 초조하게 기다리려니까 마침내 전화가 왔다.

"놈이 어떤 집으로 들어갔습니다."

김재구가 흥분한 목소리로 말했다.

"달리 만난 사람은 없었나?"

"아직 없습니다. 곧장 이곳으로 왔습니다."

"계속 지키시오."

하림은 위치를 물은 다음 그곳으로 달려갔다. 그 사나이의 집은 명륜동에 있었다. 한길 가에서 들어간 고급 주택가에 자리잡은 일식 2층집으로 불빛 하나 없이 어둠 속에 잠겨 있는 것이 사람이 살고 있지 않은 듯했다.

"놈은 나에게 김구 선생을 죽이라고 지시를 내렸소. 내가 지시를 따르지 않으면 놈들은 다른 놈을 시켜서라도 김구 선생을 제거할 거요. 그전에 우리가 먼저 놈들을 제거해야 합니다. 일은 급하게 됐습니다."

하림의 말에 모두가 소스라치게 놀라는 듯했다.

"우리가 실패하면 김구 선생은 암살당합니다. 어떻게든지 놈들을 분쇄해야 합니다."

그 집은 수목에 싸여 있었다. 한 사람이 먼저 담을 타고 안으로 들어갔다. 하림은 대문 쪽으로 다가가서 문이 열리기를 기다렸다.

조금 후 문이 열리자 한 사람만 밖에서 대기하고 두 사람은 안으로 들어갔다. 정원으로 들어선 그들은 한동안 수목에 몸을 가린 채 꼼짝하지 않고 집안의 동정을 살폈다. 그러나 집안에서는 아무런 움직임도 보이지 않았다. 소리가 하나도 들려오지 않았다.

하림이 먼저 정원을 가로질러 앞으로 나갔다. 불빛 하나 없이 어둠 속에 잠겨 있는 집은 으스스한 분위기마저 띠고 있었다.

"분명히 놈이 들어간 것을 보았는데 이상한데요."

뒤따라 온 동지 하나가 속삭였다.

하림은 건물의 뒤꼍으로 돌아가 보았다. 그쪽 창문에서는 가늘게 불빛이 흘러나오고 있었다. 빛은 커튼 사이로 새어나오고 있었다.

세 사람은 창문 앞으로 바싹 다가서서 커튼 사이로 안을 들여다보았다. 다행히 커튼 사이가 많이 벌어져 있어 안이 잘 들여다보였다.

안에서는 놀라운 광경이 벌어지고 있었다. 거기에는 그가 어제 보았던 것과 같이 검은 복면의 사나이들이 탁자를 중심으로 두 줄로 앉아 있었는데 모두 해서 여섯 명이나 되었다.

그런데 그들은 꿀 먹은 벙어리처럼 가만히 앉아 있기만 했다. 다만 검은 자루에 뚫린 구멍을 통해 눈들만이 무섭게 번득이고 있을 뿐이었다.

창가에 붙어서 있는 세 사람은 어느새 권총을 뽑아들고 있었다. 동지들이 뛰어들려는 것을 하림이 제지했다.

"안 돼! 이놈들은 조직의 하수인들에 불과해! 좀더 기다려 봅시다!"

붉은 복면의 사나이가 나타난 것은 10분쯤 지나서였다. 복면의 빛깔이 다른 것으로 보아 다른 놈들보다 지위가 높은 것 같았다.

붉은 복면이 들어서자 그때까지 꼼짝 않고 앉아 있던 자들이 일제히 일어섰다. 붉은 복면이 상좌에 착석하고 나서야 그들은 자리에 앉았다.

붉은 복면이 갑자기 탁자를 치면서 소리치자 다른 자들은 마치 죄를 지은 듯 고개를 숙였다. 붉은 복면은 몹시 화를 내고 있는 것 같았다. 그러나 무슨 말을 하고 있는지 들리지가 않아 알 수가 없었다.

검은 복면의 사나이들은 하나같이 다소곳이 앉아 붉은 복면의 말을 듣고 있었다. 그들 중 입을 열어 말하는 사람은 아무도 없었다. 그만큼 그들은 상급자에 대해 철두철미 복종의 태도를 보이고 있었다.

"저놈이 두목일까요?"

김재구가 흥분한 목소리로 가만히 물었다. 하림은 고개를 저었다.

"두목은 아닐 겁니다. 두목을 직접 보좌하는 놈일 겁니다. 두목은 이런 데 나오지는 않을 겁니다."

붉은 복면의 사나이는 이제 더 이상 참을 수 없다는 듯이 길길이 날뛰고 있었다. 그가 일어서서 뭐라고 소리치자 검은 복면 중 두 명이 급히 방을 나갔다.

조금 후 그들은 중년의 사나이 하나를 끌고 들어왔는데 그 사나이는 밧줄로 칭칭 결박이 되어 있었다. 복면을 하지 않은 그 사나이의 얼굴은 공포로 잔뜩 일그러져 있었다.

붉은 복면이 벌떡 일어나더니 갑자기 허리춤에서 권총을 빼들었다. 놈은 그것을 거꾸로 쥐고 손잡이로 끌려 들어온 사나이의 이마를 후려쳤다.

"아이쿠!"

하는 비명이 밖에까지 흘러나왔다.

놈들은 비틀거리는 사나이를 의자 위에 앉혀 놓고 심문하기 시작했다. 머리를 얻어맞은 사나이는 흘러내리는 피로 얼굴이 온통 피투성이였다. 피로 범벅이 된 얼굴을 쳐든 채 그는 두 손을 비비며 살려달라고 애걸하고 있었다. 그러나 복면의 사나이들은 사정없이 그의 어깨와 등짝을 후려갈기고 있었다. 붉은 복면이 손짓을 하며 무엇인가를 묻곤 했는데 그때마다 그 사나이는 대답을 못하는지 아니면 거짓말을 하는지 심하게 얻어맞곤 했다.

하림은 놈들의 대화를 듣지 못하는 것이 무엇보다도 안타까웠다. 그렇다고 무턱대고 뛰어들 수도 없어 그는 안타까운 마음을 누른 채 그대로 붙어서 있었다.

사나이는 고문을 견디지 못하고 책상 위에 개구리처럼 납작 엎어졌다. 그의 입에서는 거품이 흘러나오고 있었다. 한 놈이 담뱃불로 사내의 목덜미를 지지자 그는 벌떡 몸을 일으켰다가 도로 책상 위로 엎어졌다. 담뱃불로 지지던 놈이 이번에는 머리칼을 움켜지고 뒤로 머리를 젖혔다. 그리고 무엇인가 다그쳐 물었다. 그러나 사나이는 헐떡거리기만 할 뿐 대답하려고 하지를 않았다.

하림은 거기서 벗어나 벽을 끼고 가 보았다. 중간쯤에 안으로 통하는 조그만 후문이 하나 있었다. 조심스럽게 잡아당겨 보자 문은 소리 없이 스르르 열렸다. 동지들을 밖에 대기하고 있게 하고 하림은 안으로 숨어들어 갔다.

안은 너무 어두워서 아무 것도 분간할 수가 없었다. 그곳은 창고처럼 쓰이는 곳인 것 같았다. 그는 벽을 짚어 보다가 안으로 통하는 문을 밀어 보았다. 문이 삐걱하고 열리면서 뿌연 빛이 흘러들어 왔다. 그는 급히 도로 문을 닫았다가 다시 슬그머니 열어 보았다.

문밖은 바로 복도였는데 아무도 보이지 않았다. 하림은 내친

김에 복도로 나와 주위를 둘러보았다. 사나이들이 들어 있는 방 쪽에서 고함 소리가 들려오고 있었다.

"바른대로 말하지 못해?!"

"바른대로 말했습니다. 모, 목숨만 살려 주십시오."

"이, 새끼야, 바른대로 말하란 말이야! 돈을 어디다 빼돌려 썼어?"

"이, 잃어 버렸습니다. 용서해 주십시오."

"이 자식이, 아직도 정신이 덜 들었나?"

철썩철썩 하는 소리와 함께 비명 소리가 들려왔다.

하림은 망설이다가 옆방으로 들어갔다. 그 방은 비어 있었고 바로 옆방이라 말하는 소리가 잘 들려왔다.

"자금 운반을 책임 맡은 놈이 그 돈을 가지고 도망을 쳐! 네가 도망치면 어디까지 도망치겠다는 거냐? 돈이 있는 곳을 빨리 대라!"

"저, 정말 없습니다. 잃어 먹었습니다."

"이 개새끼! 뒈져 봐라!"

"아이쿠! 아이쿠!"

"우리 조직을 팔았지?"

"아……아……아닙니다."

"거짓말하지 마, 이 자식아! 어디다가 비밀을 팔았지? 바른대로 말하면 살려 주겠다! 빨리 말해 봐!"

"아무한테도……아무한테도 말하지 않았습니다. 정말입니다."

"없애 버려!"

그것은 다른 목소리였다. 그것을 마지막으로 더 이상 심문은 없었다. 몽둥이로 세차게 후려치는 소리와 사내의 비명 소리만이 한동안 들려오고 있었다.

아마 놈들은 그 사나이를 때려죽이는 모양이었다. 그것을 알면서도 꼼짝할 수 없으니 안타까웠다.

비명 소리는 차츰 작아지고 있었다. 하림은 소리가 안 나게 창문을 열고 동지들이 대기하고 있는 쪽으로 신호를 보냈다. 동지 하나가 발소리를 죽이며 급히 다가왔다.

"놈들이 그 사람을 때려죽이고 있습니다! 그대로 보고만 있을 겁니까?"

"할 수 없어요! 지금으로서는 보고 있을 수밖에 없소!"

"지금 뛰어 들어가서 놈들을 체포합시다!"

"안 됩니다. 큰놈을 잡기 전에는 아직 손을 대서는 안 됩니다."

이제 비명 소리는 들려오지 않았다.

"죽은 모양입니다."

동지가 분노에 떠는 소리로 속삭이는 것을 하림은 잠자코 듣기만 했다. 문이 열리고 시체를 끌고 가는 소리가 들려왔다. 조금 후 일장 훈시하는 소리가 나오자 하림은 벽에 대고 온 신경을 그쪽으로 집중했다.

"잘 들어두기 바란다. 배반자는 어떠한 보복을 받는지 두 눈으로 똑똑히 보았으리라고 생각한다. 배반자를 살려둔다는 것은 우리 자신의 목숨을 포기하는 것이나 다름없다. 따라서 우리는 우리 자신을 지키기 위해서 배반자를 단호히 제거하지 않으면 안 되는 것이다. 배반자는 언제나 가장 잔인한 방법으로 제거될 것이다. 특히 여러분들은 우리 조직에서 가장 중요한 임무를 맡고 있는 이상 조금이라도 이상한 기미를 보이기만 해도 용서받지 못할 것이다. 나와 여러분들은 그분과 함께 생사고락을 같이 한다는 것을 잠시라도 잊어서는 안 될 것이다. 그분은 우리들의 의식주를 해결해 주시며 우리들의 안전을 도모해 주시는 우리들의 절대적인 보호자이심을 한시라도 잊어서는 안 될 것이다. 알았나?"

"알았습니다."

일제히 대답하는 소리가 벽을 울렸다.

"나는 잠시도 그분 곁을 떠날 수가 없다. 나에게 연락을 취할 일이 있으면 아침 10시와 오후 1시, 그리고 오후 5시에 하도록 하라!"

문이 열리고 나오는 소리가 들렸다. 거친 걸음걸이로 보아 붉은 복면이 훈시를 끝내고 돌아가는 것 같았다. 창밑에 대기하고 있던 동지가 다가와 엄지손가락을 세워 보였다.

"놈이 나갔습니다."

하림은 창문을 통해 뒤꼍으로 빠져 나갔다.

세 사람은 뒤꼍에서 나와 정문 쪽으로 잽싸게 움직였다. 붉은 복면이 현관에서 막 나오고 있었다. 놈은 붉은 복면을 그대로 쓰고 있었다. 그들은 땅위에 엎드려 놈의 행동을 주시했다. 숨막히는 순간이었다.

정원수 사이로 난 오솔길을 급히 걸어간 사나이는 정문 앞에서 마침내 얼굴을 가린 복면을 벗어 코트 주머니 속에 집어넣었다. 그리고 캡을 눌러쓴 다음 문을 열고 조심스럽게 밖으로 사라졌다.

나머지 사나이들은 아직 나타나지 않고 있었다. 하림과 동지들은 정문 쪽으로 기어가 문을 조심스럽게 열고 밖으로 나갔다. 밖에 대기하고 있던 동지 하나가 어둠 속에서 뛰어나오며 왼쪽 골목을 가리켰다.

"저쪽으로 사라졌습니다."

"두 사람은 저쪽으로 가시오. 조금 있다가 큰길에서 다시 만납시다."

하림은 동지 한 사람과 함께 사내가 사라진 쪽으로 급히 걸어갔다. 그들은 차도로 나와서야 사내의 모습을 잡을 수가 있었다. 사내는 어깨를 웅크린 채 차도에 서 있었다.

하림은 골목으로 들어서서 놈의 동정을 살폈다. 놈은 차를 기다리고 있는 것 같았다.

초겨울의 차가운 바람이 골목을 휩쓸고 지나갔다. 하림은 주머니에 들어 있는 권총을 만지작거렸다. 그것은 섬뜩할 정도로 차가웠다.

"차를 타고 가버리면 곤란하지 않습니까?"

자동차를 준비하지 못한 그들은 당황하고 있었다.

"지금 저놈을 체포해 버립시다."

"기다려 봅시다. 방법은 있으니까."

하림은 뛰쳐나가려는 동지를 붙잡았다.

마침내 택시가 한 대 사나이 앞에서 정거했다. 사나이가 택시를 타고 출발하자 하림은 급히 골목에서 뛰쳐나와 택시 넘버를 확인했다. 택시가 어둠 속으로 사라지고 난 뒤 10분쯤 지나서야 다른 택시가 나타났다. 하림은 동지들과 함께 그 택시에 올랐다.

"경성택시 549호의 차고는 어딥니까?"

"경성택시라면 이 차와 같은 회사 소속입니다. 마포에 차고가 있죠."

"그쪽으로 갑시다."

늙은 운전사는 영문을 모른 채 마포 쪽으로 차를 몰아갔다. 반 시간 후 택시회사 차고에 도착한 그들은 그곳에 세워져 있는 택시들의 넘버를 조사해 보았는데 549호는 아직 돌아와 있지 않았다.

549호 택시가 돌아온 것은 두 시간쯤 지나서였다. 운전사는 중년사내였는데 그가 갔던 곳에 데려다 달라는 하림의 요구를 첫마디로 거절했다.

"다른 택시도 많은데 손님들은 왜 하필 이 택시만 타시려고 하죠?"

"아까 명륜동에서 남자 손님 하나를 태우셨죠? 그 손님 태워다 준 데까지만 부탁합니다."

"무슨 일로 그러죠?"

"이유는 묻지 마시고……부탁합니다."

"거 참 이상하네. 내일 아침에 오시오. 지금은 졸려서 안 되겠어요."

고개를 저으며 사무실 쪽으로 가려는 운전사를 하림은 두 손으로 붙잡았다.

"요금은 세 배로 드리겠습니다."

"그렇다면……"

하림이 돈을 많이 준다는 바람에 운전사는 잠이 달아난 모양이었다.

"사실은 그 손님이 단골이기 때문에 간 겁니다."

운전사는 그들이 묻지도 않는 말을 하면서 차에 올라 시동을 걸었다.

"단골로 차를 부르는 모양이죠?"

"네, 그렇죠. 그리고 행선지를 비밀로 해달라고 하면서 항상 요금을 두둑이 주곤 하죠."

차는 곧장 종로 쪽으로 나갔다.

"그 사람 언제나 한곳에만 가던가요?"

"주로 아까 가던 곳에만 갑니다. 가끔 다른 곳에 갈 때도 있지만……그런데 무슨 일로 그러시는 거죠?"

"그럴 일이 있습니다."

"이러다가 단골이 끊어지면 곤란한데요."

차는 종로에 들어서자 투덜거리면서 갑자기 속도를 줄였. 화가 난 하림이 운전기사에게 요금을 네 배로 올려 준다고 하자 그제야 차는 제대로 속도를 내어 달렸다.

한 시간쯤 지났을 때 택시는 시내를 완전히 벗어나 한적한 들판을 달리고 있었다. 조금 후 택시는 어느 야산 앞에서 정거했다.

"이 이상은 차가 들어갈 수 없습니다."

"그 사람도 여기서 내렸나요?"

하림은 헤드라이트를 끄게 하고 물었다.

"네, 그분들은 여기서 내렸습니다. 저기 나무 사이로 불빛이 보이죠? 바로 그 별장에서 나오는 불빛입니다. 이 길로 쭉 올라가시면 곧 별장이 나옵니다. 그 사람은 지금 그 별장에 있을 겁니다."

하림은 약속대로 운전사에게 네 배의 요금을 지불했다. 그리고 단단히 당부했다.

"나중에라도 그 사람한테 우리를 여기로 안내해 줬다는 말을 해서는 안 됩니다. 만에 하나라도 그런 말을 하면 당신 배에 구멍이 날 겁니다."

어느 틈에 총구가 자신의 배를 겨누고 있는 것을 알자 운전사는 기겁하며 절을 했다.

하림 일행은 골짜기를 따라 올라갔다. 주위에 철망이 쳐져 있고 같은 크기의 나무들이 질서 있게 서 있는 것으로 보아 일대가 모두 과수원인 것 같았다.

한참을 올라가니 운전사가 말한 대로 별장이 하나 나타났다. 돈푼깨나 있는 사람이 지은 것인지 달빛에 비친 그 별장은 양옥으로 매우 고급스러워 보였다.

별장으로 들어가는 입구에는 초소가 하나 서 있었다. 하림 일행은 뿔뿔이 흩어져 초소 쪽으로 다가갔다.

초소에는 불이 꺼져 있었는데 가까이 접근해 보니 한 사내가 총을 벽에 세워 둔 채 졸고 있었다. 방한모로 얼굴을 감싸고 있어서 생긴 모습은 알아볼 수가 없었다.

송준호가 먼저 문을 박차고 들어가 졸고 있는 보초의 얼굴에 권총을 들이댔다. 이마에 강한 충격을 느끼고 얼떨결에 잠이 깬 보초는 아직도 무슨 일이 일어났는지를 모르는 모양이었다.

"떠들면 죽인다! 머리 위로 손을 올려!"

보초는 비로소 사태를 짐작하고 머리 위로 손을 쳐들다가 벽에 설치되어 있는 비상벨을 누르려고 했다. 그것을 본 김영찬이 주먹으로 놈의 손목을 내리쳤다. 하림은 단도를 뽑아들고 상대의 목을 겨누었다.

"자, 묻는 대로 솔직이 대답해야 한다. 별장에는 몇 놈이 있지?"

"살려 주십시오! 나리, 살려 주십시오!"

기절할 듯 몸을 떨어대는 보초의 턱을 하림은 무릎으로 올려챘다.

"묻는 대로 빨리 대답해! 안에 누구누구 있어?"

"네, 네 사람이 있습니다. 영감님하고 영감님 색시하고, 비서하고 밥하는 아주머니하고……"

"그밖에는……"

"어, 없습니다."

"개는?"

"이, 있습니다."

"몇 마리나 있나?"

"두 마리 있습니다."

"네가 앞장서서 우리를 안내해라. 개가 짖지 못하게 해야 한다. 만일 쓸데없는 수작을 부리면 네놈은 그 자리에서 죽을 줄 알아라."

"아, 알았습니다. 목숨만 살려 주십시오."

"영감이라는 자의 이름은 무엇인가?"

"저, 저는 아무 것도 모릅니다."

"알았다."

그들은 보초의 팔을 뒤로 돌려 밧줄로 꼼짝 못하게 묶은 다음 놈을 앞장세워 놈들의 본부로 쓰고있는 별장으로 향했다. 별장은 초소로부터 안쪽으로 2백 미터쯤 떨어진 숲속 높은 곳에 자리잡고 있었다.

하림과 세 동지는 모두 권총을 뽑아들고 잔뜩 긴장해서 다가갔다. 하림은 그곳이 추적의 종점이라는 것을 알고 있는 만큼 누구보다도 긴장해 있었다. 상대를 쓰러뜨리지 않으면 이쪽이 쓰러지는 것이다.

갑자기 어둠 속에서 시커먼 짐승이 두 마리 나타나 그들의 앞을 가로막았다. 눈에 불을 켠 짐승들은 금방이라도 그들을 물어뜯을 듯이 으르렁거렸다. 하림은 보초의 뒤에서 잔등을 총구로

쿡 찔렀다.

"쉿! 조용히! 저리 가!"

보초는 발로 땅을 차면서 개들을 쫓았다. 다행히도 개들은 보초의 명령에 순순히 복종했다. 놈들은 꼬리를 몇 번 흔들더니 어둠 속으로 뛰어가 버렸다. 앞에 거칠 것이 없어진 그들은 별장까지 쉽게 접근할 수가 있었다.

별장에는 한 방에만 불이 켜져 있을 뿐 어둠 속에 잠겨 있었다. 그들은 불이 켜진 방쪽으로 다가가 보았다. 창문을 통해 방안을 들여다본 하림은 멈칫했다. 방안에는 몇 시간 전 군정청 앞에서 만났던 뺨에 흉터 있는 사나이가 비스듬히 드러누워 술을 마시고 있지 않은가.

하림은 비로소 그 사나이가 붉은 복면을 썼던 자임을 알 수가 있었다.

술병 옆에 권총이 아무렇게나 놓여져 있는 것으로 보아 놈은 밤을 새면서 두목을 경호하고 있는 것 같았다. 그런데 술을 너무 많이 마신 탓인지 놈은 눈을 게슴츠레하게 뜬 채 끄덕끄덕 졸고 있었다.

"놈을 밖으로 불러내."

하림은 보초를 끌고 현관 쪽으로 다가갔다. 보초를 대신해서 벨을 누른 다음 네 사람은 현관 양쪽에 찰싹 달라붙어 흉터의 사나이가 나타나기를 기다렸다. 이윽고 안에서 거친 소리가 흘러나왔다.

"누구야?"

"저, 접니다. 문 좀 열어 주십시오."

"영감님이 주무시는데 조용히 하지 않고 왜 그래?"

"저 밑에 누가 오는 것 같습니다. 차 소리가 나고 불빛이 여러 개 다가오고 있습니다."

보초는 하림이 시키는 대로 더듬더듬 말했다. 그의 말이 끝나자마자 문이 벌컥 열리면서 흉터의 사나이가 뛰쳐나오면서 고함을 질렀다.

"이 바보 같은 자식아! 자리를 뜨면 어떡해?"

그렇게 말하고 난 사나이는 비로소 보초가 뒷짐을 지고 묶여 있는 것을 알고는 깜짝 놀라는 것 같았다. 놈이 권총을 휘두르기 전에 놈의 머리 위로 몽둥이가 먼저 떨어졌다. 머리에 몽둥이가 턱하고 부딪히는 소리와 함께 사나이는 신음 소리를 내면서 스르르 무릎을 꿇었다.

하림은 놈의 손에서 굴러 떨어진 권총을 집은 다음 놈의 목덜미를 구둣발로 밟았다.

"반항하면 죽인다!"

발에 힘을 주자 놈은 손으로 땅바닥을 긁어댔다.

"두목은 어디 있느냐?"

놈은 살려달라고 애걸하다가 옆구리를 질러대자

"안방에……안방에 있습니다."

하고 말했다.

하림은 놈을 앞세우고 집안으로 들어갔다. 놈은 쓰러질 듯 비틀거리고 있었다.

"문을 열고 불을 켜!"

문은 안으로 잠겨 있었다. 문을 두드리자 앳된 여자 목소리가 들려왔다.

"누구세요?"

"저, 접니다. 문 좀 열어 주십시오."

"지금 주무시는데……"

"급해서 그렇습니다. 빨리 열어 주십시오."

자기가 죽을지도 모르는 마당이라 사나이는 시키는 대로 순순히 따르고 있었다.

문이 열리고 불이 켜지는 순간 하림은 총을 겨누며 방안으로 뛰어들었다.

잠옷으로 몸을 아슬아슬하게 가린 젊은 여자가 하림을 보자 비명을 질렀다. 그 소리에 침대 위에서 팬티 바람으로 자고 있던 살찐 노인이 벌떡 몸을 일으켰는데, 그 얼굴을 보는 순간 하림은 너무나 놀라서 눈에서 불이 나는 것 같았다. 그러나 사내는 아직 하림을 못 알아보고 있었다. 사내가 머리맡을 더듬어 권총을 집으려는 것을 하림이 제지했다. 하림이 사내의 팔을 움켜잡고 침대 밑으로 끌어내렸다. 방바닥으로 굴러 떨어진 사내는 헐떡이면서 하림을 올려다보았다. 하림은 총구로 사내의 이마를 콱 찔렀다.

"나를 잘 봐라! 기억나겠지?"

늙은 사내는 그래도 못 알아보는지 작은 두 눈을 깜박거리며 부들부들 떨어대고 있었다.

"황운 선생! 이래도 몰라보겠소?"

하림은 안경을 벗고 콧수염을 잡아떼었다. 그제야 황가는 기겁하듯 놀라면서 하림의 바지자락을 붙들었다.

"아이구, 몰라 뵈었습니다! 이게 웬일이십니까?"

하림은 황가의 가슴을 발로 내질렀다. 가슴을 싸안고 떼굴떼굴 구르는 늙은 사내를 내려다보는 하림의 표정은 돌처럼 차가웠다.

황운은 꿈에도 잊을 수 없는, 잊어서는 안 될 인물이었다. 온갖 친일 행위로 중국에서 거금을 벌어 가지고 온 황가에게 독립운동 자금을 부탁하러 간 것이 잘못이라면 잘못이었다. 황가의 고자질로 일본군 헌병대에 체포되어 죽음 직전까지 고문을 당한 것을 생각하면 지금도 치가 떨려 잠이 오지 않을 지경이었다. 바닥을 기면서 오줌까지 핥아먹고, 놈들이 보는 앞에서 여옥과 관계를 맺는 등 그 온갖 치욕을 생각하면 황가를 찢어 죽여도 시원치 않을 것 같았다.

"당신은 내가 죽은 줄 알았겠지! 그러나 나는 아직도 이렇게 살아 있어! 여기서 이렇게 당신을 만나게 되다니 정말 뜻밖이군. 원수는 외나무다리에서 만난다더니, 정말 우리를 두고 한 말이군."

"죽을 죄를 지었습니다! 목숨만 살려 주십시오! 목숨만 살려 주시면 요구하시는 대로 드리겠습니다!"

하림의 바지자락을 붙잡고 애걸하는 늙은 황가의 모습은 차마 눈뜨고 볼 수 없을 지경이었다.

"흥, 돈이 아까워서 나를 일본군에 팔아먹은 놈이 이제 와서 목숨이 아까워서 돈을 내겠다고? 당신 같은 인간은 백 번 죽어도 싸다!"

"나리, 죽을 죄를 지었습니다. 한번만 봐 주십시오! 살려 주시면 평생 은혜는 잊지 않겠습니다!"

"잘못을 뉘우치지도 않고 범죄조직을 만들어 조국을 배신하다니, 당신은 용서될 수 없는 인간이야!"

여자는 한쪽 구석에서 울고 있었고, 두 명의 부하들은 무릎을 꿇은 채 전신을 떨어대고 있었다. 방아쇠를 걸고 있는 하림의 손가락이 움직이는 것 같았다. 더 이상 말하고 싶지 않았다. 그러나 말했다.

"당신이 두목인가?"

"아, 아닙니다. 두목은 따로 있습니다."

하림은 권총으로 황가의 턱을 쳤다. 터진 입에서 피가 흘러나왔다.

"바른대로 말해! 당신이 두목이지?"

"아닙니다. 두목은……박, 박춘금입니다."

"뭐? 박춘금이라고?"

두 다리가 경련했다. 황가를 노려보는 두 눈이 튀어나올 것 같았다.

"박춘금은 어디 있지?"

"일본으로 도망쳤습니다."

"그러니까 당신은 국내 책임자군? 자금책이기도 하

고……?"

"아닙니다. 저는 그저……"

"시끄럽다! 너희 놈들 명단을 모두 내놔! 열을 셀 동안까지 내놓지 않으면 쏴 버리겠다! 하나, 둘, 셋, 넷, 다섯, 여섯, 일곱, 여덟, 아홉, 열!"

"마, 말씀드리겠습니다."

살찐 손이 벽에 세워져 있는 책장을 가리켰다. 거기에는 책이 몇 권 꽂혀 있었다.

"책장을 들어내면 그 뒤에……"

말이 끝나기도 전에 두 사람이 책장을 들어냈다. 놀랍게도 조그만 철제금고 하나가 벽 속에 박혀 있었다. 불빛에 반사되어 그것은 번들거리고 있었다.

"빨리 저걸 열어!"

권총으로 금고를 가리키자 황가는 무릎걸음으로 기어서 금고 앞으로 다가앉았다. 덜덜 떨리는 손으로 금고 다이얼을 돌리고 문을 열 때까지 하림의 총구는 그의 뒤통수에 바싹 들이대어져 있었다.

이윽고 금고 문이 열리자 하림은 황가를 밀어젖히고 금고 앞으로 다가갔다. 금고 안에는 고액권의 지폐, 각가지 금은보석과 함께 노란 색의 대형 봉투가 하나 들어 있었다. 봉투를 헤치고 내용물을 꺼냈다. 그것은 카드 뭉치였다.

각 카드에는 회원의 이름과 함께 암호명이 기재되어 있었고 일제시의 경력도 소상히 적혀 있었다. 위쪽에는 사진도 붙어 있었다. 연락처까지 적혀 있어서 손을 쓰기에 편리하도록 되어 있었다. 모두 1백40장이나 되었다.

하림은 그것들을 도로 봉투 속에 넣은 다음 다시 황가에게 권총을 겨누었다.

"배를 타고 건너가는 곳이 있는데 위치가 어디야?"

"저기……춘천 쪽으로 가다가 배를 타고 건너가면 별장이 하나 있습니다."

"거긴 뭐하는 곳이야?"

"본부로 쓰이는 곳입니다."

황가는 이제 모든 것을 포기한 듯 묻는 말에 순순히 대답하고 있었다.

"박춘금은 언제 어떻게 일본으로 갔지?"

"해방 직후에 일본인 고관들을 따라서 몰래 일본으로 건너갔습니다."

"일본에 가 있는 놈이 어떻게 이런 조직을 이끌어나갈 수 있지?"

"수시로 연락을 취하고 있습니다."

"어떻게?"

"배로, 또는 무전으로 하고 있습니다."

"일본에서 배를 타고 여기까지 온단 말이지?"

"네, 그렇습니다."

"박춘금이 직접 오나?"

"아닙니다. 연락하러 오는 조가 따로 있습니다. 장사도 할 겸

해서……"

"그럼 밀수까지 하고 있단 말인가?"

"……"

당시에는 일본이나 조선이나 해안경비가 거의 없는 형편이었다. 밀수배들이 제철을 만난 듯 활개치고 있을 것은 뻔한 이치였다.

"배 이름은 뭐야?"

"동해호입니다."

"지금 어디 있지?"

"시모노세키에 갔습니다."

동해호는 부산과 시모노세키를 이틀에 한번씩 왕래하고 있으며 조직의 자금원이 되고 있는 것 같았다.

"무전은 어디 있나?"

"본부에 있습니다."

하림은 실탄 하나만을 장전한 권총을 황가 앞에 던졌다.

"그걸 집으시오. 우리는 손대기 싫으니까 당신 스스로 목숨을 끊으시오!"

내뱉듯이 하는 말에 황가는 눈을 들어 처량한 표정으로 하림을 바라보았다. 눈에는 눈물이 가득 고여 있었고 몸은 사시나무 떨 듯 떨어대고 있었다. 차마 볼 수 없을 정도로 비참한 모습이었다.

"허튼 수작하면 우리가 쏴버릴 테니까 그리 아시오. 자, 빨리!"

하림은 단호했다. 이럴 때의 그는 인간적인 면을 조금도 보이지 않고 있었다.

다른 권총이 철컥 소리를 내면서 황가의 뒤통수를 찔렀다. 황가는 목을 자라처럼 오그리면서 떨리는 손으로 권총을 집어들었다. 마침내 그의 입에서 울음 소리가 흘러나왔다. 두 손으로 권총을 쥔 채 흐느꼈다.

"나리, 나리, 목숨만 살려 주십시오! 제발 목숨만······"

"그럴 수 없어! 당신은 죽어야 해!"

"나리······살려 주십시오······제발······"

입에서 침이 줄줄 흘러나와 옷을 적시고 있었다. 살려고 발버둥치는 것 외에 체면이고 품위고 없었다.

"살려고 하지 마! 편히 죽을 생각만 해! 자결하기 싫으면 내가 죽여 주겠다!"

"나리······나리······"

죽음을 눈앞에 둔 황가의 입에서는 이제 말소리도 제대로 나오지 않고 있었다.

하림의 재촉은 성화 같았고 끈질겼다. 뒤통수를 총구로 찌른 채 무릎으로 등을 차자 황가는 덜덜덜 떨면서 권총을 자기 앞으로 향하게 하고 머리께로 그것을 끌어올렸다. 황가는 사시나무 떨 듯 무엇인가 알아들을 수 없는 소리로 중얼거리고 있었다. 침을 흘리고 중얼거리면서 떨어대는 그의 모습은 가련해 보이기조차 했다.

무릎을 꿇고 있는 황가의 부하들과 젊은 여자는 공포의 눈으로 황가의 움직임을 주시하고 있었다.

"빨리 방아쇠를 당겨! 허튼 수작하면 안 돼! 10초의 여유를 주겠다!"

하림은 한쪽으로 비켜서면서 권총을 쥔 손을 앞으로 내밀어 황가의 뒤통수를 겨누었다.

"1초……2초……3초……4초……5초……6초……7초……8초……9초……"

그는 정말 쏴버릴 생각이었다. 황가는 그것을 의식했는지 갑자기 고개를 숙이면서 방아쇠를 당겼다.

요란스러운 총소리와 함께 뒤쪽 벽에서 흙이 튀었다. 총알은 황가의 귓가를 스치고 벽에 부딪친 모양이었다. 황가는 두 손으로 귀를 싸잡으면서 방바닥 위로 얼굴을 처박았다. 신음 소리가 났다. 그러나 그것은 잠깐이었다.

두번째의 총소리가 그것을 집어삼켰다. 하림의 총구에서 화약연기가 피어오르고 있었다. 총알은 뒤통수를 정통으로 꿰뚫은 것 같았다.

황가의 몸이 개구리처럼 펄쩍 뛰어올랐다가 그대로 털썩 떨어졌다. 사지를 길게 뻗으면서 경련했다. 검붉은 피가 머리를 적시고 방바닥 위로 흘러내리고 있었다. 여자의 비명 소리에 모두가 그녀를 바라보았다. 여자는 기절했는지 갑자기 힘없이 쓰러졌다.

세번째 총성이 울렸다. 이번에는 김재구가 발사한 것이었다. 총알은 무릎을 꿇고 앉아 있던 흉터의 사나이 가슴을 꿰뚫었다.

흉터의 사나이는 벽에 등을 대고 일어서려다가 앞으로 푹 고꾸라졌다. 보초가 놀라서 얼굴을 방바닥에 대고 살려달라고 애걸했다.

"저는 아무 것도 모릅니다! 나리, 제가 죽으면 처자식이 굶어 죽습니다! 나리, 목숨만 살려 주십시오!"

김영찬이 그의 이마에 권총을 겨누는 것을 하림이 손을 들어 막았다.

"이놈은 별놈이 아닌 것 같으니 살려 둡시다!"

김영찬은 권총을 겨누면서 성난 듯이 하림을 바라보았다. 하림은 보초를 일으켜 세웠다. 턱을 치켜들고 턱밑에 총구를 들이밀었다.

"너를 죽일 수도 있어. 그러나 살려 둔다. 네가 알고 있는 사람들에게 오늘밤 일어난 일들을 모두 이야기해라. 친일분자가 반성하지 않으면 이렇게 당한다고……알겠지?"

"알겠습니다!"

사내는 자신이 살았다는 사실에 어쩔 줄 모르며 허리를 자꾸만 굽혔다.

하림 일행은 피비린내 나는 방을 나와 급히 어둠 속으로 사라졌다.

다음날 한낮이었다. 미군 정찰기 한 대가 서울 상공을 날아 춘천 쪽으로 향하면서 북한강변을 샅샅이 정찰했다. 이윽고 강변 숲속에 자리잡고 있는 별장을 발견한 정찰기는 부근을 한번

선회한 다음 어디론가 사라졌다.

그날 밤 여섯 명의 사나이들은 두 척의 군용 고무보트를 나누어 타고 북한강을 소리 없이 건너갔다. 초겨울 찬바람에 강물은 거칠게 출렁이고 있었다.

다섯 명의 사나이들은 귀를 덮는 방한모에 미군 파카를 입고 있었고 등에는 기관단총을 메고 있었다. 아무도 말하는 사람이 없었다. 모두가 묵묵히 어둠 속 정면을 바라보며 노를 힘껏 저어갔다.

하림이 그들을 지휘하고 있었다. 그는 보트 위로 부딪쳐오는 물결을 바라보고 있었다. 가장 위험한 일을 눈앞에 두었는데도 마음은 이상할 정도로 평온했다.

이윽고 강가에 도착한 사나이들은 고무보트를 강변으로 끌어올려 놓은 다음 강을 따라 하류쪽으로 내려가기 시작했다. 자갈을 밟는 저벅대는 소리만 일어날 뿐 그들은 시종 입을 다물고 있었다.

습기를 머금은 찬바람이 그들의 얼굴을 할퀴고 지나갔다. 자갈 때문에 걷기가 불편했다. 그러나 누구 하나 군소리하는 사람은 없었다. 앞서 가던 하림이 팔을 쳐들면서 멈춰 서자 뒤따르던 사나이들은 등에서 기관단총을 벗어들었다.

하림이 먼저 엎드려 포복하기 시작했다. 나머지 사나이들도 일제히 엎드려 자갈밭 위를 기어갔다.

자갈이 구르는 소리가 들려왔다. 사나이들의 거친 숨소리도 들려왔다. 모두가 묵묵히, 그러나 맹렬한 기세로 앞으로 움직여 나갔다.

나무숲 사이로 희미한 불빛이 보였다. 불빛이 거의 눈앞에까지 가까이 다가왔다고 생각하는 순간 갑자기 어둠 속에서 개 짖는 소리가 들려왔다. 두 마리의 개가 그들을 향해 맹렬한 기세로 짖어대기 시작했다.

"수류탄!"

하림이 외치면서 상체를 일으켰다. 손이 머리 위로 높이 올라갔다가 허공을 가르면서 앞으로 뻗어나갔다. 무엇인가 묵직한 것이 별장 쪽으로 날아갔다.

쾅!

강변의 어둠을 뒤흔드는 굉음과 함께 번쩍하고 불기둥이 솟았다.

쾅!

두번째의 굉음이 지축을 울렸다. 번쩍하는 불빛 속에 별장이 우르르 무너지는 것이 보였다. 굉음에 섞여 사람들의 비명이 들려왔다.

쾅!

세번째 수류탄은 별장을 완전히 날아가게 했다. 사람과 짐승의 울부짖는 소리가 굉음에 이어 어둠을 뒤흔들었다.

다섯 명의 사나이들은 몸을 일으켜 앞으로 뛰어나갔다. 어둠 속을 기거나 도망치는 그림자들을 향해 그들은 기관단총을 난사했다. 씨도 남겨서는 안 된다는 듯이 그들은 무자비하게 총을 쏘아댔다. 총소리와 비명과 점멸하는 불빛으로 그곳은 한동안 지옥을 방불케 했다.

불과 5분이 지났지만 많은 시간이 흐른 것 같았다.

모든 소리와 함께 움직임이 그쳤을 때 거기에는 죽음 같은 정적이 찾아왔다. 하림은 허탈에 빠져 한동안 멍하니 서 있었다. 다른 사나이들도 마찬가지였다. 문득 그 피비린내를 느끼고는 발길을 돌렸다.

"갑시다, 빨리!"

이윽고 그들은 보트를 대기해 둔 쪽으로 천천히 걸어갔다.

잠 행

 창밖으로 어둠이 밀려오고 있었다. 그들은 불도 켜지 않은 채 창가에 서 있었다.
 여옥은 금방이라도 눈물이 쏟아질 듯한 눈으로 하림의 변장한 얼굴을 바라보고 있었다. 하림이 서 있는 옆 책상 위에는 트렁크가 하나 놓여 있었다.
 하림은 한 손에 중절모를 든 채 안경 너머로 여옥을 내려다보았다. 아무 말도 하지 않고 떠나려던 것이었는데 여옥이 먼저 알고 기다리고 있었다.
 "언제 오시는 거예요?"
 "일정이 없습니다. 이번 일은 단기간 내에 끝나는 것이 아닙니다."
 하림의 말투는 정중했다. 그의 품을 떠나 남의 부인이 된 여옥에 대해 그는 최대의 예의를 표하고 있었다. 여옥은 그것이 슬픈지 하림을 하염없는 눈길로 바라보고 있었다. 하림이 손을 뻗기만 하면 그녀는 금방이라도 무너져 올 듯이 위태롭게 서 있었다.

"가지 않으면 안 되나요?"

"안 됩니다. 가야 합니다."

완강한 어조로 말했다.

"아기는 어떡하고요?"

"애는 형수께서 잘 돌봐주시겠지요."

그렇게 말은 했지만 하림은 아기를 떼어 놓고 떠나는 마음이 편할 리는 없었다. 그러나 그 정도는 묵살하고 떠날 수밖에 없었다.

"내가 없더라도 여옥씨는 모든 일을 잘해내겠지요."

여옥은 고개를 돌렸다.

"아니에요. 그렇지만 무슨 일이든 해내겠어요. 그리고……기다리고 있겠어요. 제발……빨리 돌아오세요."

하림은 자기도 모르게 손이 앞으로 갔다. 여옥의 조그만 손이 그의 손안에 들어와 잡혔다. 두 사람은 물이 스며들 듯이 자연스럽게 몸과 몸을 하나로 묶었다. 그는 품속에 여옥을 으스러지게 껴안았다.

"이래서는 안 되는데……"

"괜찮아요!"

입술이 부딪치고 뜨거운 숨결이 거의 동시에 흘러나왔다.

"빨리 돌아오세요."

하림의 얼굴 밑에서 떨리는 목소리가 올라왔다.

"빨리 오겠소. 잘 있어요."

"기다리고 있겠어요."

기다리고 있겠다는 그녀의 말에 가슴속에서 뜨거운 것이 울컥하고 치밀어 올랐다. 다시 그녀를 힘껏 껴안고 얼굴을 비볐다. 그녀가 흘린 눈물이 얼굴에 끈적끈적 묻어왔다. 그때 문이 열리면서 누가 들어왔다. 아얄티 중령이었다. 두 사람은 놀라서 떨어졌다.

"아, 실례."

아얄티 중령은 도로 문을 닫고 얼른 나갔다. 하림은 트렁크를 들었다.

"가야 할 시간이오."

그들은 다시 포옹했다. 하림은 그녀의 허리를 껴안았다가 풀고 밖으로 나갔다.

밖에는 지프가 대기하고 있었다. 아얄티는 조금 전의 일은 전혀 개의치 않는 듯 입가에 미소를 띠며 하림과 악수했다.

"건투를 빌겠소."

"다녀오겠습니다. 저 여자를 잘 부탁합니다."

하림은 아얄티의 귀에 가까이 입을 대고 속삭였다. 아얄티는 알겠다는 듯 고개를 끄덕거렸다.

지프에 올라 내다보니 여옥은 아얄티 곁에 동상처럼 가만히 서 있었다. 그를 바라보는 그녀의 눈이 점점 커지는 듯했다. 갑자기 차가 커브를 그으면서 움직였다. 그 바람에 여옥과 아얄티의 모습이 보이지 않게 되었다. 하림은 고개를 돌리려 하다가 그대로 앞을 바라보았다.

지프는 어둠 속을 인천 쪽으로 달려갔다. 헌병 지프가 앞에서 길을 인도하고 있었다.

하림은 어둠 속에 잠긴 들판을 바라보면서 묵묵히 담배를 피웠다. 헤어질 때 눈물을 글썽이던 여옥의 모습이 떠올랐다. 그는 가슴이 쓰려오는 것을 느끼면서 눈을 감았다가 떴다. 몹시 괴로웠다.

여옥을 생각한다는 것은 괴로운 일이었다. 그는 가능한 한 그녀를 생각지 않으려고 애를 썼다. 그러나 그럴수록 그녀가 더욱 생각나는 것이었다.

한 시간 후 지프는 바닷가에 닿았다. 바람이 몹시 불고 있었다. 지프에서 내리자 계급장도 없는 군모를 눌러쓴 미군 한 명이 다가와 그에게 거수경례를 했다.

"이리 따라오십시오."

하림은 미군을 따라 어느 창고 같은 곳으로 들어갔다. 그곳은 콘센트 막사로 안으로 들어가니 칸막이가 되어 있었다. 대위 계급장을 단 뚱뚱한 장교 하나가 책상 앞에 앉아 있다가 하림이 들어서자 거수경례를 했다.

"아직 시간이 있으니 좀 앉으시오."

하림은 장교가 내주는 의자에 앉아 벽을 바라보았다. 벽 위에는 나체의 여인들 사진이 즐비하게 붙어 있었다. 장교는 그에게 무슨 일로 가느냐고 묻지 않았다. 담배와 위스키를 권하면서 날씨 이야기만 했다.

"날씨가 험해지는데 괜찮겠습니까?"

하림도 걱정스레 물었다. 바닷바람이 막사를 두드리는 소리가 요란스러웠다.

"이 정도라면 갈 수 있을 겁니다. 더 험해지면 곤란하겠지만······"

"감시는 어떻습니까?"

"감시는 심하지 않습니다. 아직 그런 단계는 아니니까."

대위는 조금 웃어 보였다. 하림은 위스키를 들이키면서 바람소리에 가만히 귀를 기울였다. 천장에 매달려 있는 전등이 깜박거렸다.

출발을 앞둔 사나이의 고독감이 그를 엄습했다. 알 수 없는 두려움이 가슴 한 구석에서 고개를 내밀고 있었다.

문이 열리고 플래시를 든 미군 수병 한 명이 들어왔다. 수병은 파란 눈을 굴리면서 대위에게 경례했다.

"준비 완료됐습니다."

"알았다. 밖에 비가 오나?"

수병의 젖은 옷을 바라보며 대위가 물었다.

"아닙니다. 비는 오지 않습니다."

하림이 트렁크를 들고 일어서자 수병이 대신 그것을 받아들었다. 하림은 장교와 악수한 뒤 막사를 나왔다.

"몸조심하십시오."

뒤에서 장교가 걱정스러운 듯이 말했다. 밖은 완전히 어둠이었다. 수병을 따라 한참 걸어가자 방파제가 나타났다. 계단을 조심스럽게 따라 내려가니 조그만 모터선이 한 척 파도에 흔들리고 있었다. 배 위에 있던 수병 하나가 어둠 속에서 그에게 경례를 했다.

하림은 착실히 인사를 받으면서 배 위로 올라갔다. 모두가 어둠 속에서 움직이고 있었다.

"겉으로 보기에는 이래도 기계는 최신형입니다."

수병이 말했다. 겉으로 보기에 그 배는 낡은 어선 같았다. 그것을 미군이 인수해서 내부를 개조한 모양이었다.

"이건 기관총입니다."

수병은 기관실 앞에 교묘하게 위장해 놓은 드럼통을 그에게 가리켰다.

"이것을 치우면 됩니다."

갑자기 배가 흔들렸다. 어느새 배는 출발하고 있었다.

하림은 외투단추를 끼우고 깃을 올렸다. 그리고 모자를 깊이 눌러쓴 다음 목을 움츠렸다. 얼굴을 할퀴는 바닷바람이 차가웠지만 그는 그대로 갑판 위에 서 있었다. 육지의 불빛들이 점점 멀어져 가다가 이윽고 그것마저 보이지 않게 되었다.

배는 망망한 바다 한가운데에 들어와 있었다. 구름 사이로 둥근 달이 나타났다 사라지곤 했는데, 달빛에 비친 그의 얼굴은 추위 때문인지 돌처럼 굳어 있었다. 안경을 끼고 콧수염을 붙인 그의 얼굴은 40대 이상으로 보였다. 그는 그런 변장에 이제는 익숙해져 있었다.

파카를 뒤집어쓴 수병 하나가 뒤쪽 난간에 걸터앉아 하모니카를 불기 시작했다. 알 수 없는 곡이었는데, 템포가 느리고 슬픈 가락인 것이 고향을 생각하고 부는 것 같았다.

하림의 마음은 착잡했다. 일제의 사슬에서 풀려나 해방이 되었다고는 하지만 통일된 독립국가도 세우지 못한 채 오히려 남북분단의 위기에 처해 있는 것이다. 자신은 그 한쪽에서 이제 스파이로 적지에 잠입하는 것이다. 이것은 새로운, 더욱 가슴 아픈 싸움인 것이다. 그러니 지금의 그의 심정이 편안할 리가 없었다. 오히려 생각하면 할수록 우울해지는 일이었다.

꼭 이러지 않으면 안 되는 것일까. 지금 당장이라도 배를 돌리게 하여 돌아갈 수는 있다. 그러나 그럴 수 없다는 것을 그는 잘 알고 있었다. 무엇인가 보이지 않는 거대한 힘에 의해 자신은 그 속으로 끌려가고 있었던 것이다. 그 거대한 힘이란 무엇일까.

그는 자신이 역사의 소용돌이 속에 서 있는 것을 느꼈다. 거기서 벗어날 생각은 추호도 없었다. 벗어나서는 안 되는 것이다. 짐이 무겁더라도 벗지 말고 소용돌이를 헤치고 나가야 하는 것이다.

"커피 드시겠습니까?"

수병 하나가 펄펄끓는 뜨거운 커피를 가져왔다. 그는 난간에 기대서서 커피를 홀홀불며 마셨다. 막 끓인 커피라 뜨겁고 맛이 좋았다.

시간이 흐르자 바람이 좀 자는 듯했다. 배는 최대의 속도로 달려가고 있었다. 생각보다는 훨씬 빠른 속도였다. 거침없이 달리는 것으로 보아 처음 가는 길이 아닌 듯했다.

보트가 네 시간 남짓 달렸을 때 어둠 저쪽으로 육지가 보였다. 배는 갑자기 속도를 줄이면서 천천히 육지 쪽으로 접근해 가다가 도중에 멈춰 섰다. 수병이 야광시계를 들여다보고 나서 말했다.

"30분 정도 기다려야겠습니다."

하림은 낯선 대지를 두려운 눈으로 바라보았다. 앞으로 무슨 일이 일어날지 짐작조차 할 수 없는데 대한 두려움이었다. 시계는 새벽 1시 40분을 가리키고 있었다. 30분이 지났을 때 육지 쪽에서 플래시의 불빛이 날아왔다. 불빛은 어둠을 가르며 세 번 날아왔다가 사라졌다. 즉시 배에서 고무보트가 내려졌다. 두 명의 수병이 먼저 보트로 내려간 다음 하림도 뒤따라 배를 내려 갔다.

수병들은 불빛이 날아온 쪽을 향해 묵묵히 노를 저어갔다. 바람이 잤으므로 보트는 별로 저항을 받지 않고 순조롭게 앞으로 나아갔다.

마침내 육지에 닿았다. 하림은 어둠 속을 둘러본 다음 보트에서 뛰어내렸다.

"굿바이!"

수병들은 그에게 작별인사를 했다. 하림은 그들에게 손을 흔들어주었다.

"수고 많았소. 잘 가시오!"

파도가 밀려왔다 밀려가자 보트는 어느새 저만큼 어둠 속으로 떨어져 나가고 있었다. 하림은 외투 주머니 속으로 권총을 쥔 채 주위를 둘러보았지만 아무도 보이지 않았다.

이상하다 하고 생각하고 있는데 숲속에서 자갈을 밟는 소리가 저벅저벅 들려왔다. 하림은 그쪽으로 돌아서서 숨을 가다듬었다. 긴장으로 숨쉬기가 거북했다.

가까이 다가온 사람은 의외로 여자였다. 달빛에 드러난 여자의 얼굴은 젊어 보였다. 여자는 얼굴을 머플러로 감싸고 있었다. 그리고 두 손은 코트 주머니 속에 찌르고 있었다. 중키에 아담한 모습의 여인이었다.

"서울서 오시나요?"

빠른 말투였다.

"그렇습니다."

바람에 여인의 코트자락이 펄럭거렸다.

"이곳 무인도에는……"

여인이 그를 바라보았다. 하림은 미소했다.

"동백꽃이 많이 피나요?"

두 사람은 반갑게 악수를 나누었다.

"멀리서 오시느라고 수고 많으셨습니다. 저쪽에 차가 기다리고 있어요."

그들은 해변의 자갈밭을 지나 솔밭 속으로 들어갔다. 울창한 솔밭이었다. 여인은 익숙하게 앞장서서 걸어갔다.

솔밭을 벗어나자 오른쪽 멀리 산이 보였고 산밑으로 희미한 불빛들이 보이는 것이 마을인 것 같았다.

자동차는 솔밭을 막 벗어난 곳에 세워져 있었다. 검은 색의 승용차였다.

캡을 쓴 운전사가 내려서서 문을 열어 주었다. 하림이 먼저 차에 오르고, 뒤따라 여인이 올랐다. 운전자는 문을 닫은 다음 앞으로 돌아갔다.

차는 불도 켜지 않은 채 조용히 움직였다. 차 속의 사람들은 차가 움직이는 동안 한마디도 말을 나누지 않았다. 그들은 묵묵히 어둠을 응시하고 있었다. 들판을 지나 험한 오솔길을 한참 달리고 나서야 비로소 한길이 나타났다. 그제서야 운전사는 헤드라이트를 켰다. 그러나 차 속의 불은 켜지 않았다.

갑자기 무수한 불빛들이 시야 가득히 들어왔다. 차는 언덕을 내려가고 있었다.

"저기가 해주 시내입니다."

처음으로 그 여인이 낮은 목소리로 말했다. 문득 여인으로부터 향기가 느껴졌다. 하림의 가슴속까지 스며드는 달콤한 향기였다.

밤이 깊었는데도 시내에는 사람의 왕래가 꽤 많았다. 첫눈에도 항구도시의 부산함이 느껴지고 있었다.

시내를 가로질러 달리던 차는 몇 번 커브를 돌더니 어느 큰 저택 앞에서 멈춰 섰다. 돌담이 성벽처럼 높이 둘러쳐져 있는 집이었다. 클랙슨 소리에 거대한 대문이 삐걱삐걱 소리를 내며 열렸다. 수목이 들어차 있는 정원을 한참 들어서자 다시 나지막한 담이 나타나고 차는 거기서 엔진을 껐다.

낮은 담 너머로 한옥 세 채가 보였다. 여인은 열린 대문 안으로 하림을 안내했다.

하림은 사랑채로 보이는 한 방으로 들어갔는데 방안에는 이미 그가 오기를 기다리고 있었던 듯 보료가 깔려 있었고 앉자마자 곧 저녁 식사가 들어왔다. 여인은 어디로 갔는지 보이지 않아 그는 혼자서 식사를 했다. 그리고 나서 너무 피곤했기 때문에 곧 잠자리에 들었다.

이튿날 깨어 보니 머리맡에 편지가 하나 놓여 있었다. 하림은 얼른 그것을 집어 읽었다.

"먼저 평양으로 가십시오. 역 앞에 모란봉 여관이 있으니 특실에 드십시오. 뒷차로 가겠습니다."

세수를 하고 나자 아침 밥상이 들어왔다. 으리으리하게 차린 밥상이었지만 그는 식사를 드는 둥 마는 둥하고 곧장 그 집을 나와 역으로 향했다.

날씨는 잔뜩 흐려 있었다. 해주를 출발한 지 두 시간쯤 지났을 때 갑자기 눈발이 날렸다. 첫눈이었다. 하림은 창가에 다가앉아 바람에 날리는 눈발을 바라보았다. 기차가 들판을 가로질러 달릴 때 눈발은 흡사 들판 저쪽 끝에서 그를 향해 우하니 몰려오는 것 같았다. 그것은 흡사 대군이 몰려오는 것 같은 광경이었다.

첫눈을 보자 이 해도 이렇게 저물어 가는가 하는 생각이 문득 들었다. 눈 속으로 걸어나가 정처없이 어디론가 가고 싶었다. 모든 것을 훌훌 벗어 던지고 완전히 자유인이 될 수는 없을까. 아무리 생각해도 그것은 불가능하다. 인간은 다른 인간을 가만 내버려 두지 않는다. 틀 속에 묶어 함께 동고동락할 것을 강요한다.

틀 속에서 벗어나려고 아무리 발버둥쳐도 쓸데없는 짓이다. 인간은 태어나자마자 정치 사회 속에 묶여 버린다. 그리고 평생을 그 틀 속에서 살아야 하는 것이다. 죽어서야 비로소 완전한 자유를 맛볼 수 있는 것이다.

앞으로 모든 북한 주민들은 남한과는 전혀 다른 체제 속에서 살게 될지도 모른다. 그들의 자유의사와는 관계없이 강요된 체제 속에서 살아야 할지 모른다. 많은 사람들이 그것을 운명으로 받아들이겠지. 그러나 그래서는 안 된다. 그것을 운명으로 받아들여서는 안 된다. 자유를 박탈하는 강요된 체제에 대해서는 끝까지 싸워야 하는 것이다. 비록 상대의 힘이 엄청나다 해도 생명을 바쳐 싸우고 자유를 획득해야 하는 것이다.

자유를 획득하지 못한다 해도 그것을 위해 목숨을 바칠 때 인간은 완전한 승리자, 완전한 자유인이 되는 것이다. 인간은 결코 영원히 죽지 않는다. 한 사람이 자유의 씨를 뿌리면 다음 세대가 그것을 계승하고 그리하여 그것은 위대한 역사가 완성되는 것이다.

"위대한 역사……"

그는 중얼거리면서 눈을 감았다. 그가 사랑했고 증오했던 얼굴들이 주마등처럼 스쳐갔다.

기차는 이름도 없는 작은 역마다 정거하면서 쉬엄쉬엄 기어가다시피 했다. 평양역에 닿았을 때는 저녁때가 거의 가까워서였다.

평양거리는 그에게 있어서 그렇게 낯선 거리가 아니었다. 학창 시절에 두어 번 와본 적이 있었기 때문에 큰 거리는 더러 눈에 익었다.

역 앞에 있는 간이 식당에서 간단히 배를 채우고 나서 모란봉 여관을 찾아갔다. 한옥으로 된 여관으로 정원이 넓고 비교적 조용한 편이었다. 특실은 별채처럼 떨어진 곳에 있었다. 방을 정하고 눕자마자 그는 곧 잠이 들었다. 긴 여행으로 몹시 피곤한 탓이었다.

눈을 떴을 때는 한밤중이었다. 먼저 느낀 것은 방안에 가득 찬 달콤한 향기였다. 그는 깜짝 놀라 상체를 일으켰다. 윗목에 누가 앉아 있었다.

"누구요?"

소리를 죽이며 물었다. 검은 그림자가 움직였다. 불이 켜지고 여자의 모습이 나타났다. 해주에서 그를 안내하던 그 젊은 여자였다.

"주무시는데 죄송합니다."

여자는 고개를 숙이며 부끄러운 듯 말했다. 해주에서는 얼굴을 머플러로 감싸고 있어서 자세히 볼 기회가 없었다. 지금 보니 매우 아름다운 용모를 지닌 여자였다. 여자는 코트를 입은 채로 앉아 있었다. 무릎 위에 올려놓은 두 손이 유난히 하얗게 보였다.

하림은 멋쩍어 하며 여자에게 자리를 내주었다. 여자는 사양하다가 아랫목으로 내려와 앉았다.

곁에서 가까이 보니 윤곽이 뚜렷하게 생긴 여자였다. 나이는 스물 서넛쯤 되어 보이고 인텔리 같았다. 옷 입은 것도 세련되어 보였다.

그녀가 어떻게 해서 미군 정보기관과 손을 잡게 되었는지 그로서는 알 수 없는 일이었다. 그것을 알고 싶었지만 그렇다고 물어볼 수도 없는 일이었다. 스파이 세계에서는 같은 동지라 하더라도 본인이 말하지 않는 이상 물어 보지 않는 것이 불문율로 되어 있다.

하림은 안경은 벗었지만 콧수염은 그대로 달고 있었다. 여자는 그것이 가짜라는 것을 알았는지

"처음에는 나이가 많으신 줄 알았어요."
라고 말했다.

성숙한 여자의 체취가 물씬 풍겨왔다. 하림은 담배를 피워 물면서 웃었다.

"해주의 그 집은 누구의 집인가요?"

"저희 집이에요."

"집이 굉장히 크더군요."

"아버님이 생전에 지으신 거예요. 지금은 돌아가시고 안 계시지만······"

한마디씩 또박또박 말했는데 그녀의 목소리가 갑자기 슬픔에 잠기는 듯했다. 하림은 개인적인 질문은 더 이상 하지 않기로 했다.

"언제부터 이런 일을 시작했나요?"

"얼마 되지 않았어요."

"무섭지 않나요?"

"아니오."

여자가 얼굴을 들고 그를 바라보았는데 눈빛이 타오르는 듯했다.

"이쪽 정세는 어떤가요?"

"거의 결정적으로 되어가고 있어요. 예상했던 대로······"

"붉은 사상이 뿌리를 내리고 있다 이 말인가요?"

"네."

"우익세력은 어떤가요?"

"몰리고 있어요."

여자의 목소리가 갑자기 작아지는 듯했다.

"주범은 누군가요?"

"소련파 인물들이에요. 그들은 배후에서 소련의 조종을 받고 있어요."

두 사람은 약속이나 한 듯 입을 다물었다. 여자는 코트자락을 만지작거리고 있었다.

"지금 정보망은 어느 정도 돼 있나요?"

"안 돼 있는 것 같아요. 이제 시작한 것 같아요."

"아가씨는 지금까지 무슨 일을 하고 있었나요?"

"소련군사령부에는 비밀경찰(KGB)에서 파견된 인물이 있어요. 그 사람한테 접근했어요."

"마프노라는 인물인가요?"

"알고 계시군요."

하림은 아얄티 중령의 집념에 놀라지 않을 수 없었다. 그럼 이 여자도 아얄티 중령의 지시를 받고 있단 말인가.

"접근은 성공했나요?"

"네, 어느 정도……"

여자가 고개를 숙였다.

"마프노는 어떤 인물입니까?"

"모든 공작을 그자가 꾸미고 있어요. 남한에 대한 공작도 꾸미고 있어요. 아직 자세한 건 잘 모르지만 미군 정보국에서 가장 위험시하고 있는 인물이에요."

이제야 아얄티가 이 여자와 접선하게 한 이유를 알 수 있을 것 같았다.

"아가씨와 함께 마프노의 공작을 분쇄해야겠군요."

여자는 잠자코 백을 열더니 그 속에서 서류봉투를 하나 꺼냈다. 봉투 속에는 외국인의 사진이 몇 장 들어 있었다. 마프노의 사진이었다.

하림은 뚫어지게 그 사진들을 들여다보았다. 마프노에 대해서는 아얄티 중령으로부터 들은 바가 있어 어느 정도 알고 있었다. 눈이 길게 찢어진데다 움푹 들어가서 동자는 거의 보이지 않았다. 긴 얼굴에 광대뼈가 튀어나오고 머리숱이 적었다. 콧날은 길게 빠지고 눈썹이 거의 없었다. 음침한 인상의 중년 사나이였다. 그렇다면 이 아름다운 여자가 마프노의 정부로 놀아날 것인가.

하림은 설마하는 아연한 눈빛으로 여자를 바라보았다. 여자는 하림의 강한 시선에 얼굴을 숙였다. 손끝이 조금 떨리는 듯했다.

"마프노와 가끔 만나시나요?"

검은 머리채 사이로 드러난 여자의 목이 유난히 하얗게 길어 보였다.

"두 번 식사한 적이 있어요."

"마프노에게 직접 접근하라고 하던가요?"

"네……그렇지만 제 마음이기도 해요."

갑자기 그녀의 말 속에 증오감이 서리는 듯했다. 하림은 앞으로 함께 일하게 될 여자를 찬찬히 관찰했다. 아무리 보아도 이런 일을 할 수 있는 여자 같지가 않았다.

출발을 앞두고 아얄티 중령은 이렇게 말했었다.

"해주에 도착하면 마중 나오는 사람이 있을 겁니다. 앞으로 그 사람과 함께 잘 협조해서 일해 주시오. 그 사람 암호는 동백꽃입니다."

자신과 함께 일하게 될 사람이 아름다운 여자일 줄은 생각지도 못했었다.

어떤 사연이 있어서 이 여자는 이런 험한 일을 하게 되었을까. 소련 비밀경찰에서 파견된 마프노에게 접근한다는 것은 그의 정부가 되겠다는 것이나 다름없다. 여자 스파이란 육체를 제공함으로써 정보를 빼내는 것이 특기다. 육체는 아예 쓰레기처럼 내던져 버리는 것이다. 아름다운 육체를 짐승 같은 인간에게 내던지는 것이다. 꼭 그래야만 될까.

"마프노 같은 인간을 상대하려면 많은 위험을 각오하지 않으면 안 되는데……"

그는 중얼거리듯이 말했다.

"각오하고 있어요."

그녀의 말투는 조용하면서도 단호했다. 서글서글한 눈이 초점없이 허공을 응시했다.

그녀는 그를 위해 내일 중으로 하숙을 얻어놓겠다고 말하고 일어섰다. 하림은 그녀를 여관 밖까지 따라나가 그녀가 어둠 속으로 사라질 때까지 지켜보다가 들어갔다.

방안에는 아직도 그녀의 향기가 남아 있었다. 그 달콤한 향기 속에서 무엇인가 비극적인 냄새를 맡으려고 애쓰다가 그는 다시 잠이 들었다.

날이 밝자 그는 늦은 아침을 먹고 나서 밖으로 나갔다.

거리는 온통 벽보투성이였다. 선동적이고 과격한 문구로 된 벽보들이 시내 곳곳에 붙어 있었다.

하늘에서는 눈이 날리고 있었다. 그는 외투 속에 두 손을 찌른 채 느릿느릿 걸어갔다.

갑자기 한 떼의 소련군이 나타났다. 정복 정모 차림의 그들은 가죽장화로 콘크리트 바닥을 차면서 요란하게 걸어갔다. 그들을 웃으며 바라보는 사람은 아무도 없었다. 아이들조차도 손을 흔들지 않았다. 순간적이지만 하림은 사람들의 시선에서 두려움과 증오감을 동시에 읽을 수가 있었다.

 문득 서글픈 생각이 들었다. 외국 군대가 거리를 휩쓸며 지나가는 광경이 그의 가슴을 울린 것이다.

 이 땅은 새로운 침략자들에 의해 짓밟히고 있다. 이번의 침략자는 일본보다 더 강할지 모른다. 우리는 언제나 짓밟혀야 한단 말인가. 그럴 수는 없다. 짓밟힐 수는 없다. 절대 짓밟힐 수는 없다!

 부르짖음이 메아리 되어 가슴을 울려 주고 있었다. 분노로 눈앞이 침침해졌다.

 눈송이는 어느새 굵어져 함박눈이 되어 있었다. 그는 모자를 벗어 어깨 위에 쌓인 눈을 털었다.

 눈이 내리는 거리는 언제 보아도 흐뭇하고 정겹다. 길가는 사람들의 얼굴에는 인정이 넘쳐흐르는 것 같다. 그러나 평양 거리는 눈이 내리는데도 긴장감이 돌고 있었다. 벽보투성이의 벽, 소련군들의 장화 소리, 붉은 완장을 찬 무리들……이런 것들 때문에 긴장감이 느껴지는 것일까.

 하림은 만수대 도청자리 앞에서 우뚝 걸음을 멈추었다. 그곳은 바로 소련군사령부였다. 정문 한쪽에는 모래자루로 만든 바리케이드가 쳐져 있었고 그 위에는 기관총이 놓여져 있었다. 소련군 보초들은 눈을 맞으며 부동자세로 서 있었다.

 갑자기 사이렌 소리가 나더니 두 대의 삼륜 오토바이를 선두로 검은 승용차 한 대가 나타났다. 보초들이 당황해서 철책 바리케이드를 치우는 것이 보였다.

눈앞을 스쳐 가는 차량을 통해 뚫어지게 차 속을 들여다보았다. 군모 밑에 살찐 붉은 얼굴이 보였다. 흰머리가 섞인 금발이었다. 두터운 외투를 입었는데 어깨 위에 붙어 있는 붉은 견장이 인상적이었다. 저자가 사령관인가. 차는 이미 정문 안으로 사라지고 있었다.

덜커덩거리며 전차가 왔다. 뛰어올라 창가에 기대서서 움직이는 거리를 바라보았다. 바람에 가로수의 앙상한 가지들이 미친 듯이 흔들리고 있었다. 눈송이는 바람에 몰려 사방으로 흩어지고 있었다.

유난히 사람들이 왜소해 보인다. 해방의 기쁨이 사라진 얼굴들이다. 겁을 집어먹은 얼굴들이 창밖으로 지나간다.

전차에서 내려 한참 걸어가자 강이 보였다. 강은 아직 얼지 않은 채 흐르고 있었다. 수면 위로 눈발이 미친 듯이 춤을 추고 있었다.

담배를 연거푸 두 대 피우고 나서 다시 전차를 타고 시내로 들어왔다.

동백꽃이 여관에 나타난 것은 날이 어두워진 뒤였다. 그녀는 검정색 머플러를 벗어 눈을 턴 다음 방안으로 들어왔다. 그러고 보니 그녀의 옷들까지도 모두 검정 일색이었다. 상복(喪服) 같은 모습이었다.

"오늘 집을 구했어요. 대동강이 내려다보이는 아주 멋진 곳이에요."

그녀는 즐거운 듯이 말했다.

하림은 그녀를 따라 밖으로 나갔다. 눈은 그쳤다가 다시 내리고 있었다.

그 집은 그녀의 말대로 전망이 아주 좋은 곳에 자리잡고 있었다. 나무가 많이 있는 언덕 위에 벽돌로 지어진 집이었는데 일인이 별장처럼 쓰던 집이라고 했다. 대동강이 바로 한눈에 들어왔다.

"하숙집에서는 아무래도 활동에 제약을 받으실 것 같아 아예 집을 한 채 빌렸어요. 괜찮으시겠다면 식모를 구해 드리겠어요."

"아니오. 혼자 있는 게 좋습니다."

차라리 잘된 일이었다. 불편하겠지만 혼자 지내는 것이 비밀을 유지하는데 좋을 것이다.

"사나운 개를 두 마리쯤 길러야겠습니다. 집이 빌 때라도 마음을 놓을 수 있게……"

"그게 좋겠어요."

인가는 멀리 떨어져 있었다. 혼자 지내기에는 몹시 쓸쓸한 곳이었다. 그들은 어둠 속에 잠긴 강물을 내려다보다가 안으로 들어갔다.

"급한 대로 우선 긴요한 것들만 구해 왔어요."

그녀는 겸손해 했지만 집안에는 없는 것 없이 모든 것이 구비되어 있었다. 여자의 치밀함에 그는 내심 감탄하면서 집안을 둘러보았다.

방이 두 개에다 그 사이에 마루가 있는 간단한 구조의 별장이었다. 한쪽 방에는 침대가 놓여 있었고 다른 방에는 책상이 하나 놓여 있었다. 마루에는 양탄자가 깔려 있었고 응접세트도 놓여 있었다.

"이건 이 집에 있던 걸 그대로 빌렸어요."

여자의 흰 손이 소파를 가리켰다. 하림은 그 손을 잡고 싶다고 생각했다.

별장에는 전화까지 가설되어 있었다. 그 이상 좋은 조건이 없을 것 같았다.

하림은 밖으로 나가 보았다. 뒤쪽 빈터에는 장작이 산더미처럼 쌓여 있었다. 겨울 내내 때도 남을 만한 분량이었다.

장작을 한아름 안고 들어와 벽난로에 쓸어 넣고 불을 지피자 여자의 얼굴에 함박꽃이 피었다. 여자는 신부처럼 행복하게 웃었다.

그들은 소파에 앉아 어둠에 잠긴 창밖을 바라보았다. 대동강은 어둠에 잠겨 보이지 않았다. 눈발이 창문에 부딪치는 것이 보였다.

"눈이 꽤 내릴 모양인데……"

"초겨울치고는 많이 내리죠?"

여자는 코트를 벗어 한쪽 소파에 걸쳐놓았다. 검정 털 셔츠에 감싸인 여자의 상체가 부끄러운 듯 오그라들었다.

"결혼하셨어요?"

여자가 갑자기 엉뚱한 질문을 했다.

"아니오. 그렇지만 딸이 하나 있습니다."

여자의 눈동자가 커졌다. 하림은 활활 타오르는 장작불을 바라보았다.

"사귀던 여자가 하나 있었죠. 딸을 낳고 죽었어요."

담담히 말했다. 장작 튀는 소리가 그들의 침묵을 더욱 무겁게 만들어 주고 있었다.

"우린 아직 이름도 모르는군요."

그는 여자에 대해 알고 싶었다. 특수공작원이라는 사실을 떠나 알고 싶었다. 그것은 단순한 호기심이 아니었다. 지금 이 순간에는 일 따위는 잊고 싶었다.

"내 이름은 장하림입니다."

"저는……채수정이에요."

불빛을 받은 탓인지 눈이 빛나고 있었다.

"채수정……"

하림은 중얼거렸다.

채수정(蔡水貞)은 하림의 다음 질문을 두려워하고 있는 듯이 보였다. 서글서글한 두 눈이 호수처럼 잠기면서 초점없이 허공에 잠깐 머물렀다가 다시 하림을 바라본다.

하림은 마침내 알고 싶은 것을 물었다.

"어떻게 해서 이런 일을 하게 됐나요?"

수정은 머리를 흔들었다. 그녀는 꼼짝하지 않고 있다가 천천히 일어나 창가로 다가갔다. 그녀는 돌처럼 서 있었다. 뒷모습이 고독해 보였다. 무엇인가 터져나오려는 것을 참고 있는 듯 어깨가 흔들리고 있었다.

하림은 그녀 옆으로 다가섰다. 그리고 말했다.

"말 안 해도 돼요."

머리칼에 덮여 그녀의 얼굴이 보이지 않았다.

"말씀드리겠어요."

목소리가 떨리고 있었다. 하림은 숨을 죽이고 기다렸다. 장작이 탁탁 튀는 사이사이로 낮은 목소리가 흐느끼듯 들려오기 시작했다.

"아버님은 남들에게 미안할 정도로 재산을 많이 가지고 계셨어요. 그렇지만 남들에게 나쁜 짓은 하지 않으셨어요. 오히려……인정을 많이 베푸셨어요. 그런데 어느 날 갑자기 청년들이 들어와 아버님을 개 패듯이……"

말이 끊어졌다. 여자의 몸이 흔들렸다. 하림은 그녀의 어깨를 감싸안았다.

그녀는 기다렸다는 듯이 그의 품에 안겼다. 그만두라고 했지만 그녀는 계속 말했다.

그녀의 아버지는 정체 모를 청년들에 의해 살해되었는데, 알고 보니 그들은 적위대원들이었다. 누구에게 하소연할 데도 없었다. 그녀에게는 오빠가 하나 있었는데 오빠는 사건이 일어난 후 가족들을 데리고 남하했다. 그러나 그녀는 가지 않고 남았다. 아버지가 단지 부자라는 이유로 살해되었다는데 대해 그녀는 이해가 가지 않았다. 그것은 이윽고 증오로 변했고, 그 증오는 신념처럼 굳어졌다.

그런데 그녀에게 두번째의 시련이 닥쳐왔다. 어느 날 밤 느닷없이 소련군 수 명이 들이닥쳐 그녀를 어디론가 끌고 갔다. 인가 하나 보이지 않는 들판이었다. 거기에 트럭을 세워 놓고 로스께들은 그녀의 옷을 찢었다. 트럭 위에는 그 짓을 하기 위해서 짚이 푹신하게 깔려 있었다.

정신을 차렸을 때 그녀는 자신이 살아 있다는 것이 이상했다. 무릎으로 기다가 겨우 몸을 일으켜 비틀비틀 걸어갔다. 옷은 갈갈이 찢겨 하얀 살이 그대로 드러나 있었다. 눈물은 나오지 않았다.

그로부터 나흘 후 그녀는 자신이 가야 할 길이 무엇인가를 깨달았다.

"그래서 미군사령부를 찾아갔나요?"

수정은 하림의 가슴에 얼굴을 묻으며 고개를 끄덕였다.

두 사람은 소파로 돌아와 앉았다. 여자는 소리를 내어 울지는 않았지만 눈물을 계속 흘리고 있었다. 하림은 연민과 증오로 가슴이 흔들렸다. 여인이 흘리는 눈물이 자신의 가슴속으로 축축이 스며드는 것을 느꼈다.

무슨 말을 어떻게 하겠는가. 그러나 절망해서는 안 된다. 그는 말하고 싶었다. 그러나 말이 되어 나오지가 않았다. 그들은 연인들처럼 포옹한 채 침묵 속에 가라앉아 있었다. 그는 여자에게 어떤 감정을 품어서는 안 된다고 생각했다.

활활 타오르던 벽난로의 불이 꺼지자 채수정은 돌아갔다. 하림은 허탈한 마음으로 소파에 앉아 있다가 방으로 들어가 트렁크를 열고 무전기를 꺼냈다. 그것을 책상 위에 올려 놓고 키를 두드리기 시작했다.

△ 수신 = 예루살렘
△ 발신 = 무인도의 동백꽃
무사도착. 무인도의 동백꽃 활짝 피었음. 눈이 내리고 있음.

무전을 치고 난 하림은 밖으로 나갔다. 눈보라가 얼굴을 때리는 바람에 눈을 바로 뜰 수가 없었다. 손발이 얼어붙어 감각이 없을 때까지 서 있었다.

대동강

 댄스 파티가 열리고 있었다. 사령부 내의 넓은 홀에는 남녀가 가득 들어차 있었다. 남자들은 거의가 소련군 장교들이었고 여자들은 조선인들이었다. 어설프게 배운 춤이라 여자들은 소련군 장교들이 이끄는 대로 따라만 가고 있었다.

 홀 한쪽에는 음식이 가득 쌓여 있었다. 춤추다가 먹고 싶으면 언제라도 가서 먹을 수가 있었다.

 백성들에게는 춥고 배고픈 계절이었다. 그러나 이곳은 그렇지가 않았다. 모든 것이 풍성하고 만족스럽기만 했다. 모든 사람들의 얼굴에 만족스러운 빛이 나타나 있었다.

 그러나 단 한 사람, 가슴에 증오와 한을 안고 춤추는 여자가 있었다. 바로 채수정이었다. 그녀는 유독 검은 드레스 차림이었다. 파티에는 어울리지 않는 색깔이었으므로 모든 사람들이 이상하게 쳐다보곤 했지만 그녀는 전혀 상관하지 않고 돌아가고 있었다.

 그녀가 상대하고 있는 남자는 소련군 장교복장이 아니었다. 양복 차림이었는데, 키가 커서 수정을 굽어보면서 춤을 추고 있었다. 머리숱이 적고 눈썹이 거의 없는 것이 특징이었다. 광대뼈가 튀어나오고 가는 눈이 움푹 들어가 있었다. 음침하고 광포해 보이는 인상이었다.

그는 KGB(소련비밀경찰)에서 파견돼 온 마프노라는 사내였다. 나이는 종잡을 수 없었다. 40대 같기도 하고 50대 같기도 했다.

음악이 갑자기 낮고 부드럽게 변하면서 천장의 불빛이 반으로 줄어들었다. 실내는 앞이 보이지 않을 정도로 어두웠다. 사람들은 움직임을 멈추고 있다가 어둠에 눈이 익자 부유동물처럼 스물스물 돌아가기 시작했다. 수정의 허리를 두르고 있던 마프노의 팔이 바싹 조여졌다. 수정은 숨이 막힐 것 같아 머리를 뒤로 젖혔다. 사내의 얼굴이 바로 머리 위에서 덮칠 듯이 내려다보고 있었다.

마프노는 그녀를 끌고 구석진 곳으로 갔다. 그리고는 그녀를 바싹 끌어안고 키스를 퍼부었다. 수정은 처음으로 그 입술을 받았다. 구린내가 물씬 풍겨왔다. 고개를 홱 저었다.

"흐······흐······흐······"

들릴 듯 말 듯 낮은 웃음 소리가 귀를 파고들었다. 소름이 쭉 끼쳤다. 숨을 들이키면서 물러서려고 했지만 허리에 감긴 팔은 꼼짝도 하지 않았다.

"흐흐흐······우리 나갈까?"

마프노가 소련말로 말하면서 밖을 가리켰다. 수정은 대답하지 않았다. 자꾸만 사내의 발과 부딪쳤다.

"내 집에 갑시다. 선물을 줄 테니까."

마프노는 서툰 조선말로 말했다. 수정은 순간 멈칫했다. 아주 좋은 기회다. 그러나 위험하다. 위험을 각오하지 않으면 안 되겠지. 그녀가 고개를 끄덕이자 마프노는 눈을 감고 웃었다.

밖으로 나가자 승용차가 한 대 다가와 멎었다. 운전사는 소련군 사병이었다. 오토바이 한 대가 앞에서 사이렌을 울리며 길을 열어주었다. 마프노의 위치가 어느 정도인가는 그 정도로도 알 수 있는 일이었다. 10분쯤 지나 승용차는 어느 큰 저택 안으로 들어갔다. 일인 갑부가 현대식으로 지은 집인 듯 입구부터가 대리석으로 되어 있었고, 정원은 드넓었다.

대문 앞에도, 정원에도, 현관에도 소련군 사병이 집총자세로 서 있었다. 경계가 엄한 것으로 보아 모종의 중대한 일을 꾸미고 있는 비밀본부인 듯했다.

집안의 장식 또한 값진 것들로만 이루어져 있었다. 모두가 전리품들인 것 같았다.

마프노는 그녀를 이층으로 데리고 갔다. 수정은 가슴이 쿵쿵 뛰었지만 이미 각오하고 있었기 때문에 잠자코 사내를 따라 방 안으로 들어갔다.

응접실처럼 꾸며진 방이었다. 방 한쪽에는 옆방으로 통하는 문이 있었다. 마프노는 벽에 잇대어 만들어져 있는 선반 위에서 술병과 잔을 가져왔는데 그 잔은 은으로 만든 것이었다. 술은 미군이 마시는 위스키였다. 소련군은 의외로 미군 물자를 애용하고 있었다.

수정은 사양하다가 눈을 감고 술을 마셨다. 독한 위스키가 들어가자 목이 타는 듯했다. 이미 버린 몸인데 상관할 게 뭔가. 그녀는 이렇게 생각하고 있었다.

마프노는 그녀의 얼굴에 점점 취기가 오르는 것을 흥미있게 바라보고 있다가 탁자 서랍에서 조그만 갑을 꺼냈다. 그리고 음침하게 웃으면서 그것을 수정에게 내밀었다.

"가져요. 선물이니까."

열어 보니 하얀 구슬로 된 목걸이가 들어 있었다. 진주로 만든 것인 듯했다. 약탈한 것이겠지. 그렇게 생각하니 받고 싶지가 않았다. 그러나 마음과 달리 그녀는 웃었다. 아주 어색한 웃음이었다. 목에 그것을 걸자 마프노는 기다렸다는 듯이 다가와 그녀를 끌어안았다.

"조선 여자들 중에 당신이 제일 아름답다."

두꺼운 입술이 앞으로 가로막으며 얼굴을 덮쳐왔다. 그녀는 고개를 한번 돌렸다가 하는 수 없이 그것을 받았다. 숨이 막힐 것 같았다.

마프노는 그녀를 번쩍 안더니 옆방으로 갔다. 그곳은 침실이었다. 수정의 몸이 한 바퀴 굴러 커다란 침대 위로 떨어졌다.

마프노는 침대 위에 쓰러진 그녀를 내려다보면서 드레스를 벗겼다. 그리고 밑으로 손을 뻗었다. 수정은 옷이 반쯤 벗겨질 때까지 눈을 감고 있었다. 그때까지도 저항을 완전히 포기하고 있었다. 사내의 손이 젖가슴을 더듬고 밑으로 내려가 허벅지 사이를 건드리는 순간 그녀는 소련군에게 당했을 때의 고통이 되살아나 몸을 움츠렸다.

마프노는 이미 벌거벗고 있었다. 그의 몸이 위로 올라오자 침대가 삐걱거렸다. 육중한 몸에 짓눌린 수정은 가슴이 터져 버릴 것 같았다. 두 다리 사이로 하체가 밀려들어오는 순간 그녀는 몸을 홱 틀었다.

"안 돼요! 싫어요!"

그녀는 날카롭게 부르짖었다.

"왜, 왜 그러나?"

일이 순조롭게 될 줄 알았다가 갑자기 저항을 받자 마프노는 몹시 당황했다. 그러나 이미 야수로 변한 그가 순순히 물러날 리가 없었다. 거센 힘으로 여자를 덮쳤다. 지배자의 포악성을 그대로 드러내 보이며 여자를 내리눌렀다. 수정은 몸을 주지 않을 수 없음을 알면서도 필사적으로 사내를 밀어냈다. 하체를 교묘하게 틀어대자 마프노는 거친 숨을 내쉬며 화를 냈다. 그는 여자를 끌어내려 문 쪽으로 밀었다.

"나가! 싫으면 나가!"

수정은 문 앞에서 입술을 깨물었다. 이미 몸은 발가벗겨져 있었다. 고개가 밑으로 떨어졌다. 저항을 포기하는 뜻이었다.

"이리 와."

마프노가 명령조로 말했다. 수정은 몸을 떨며 침대 쪽으로 천천히 다가갔다.

갑자기 거리가 시끄러워지면서 로터리 쪽에서 사람들이 몰려왔다. 채수정을 만나러 가던 하림은 걸음을 멈추고 서서 사람들을 바라보았다. 사람들은 플래카드를 앞세우고 열을 지어 걸어오고 있었다. 플래카드에는 붉은 글씨로 신탁통치결사반대(信託統治決死反對)라고 쓰여져 있었다.

때는 12월 28일이었다. 외신이 전해지자마자 그것을 듣고 분노한 사람들은 거리로 뛰어나온 것이다. 각 정당 사회단체들이 총망라된 데모 행진이었다. 학생들도 있었고 막벌이 노동자들도 있었다.

"신탁통치결사반대!"

"우리에게 독립을 달라!"

"외세는 물러가라!"

하림은 군중들을 뚫어지게 바라보았다. 특히 각 정당 사회단체의 이름을 적은 플래카드를 바라보았다. 그러나 거기에 적색 사회 단체들의 이름은 하나도 끼어 있지 않았다. 그들이 침묵을 지키고 있는 것이 분명했다.

1945년 12월 27일 모스크바에서 열린 미국·영국·소련 3국 외상회의에서 채택된 한국문제에 관한 결정사항은 다음과 같은 것이었다.

△ 조선에 관한 모스크바 3국 외상회의 결정서

① 조선을 독립국가로 재건설하며 민주주의적 원칙하에 발전시키는 조건을 조성하고, 가급적 속히 장구한 일본의 조선 통치의 참담한 결과를 청산하기 위하여 조선의 공업, 교

통, 농업과 조선 인민의 민족문화의 발전에 필요한 모든 시설을 취할 임시 조선 민주주의 정부를 수립할 것이다.

② 조선 임시정부 구성을 원조할 목적으로 먼저 그 방책을 연구 조정하기 위하여 남조선 미합중국 점령군과 북조선 소연방 점령군의 대표자들로 공동위원회가 설치될 것이다. 그 제안 작성에 있어 공동위원회는 조선의 민주주의 정당 및 사회단체와 협의해야 한다. 그들이 작성한 제안은 공동위원회 대표들의 정부가 최후 결정을 하기 전에 미·영·소·중 각국 정부에 그 참고에 응하기 위하여 제출하여야 한다.

③ 조선 인민의 정치적 경제적 사회적 진보와 민주주의적 자치 발전과 독립국가의 수립을 원조협력할 방책을 작성함에는 또한 조선 임시정부와 민주주의 단체의 참여하에서 공동위원회가 수행하되 공동위원회의 제안은 최고 5년 기한으로 4개국 신탁통치의 협약을 작성하기 위하여 미·영·소·중 제국 정부가 공동 참여할 수 있도록 조선 임시정부와 협의한 후 제출되어야 한다.

④ 남북 조선에 관련된 긴급한 문제를 고려하기 위하여, 또한 남조선 미합중국 관구와 북조선 소련 관구의 행정 경제면의 항구적 균형을 수립하기 위하여 2주일 이내에 조선에 주둔하는 미·소 양군사령부 대표로서 회의를 소집할 것이다.

한마디로 조선을 미·영·소·중 4개국에 의한 최고 5년의 신탁통치를 함으로서 한국 독립의 준비단계로 삼는다는 내용이었다.

이 외신이 전해지자 국내는 물 끓듯이 소란해지고 거족적인 반탁시위 운동이 전국을 휩쓸기 시작했다.

남한에서는 임정(臨政) 요인들을 중심으로 「신탁통치반대 국민총동원 위원회」가 조직되어 성명서를 발표했다.

「우리는 피로써 건립한 독립국과 정부가 이미 존재하였음을 다시 선언한다. 5천 년의 주권과 3천만의 자유를 전취하기 위하여는 우리의 정권활동을 옹호하고 외국의 탁치세력을 배격함에 있다. 우리의 혁혁한 혁명을 완성하자면 민족의 일치로서 최후까지 분투할 뿐이다. 일어나라, 동포야!」

하림은 시계를 보고 나서 채수정과 약속한 장소로 급히 갔다. 약속 장소는 찻집이었다. 그녀는 이미 나와 있었다.

그녀는 얼굴이 유난히도 창백해 보였다. 난로 가에 앉아 그들은 말없이 뜨거운 차를 마셨다. 채수정은 웬일인지 하림의 시선을 피하려 애쓰고 있었다. 마프노와의 관계가 심각해진 것이라고 생각하자 그의 가슴이 몹시 저려왔다. 그러나 하는 수 없는 일이었다.

"반탁 데모를 봤나요?"

"네, 봤어요."

그녀는 가만히 고개를 끄덕였다.

"적색은 하나도 없더군요."

"네, 그런가 봐요."

반탁 데모대의 함성은 그들이 앉아 있는 찻집 안에까지 들려오고 있었다.

"마프노와는 이야기가 잘됐나요?"

"네, 한번 모시고 오래요."

"뭐라고 했나요?"

"오빠라고 그랬어요."

"잘됐군요. 내일 저녁쯤으로 시간을 잡아봅시다."

"알겠어요. 제가 연락 드리겠어요."

마프노에게 접근하는 것은 바로 적의 심장부에 다가서는 것이나 다름없다. 혼자서는 어려운 일이지만 채수정의 도움으로 의외로 쉽게 접근할 수 있을 것 같았다.

채수정은 묻는 것 외에는 시종 말이 없었다. 몹시 부끄러워하는 태도를 보이는 것이 무엇인가를 수치스럽게 생각하는 것 같았다.

하림이 일어서려고 하는데 갑자기 그녀의 눈에서 눈물이 후두둑하고 떨어졌다. 하림은 손을 뻗어 그녀의 손을 잡으려다가 말았다. 뭐라고 할 말이 없었다.

그녀는 고개를 모로 돌리면서 손수건으로 눈을 찍었다. 그 비통해 하는 표정을 보다 못해 그는 얼굴을 외면하고 담배에 불을 붙였다.

"죄송해요. 제가 눈물을 보이다니……"

중얼거리는 소리에 그는 수정을 바라보았다.

"마프노를 만나지 마시오. 이런 일에서 손을 떼시오."

두 사람의 시선이 뜨겁게 부딪쳤다. 수정은 머리를 흔들었다. 완강한 거부의 표시였다.

"내일 연락 드리겠어요."

그녀는 홱 일어나서 급히 밖으로 사라졌다.

하림은 한동안 멍하니 앉아 있다가 쓸쓸히 집으로 돌아왔다. 괴롭고 우울한 하루였다. 채수정이 마프노에게 희생되는 것을 보고 있는 것도 괴로운 일이었지만 더욱 그를 울적하게 한 것은 열강의 신탁통치안이었다. 그것은 실로 충격적인 뉴스였다.

해방이 되었지만 독립의 길은 아직도 멀고 험난하다. 향후 5년 동안 열강이 대신 통치를 하겠다니 말도 안 되는 소리다. 도대체 우리는 누구를 믿어야 한단 말인가. 생각할수록 분노를 느끼지 않을 수 없는 처사였다.

밤 12시 무전기를 꺼내 예루살렘을 불렀다.

△ 수신 = 예루살렘

△ 발신 = 무인도의 동백꽃

신탁통치 반대데모, 격렬히 전개되고 있음. 각 정당, 사회단체, 학생 및 노동자 가두 시위.

적색단체만이 참가하지 않음.

△ 수신 = 무인도의 동백꽃

△ 발신 = 예루살렘

적색단체의 움직임을 계속 관찰 보고하라.

무전을 치고 나서도 잠이 오지 않아 하림은 새벽녘까지 어둠 속에 목석처럼 앉아 있었다. 밤새도록 북풍이 창문을 두드리고 있었다.

이튿날 오후 약속대로 채수정으로부터 전화가 왔다. 마프노와의 면담이 8시로 정해졌다는 연락이었다. 장소는 마프노의 저택이었다.

하림은 일찍 밖으로 나와 시내를 돌아다녔다. 이틀째에도 여전히 반탁시위가 시내를 휩쓸고 있었다. 적색단체는 역시 어디에도 보이지 않았다.

반탁의 주체는 고당 조만식을 중심으로 한 우익세력이었다. 고당의 집으로 소련군 장성들과 적색단체의 간부들이 뻔질나게 드나들고 있다는 소문이 나돌았다. 고당을 회유하기 위해서인 것 같았다.

7시 30분에 하림이 사령부 앞에 서 있자 승용차가 안으로부터 미끄러져 나오더니 그 앞에 정거했다. 운전석에서 소련군 병사가 뛰어나와 그에게 거수경례를 했다. 그리고 서툰 조선말로

"김철문씨입니까?"

하고 물었다.

하림은 고개를 끄덕이면서 차에 올랐다. 두터운 외투에 중절모를 눌러쓰고 콧수염까지 단 그의 모습은 차에 오르는 순간 마치 요인 같아 보였다.

마프노를 만난다는 사실에 그는 몹시 가슴이 두근거려 왔다. 북한의 정보망을 한 손에 쥐고 흔드는 소련의 KGB 요원을 만나는 것이다. 이제부터 바싹 조심하지 않으면 오히려 먹히고 만다. 더구나 상대는 지금까지 그가 상대해 온 인물들 중에서 가장 강적이다.

마프노의 집으로 들어서는 순간 그는 숨이 막히는 것 같았다. 안내자를 따라 2층 응접실로 들어가 10분쯤 기다리고 있자 비단으로 만든 가운을 걸친 건장한 소련 사나이 하나가 입에 파이프를 문 채 안으로 들어섰다. 그 뒤를 드레스 차림의 채수정이 고개를 숙이고 따라 들어왔다.

하림은 냉큼 일어서서 상대에게 공손히 허리를 굽혔다.

"김철문씨, 반갑습니다."

마프노의 조선말은 아직 좀 서툴렀지만 그런대로 알아들을 만했다. 하림은 상대가 내미는 손을 잡으면서 다시 공손하게 고개를 숙였다.

"여동생을 잘 돌봐 주셔서 감사합니다."

마프노는 그 말을 듣자 기분이 좋은지 고개를 끄덕이면서 웃었다.

세 사람은 소파에 앉았는데 마프노는 곁에 바싹 다가앉은 채수정을 한 손으로 껴안으면서도 조금도 어색해 하지 않았다. 채수정은 얼굴이 빨개진 채 어쩔 줄 몰라했다. 그러나 마프노의 손을 뿌리치지 않았다.

하림은 만족한 표정으로 웃었다. 괴로운 웃음이었지만 웃을 수밖에 없었다.

"당신 여동생은 예뻐."

마프노는 몹시 기분이 좋은 모양이었다. 하림은 직감적으로 그 사내가 얼마나 잔혹한 놈인가를 느끼고 몸서리가 쳐졌다. 마프노는 웃고 있었지만 잔혹성이 얼굴에 기름처럼 베어 있었다.

"동생을 예쁘다고 하니 감사합니다. 계속 아껴 주십시오."

"아, 물론 아껴 주고 말고, 우리는 함께 살 거요."

"정말입니까?"

"네, 정말이에요, 오빠."

수정이 웃으며 그를 바라보았다. 눈에 눈물이 맺히는 듯하다가 사라졌다. 마프노는 일어나 위스키를 가져왔다. 잔에 술을 따른 다음 그는

"자, 우리 건배합시다."

라고 말했다.

하림은 잔을 들면서 다시 한번 상대를 뚫어지게 바라보았다. 이쪽을 의심하는 기색은 전혀 보이지 않았다.

하림은 숨을 들이켰다. 맞은편 벽에 걸려 있는 소련 국기와 스탈린의 얼굴이 확 눈에 들어왔다. 아찔한 현기증을 느끼고 시선을 다른 곳으로 돌렸다.

"내가 데리고 살아도 괜찮겠지요?"

마프노의 시선이 음흉하게 번뜩였다. 하림은 웃었다.

"아, 물론이지요. 아껴 주시기만 한다면……"

가슴은 찢어질 것 같았다. 수정은 고개를 숙인 채 꼼짝하지

않고 있었다.

"일자리를 구하고 있다고?"

갑자기 저음이 되어 물어왔다. 하림은 자세를 바로 했다. 이놈 눈에 잘 들어야 한다.

"네, 좋은 일을 한번 해 보고 싶습니다."

"음, 어떤 일을?"

마프노가 몸을 움직일 때 파란색의 비단결이 불빛에 번쩍번쩍 빛났다.

"혁명운동에 투신하고 싶습니다."

"좋은 생각이오. 지금 조선은 당신 같은 인물이 필요할 때지. 잘 해 봐. 밀어줄 테니까."

"감사합니다."

이 정도면 잘 풀리는 셈이다. 그러나 조심하지 않으면 안 된다. 이놈의 속셈은 아무도 모르니까.

"신탁통치안을 어떻게 생각하나?"

마프노가 조선말을 얼마나 맹렬히 배우고 있는가 하는 것이 느껴졌다. 하림은 기다렸다는 듯이 대답했다.

"당연한 조치라고 생각합니다. 조선은 아직 독립국가를 세우기에는 역량이 부족합니다."

"옳은 말이오. 조선은 적어도 5년간은 강대국의 신탁통치를 통해 민주정치 훈련을 받아야 해. 참, 당신은 무슨 일에 자신이 있지?"

"당신 옆에서 무슨 일이나 도와드리고 싶습니다."

"음, 내 곁에서 말이지?"

마프노는 잠시 생각해 보는 것 같았다. 그때 부끄러운 듯 외면하고 있던 채수정이 그의 손을 잡으며 호소하듯 올려다보았다. 시선이 마주치자 마프노는 표정을 허물어뜨리며 웃었다.

"좋아. 내 곁에서 함께 일하도록 해 주지. 당신이라면 좋은 정보원이 될 수 있을 거야. 나한테는 훌륭한 정보원이 필요해. 일만 잘한다면 나중에 요직을 하나 맡게 해 주지."

"감사합니다."

하림은 흥분을 억누르며 말했다.

"내일부터 나올 수 있겠나?"

"네, 아무 때라도 나갈 수 있습니다."

"그럼 내일 군사령부로 나오도록 하지."

마프노는 한 묶음의 군표를 꺼내 하림에게 내놓았다.

"자, 이걸 쓰도록 해. 필요할 테니."

아직은 스파이가 침투하리라고 미처 생각지도 못할 시기였는지도 모른다. 그렇지만 하림이 김철문이라는 가명으로 마프노에게 쉽게 접근할 수 있었다는 것은 그의 입장으로서는 확실히 놀라운 성공이라고 할 수 있었다. 그리고 그것은 행운이라고도 할 수 있었다.

마프노의 저택을 나온 하림은 집으로 돌아와 12시까지 기다렸다가 미군사령부로 무전을 쳤다.

△ 수신 = 예루살렘

△ 발신 = 무인도의 동백꽃

다크호스에게 접근 성공. 순풍에 돛. 조만식, 반탁 중심인물로 클로즈업.

△ 수신 = 무인도의 동백꽃
△ 발신 = 예루살렘

성공 축하함. 조만식의 동태를 보고할 것. 조만식의 안전을 우려함.

무전을 치고 나자 문을 두드리는 소리가 들려왔다. 권총을 뽑아들고 나가니 밖에 채수정이 서 있었다. 하림은 그녀를 와락 껴안았다. 찬 바람에 그녀의 몸은 꽁꽁 얼어붙어 있었다.

"제가 더러운 여자로 보이지요?"

어둠 속에서 그녀가 숨을 죽이고 물었다.

"아니오. 조금도 그렇게 생각지 않아요."

하림은 가슴이 뒤틀리는 것 같은 고통을 느꼈다.

"정말이세요?"

어둠 속의 목소리가 숨가쁘게 들려왔다.

"정말이오. 수정씨야말로 민족을 위해 거룩한 일을 하고 있는 거요."

그 말을 확인하려는 듯 어둠 속에서 그녀의 눈이 그를 빤히 올려다보았다.

"저……여기서 자고 가도 될까요?"

몹시 조심스럽고 떠는 듯한 목소리였다. 하림은 망설였다. 그것이 무엇을 뜻하는지 알 수 있었기에 그는 대답을 얼른 할 수가 없었다. 그녀가 싫은 것이 아니다. 아니, 오히려 안고 위로해 주고 싶은 심정이었다. 그러나 그렇게 함으로써 그녀의 가슴에 더 깊은 상처를 심어 줄까 봐 두려웠다.

한편으로는 지금 그녀를 뿌리친다는 것 역시 못할 짓이라는 것을 잘 알고 있었다. 뿌리친다면 그것 역시 그녀의 가슴에 못을 박는 일이다. 어떻게 하나.

망설이다가 그는 수정의 손을 잡고 방으로 들어왔다.

"맘대로 자고 가요. 여기는 우리들의 보금자리니까."

자기도 모르게 속삭이는 소리로 말했다. 여자는 기다렸다는 듯이 그의 품에 쓰러졌다.

"감사해요."

"감사하다니, 그런 말하지 맙시다."

적지에서 위험하기 짝이 없는 특수임무를 수행하고 있는 사람들만이 느낄 수 있는 절박감과 고독이 그들을 그토록 빨리 밀착시켰는지도 모른다. 그래서는 안 되는줄 알면서도 그는 여자를 품고 입술을 더듬었다. 이 여자는 더러운 여자가 아니다. 불결함 같은 것은 전혀 느껴지지 않는다. 그는 외로움에 몸을 떨면서 여자를 더욱 힘주어 끌어안았다.

"아아, 죽고 싶어요."

신음 소리와 함께 수정의 몸에서 옷이 흘러내렸다. 옷이 발에 밟혔다. 오늘 밤 이 여자를 범해야 하는가. 그래서는 안 된다.

다시 옷이 흘러내렸다. 여자의 흰 살결이 어둠 속에 뿌옇게 드러나 보였다.

그의 입술이 여자의 흰 목을 더듬었다. 범해서는 안 된다는 것, 그것은 이제 위선일 수밖에 없었다.

포옹을 풀었을 때 채수정은 벌거벗은 채 그를 바라보고 있었다. 타오르는 눈길이 그의 폐부를 깊이 찌르고 있었다. 어둠 때문인지 흰 육체의 선이 더욱 고혹적으로 보였다. 그는 숨을 죽이고 못 박힌 듯 그 자리에 서 있었다. 참을 때까지 참아 보는 거다. 그러다가 무너지면 하는 수 없는 일이다.

시간이 흘렀다. 견딜 수 없도록 무거운 시간이었다. 여자가 마침내 뒤로 물러섰다. 절망적인 그림자가 여자의 몸을 휩쓸고 지나가는 것 같았다. 벗어놓은 옷을 집어들었다. 몸이 쓰러질 듯 휘청거렸다. 하림은 앞으로 다가가 그녀의 어깨를 두 손으로 감싸 안았다.

"아니에요."

그녀가 몸을 뿌리쳤다.

"제가 잘못 생각했어요. 가겠어요!"

여자의 목소리가 높아졌다. 그는 놓지 않고 더욱 힘주어 껴안았다. 여자는 몇 번 더 몸을 흔들다가 갑자기 흐느끼며 그에게 모든 것을 내맡겼다.

육체와 육체가 소리 없이 허물어져 내렸다. 어둠이 위에서 내려덮치는 것 같았다. 여자의 팔이 위로 뻗어와 목을 끌어안는다. 다리가 엉킨다. 뜨거운 숨결이 확확 끼쳐온다. 한숨을 내쉰다. 입술이 입술을 파고든다.

"첫눈에……사랑할 수밖에 없었어요……"

몸이 경련했다. 그는 상대의 몸 속에 깊이 몸을 담았다. 여자마다 모두 감촉이 다르고 분위기가 다르다. 이 여자는 폭발적인 열정을 지닌 것 같다. 끊임없이 무엇인가 확인하려 들고 소유하고 싶어한다. 열정이 큰 만큼 절망 또한 큰 법이다.

여자의 부푼 가슴에 얼굴을 묻고 눈을 감았다. 여자의 손이 그의 머리를 부드럽게 어루만진다.

"무슨 말이라도 한마디 듣고 싶어요."

"난 지금 행복을 느끼고 있소. 그리고 아름다운 여자의 향기를 맡고 있소."

"우리는 언젠가는 헤어지겠지요?"

서글픈 목소리가 허공을 울린다. 손을 더듬어 잡고 거기에 입술을 댔다.

"그런 건 생각하지 맙시다."

"헤어지기 싫어요."

여자는 벌써 이별을 두려워하고 있었다. 그는 그것을 생각하고 싶지 않았다.

"나도 헤어지기 싫소."

무거운 침묵이 그들의 몸 위로 내려앉았다. 아무도 입을 열지 않고 바람 소리에 귀를 기울이고 있었다.

방이 따뜻했다. 밖이 추운 만큼 방안의 따뜻함이 더욱 절실하게 느껴졌다. 여자의 보드라운 살결이 방안의 따뜻함과 함께 아늑한 분위기를 던져 주고 있었다.

밤이 지붕 위로 우르르 소리를 내며 지나가고 있었다. 바람이 어둑한 어둠을 몰고 왔다가 도로 몰아가곤 하는 것 같았다. 그들은 자지 않고 귀를 기울이고 있었다. 똑같이 무형의 그 무엇인가를 기다리고 있었다. 기다리는 자의 외로움을 느끼자 그들은 다시 서로를 포옹했다.

아침에 눈을 떴을 때 채수정은 이미 나가고 없었다. 여자가 뿌린 향기만이 공허하게 방안에 남아 있었다. 방바닥에 떨어져 있는 여자의 머리핀을 집어들고 한참 들여다보았다. 갑자기 서글픈 생각이 뭉클 가슴을 적셔왔다.

윗목에는 밥상까지 차려져 있었다. 서둘러 식사를 하고 밖으로 나왔다.

시내로 나오자 시위대열이 거리를 휩쓸고 있었다. 반탁 시위가 계속되나보다 하고 생각하면서 보니 그게 아니었다. 이번에는 찬탁 시위였다. 침묵을 지키고 있던 적색단체들이 돌연 신탁통치를 지지하고 나선 것이다.

깜짝 놀라 눈을 부릅뜨고 그들을 노려보았다. 찬탁 시위 대열에는 공산당, 독립연맹, 직업동맹, 농민동맹, 부녀동맹, 공산청년동맹, 프롤레타리아 예술동맹 등 적색사회단체가 총동원되어 있었다.

"신탁통치를 지지한다!"

"모스크바 삼상회의의 결정에 따르자!"

"신탁통치 반대는 제국주의의 농간이다!"

"조선민족 통일전선을 구축하자!"

그것은 북풍보다 더 차갑고 무서운 바람이었다.

이럴 수가 있을까. 그들은 독립국가 건설을 5년간 뒤로 미루자는데 찬성하고 있다. 분노로 가슴이 끓어올라 견딜 수가 없었다. 분노의 눈물이 쏟아질 것만 같았다. 눈앞이 캄캄해졌다.

플래카드가 눈앞에 파문을 그리며 지나갔다. 물결이, 반역의 물결이 소리 높이 일고 있었다. 찬탁 데모는 충격적인 것이었다. 행인들은 뒤통수를 한 대씩 얻어맞은 듯 멀거니 서 있었다.

하림도 역시 마찬가지였다. 그는 찬물을 뒤집어쓴 듯한 기분이었다. 저럴 수가 있을까. 시위 행렬 속으로 뛰어들어 그들을 닥치는 대로 때려주고 저주하고 싶었다. 증오감으로 가슴이 터질 것 같았다.

신탁통치를 찬성하다니 아무리 생각해도 이해할 수 없는 일이다. 이것 역시 소련의 지시일 것이 틀림없다. 마프노의 음흉한 미소가 스쳐갔다.

요란한 시위행렬이 지나간 거리 위로 이번에는 차가운 북풍이 불어왔다. 거리의 쓰레기들이 바람에 몰려 사방으로 흩어지고 있었다.

내일이면 1945년도 마지막이다. 광풍의 한 해였다. 희비가 엇갈린 1년이었다. 새해에도 시련은 계속될 것이다. 새해에는 먹구름이 닥칠지도 모른다. 더 무서운 한 해가 될지도 모른다. 어두운 눈빛으로 하늘을 쳐다본다. 눈이 올 듯 하늘은 잔뜩 흐려 있었다. 매서운 바람에 오버깃을 올리고 어깨를 움츠린다. 급히 걸어가다가 다시 하늘을 올려다보았다. 눈송이 몇 개가 바람에 날려 흩어진다.

갑자기 소년 하나가 호외를 외치며 뛰어온다. 눈송이가 굵어진다. 와르르 흩어지는 호외를 집으려고 허리를 굽힌다. 바람에 종이조각이 날려간다.

호외를 보는 순간 숨이 컥 막혔다.

"宋鎭禹先生被殺!"

송진우 선생이라면 우익의 최고 거물이다. 김성수와 함께 민족주의적 보수세력의 중심인물이다. 그가 암살된 것이다.

공산주의자 현준혁이 북한에서 제1호로 살해되더니 민족주의자 송진우가 남한에서 암살되었다. 암살 제2호인 것이다..

현기증을 느끼고 그는 다시 호외에 눈을 박았다. 펼쳐든 종이 위로 눈송이가 떨어졌다.

"신탁통치를 할 바에는 차라리 미군정이 5년 가량 훈정(訓政)을 하는 편이 나을 것이다."

이것은 송진우가 한 말이었는데, 화근은 거기에 있었다. 극우청년이 범인인 것 같았다.

호외를 구겨 쥔다. 손안에 꽉 쥐고 비통한 감정을 눌러 버린다. 담배를 꺼내 문다. 성냥불이 꺼진다. 손끝이 떨린다. 다섯 번만에 겨우 불을 붙인다. 걸음을 옮긴다. 힘없는 걸음걸이다.

앞으로 누군가가 또 쓰러질 것이다. 비극을 알리는 한 방의 총성. 다음에는 누가 쓰러질 것인가가 문제였다.. 김구냐, 아니면 이승만이냐?

찻집으로 들어가 난로가에 다가앉아 커피를 시켰다. 손을 비비며 난로 위에서 끓고 있는 주전자를 바라본다. 찻집 안의 손님들은 모두 호외를 놓고 이야기하고 있었다. 하림은 그쪽으로 귀를 기울였다.

"야아, 이거 정말 어쩌려고 이러지? 송진우가 암살되다니 이럴 수가 있나."

"암살범은 극형에 처해야 돼."

"무슨 말이야. 5년 동안 훈정을 해도 좋다니, 그런 말이 어딨어? 피끓는 청년이라면 누구나 참을 수 없을걸."

"이것 봐. 그렇다고 지도자 한 사람을 쏴 죽이면 쓰나? 암살 같은 건 없어야 돼."

찻집을 나왔다.

갑자기 어디론가 떠나고 싶어진다. 어느새 시야가 하얗게 변해 있었다. 그의 중절모와 어깨 위로 금방 눈이 수북하게 쌓였다. 눈썹과 콧수염에도 눈송이가 내려앉고 있었다.

길 가운데서 개들이 뛰어 노는 것이 보였다. 아이들도 소리지르며 뛰어다니고 있었다. 즐거운 모습이었다. 그러나 그의 마음은 조금도 즐겁지가 않았다. 춥고 울적할 따름이었다.

사령부 앞에 도착해서야 그는 옷에 쌓인 눈을 털었다. 집총 자세로 서 있던 소련군 병사가 그를 가로막으며 소련말로 무어라고 물었다.

"마프노……"

하림은 안쪽을 손가락질해 보였다. 보초는 고개를 저으며 그를 통과시키지 않았다.

조금 후 안으로부터 군복 차림의 사내가 나타났다. 소련군 복장을 한 조선인이었다.

"김철문씨 되십니까?"

"그렇습니다."

"이리 오십시오."

군복에는 계급장도 붙어 있지 않았다. 정체가 모호하다는 생각을 하면서 그 젊은 사내를 따라 안으로 들어갔다. 우중충한 복도를 따라 걸어가면서 보니 벽에는 소련 국기와 레닌, 스탈린의 사진이 곳곳에 걸려 있었다.

복도는 군화 소리로 끊임없이 울리고 있었다. 많은 사람들이 그만큼 바쁘게 오가고 있었다. 그 소리가 마치 조국을 침식해 가는 소리인 것만 같아 그는 소름이 쭉 끼쳤다.

2층으로 올라가 15호실이라고 쓰인 방으로 들어갔다. 10평쯤 되는 방이었는데 10여명의 사나이들이 책상 앞에 앉아 있다가 일제히 안으로 들어서는 그를 바라보았다. 강렬한 시선들이었다. 숨이 막히는 것 같아 그는 가만히 심호흡을 했다.

중간에 자리를 넓게 잡고 앉아 있던 30대의 뚱뚱한 사내가 일어나면서

"이리 오십시오."

하고 말했다.

하림은 조심스럽게 그 옆에 놓여 있는 의자로 다가가 앉았다.

"김철문씨라고요?"

"네, 그렇습니다."

뚱뚱한 사내 역시 계급장 없는 군복을 입고 있었다. 눈이 가늘게 찢어진 것이 매서운 인상이었다.

"연락을 받고 기다렸습니다. 우리 역시 그분을 모시고 일하는 사람들입니다."

"아, 그렇습니까."

하림은 침착한 태도로 고개를 끄덕였다. 이자들에게 눌려서는 안 된다고 생각하면서 여유 있게 그들을 훑어보았다. 군복과 사복 차림이 반반이었다.

의자가 삐걱거렸다. 상대가 몹시 경계하는 느낌이 들었다.

"그분과는 어떤 관계인가요?"

"특별히 아는 사이입니다. 일을 좀 도와달라고 해서……"

"아, 그런가요."

살찐 손이 턱을 쓰다듬었다. 몸이 앞으로 기울어졌다.

"여기가 무엇 하는 곳인 줄 아십니까?"

"아직은 잘 모릅니다. 대강 짐작은 하고 있습니다만……"

"여긴 특무대입니다. 우리는 군사령부와 긴밀한 협조를 가지고 조국 건설에 임하고 있습니다."

"훌륭한 일을 하고 계십니다."

"실례지만 과거에 무슨 일을 하셨는가요?"

하림은 망설였다. 그러나 그 망설임은 오래 가지 않았다.

"그건 말씀드릴 수 없습니다."

여기저기서 동요가 일어났다. 뚱뚱한 사내의 얼굴이 붉어지고 있었다. 하림은 덧붙여 말했다.

"마프노씨에게 물어 보면 자세한 것을 알 수 있을 겁니다."

자신의 신원에 대해 꼬치꼬치 캐묻지 말라는 뜻이었다. 뚱뚱한 사내는 곧 표정을 누그러뜨렸다. 그 능숙한 표변에 하림은 더욱 경계태세를 취했다.

"아, 그래요? 두 분은 매우 가까운 사이인가 보지요?"

"글쎄, 좋을 대로 해석하십시오."

계속 기세 있게 나가자 사내는 수그러지는 것 같았다. 하림에게 담배를 권하고 불까지 붙여 주었다.

"아무튼 오신 것을 환영합니다. 저는 강만식(康萬植)이라고 합니다."

강은 일어서서 한 사람 한 사람을 모두 소개시켜 주었다. 하림은 일일이 그들과 악수했다. 그들은 하림이 새로운 강자나 되는 듯 조심스럽게 눈치를 살피고 있었다.

조금 있자 문이 열리면서 마프노가 들어왔다. 마프노의 뒤를 두 명의 조선인 고급 장교가 따라왔다. 긴 가죽장화가 번쩍번쩍했다. 모두가 일어나서 마프노를 맞았다.

마프노는 곧장 하림쪽으로 다가오더니 웃으면서 그의 어깨를 툭툭 쳤다. 그 태도가 마치 어린애를 상대하는 것 같이 매우 다정했다. 뒤따라 온 조선인 고급 장교들이 번뜩이는 눈초리로 하림의 아래위를 훑어보았다. 그들은 마프노가 특별히 호의를 베풀고 있는 사람이 과연 누구인지 똑똑히 보아두려고 그러는 것 같았다.

"이 사람, 잘 좀 부탁해요. 사이 좋게 일들 해요."

마프노는 빙글거리며 웃고 나서 방을 나갔다. 고급 장교들이 역시 따라붙는 것을 보고서야 하림은 자신이 마프노에게 아직 가까이 접근하지 못한 것을 깨달았다. 그의 이러한 생각은 옳았다. 마프노에게 접근하는데는 아직도 많은 인의 장막이 가로놓여 있었다.

특무대의 실질적인 지휘자는 마프노였다. 그를 소련파의 조선인 고급 장교들 몇 명이 가까이서 보좌하고 있었다. 그 밑에 각종 업무를 처리해 나가는 하급자들이 우글거리고 있었다.

하림이 들어간 15호실은 그러니까 하급자들만 모여 있는 방이었다. 그들의 주된 임무는 첩보(諜報)로서 공산혁명을 완수하는데 필요한 각종 정보를 수집하는 일을 맡고 있었다. 그러니까 마프노가 정보원 노릇을 해달라고 한 것은 바로 이들과 함께 일하는 것이었다.

마프노는 아무리 상대가 채수정의 오빠라 해도 쉽게 자기에게 접근해 오는 것을 허락하지 않았다. 역시 KGB요원 훈련을 받은 인물이었기 때문에 여간해서는 사람을 믿지 않았고, 따라서 자기의 속마음을 절대 털어놓는 법이 없었다.

그의 정보조직은 이중삼중으로 되어 있었다. 그는 한쪽의 정보만을 믿지 않고 여러 사람으로부터 정보를 수집하여 그것을 분석 판단하곤 했다. 그렇게 해서 일단 판단이 내려지면 그는 수단방법을 가리지 않고 냉혹하게 일을 처리하곤 했다.

그는 살아 있는 기계라고 할 수 있었다. 감정이나 양심, 또는 정의 같은 것은 그의 행동철학에는 존재하지 않았다. 오직 모스크바의 지령대로 움직이는 것만이 그의 삶의 목적이었다.

그에게 있어서 여자란 배설을 위해 존재하는 동물일 따름이었다. 그에게 있어서 조선인은 민족단위가 아닌 단순한 먹이에 지나지 않았다.

하림의 자리는 강만식의 옆에 마련되었다. 자리를 정하고 나자 강은 하림에게 공산당에 가입했느냐고 물었다.

"아직 가입 못했습니다. 기회가 없어서……"

"그럼 이 기회에 가입하시지요."

"네, 그렇지 않아도 그럴 생각이었습니다."

그 길로 하림은 강을 따라 공산당 본부로 갔다.

이 시기에 조선공산당 북조선 분국은 「북조선공산당」으로 이름을 바꾸고 있었다. 서울에 있는 박헌영의 조선공산당과는 별개의 독립적인 공산당으로 부상하기 위한 그 첫번째 시도였던 것이다. 1국 1당 원칙에 따르면 조선에는 1개의 공산당만이 존재해야 한다. 그런데 초기 소련파 공산주의자들은 박헌영의 조선공산당에게 기선을 빼앗긴데다 실력면에서도 사뭇 뒤떨어져 있었다. 남북한을 막론하고 국내의 모든 공산주의자들이 박헌영의 조선공산당을 지지하고 중앙당 본부를 서울에 두는 것을 당연한 것으로 생각하고 있었다. 하는 수 없이 소련파는 그것을 기정사실로 받아들이기로 하고 북한에 조선공산당 북조선 분국을 설치했던 것이다.

그러나 그들이 언제까지고 분국에 만족하고 있을 리가 없었다. 소련의 지원으로 착실히 세력을 팽창해온 그들은 마침내 서울의 중앙당에 예속되는 것을 탈피하고 분국을「북조선공산당」으로 개칭한 것이다.

하림의 북조선공산당 입당은 쉽게 이루어졌다. 세력확장을 위해 입당자격을 엄격히 제한하지 않은 이유도 있었지만 마프노가 보증을 서 주었기 때문에 아주 융숭한 대접까지 받으며 입당했다.

입당절차 중에 레닌과 적기(赤旗)를 바라보며 선서할 때 그는 써늘한 바람이 가슴을 스치고 지나가는 것을 느꼈다. 그것은 전율이었다. 자신이 깊은 수렁 속으로 빠져드는 것 같은 기분이 들었다. 그로서는 지금부터 스파이 활동을 본격적으로 전개할 수 있는 발판이 확보되었다고 할 수 있었다. 그렇다고 마음이 안정된 것은 아니었다. 오히려 처음보다 더 초조하고 불안하기만 했다.

사령부로 돌아오는 길에 하림은 놀라운 사실을 발견했다. 그것은 평남 인민 정치위원회 앞을 지날 때 일어났다.

고당 조만식이 소련 경비병들에 의해 강제로 승용차에 막 오르고 있었다. 정치위 주변은 삼엄하게 경비병들에 의해 봉쇄되어 있었다.

검은 두루마기에 안경을 끼고 머리가 희끗희끗한 고당은 차에 오르지 않으려고 완강하게 버티고 있었다. 그 모습이 너무나

근엄해서 소련군들도 함부로 다루지 못하는 듯했다. 길 이쪽에서는 시민들이 불안과 분노에 찬 시선을 보내고 있었다. 신문으로만 고당을 보아온 하림은 그 사실이 믿어지지가 않아 강만식을 돌아보았다.

"저분은 고당 조만식 선생이 아닙니까?"

"그렇소. 고당이오."

"왜 저러지요?"

"아직도 사실을 모르시는가 보구만."

강은 빙그레 웃기까지 했다. 고당이 연행되는 것이 당연하다는 태도였다.

"무, 무슨 말입니까?"

"고당은 반역의 길을 걷고 있어요. 반탁의 중심인물로 사사건건 말썽만 일으키고 있단 말이오."

하림은 그제야 이해가 가는 듯했다. 광풍에 지도자 한 사람이 또 쓰러지고 있었다. 일단 저렇게 연행되고 나면 나오기가 어려울지도 모른다. 마프노라면 눈 하나 까닥하지 않고 고당을 시베리아로 보내 버릴 수 있는 인간이다.

"김동무는 반탁을 지지합니까?"

강의 목소리가 유들유들하게 들려왔다.

"아, 아니오. 5년간의 신탁은 당연한 것입니다. 모든 것은 우리 조선민족에게 책임이 있습니다."

하림은 시침을 뚝 떼고 대답했다. 강만식은 만족했는지 거기에 대해서 더 묻지 않았다.

조만식을 경호하는 청년들과 소련군 사이에 싸움이 벌어지고 있었다. 그러나 무장한 소련군 병사들이 즉시 발사할 자세를 취하자 청년들은 뒤로 주춤주춤 물러섰다. 길 이쪽에 서 있던 행인들이 소련군들을 향해 욕을 퍼부어 댔다.

조만식은 손을 번쩍 들어 사람들이 분노하는 것을 막았다. 유혈사태가 일어날까 봐 걱정한 것이다. 그리고는 곧 승용차 속으로 떠밀려 들어갔다. 군트럭이 승용차 뒤를 바싹 따라붙었다.

조만식이 탄 승용차는 구름이 잔뜩 낀 하늘 밑으로 쏜살같이 사라져갔다. 사라진 그 자리에는 허망한 이별이 안겨준 비통함만이 가라앉아 있었다.

그것은 조만식이 마지막 가는 길이었다. 그러나 그것이 노애국자의 마지막 가는 길일 줄은 아무도 몰랐다. 그는 흐린 하늘 밑으로 말없이 사라진 것이다. 안개처럼 약소민족의 비애를 한 몸 가득히 안은 채 사라진 것이다.

북한에 있어서 민족진영을 이끌어온 조만식은 적화를 노리는 소련의 입장으로 볼 때는 눈에 가시 같은 존재였다. 북한에서의 그의 영향력을 무시하지 못해 그로 하여금 5도 행정국장과 평남 인민 정치위원회 위원장직을 맡게 하기는 했으나 소련군이 언제까지고 그를 내버려둘 리는 만무했다.

군정당국은 그를 공산혁명에 끌어들이려고 갖은 회유와 압박을 해봤지만 성품이 대쪽 같은 그는 듣기는커녕 오히려 북조선민주당이라고 하는 정당까지 만들어 공산당에 대항하고 있었다. 그대로 두었다가는 조만식의 세력에 공산당은 밀려날 판이었다.

그때 모스크바 삼상회의의 결정안이 발표되었다. 소련은 신탁통치안이 발효되기를 가장 바라고 있었다. 적화를 위해서는 적어도 5년의 기한이 필요했기 때문이다. 그렇지 않고 지금 즉시 조선에 독립국가를 세운다면 조만식의 민족진영에게 정권이 넘어갈 것이 뻔했다. 예상했던 대로 북한 전역에서는 탁치반대운동이 연일 거리를 휩쓸고 있었다. 군당국은 이 기회를 타 조만식에게 마지막 담판을 제의했다.

정치사령관인 로마넹코 소장이 조만식을 초청하여 직접 담판에 들어갔다.

"삼상회의의 결정을 어떻게 생각하십니까?"

"절대 반대합니다. 나뿐만 아니라 조선동포 모두가 즉시 독립을 바라고 있을 뿐입니다. 나에게 찬탁을 강요할 생각은 하지 마시오."

"조선인은 아직 민주정치 훈련이 덜 되어 있소. 따라서 5년 동안 후견제를 실시하겠다는 겁니다. 식민지화하겠다는 게 아닙니다."

"우리 문제는 스스로 해결하겠소. 우리는 그럴 능력이 있습니다. 강대국이 간섭만 하지 않는다면 우리는 독립국가를 세워 평화롭게 살아갈 수가 있습니다. 소련군은 이제 물러가시오!"

추상 같은 말에 로마넹코의 턱이 경련했다. 그는 마지막으로 역사에 남을 만한 말을 고당에게 던졌다.

"조선에 대한 후견제를 지지한다면 당신은 조선의 스탈린이 될 것입니다. 그렇지만 삼상회의의 결정을 반대하는 이상은 우리는 당신의 생명을 보장하기 곤란합니다."

그 말을 듣고 고당은 파안대소했다. 곧이어 자리를 차고 결연히 일어섰다.

그의 신탁통치 반대는 소련 군정당국에 찬물을 끼얹는 것이나 다름없었다. 곧 조만식의 반탁문제로 평남 인민 정치위원회가 소집되었다. 참석자는 공산당계가 16명, 조만식계가 6명이었다.

투표결과 신탁통치를 지지함과 아울러 이를 전체 국민에게 호소하기로 결정했다. 조만식은 그 인민 정치위원회의 결정에 불복, 위원장직으로부터 사퇴할 뜻을 비치고 회의장을 박차고 나왔다.

조만식이 그렇게 나올 줄을 알고 밖에는 이미 소련군 경비병들이 대기하고 있었다. 그리고 그가 나타나자마자 바로 연행해 간 것이다.

조만식이 소련군에게 연행되어 갔다는 소식은 금방 시내에 쫙 퍼졌다. 사람들은 하나 둘씩 군사령부 앞으로 모여들기 시작하더니 얼마 후에는 광장이 메워지다시피 했다. 곧 분노의 물결이 사령부를 휩쓸 것 같았다.

소련군은 바리케이드를 이중삼중으로 견고하게 쌓아올리고 경비병력을 증원하는 한편 탱크까지 동원했다. 사람들은 죽음같이 무거운 침묵으로 언제까지고 소련군의 움직임을 지켜보고 있었다. 하림은 초조했다. 급변하고 있는 사태를 보고만 있자니 견딜 수가 없었다.

그날 사령부 건물 복도에서 그는 생각지도 않던 박헌영과 부딪쳤다. 박은 소련군 장교의 안내를 받으며 사령관실 쪽으로 걸어가고 있었다.

박헌영이 평양에 내려왔다는 사실은 놀라운 일이었다. 심상치 않은 사태가 일어나고 있음을 말해 주는 것이라고 할 수 있었다. 극비리에 평양에 들어온 것으로 보아 더욱 그의 움직임이 의미심장하게 생각되었다.

그날 저녁 박헌영을 위한 환영회가 사령부 내에서 조용히 열렸다. 벅헌영을 비롯해서 소련군 장성과 당간부, 소련파 인물들, 고급 장교들이 홀의 중심을 차지하고 앉았고, 특무대원들은 구석자리를 지키거나 그 주변에서 서성거리고 있었다. 미녀들도 더러 끼어 있었는데 채수정은 어김없이 마프노 곁에 앉아 있었다.

마프노는 로마넹코, 박헌영과 자리를 함께 하고 있었는데 주로 박헌영과 귀엣말을 나누고 있었다. 모스크바에서 대학까지 나온 박헌영은 능숙한 소련말로 마프노에게 무엇인가 열심히 말하고 있었다.

하림은 그들이 무슨 말을 나누고 있는지 들어 보고 싶었다. 그러나 일개 특무대원이 그들 쪽으로 접근한다는 것은 어려운 일이었다.

갑자기 박수 소리와 함께 박헌영이 일어섰다. 그는 좌중을 향해 정중하게 인사한 다음 칼칼한 목소리로 일장 연설을 하기 시작했다.

"이렇게 뜨거운 환영에 뭐라고 기쁜 마음을 표현할 수 없습니다……지금 우리 조선은 중대한 선택의 기로에 서 있습니다. 우리는 혁명을 토착화시키고 인민대중을 위한 조국 건설을 위해 모스크바 삼상회의의 결정사항에 전폭적인 지지를 보내야 합니다……남북한이 통일된 의견으로 뭉쳐 단호히 제국주의를 물리치고 위대한 조국건설에 매진해야 할 때라고 생각합니다……본인은 조선공산당이 이번 기회로 더욱 합심협력하게 되었음을 충심으로 경하해 마지않습니다."

하림은 어금니를 깨물면서 인간의 무리들을 노려보았다. 박헌영의 얼굴은 흥분으로 붉게 달아올라 있었다.

곧 유흥이 시작되었다. 음악이 연주되고 소련군 고급 장교들이 여자들을 데리고 춤을 추기 시작하자 장내는 장터처럼 어수선해졌다.

하림은 술잔을 들고 기둥에 비스듬히 서 있었다. 그때 누군가가 그의 어깨를 툭 쳤다. 돌아보니 놀랍게도 그의 형 장경림이 서 있었다.

형제가 똑같이 놀란 눈으로 서로를 바라보고 있었다. 정말 그것은 놀라운 해후였다.

"네가 여기 웬일이냐?"

"형님은 웬일이십니까?"

"박헌영 선생을 모시고 왔다. 이렇게 변장하고 있어서 처음에는 너를 못 알아봤다. 가만 보니……"

하림은 주위를 둘러보았다. 다행히 그들을 주시하는 사람은 없었다.

"밖으로 나가시죠."

그들은 뒤쪽에 있는 정원으로 나갔다. 바람이 차가웠다.

"여긴 웬일이냐?"

형 경림이 다시 물었다. 그로서는 당연히 놀랄만도 했다. 미군 사령부에 근무하고 있는 동생이 소련사령부에 와 있으니 놀라는 것도 무리는 아니었다.

"모른 체 해 주십시오!"

하림은 자기도 모르게 싸늘하게 말이 튀어나왔다. 갑자기 형이 두려워지면서 저주스런 느낌이 들었다.

"모른 체하라니……그러고 보니까 너 스파이짓 하려고 여기 잠입해 온 거구나."

"네, 그렇습니다. 그게 뭐 잘못됐나요?"

"뭐라고?"

형제는 어둠 속에서 노려보았다.

"당장 서울로 돌아가! 그렇지 않으면 고발하겠다!"

"돌아갈 수 없습니다! 마음대로 하십시오!"

경림의 손이 하림의 뺨을 철썩하고 후려갈겼다. 하림은 주먹을 떨면서 그대로 형을 쏘아보고 있었다.

경림은 휙 돌아서서 도로 안으로 들어가 버렸다. 하림은 눈물이 나왔다. 분노에 찬 뜨거운 눈물이었다. 밤늦게 힘없이 집으로 돌아오자 채수정으로부터 전화가 왔다. 박헌영과 마프노가 나눈 밀담에 대한 보고였다.

"서울에서 신탁통치지지 궐기대회를 대대적으로 벌이겠다는 내용이었어요. 저 곧 가겠어요."

하림은 무전기를 꺼내 즉시 타전했다.

△ 수신 = 예루살렘
△ 발신 = 무인도의 동백꽃
① 조만식, 소련군에 연행됨. 시민 분노.
② 박헌영 평양 도착. 탁치 전폭지지 약소. 서울에서 대대적인 찬탁 시위 예상됨.

즉시 응답이 왔다. 조만식의 행방을 수소문하라는 지시였다.

박헌영은 이튿날 서울로 돌아갔다. 동시에 서울의 공산당 및 적색단체들은 일제히 신탁통치를 지지하고 나왔다.

새해로 접어든 서울거리는 탁치를 둘러싼 찬반대립으로 점점 살벌해지고 있었다. 날이 갈수록 충돌이 잦아지더니 마침내 대규모 유혈사태까지 번졌다.

반탁 전국 학생 총연맹이 조직되어 대대적인 시위를 벌이던 날이었다. 격노한 학생들은 소련영사관에 성토문을 전달하고 이어서 시가행진에 들어가던 중 찬탁을 지지 선동하는 조선인민보(朝鮮人民報)와 조선인민당 서울시 인민위원회 등을 차례로 쳐부수었다.

그리고 서대문에 있는 임정본부를 방문하기 위하여 충정로에 이르렀을 때 돌연 좌익 청년들의 기습을 받았다. 권총과 장총, 몽둥이로 무장한 좌익 청년들은 반탁 학생들을 닥치는 대로 후려갈겼다.

급보에 접한 종로경찰서가 수사에 나선 결과 테러범들은 학병동맹(學兵同盟) 회원임이 밝혀졌다. 학병동맹은 일제시 일본군에 징집되어 갔던 학도병들이 해방 후 귀국하여 조직한 단체로 그 주도권은 공산당의 영향력하에 놓여 있었다.

반역의 길

 새해에 접어들면서 정국은 더욱 어지러워지고 있었다. 유혈 충돌은 연일 일어나고 있었다.
 하림이 평양에서 스파이 활동을 하고 있을 때 최대치와 여옥은 무슨 일을 하고 있었을까.
 대치는 여전히 공산당 관계의 일로 바쁘게 돌아가고 있었고 여옥 역시 직장생활과 집안 일 사이에서 정신없이 돌아가고 있었다.
 그런데 차츰 그녀의 가슴을 압박해 오는 문제가 있었다. 그것은 최대치 때문이었다.
 그녀는 아직 이데올로기에 대해 별로 아는 것이 없고 또 관심도 없었기 때문에 남편이 공산당과 관계하고 있는 것을 대수롭지 않게 여기고 있었다. 남편이 하는 일에 대해서는 일절 간섭하려고 하지를 않았다.
 그런데 며칠 전부터 대치가 이상한 말을 해온 것이다. 다름이 아닌, 미군 정보국의 기밀을 빼오라고 요구해 온 것이다.
 그 말을 듣는 순간 그녀는 대치의 표정이 갑자기 달라지는 것을 보았다. 그것은 그녀가 처음 보는 표정이었다. 그녀는 섬뜩한 공포를 느끼면서 눈에 띄지 않게 몸을 떨었다.

비로소 대치가 그녀를 미군사령부에 근무하게 한 이유를 알 수 있을 것 같았다. 눈물이 솟았다. 그렇게 서운할 수가 없었다. 그의 요구를 완강히 거부했다. 그녀의 태도가 완강하자 대치는 더 이상 요구하지 않았다. 그러나 그가 순순히 물러날 리는 없었다.

드디어 두 사람은 충돌했다. 새해에 접어들어 며칠이 지나서였다.

밤이 깊어 집으로 돌아온 대치는 술로 붉게 달아오른 얼굴로 여옥을 노려보았다. 그는 잔뜩 술에 취해 제대로 몸을 가누지도 못하고 있었다. 여옥이 밥상을 차려오자 그는 그것을 확 밀어붙였다.

"안 먹어! 이리 앉아 봐! 할 이야기가 있어!"

여옥은 두려움에 떨면서 대치의 맞은편에 조심스럽게 앉았다.

"당신, 나를 사랑하나?"

여옥은 고개를 숙였다.

"나를 사랑하느냐 말이야?"

"네, 사랑해요."

고개를 숙인 채 작은 소리로 대답했다. 대치는 주먹으로 방바닥을 쳤다.

"그럼 왜 내 말을 안 듣지?"

"……"

"사랑하는 부부라면 모름지기 생각하는 것도 행동하는 것도 똑같아야 하는 거야! 서로 다르면 헤어질 수밖에 없어! 알았어?"

"……"

"정보국에서 기밀을 좀 빼오라는데 왜 말을 안 들어! 너는 미군을 어떻게 생각하고 있는지 모르지만 양키란 제국주의자들이야! 놈들은 우리 나라를 식민지화하려고 기도하고 있어! 우리 공산당은 그것을 사전에 탐지하고 놈들을 분쇄해야 해! 내가 하고 있는 일이 바로 그런 거야. 알겠어? 내가 나쁜 짓을 하고 있다고 생각하나?"

"아니에요."

그녀는 머리를 저었다.

"그럼 왜 내 요구를 안 들어주는 거야? 나 기분 나빠서 오늘 술 좀 마셨다!"

여옥은 가늘게 떨고 있었다. 행복이, 사랑이, 희망이, 꿈이 갑자기 산산이 부서지는 것을 느꼈다. 허망한 기분이 가슴을 쓸고 지나갔다.

"흥, 상대하지 않겠다 이 말인가? 미국물을 먹더니 꽤 건방져졌어! 건방진 계집 같으니!"

대치의 외눈이 번득였다. 그의 표정으로 보아 곧 무엇인가 폭발할 것 같았다. 그는 기회만 노리면서 기다리고 있는 듯했다.

"미 제국주의자들의 정보를 빼내오라는 것이 그렇게도 싫어? 내 사상, 내 행동을 이해할 수 없다면 우리는 함께 살아가기가 매우 어려워질걸. 하긴……내가 아니더라도 장하림이 있으니까 염려할 건 없겠지만……"

비로소 여옥의 얼굴이 위로 쳐들어졌다. 그녀는 아연한 눈으로 대치를 바라보았다.

"너무 하세요. 어쩌면 그렇게 말씀하실 수가……"

눈물이 나오려는 것을 겨우 참는다. 울음을 삼키느라고 얼굴이 빨개진다.

"너무 한다고? 말꼬리를 잡고 늘어지지 마!"

"사령부에서 근무하라고 하셨기 때문에 근무한 거예요. 이제 알겠어요. 왜 저를 거기서 일하라고 하셨는지 알겠어요. 내일부터 그곳에 나가지 않겠어요. 집에서 아기 키우고 집안일하는 것만도 벅차요."

그녀답지 않게 너무 말을 많이 한 것 같았다.

"안 나가겠다고? 누구 맘대로 안 나가겠다는 거야!"

대치의 얼굴이 일그러지고 있었다. 그런 얼굴을 본 적이 없는 여옥은 몸이 절로 움츠러들었다.

"너는 거기에 나가야 돼! 남편으로서 하는 말이야. 알겠어? 나가서 기밀서류를 빼돌려! 그럼 나는 출세하게 돼! 내가 출세하면 당신에게도 좋아! 솔직히 말하는 거야. 지금까지 말 안 했지만 나는 두 가지 목적을 가지고 있어. 하나는 이 땅에 공산혁명을 성취시키는 일이고 또 하나는 그 혁명을 통해 내 자신이 혁명투사로 출세하는 거야. 이것이 내 삶의 목적이야! 어떤 수단을 써서라도 나는 목적을 달성하고야 말 테다! 이 귀여운 악마야! 남편의 소원을 저버릴 텐가?"

여옥은 귀를 막고 싶었다. 저절로 머리가 좌우로 흔들렸다. 여옥은 숨이 멎는 것 같았다.

"싫다구?"

대치의 목소리가 높이 올라갔다.

"네, 싫어요."

"건방진 계집 같으니!"

마침내 대치의 손이 휙 날았다. 손바닥이 철썩하고 뺨에 부딪치는 것과 함께 여옥은 방바닥에 나동그라졌다. 정말 무서운 힘이었다.

"건방진 계집 같으니! 불쌍해서 건져 주었더니 이젠 남편을 무시해?"

다시 손을 쳐들었다가 그는 차마 더 때릴 수 없었는지 벌떡 일어섰다. 그리고 여옥을 내려다보며 일갈했다.

"분명히 말해 둔다! 내 말대로 하지 않으면 너와 헤어지겠다! 알아서 해!"

문을 열어젖히고 밖으로 휙 나가버린다. 찬바람이 휙 돈다.

아기가 깨어 울기 시작했다. 여옥은 조용히 일어나 문을 닫고 아기를 안았다. 젖을 물리고 아기를 내려다보는 표정이 백짓장처럼 하얗다.

얼굴을 쳐든다. 불빛에 눈이 반짝인다. 고개를 숙이자 눈물이 볼을 타고 주르르 흘러내린다. 눈물 방울이 아기의 얼굴 위로 떨어진다. 소맷자락으로 눈물을 닦으며 울음을 삼킨다. 대치에게 얻어맞은 왼쪽 뺨이 아직도 붉다.

다시 잠든 아기를 눕히고 불을 껐다. 어둠이 묻어온다. 무릎 위에 얼굴을 묻고 눈을 감는다.

이것이 여자의 길일까. 문득 의구심이 인다. 눈물이 축축이 무릎을 적신다. 울어서는 안 된다고 생각하면서도 자꾸만 눈물이 나온다. 너무 어둡다. 아, 어디론가 뛰쳐 달아나고 싶다. 아무도 없는 곳으로 달아나 버리고 싶다. 왜 이럴까. 이래서는 안 되는데 왜 이럴까. 남편한테 따귀 한 대 얻어맞았다고 그러는 걸까. 아니야. 따귀 한 대가 문제가 아니다. 사랑이, 애정이 흔들리고 있다는데 문제가 있다.

사랑이 무너지는 소리가 들려온다. 우르르 우르르 어둠과 함께 무너지는 소리가 들린다. 손이 다 닳아 없어질 때까지 그것들을 쓸어모아 다시 사랑을 빚고 싶다.

대치씨는 왜 전과 같지 않을까. 그의 말대로 내가 불쌍하기 때문에 나를 아내로 맞은 것일까. 그럴 리가 없다.

나를 사랑했기 때문에 결혼했을 것이다. 그런데 생각과 행동이 자기와 다르다고 해서 헤어지겠다는 말을 한다. 결혼한 지 얼마나 되었다고 그런 말을 할 수 있을까. 잔인한 사람……어떻게 그런 말을 할 수 있을까.

결혼은 그녀에게 있어서 재생이었다. 그것은 행복과 희망을 약속해 주는 새 출발이었다. 그녀는 어떻게 해서든지 결혼생활을 파멸로부터 구하고 싶었다. 만일 결혼생활이 깨진다면 그때는 재생할 힘도 의욕도 없어진다는 것을 그녀는 너무나 잘 알고 있었다.

막상 대치의 폭언을 듣고 나니 사랑보다도 현실이 문제였다. 사랑하는 아들을 자기의 아버지 밑에서 키워야 한다는 것은 절대의 진리다. 아들을 위해서도 그분과 헤어진다는 것은 생각할 수도 없는 일이다.

사랑은 나에게 있어서 사치가 아닐까. 너무 과분한 욕심을 부리고 있는 게 아닐까. 일본군 위안부 출신인 내가 남자의 사랑을 구하고 있다니 어리석기 짝이 없다. 쓰레기 같은 이 육신이 천대받은들 어떠랴! 나를 아내로 거두어 준 것만도 천번만번 감사해야 할 일이다. 나는 행복하다! 나는 행복한 여자다! 그이가 죽으라고 하면 죽어야 한다! 이 더럽고 비참하고 불쌍한 것을 받아준 그이에게 무슨 불만이 있을 수 있겠는가. 그이에게 보답할 수 있는 길이 있다면 무슨 일이든 해야 한다! 그것이 설사 스파이짓이라도 해야 한다!

감정이 북받쳐 그녀는 흐느껴 울었다. 정신없이 울고 있는데 문이 열리고 대치가 들어왔다. 그는 방 한가운데 우뚝 서서 한동안 침묵하고 있었다. 어두워 잘 보이지 않았지만 여옥은 대치의 시선을 강하게 느끼고 있었다. 그의 오른손에 가방이 들려 있는 것을 보자 그녀는 가슴이 덜컥 내려앉았다. 그때 대치의 목소리가 돌처럼 굴러 떨어졌다.

"잘 있어! 마지막으로 할 말 없나?"

무서운 한마디였다. 그가 일부러 겁을 주기 위해 그러는 것이 아니라는 것을 그녀는 잘 알고 있었다. 그는 자기 말대로 과감히 행동하는 사람이다. 지금 붙잡지 않으면 정말로 떠나 버릴 것이다.

여옥의 몸이 무너져 내렸다. 앞으로 쓰러지면서 대치의 다리를 움켜쥔다. 울음이 덮쳐온다. 어깨가 후둘후둘 떨린다.

"안 돼요! 가시면 안 돼요! 저 아기는 어떻게 하라고 가시는 거예요! 제가 잘못했어요! 당신이 시키는 대로 할 테니 가지 마세요! 제발……안 돼요!"

그것은 절규였다. 엎드려 흐느끼는 여옥을 내려다보면서 대치는 나무토막처럼 뻣뻣이 서 있었다.

"용서해 주세요! 제가 잘못했어요!"

여옥은 필사적으로 대치에게 매달리고 있었다. 대치는 그녀를 뿌리치지 않았다. 그의 손에 들려 있던 가방이 밑으로 떨어졌다. 그는 무릎을 꿇고 앉더니 여옥의 상체를 일으켜 끌어안았다. 아무 말 없이 그녀를 깊이 품고 얼굴을 비벼댔다. 여옥은 자신이 산산이 부서져 버리는 것을 느끼면서 남자의 가슴속으로 파고들었다. 대치의 손이 떨고 있는 그녀의 잔등을 부드럽게 쓰다듬어 주었다.

"미안해. 정말 미안해."

이 한마디는 여옥을 완전히 감동시키고도 남았다.

"아니에요! 제가 잘못했어요! 떠나시지 않는 거죠?"

"처자식을 두고 내가 어디를 가겠나. 더구나 당신을 두고 말이야."

"감사해요."

여옥은 또 울었다. 감동과 기쁨의 눈물이었다.

여옥은 예정대로 사령부 정보국에 출근했다.

열심히 일만 하는 그녀의 모습에서 이상한 기미를 느낀다는 것은 불가능한 일이었다. 겉으로 보기에 그녀는 전과 조금도 다름이 없었다. 그러나 그녀의 내부에는 이미 큰 변화가 일어나고 있었다.

그녀는 자주 물만 마셨다. 입안이 바짝바짝 타 들어왔기 때문이었다. 긴장과 흥분, 그리고 경계심으로 그녀의 가슴은 잠시도 편해지지가 않았다.

아알티 중령은 언제나 직접 서류를 가지고 와서는 그녀에게 타이핑을 부탁하곤 했다. 그것은 모두 영문으로 되어 있었기 때문에 회화밖에 할 줄 모르는 여옥으로서는 그것이 무슨 내용인지 알 도리가 없었다.

그녀는 같은 타이피스트인 조민희(曺珉姬)라는 여자와 함께 한 방을 쓰고 있었다. 댓평쯤 되는 그 방에는 그들 둘만이 있었기 때문에 비교적 자유스러웠다.

조민희는 여옥보다 나이가 많은 스물 한 살 먹은 처녀로 전문학교 출신이었다. 그러나 타이핑이 서툴러 아직은 여옥에게 배우고 있는 형편이었다. 둥글넓적한 얼굴에 통통한 몸매를 지니고 있었고 성격은 드센 편이었다. 자존심도 강해서 여옥에게 타이핑을 배우고 있다는 사실을 수치로 생각하고 있었다. 그러나

다 배울 때까지는 그 수치심을 참아야 한다는 것을 알고 있었다. 조민희가 어떤 연줄로 사령부에 근무하게 하게 되었는지 여옥은 그런 것에는 관심이 없었다. 민희가 언니 행세를 하려 들었기 때문에 여옥은 상대가 바라는 대로 응해 줄 뿐이었다. 누구와 충돌하기를 싫어하는 그녀의 성격이 자신으로 하여금 그렇게 행동하게 한 것이다.

아얄티 중령은 여옥을 신뢰하는 바가 컸기 때문에 중요서류는 모두 그녀에게만 맡겼다. 따라서 민희는 별로 중요하지 않은 잡무 처리에 따른 타이핑만 맡고 있었다.

여옥은 아얄티가 맡긴 서류를 한 부 이상 남아돌게 쳤다. 그 남은 타이프를 제일 아래쪽 서랍 속에 따로 감추어두곤 했다. 그런 식으로 일을 하다 보니 하루해가 금방 졌다.

민희가 화장실에 간 틈을 이용해 여옥은 그날 따로 쳐둔 타이프 물을 서랍에서 꺼내 백 속에 재빨리 챙겨 넣었다. 상당한 분량이라 백이 불룩했다. 뛰는 가슴을 진정하며 머리를 매만지고 있자 민희가 들어왔다. 그녀는 기분이 좋은지 콧노래를 흥얼거리고 있었다.

"이것 봐. 내 비밀 하나 말해 줄까?"

여옥은 끄덕이며 미소했다.

"혼자만 알고 있어야 해. 나, 애인 하나 생겼어. 누군지 알아?"

"제가 어떻게 알아요?"

"이건 정말 비밀이야."

민희는 여옥의 귀에 입을 대더니

"헨리 중위야."

하고 속삭였다.

여옥은 어이가 없어 잠시 멍하니 그녀를 바라보다가 마지못해 웃어 보였다.

"그 사람이 나한테 프로포즈했어. 오늘 데이트하기로 했어."

민희는 백을 들고 실내를 한 바퀴 돌더니 밖으로 뛰어나갔다.

헨리 중위는 보급계를 맡고 있는 미남 장교로 가끔씩 그녀들 방에 초콜릿이며 통조림 같은 먹을 것들을 갖다주곤 했다. 그것이 민희에게 눈독을 들이고 한 짓이었음을 알자 웃음이 나왔다.

그날 밤 대치는 12시가 가까워서야 돌아왔다. 여옥이 첫번째 수확물을 꺼내놓자, 그는 그녀를 껴안고 입을 맞추었다.

"수고 많았어. 고마워. 너무 무리는 하지 마. 그러다가 들키면 곤란하니까."

대치가 기뻐하는 것을 보자 그녀는 그 동안 양심의 가책에 못이겨 괴로워하던 마음이 눈 녹듯이 사라지고 자못 자랑스런 마음이 되기까지 했다.

"필요한 건지 모르겠어요. 내용을 몰라 무조건 가져왔어요. 정보국장인 아얄티 중령이 타이핑하라고 준 걸 하나씩 더 쳐 가지고 가져왔어요."

"됐어. 내가 검토해 보지."

대치는 타이프 물을 들고 옆방으로 건너갔다. 그 방을 그는 서재로 쓰고 있었다. 스탠드 불을 켠 다음 그는 책상 앞에 다가

앉아 서류를 검토했다. 모르는 영어 단어가 꽤 있었으므로 사전을 뒤적이며 문장을 해석해 나갔다. 시간이 더디 걸렸지만 열심히 하나하나 풀어나갔다.

△ 극비정보자료 A-25 = 이것은「무인도의 동백꽃」으로부터 타전해 온 내용임.
① 북조선공산당 및 적색단체들, 신탁지지 데모에 돌입.
② 조선공산당 총비서 박헌영, 소련군사령부에 출현하여 군 고위층과 밀담. 환영파티 석상에서 신탁통치 찬성 연설.
③ 조만식, 소련군에 연행되어 현재 고려 호텔에 연금중임.
(1946. 1. 8)

대치는 다시 한번 그것을 읽어 보았다. 북한에서 일어나고 있는 일들이 아주 정확하게 기술되어 있었다. 이렇게 정확한 내용을 파악하고 있다니 놀라운 일이었다.

「무인도의 동백꽃」은 암호명이 틀림없다. 그렇다면 스파이가 평양에 있다는 말이 된다. 더구나 박헌영이 소련군사령부에 나타난 사실 및 거기서 행한 연설내용까지 보고된 것으로 보아 그 스파이는 사령부 내에까지 침투해 있는지도 모른다.

대치의 눈이 번뜩이기 시작했다. 눈에 보이지 않는 싸움이 어느새 치열하게 벌어지고 있음을 그는 비로소 느낄 수가 있었다.

대치는 백지를 꺼내 거기에 다음과 같이 적었다.

「무인도의 동백꽃을 조심하라.」

무인도의 동백꽃은 누구일까. 꽤 거물급인 것 같다. 그대로 두다가는 모든 정보가 속속들이 드러날 판이다.

대치는 다음 문서를 번역해 나갔다. 그것 역시 무인도의 동백꽃이 보낸 내용으로 박헌영이 평양에서 행한 찬탁 발언을 간추린 것이었다.

△ 박헌영의 찬탁 발언 주요내용 = 이번 모스크바 결정은 카이로 결정을 더 구체화시킨 것이다. 이러한 국제적 결정은 금일 조선을 위하여 가장 정당한 것이라고 우리는 인정한다. 3국의 우의적 원조와 협력(신탁)을 흡사 제국주의적 위임통치라고 왜곡하는 소위 반 신탁통치 운동은 조선을 위하여 위험천만한 결과를 나타낼 것은 필연이다.

△박헌영의 찬탁 목적 = 조선공산당 총비서 박헌영은 미영소 3국이 아닌 소련 일국에 의한 신탁통치를 바라고 있음. 이것이 그의 찬탁의 진정한 목적임. 또한 5년 후 조선이 소연방에 편입되기를 희망하고 있음. 이는 뉴욕타임즈 서울 특파원 존스톤의 보도 내용과 일치하고 있음.

대치는 담배를 한 대 피우고 나서 안방으로 건너갔다.

여옥은 이부자리 속에 누워서 책을 읽다가 일어나 앉았다. 그녀가 읽고 있는 책은 일어판으로 된 육아전서였다. 그녀는 이제 열 아홉 살이었지만 아기 어머니로서의 틀이 잡혀가고 있었다.

잠옷바람에 머리를 풀고 앉아 있는 그녀의 모습은 그날 밤따라 유난히 아름다워 보였다. 지난 과거의 상처는 이제 완전히 사라지고 행복이 넘쳐나는 듯했다.

대치는 옷을 벗고 이불 속으로 들어가 그녀를 가슴에 품었다. 손을 잠옷 속으로 집어넣어 젖가슴을 더듬자 여옥은

"아, 차가워요."

하면서 몸을 뺐다.

옷을 벗기려고 하자 그녀가 일어나 불을 껐다. 그는 이불을 젖히고 일어나 앉았다.

"아니야. 불을 켜."

여옥은 잠자코 스위치를 올렸다. 다시 불이 들어오고 그녀는 그 자리에 서 있었다. 대치의 외눈이 번쩍 빛나는 것 같았다.

"옷을 벗고 거기 서 봐. 몸을 보고 싶으니까."

"아이, 어떻게……"

그녀는 얼굴을 붉히면서 아기를 바라보았다. 아기는 세상 모르고 잠들어 있었다.

"부끄럽긴……어서 벗어 봐. 자기 아내 몸을 보겠다는 데 뭐가 이상해."

대치가 이런 요구를 하기는 처음이었다. 여옥은 몹시 부끄러웠지만 싫지는 않았다.

흥분으로 몸을 가늘게 떨면서 그녀는 마침내 잠옷을 벗었다. 젖가슴이 드러나자 한 손으로 그것을 가리면서 몸을 옆으로 틀었다. 팬티는 그대로 입은 채였다.

허리에서 둔부로 이어지는 선이 유난히 아름다웠다. 젊기 때

문일까. 아기를 낳은 여자 같지가 않았다. 피부는 우유빛이었다.

"그것도 벗어."

잔뜩 억눌린 듯한 목소리로 보아 욕정을 참고 있는 것 같았다.

여옥은 돌아서서 천천히 팬티를 벗었다. 처음 남자 앞에 몸을 드러내는 여자처럼 이렇게 가슴이 떨리는 이유는 뭘까. 팬티까지 벗은 그녀는 한 손으로 젖가슴을, 다른 손으로는 그 은밀한 곳을 가리면서 허리를 모로 틀었다. 부끄러웠다. 뭐라고 말할 수 없을 정도로 부끄러웠다. 그러나 문득 자신의 몸은 새색시처럼 부끄러워할 자격도 없다는 생각이 들자 몸을 가리고 있던 손에서 힘이 빠져 나갔다.

"가리지 말고 반듯이 서 봐."

여옥은 대치가 시키는 대로 손을 밑으로 내렸다. 황홀한 부끄러움 대신 수치심이 그녀를 엄습했다. 숨을 들이키면서 대치의 시선을 똑바로 받았다. 묘한 반발심이 솟구치고 있었다. 자, 보세요. 보시다시피 제 몸은 더럽기 짝이 없어요. 더러운 것을 찾으려고 그러시는 거죠. 그러나 대치의 입에서는 탄성이 흘러나오고 있었다.

"멋 있다! 조각 같은 몸이야!"

흑발 사이로 창백한 얼굴이 드러났다. 검은 눈이 물기를 머금은 채 반짝거리고 있었다. 젖꼭지는 작은 포도송이처럼 빛을 띠고 있었다. 둥글게 앞으로 솟은 젖무덤 위에서 그것은 부끄러운 듯 떨고 있었다. 남자를 자극하기에 충분한 모습이었다.

대치는 벌떡 일어나 옷을 벗었다. 근육으로 엉킨 그의 육체는 강철같이 단단했다.

여옥은 남자의 육체를 구별할 줄 알았다. 특히 하림과 대치의 육체는 뚜렷이 구별되고 있었다. 대치의 육체가 강철같이 단단한 느낌이라면 하림의 그것은 부드럽고 유연했다.

행위 자체도 두 사람은 완전히 달랐다. 대치는 폭풍같이 휘몰아치는 데가 있었다. 그녀를 폭풍 속에 몰아넣고 정신을 차릴 수 없게 휘저어 놓곤 했다. 여옥은 그와 관계할 때마다 광란의 극치를 맛보는 듯했다. 숨이 넘어가는 순간, 행위는 끝나고 그 대신 허망한 기분이 찾아오는 것이었다. 그러나 하림은 달랐다. 그와는 집에서 한번밖에 관계를 가지지 않았지만 그녀는 그날 밤을 결코 잊을 수가 없었다. 그는 부드럽게 그녀를 꿈속으로 몰고 갔다. 결코 허망함이 끼어들 틈을 주지 않고 부드럽게 유연하게 그녀를 끝없는 희열 속으로 데려갔다. 먼길이 결코 지루하지 않게, 갈수록 오히려 기쁨을 맛보게 그녀를 어르고 쓰다듬으며 산을 올라가는 것이었다.

여자의 배 위에서 대치가 폭군이라면 하림은 하인이자 보호자였다. 여옥은 다시 한번 하림의 손길이 와 닿기를 기대하면서 눈을 감았다.

대치의 우람한 팔이 그녀를 부둥켜안았다. 여옥은 하림을 생각지 않으려고 기를 썼다. 대치의 손이 그녀의 은밀한 곳을 쓰다듬었다. 그녀의 입에서 신음이 흘러나왔다. 뜨거운 열기가 하체에 몰려왔다. 숨이 막혀 눈앞이 아찔했다.

대치는 마치 혈투를 벌이는 사람처럼 여옥을 공격해 들어왔다. 무서운 힘으로 그녀를 깔아뭉개면서 거칠게 씩씩거렸다. 마치 상대를 죽여놓기라도 하려는 듯 전신으로 돌진해 들어왔다. 여옥은 자지러질 듯 비명이 터지는 것을 겨우 막았다. 무자비하게 돌격해 오는 대치의 열정을 제정신으로 받아들이기에는 너무 벅찼다.

그녀는 울었다. 자기도 알 수 없는 울음을 목구멍으로 집어삼키면서 대치의 어깨를 부둥켜안았다. 이 열정에서 나는 평생 벗어날 수 없는 몸이다. 이것에 익숙해지도록 노력해야 한다. 그렇지 않으면 이분의 아내가 될 자격이 없는 것이다.

땀이 비오듯이 흘러내리고 있었다. 여옥은 열심히 대치를 상대했다. 강철 같은 사내를 상대하기에는 힘이 부쳤지만 그를 즐겁게 해 줘야 한다는 생각에서 안간힘을 다해 그를 받아 주고 있었다.

열정만큼이나 식기도 빨리 식었다. 갑자기 몸을 쑥 빼더니 옆으로 쿵하고 떨어진다. 숨을 푹푹 내쉬면서 만족한 듯 머리맡의 담배를 집어든다. 아무 말이 없다. 하림 같으면 그녀를 쓰다듬어 주면서 무엇인가 속삭여 줄 것이다. 그녀가 잠들 때까지 부드럽게 애무해 주면서.

그러나 대치는 아무 말이 없었다. 그는 딱딱한 나무토막처럼 누워 있었다. 여옥은 상체를 돌려 사내의 가슴에 얼굴을 묻었다. 허전해지는 가슴을 메우려는 듯 그녀는 가슴에 얼굴을 비벼댔다. 대치는 그것을 잘못 생각한 모양이었다.

"다시 한번 뛰고 싶어?"

그녀는 거세게 머리를 저었다. 그게 아니에요. 그게 아니란 말이에요. 당신은 몰라요. 제 가슴이 말라 있는 것을 당신은 모르실 거예요. 당신은 그것으로 제 텅빈 가슴을 메울 수 있다고 생각하시나요. 여옥은 가만히 한숨을 쉬었다. 그 소리를 들었는지 대치가 몸을 움직였다.

"왜 소박맞은 여자처럼 한숨을 쉬지?"

"아니에요."

"아니라니?"

"한숨 쉬지 않았어요."

깨끗이 부정하고 있다. 거짓말을 한 것이다. 어느새 두 사람 사이에는 거리감이 쌓여가고 있다.

여옥은 그것을 느끼고 있었지만 그것마저 자신의 잘못으로 돌리고 있었다. 모든 것은 이분을 위해 순수하게 봉사하지 못하는 데서 오는 것이다. 앞으로 일어날지 모를 모든 잘못은 나에게 있다. 내가 모든 책임을 져야 한다. 우리는 서로 사랑하는 사이다. 이분은 나를 사랑하고 있다. 나도 이분을 사랑하고 있다. 사랑하는 이를 위해 무엇을 못할까.

"아까 가져다 준 자료……정말 감사해."

문득 대치가 다른 말을 했다. 그것은 정말 생각하고 싶지 않은 일이었다.

"그거, 가져오면서 혼났지?"

"별로 그러지는 않았어요."

대치의 팔이 그녀의 목을 감았다. 다른 한 손으로는 애무를 시작했다. 전에 없던 일이다.

"시작한 김에 좀더 애써야겠어."

여옥은 머리를 끄덕였다. 창문을 통해 들어오는 달빛을 물끄러미 바라보았다.

"이건 중요한 건데……꼭 해 줘야겠어."

여옥은 눈앞이 뿌옇게 흐려지는 것을 느꼈다. 그가 안아 주는 것도 애무해 주는 것도 다른 목적이 있어서 그러는 것만 같았다. 몸이 굳어지면서 가슴속이 다시 텅비기 시작했다.

"무인도의 동백꽃이라는 암호명에 대해 좀 알아 줘야겠어."

여옥은 귀담아 들으려고 하지 않았다. 대치가 갑자기 두 개의 얼굴을 가진 사람처럼 생각되었다.

"미군 정보국에 정보를 보내 주고 있는 스파이의 암호명이야. 현재 평양에서 암약하고 있는 것 같아. 무인도의 동백꽃……그자의 본명이 무엇인지 알아 봐 줘. 정체를 밝힐 수 있는 것이면 무엇이나 돼."

여옥의 닫혀 있던 귀가 열렸다. 「무인도의 동백꽃」이라면 혹시 하림씨가 아닐까. 하림이 평양에 간 것을 알고 있는 그녀로서는 그런 생각이 드는 것도 무리는 아니었다.

"이것 봐. 무슨 생각을 하고 있어?"

대치의 손이 그녀의 젖가슴을 쥐고 흔들었다. 여옥은 꼼짝하지 않고 천장만 바라보았다.

"물론 어려운 일인지는 알아. 그렇지만 이건 매우 중요한 일이야. 알아내지 않으면 안 돼. 꼭 알아내야 해."

여옥은 일어나서 그런 짓은 하기 싫다고 말하고 싶었다. 그러나 그럴 수는 없었다. 자신이 거절하지 못한다는 것을 그녀는 잘 알고 있었다.

이미 그녀는 스파이 세계에 발을 들여 놓고 있었다. 일단 빠져든 이상 거기에서 헤어 나온다는 것은 불가능한 일이었다. 이 분을 위해서라면 무슨 짓이라도 해야 한다. 그런데 왜 이렇게 자꾸 피하려고만 들까.

"나에게도 직접적으로 관계되는 일이야. 그자가 만일 나에 대한 것을 알아내어 이쪽으로 연락하게 되면 끝장이야."

여옥은 비로소 일어나 앉았다. 대치가 끝장이면 그녀 역시 끝장이다.

"그 사람이 어떻게 평양에서 당신에 관한 것을 알아내죠?"

대치도 일어나 앉았다. 그는 다시 담배 한 대를 피워 물고 여옥의 손을 잡았다.

"이왕 이렇게 된 이상 말해야겠군. 나는 북조선을 위해 일하고 있어. 소련군사령부와 깊은 관계가 있어. 그러니까 지령을 받고 내려온 거야. 조선 전체를 혁명화하기 위해 일하고 있는 거야."

여옥은 별로 놀라지 않았다. 그것은 남자가 할 수 있는 일이라고 생각했다. 젊은 남자들은 너나 할 것 없이 정치에 손을 대고 있다. 대치씨 같은 분이 그런 일을 하지 않을 리가 있는가.

이데올로기에 대해 관심이 없는 그녀로서는 그렇게 생각하는 것이 당연했다. 무슨 일을 하든 그가 원하는 대로 이루어져 성공하기를 그녀는 바라고 있었다.

"알겠어요. 해보겠어요."

그녀가 고개를 끄덕이자 대치는 기쁜 듯이 그녀를 덥석 껴안았다.

"무인도의 동백꽃이야. 잊어서는 안 돼."

"알았어요. 무인도의 동백꽃……"

그녀는 중얼거리면서 그 암호명의 주인공이 장하림이 아니기를 빌었다.

이튿날 대치는 같은 조로 활약하고 있는 서강천을 만났다. 대치가 내준 자료를 들여다보고 난 서강천은

"이거 빨리 알려야겠는데요."

하고 말했다.

그들은 즉시 아지트로 달려갔다. 대치는 무전을 치는 서강천 옆에서 줄곧 담배만 빨아댔다.

△ 수신 = S
△ 발신 = 시베리아 특급
① 모든 극비정보, 미군 정보국에 누설되고 있음.
② 조만식이 연금된 사실, 박헌영의 평양방문 및 연설내용 등이 밝혀짐.

③「무인도의 동백꽃」을 조심할 것. 미군 스파이로 현재 평양에서 암약중인 것으로 사료됨.

△ 수신 = 시베리아 특급
△ 발신 = S
① 놀라운 사실임.
② 스파이의 정체를 알아낼 것.

"우리도 조심하지 않으면 안 되겠는데요."
무전을 치고 난 서강천이 걱정스런 얼굴로 말했다.
"싸움이 시작된 겁니다."
대치는 주먹을 쥐고 벽을 쳤다. 서강천이 어리둥절한 눈으로 그를 바라보았다. 대치의 얼굴이 시뻘개져 있었다.
"싸움이 시작된 이상 우리는 싸움에 이겨야 해요! 투쟁으로 쟁취하는 것 이상 가치 있는 것은 없어요!"
"어떻게 이런 귀중한 정보를 알아냈나요?"
대치는 주먹을 풀고 서강천을 쏘아보았다.
"잘 아시면서 왜 그런 걸 묻죠?"
강천은 대치의 표정이 굳어지는 것을 보자 시선을 돌렸다.
"난……사실 내 마누라가 이런 일에 끼어드는 것을 바라지 않습니다. 이건 남자가 할 일이란 말입니다. 이것이 자식을 키우는 여자한테는 정말 못할 짓이라는 것을 나는 잘 알고 있습니다. 그렇지만 나는 내 마누라한테 그 일을 시켰습니다. 말을 안 듣기에 때리기까지 했습니다."

강천은 대치를 힐끔 보고 나서 말없이 담배를 꺼내 피웠다.

"나는 내 처자식한테는 나쁜 놈입니다! 그렇지만……"

외눈이 갑자기 커지는 듯했다.

"그렇지만 나는 가정보다는 혁명을 더 중요한 것으로 생각하고 있습니다. 가정을 희생시키더라도 나는 혁명을 포기하지는 않을 겁니다."

"훌륭한 생각입니다."

서강천이 덤덤한 목소리로 맞장구를 친다.

"나의 이러한 마음을 본부에서 알아줄지 의문입니다."

"보고하겠습니다."

강천의 말에 대치의 굳어졌던 표정이 비로소 풀렸다.

여옥은 그날도 여느 때처럼 출근했다. 밤색 코트 차림의 그녀는 지나는 행인들이 한번씩 쳐다볼 만큼 아름다웠다. 좀 야위고 창백한 모습이 오히려 아름다움을 더해 주고 있었다.

걸어가면서 그녀는 가만히 한숨을 내쉬었다. 지난밤에 대치가 부탁한 일이 마치 소화되지 않은 음식처럼 가슴에 박혀 있었다. 부탁이 아니라 그것은 명령이었다. 이젠 명령처럼 들리고 있었다. 명령을 받들어야 한다. 남편의 명령이기 때문에 받들어야 한다.

무인도의 동백꽃……누굴까. 만일 하림씨라면 어떡하나. 하림씨라면 도저히 알려줄 수 없다. 누가 뭐래도 알려줄 수 없다.

남편의 명령이라 해도 알려줄 수 없다.

하림과 대치가 대결한다고 생각하자 몸이 떨려왔다. 그럴 리가 없다고, 그래서는 안 된다고 생각했지만 이미 두 사람 사이에는 눈에 보이지 않는 싸움이 시작되고 있는 것 같았다. 두 사람 탓만은 아니다. 그들은 역사를 호흡하고 있기 때문에 숙명적으로 대결할 수밖에 없는 것이다.

그러나, 그렇다고는 하지만, 만일 무인도의 동백꽃이 하림씨라면 두 사람의 싸움은 너무 빨리 시작된 것이다. 그렇게 되면 나는 중간에서 어떻게 되나. 몸을 나눌 수도 없고 어느 한쪽만을 위할 수도 없다.

얼굴빛이 흐려졌다. 하늘을 올려다보았다. 태양이 빛난다. 따뜻하다. 그녀는 걸음을 빨리 했다. 제발 그 암호명의 주인공이 누구인지 밝힐 수 없게 되기를 빌면서 길을 건넜다.

동천의 달

 출근길은 언제나 상쾌하다. 그러나 그날 아침만은 우울했다.
 문득 미군사령부에 가는 것이 두려웠다. 가서는 안 될 것 같았다. 그러나 보이지 않는 힘이 그녀를 뒤에서 밀어대고 있었다. 대치의 힘이었다. 대치의 손길은 도저히 뿌리칠 수 없는 힘으로 그녀를 밀어대고 있었다. 근무처를 향해 옮기는 발길은 천근이나 된 듯 무거웠다. 지금부터 범죄행위를 저지르기 위해 그곳에 가고 있다는 생각이 무섭게 그녀를 괴롭히기 시작했다.
 그녀는 걷다 말고 쇼윈도에 비친 자신의 모습을 멍하니 바라보았다. 이상하게 생긴 여자 하나가 거기에 서 있었다. 아름다운 것 같은데 사실은 그렇지가 않다.
 몸은 썩어 있고 머리에는 가시면류관을 쓰고 있다. 머리에서 피가 흐르고 있다.
 "왜 나에게는 시련이 계속 되고 있나요?"
 눈물을 글썽이며 여인이 묻는다.
 "그것이 너의 운명이다. 타고난 운명이다. 눈물을 흘리지 마라. 운명을 받아들여라."

여인은 눈물을 훔친다. 한숨을 내쉰다.

"왜 저에게만 그런 운명이 주어졌나요?"

"너는 선택된 인간이다."

"누구의 뜻인가요?"

"하늘의 뜻이다."

"너무 아파 견디기 어려울 때는 어떻게 하나요?"

"견디기 어려운 것은 네가 신념을 잃었을 때다."

"신념이란 무엇인가요?"

"진리를 믿고 실천하는 것이다. 그러면 너는 고난을 극복할 수 있을 것이다."

가게 안에서 사람이 나오는 바람에 여옥은 다시 걸음을 옮겼다.

대치와 하림. 그 어느 쪽이 진리의 길일까. 진리는 사랑과 어떤 관계일까. 사랑을 위해 진리를 버릴 수도 있는 것일까. 아아, 모르겠다.

정문에 서 있던 미군 헌병이 인사했다. 여옥은 웃음 같기도 하고 울음 같기도 한 표정으로 고개를 숙여 보인 다음 안으로 뛰어들었다.

사무실에 들어가서도 한동안 일이 손에 잡히지 않아 멀거니 앉아 있기만 했다. 좀처럼 일할 기분이 나지 않았다.

"헨리 중위가 말이야. 글쎄……어젠 키스하려고 하지 않아. 무서워서 막 도망치려고 했더니 잘못했다고 빌지 않아. 아유, 어떻게 우습던지 혼났어."

조민희는 아침부터 킬킬거리며 헨리 중위와의 밀회를 털어놓고 있었다. 여옥은 귀담아 듣지 않은 채 미소만 지어 보일 뿐이었다.

10시쯤에 아얄티 중령이 타이프 칠 것들을 가지고 들어왔다. 민희가 있어서 여옥은 할 말이 있어도 아얄티 중령에게 아무 말도 할 수가 없었다.

"저 사람은 기분 나빠. 장님처럼 검은 안경만 끼고 있어서 기분 나빠."

아얄티가 가고 난 뒤 민희가 입을 삐죽거리며 말했다. 여옥은 못 들은 체했다.

12시에 그녀는 타이핑한 것을 들고 아얄티 중령에게 갔다. 아얄티는 마침 혼자 있었다. 타이핑한 것을 책상 위에 내려놓은 다음 머뭇거리자 아얄티는 읽고 있던 영자신문에서 눈을 돌려 그녀를 쳐다보았다.

"무슨 할 이야기가 있나요?"

부드러운 물음에 여옥은 마음이 가라앉았다.

"드릴 말씀이 좀 있어서 그런데 시간 좀 낼 수 있을까요?"

아얄티는 팔을 벌리며 일어섰다.

"여옥씨의 청이라면 언제나 환영입니다."

아얄티 중령은 빙그레 웃고 나서 시계를 들여다보았다.

"음, 벌써 점심때가 됐군. 우리 식사나 하면서 이야기하지."

아얄티는 그녀를 데리고 구내식당으로 갔다. 장교 식당이라 분위기가 조용하고 아늑했다. 양식을 매일 대하고 있는 여옥은 스스럼없이 포크를 집어들었다.

"신혼생활은 어때요?"

아얄티가 선글라스 너머로 그녀를 바라보며 물었다. 무엇인가 탐색하는 듯한 표정이었다.

여옥은 머뭇거리다가 대답했다.

"염려해 주시는 덕분에 잘 지내고 있습니다."

"결혼하고 나니까 더 예뻐졌어요."

여옥은 부끄러워 고개를 숙였다.

"아기는 잘 크고 있나요?"

"네……"

여옥이 영어회화에 능숙했으므로 그들의 대화는 아주 자연스럽게 이루어져 나가고 있었다.

"여옥씨를 볼 때마다 나는 인간의 승리를 보는 것만 같아 가슴이 뿌듯해지곤 합니다. 그때마다 희망을 느낍니다. 나는 조선여자들을 모릅니다. 다만 여옥씨밖에 모릅니다. 그래서 조선여자에 대한 인상은 여옥씨를 통해서 보고 있습니다."

"칭찬해 주셔서 감사합니다."

여옥은 정말 부끄러웠다. 아얄티가 자기를 보는 눈은 가식이 없는 것 같았다. 그러한 아얄티를 상대로 정보를 알아내려고 하는 자신이 더없이 수치스럽게 생각되었다.

그것은 분명한 배신이다. 배신자라는 것을 알았을 때 아얄티 중령의 심정은 어떨까. 그 생각을 하자 여옥은 소름이 끼쳤다. 입에 든 음식이 모래를 씹는 것 같았다.

아얄티에 대한 여옥의 느낌은 한마디로 아직 불확실한 것이었다. 언제나 짙은 선글라스를 끼고 독신인 40대의 이 유태계 미국인은 정보계통의 베테랑답게 신비에 싸여 있었다.

여옥이 OSS에 적을 두면서부터 아얄티는 그녀에게 있어서는 엄연히 상사였다. 그러나 아얄티는 절대 그런 내색을 하지 않고 그녀를 깍듯이 존대했다.

전쟁이 끝나고 지금은 고용인과 피고용인 사이지만 아얄티의 태도는 그전과 마찬가지였다. 그는 여옥을 최고의 숙녀로 대해 주고 있었다.

여옥은 식사를 하는 동안 마치 가시방석에 앉아 있는 것 같은 기분이었다. 말을 해야 한다고 생각하면서도 차마 입이 떨어지지 않고 있었다.

하림과 달리 그녀는 정보요원이 아니라 월급을 받고 일하는 타이피스트에 불과했다. 그러나 남다른 관계에 있는 그녀로서는 정보요원 이상으로 근무처를 아끼고 사랑했다. 아얄티 역시 그녀의 그러한 점을 알고 있기 때문에 아무 거리낌없이 중요한 정보를 타이핑하도록 그녀에게 맡기곤 했다.

그런데 이제 배신자가 되어야 하는 것이다. 대치를 위해 봉사해야 한다고 다짐할 때는 그런 배신감 같은 것이 느껴지지 않았다. 그런데 아얄티와 마주 대하고 있으니 새삼 자신이 배신자로 변신하고 있다는 사실이 절실히 느껴지는 것이었다.

"어려운 점이 있으면 기탄없이 나한테 말하십시오. 그렇지 않아도 장하림씨가 떠나기 전에 부탁을 했습니다. 잘 돌봐 드리라고."

아얄티의 말을 듣고 나자 여옥은 가슴이 메어 말이 나오지 않았다. 그녀를 생각해 주는 하림의 마음씨가 흡사 뜨거운 눈물처럼 가슴을 적셔왔다.

아얄티는 여옥을 중심으로 벌어지고 있는 삼각관계에 흥미를 느끼는 모양이었다. 그러나 노골적으로 캐묻지는 않았다.

"하림씨는 잘 있나요?"

여옥은 착잡한 심정으로 조심스럽게 물었다.

"네, 잘 있어요. 자주 연락이 오고 있어요. 간 지 얼마 안 됐는데 활약이 대단해요."

"그만큼 위험한 일을 하고 있기 때문이 아닌가요?"

"그렇다고 볼 수 있지요."

여옥은 금방 불안한 표정이 되었다.

"하림씨는 지금 어디 계신가요?"

"평양에 있을 겁니다."

"주소를 모르시나요?"

아얄티는 미소를 거두면서 고개를 저었다.

"모릅니다."

"그럼 소식은 어떻게 전하나요?"

"무전으로 자주 연락하고 있지요. 미스터 장의 주소는 왜 묻나요?"

"편지를 보낼까 해서요."

아얄티는 이해가 간다는 듯 고개를 끄덕였다.

"중요한 편진가요?"

"아니에요. 안부편지를 보내려구요."

"편지를 써두십시오. 가는 인편에 보내드릴 테니까."

"가실 분이 있나요?"

"네, 며칠 후에 떠날 사람이 있어요."

여옥은 빵을 조금 잘라내어 입 속에 넣고 조심스럽게 씹었다. 안경에 가려진 아얄티의 눈이 어떤 빛인지 알 수가 없었다. 다만 강한 시선이 느껴지고 있을 뿐이었다.

아얄티는 여옥에 맞추어 천천히 식사를 했다.

"미스터 장에 대해 매우 걱정이 되지요?"

"네, 불안해요."

"나도 마찬가지입니다."

"그분을 돌아오시게 할 수 없나요?"

아얄티는 움직임을 멈추고 한참 동안 그녀를 응시했다. 여옥도 시선을 피하지 않고 상대를 바라보았다. 유태인은 하림을 기다리고 있는 여옥의 심정이 어떠한지 이해하는 것 같았다. 그러나 그는 고개를 저었다.

"돌아오게 할 수는 없습니다. 뚜렷한 이유없이 그럴 수는 없습니다. 여옥씨의 심정은 알 수 있지만 그런 일에 사사로운 감정을 개입시킬 수는 없습니다. 미스터 장은 작전을 수행하고 있는 겁니다. 자기 조국을 건설하기 위해……"

여옥은 할 말이 없었다. 자신의 요구가 어리석다는 것을 누구보다 그녀 스스로가 잘 알고 있는 터였다.

"그런 말씀을 드려 죄송합니다."

"아니지요. 여옥씨 말은 당연한 것이지요. 다만 사정이 허락지 않기 때문에 들어드릴 수 없을 뿐이지요."

"그럼 하림씨는 언제 돌아오시게 되나요?"

"지금으로서는 뭐라고 말할 수 없습니다. 작전이 변경되면 소환을 해야지요. 그밖에 신변에 위험이 닥치면 할 수 없이 철수해야겠지요."

"저는 요즘 국장님이 타이프치라고 주시는 문서들을 함부로 보아 넘기지 않아요. 제가 읽을 수 있는 한 끝까지 읽어 보고 있어요."

아얄티는 포크를 놓고 고개를 쳐들었다. 그리고 분명한 어조로 말했다.

"나는 상관하지 않습니다."

여옥은 시선을 떨어뜨렸다. 차마 아얄티를 마주 바라볼 수가 없었다.

"내가 여옥씨를 믿지 못한다면 그런 문서들을 맡기지 않을 겁니다."

아얄티의 말속에는 신뢰의 빛이 뚜렷이 배어 있었다. 그것을 이용해야 하는 여옥은 괴롭기 짝이 없었다. 그러나 그녀는 자신을 거역하면서 어쩔 수 없이 배신의 길로 한 발짝씩 다가서고 있었다.

"저는 타이프를 치면서 혹시 하림씨에 대한 것이 없나 하고 눈여겨보곤 했어요."

"그 중에는 미스터 장이 보낸 중요한 극비 정보들이 상당수 있습니다."

"알고 있어요."

"그럼 미스터 장의 암호명도 알고 있겠군요?"

아얄티의 목소리가 조금 날카로워진 듯했다. 여옥은 어떻게 할까 하고 망설이다가

"네, 대강 짐작하고 있어요."

하고 대답했다.

"나는 그것도 상관하지 않겠습니다."

아얄티는 움직이지 않고 말했다.

"여옥씨가 미스터 장을 사랑하고 있는 줄 알고 있으니까 말입니다. 두 분의 사랑은 숭고한 겁니다. 그것은 사이판에 있을 때부터 싹튼 숭고한 사랑이란 것을 나는 잘 알고 있습니다."

여옥은 목에 메어 아무 말도 할 수가 없었다.

"나는 두 분이 결합되기를 가장 바랐습니다. 틀림없이 그렇게 될 것이라고 생각했었지요. 그런데……"

여옥은 고개를 저었다.

"저는 하림씨를 사랑할 자격이 없어요. 사랑해서도 안 돼요."

눈물이 쏟아지려는 것을 겨우 참았다. 아얄티는 고개를 끄덕였다.

"사랑이란 괴로운 겁니다."

두 사람은 식당을 나와 사무실로 돌아왔다.

여옥은 그날 하루종일 멍한 기분이었다. 사실을 알고 난 지금

어떻게 해야 할지 판단이 서지 않았다. 그래서 멍하니 창밖만 바라보았다.

그날 퇴근하여 집으로 돌아올 때까지도 그녀는 결론을 내리지 못하고 있었다. 자정 가까이 되어 집에 돌아온 대치는 아기는 거들떠보지도 않고 그것부터 물었다.

"그거 알아봤어?"

여옥은 자기도 모르게 가만히 고개를 저었다. 한 가지만 물어보면 이제 분명한 사실을 알게 된다. 여옥은 머뭇거리다가 물었다.

"평양에서 미군사령부에 정보를 보내고 있는 스파이 중에 다른 사람은 없나요?"

"없었어. 네가 가져다 준 정보 중에 평양에서 온 것은 모두 무인도의 동백꽃이 보낸 거였어. 그러니까 스파이는 그놈 한 놈 뿐이야. 물론 함께 일하는 놈들이 있겠지. 그 암호명이 한 개인을 가리키는 것인지 한 조(組)를 가리키는 것인지는 아직 알 수 없지."

여옥은 숨이 멎어 버리는 것 같았다. 하림씨가 정보국에 보내고 있다는 것은 아얄티로부터 이미 확인받았다. 이제 「무인도의 동백꽃」이 하림씨라는 것은 의심할 나위 없는 사실이다. 이를 어떡하나. 왜 이렇게 모든 것이 불행한 쪽으로만 맞아떨어지고 있을까.

대치의 눈이 무엇인가 알아내려고 그녀를 쏘아보고 있었다. 여옥은 그 시선을 피했다. 어떻게 해야 할지 알 수가 없었다. 하림씨를 팔아야 하나. 그럴 수는 없다. 내가 불행해지더라도 그 분을 팔 수는 없다. 전장에서 내 아기를 받아 준 그분에게 그런 배은망덕한 짓을 할 수는 없다.

대치의 시선은 집요하게 그녀를 파들어 오고 있었다.

"정말 알아내지 못했어?"

"네, 아직 못 알아냈어요. 어떻게 알아내야 할지 모르겠어요."

"바보같이!"

대치의 표정이 살벌해졌다. 여옥은 가슴에 못 같은 것이 들어와 박히는 것 같았다.

"이것 봐. 그러지 말고 좀 성의껏 알아 봐. 그걸 알아내지 못하면 내가 위험해지기 때문에 그러는 거야. 내가 위험해져도 좋아?"

여옥은 고개를 힘차게 저었다.

"아니에요! 위험해지시는 건 싫어요!"

"그럼 그걸 알아내야 할 거 아니야."

대치는 틈을 주지 않고 다그치고 있었다. 여옥의 가슴은 바짝바짝 타들어갔다. 이를 어떡 하면 좋단 말인가. 어느 쪽을 위해 일해야 하단 말인가. 대치의 요구는 들어줄 수도 들어주지 않을 수도 없는 것이었다. 만일 들어주지 않는다면 대치씨는 정말 위험해지는 걸까. 여옥은 가만히 대치를 바라보았다. 그의 말이 어디까지 진실인지 종잡을 수가 없었다. 그의 말을 곧이곧대로 받아들이지 못하는 것도 그로서는 서글픈 일이었다. 만일 하림이라면 그렇지가 않을 것이다. 하림은 조금치도 의심할 데가 없는 사람이었다. 그는 적어도 그녀의 눈에만은 가장 진실한 사람이라고 할 수 있었다.

그런데 대치는 그렇지가 않은 것 같았다. 이것은 지금 갑자기 생겨난 불신이었다. 육감이랄까 하는 것이 작용한 것이었다.

내가 왜 이럴까. 남편을 의심하다니, 그럴 수가 없는 것이다. 사랑하는 남편을 의심한다는 것은 가장 서글프고 불행한 일이다. 그런 사이에 과연 원만한 부부관계가 이루어질 수 있을까.

"왜 그러고 있는 거야? 하면 하겠다 못하면 못하겠다 하고 말해야 할 거 아니야?"

대치는 수저를 들다 말고 그것을 상위에 탁 놓으며 언성을 높였다. 여옥은 파르르 떨었다.

"말씀 안 하셔도 잘 알고 있어요. 제 딴에는 힘껏 알아 보고 있는 중이에요."

"그렇게 말하니까 할 말이 없군. 어려운 일이란 걸 잘 알고 있어. 그렇지만 어떻게든 알아내지 않으면 안 돼. 그놈은 틀림없이 내가 여기서 활약하고 있는 걸 알아낼 거야. 무서운 놈이 틀림없어."

"……"

"그 정보국장이란 놈을 구워삶을 수 없을까?"

여옥은 갑자기 대치의 외눈이 무섭게 느껴졌다. 지금까지는 한쪽 눈밖에 없는 그가 몹시 안쓰럽게 여겨졌었다. 그런데 지금은 그 하나밖에 없는 눈이 몹시 무섭게 보이는 것이었다.

"그놈한테 한번 가까이 접근해 봐. 미인계를 써서 접근하면 알아낼 수 있을 거야."

접근하라는 것은 무엇을 의미하는 것일까. 설마 육체를 제공하라는 것은 아니겠지.

여옥은 창문을 바라보았다. 어둠이 배인 창문 저쪽이 유난히도 허전해 보였다.

"미인계를 쓴다고 해서 내가 오해하지는 않을 거야. 그 점은 안심해도 돼."

여옥은 시선을 돌려 대치를 바라보았다. 어느새 그녀의 눈에는 눈물이 고여 있었다.

"무슨 말씀인지 전……잘 이해할 수 없어요."

대치의 표정이 일그러졌다.

"그 말을 이해하지 못하겠다는 거야? 내 입으로 꼭 말해야겠어?"

목소리가 다시 높아졌다. 여옥은 고개를 저었다.

"모르겠어요. 정말이에요."

"모를 리가 있나? 쉽게 말해서 그 아얄티란 자식을 손아귀에 넣고 주무르란 말이야. 남자들이란 한번 여자에게 반하면 있는 것 없는 것 다 털어놓으니까."

"그러니까……몸을 바, 바치라는 말씀인가요?"

목소리가 떨리고 있었다. 공포로 눈이 커지고 있었다.

"그래! 바로 그거야!"

대치는 고개를 끄덕였다. 그는 주저하지도 않고 단호하게 끄덕였다.

　대치를 바라보는 여옥의 눈에 눈물이 가득 고였다. 치맛자락을 움켜쥐고 있는 두 손이 떨리고 있었다. 입은 멍하니 벌어져 있었다.

　"그럴 수가……어떻게 그럴 수가……"

　흑하는 소리와 함께 두 손으로 얼굴을 감싸쥐고 흐느껴 울기 시작했다. 손가락 사이로 눈물이 방울방울 떨어져 내렸다. 가냘픈 어깨가 격렬하게 흔들리고 있었다.

　"다, 당신은……저를……사랑하지 않는군요!"

　중얼거리면서 흐느끼는 그녀를 대치의 외눈이 무섭게 노려보고 있었다.

　"그럴 줄 알았어! 오해하지 마!"

　"저는 몸을 지킬 자격도 없는 여자예요! 그렇지만 저는 지키고 싶어요! 왜냐고요? 저는 대운이의 엄마예요! 그리고 무엇보다도 당신의 아내예요! 저는 정숙한 엄마, 정숙한 아내가 되고 싶어요!"

　여옥은 대치의 무릎 위로 와락 쓰러졌다. 그리고 마구 흐느껴 울었다.

　"저를 사랑하지 않아도 좋아요! 저를 버리지만 말아 주세요! 시키는 대로 무슨 짓이나 하겠어요! 그렇지만 외간남자한테 몸을 바치는 짓은 할 수 없어요! 그 말씀 취소해 주세요! 잘못 말했다고 말씀해 주세요!"

　대치의 두 손이 그녀의 어깨를 움켜잡았다. 그는 여옥의 상체를 일으켜 흔들었다.

"이것 봐! 내 말을 그렇게 이해 못해?" 그래가지고 어떻게 내 아내라고 할 수 있어? 자기가 진정으로 남편을 사랑한다면 몸을 팔아서라도 남편을 구해야 하는 거야!"

"아니에요! 저는 당신을 사랑해요! 그렇지만 몸을 팔아서 사랑을 지킨다는 건 이해할 수 없어요! 그것은 사랑이 아니에요! 아무 것도 아니에요!"

"비켜!"

대치는 버럭 고함을 지르면서 여옥을 밀어젖혔다. 여옥의 몸은 힘없이 방바닥 위로 나뒹굴었다.

"네가 뭘 안다고 대꾸하는 거냐? 건방진 계집 같으니! 사랑만 찾다가 죽는 꼴을 보겠어?"

대치는 벌떡 일어났다. 무엇이라도 때려부수지 않고는 못 배겨날 것 같은 기세다.

"빌어먹을! 알아서 해!"

대치는 눈을 한번 휘번득하더니 문을 거칠게 열고 나가 버렸다. 계단을 울리는 소리, 대문을 열고 나가는 소리가 들려왔다. 그때까지도 여옥은 쓰러져 울고 있었다. 이번에는 그녀도 대치를 붙잡지 않았다. 승복할 수가 없기 때문이었다.

잠에서 놀라 깬 아기가 요란스럽게 울어대기 시작했다. 여옥은 방문을 닫고 아기를 품에 안았다. 눈물이 비오듯이 흘러내렸다. 아기를 보자 더욱 걷잡을 수 없이 눈물이 나왔다. 아기를 위해서도 슬퍼하지 말고 굳게 살아야 한다고 생각했지만 쏟아지는 눈물을 어떻게 주체할 수가 없었다.

아기는 칭얼거리며 젖을 먹고 나더니 다시 곧 잠이 들었다. 여옥은 울음을 그치고 한동안 우두커니 앉아 있었다. 갑자기 가슴이 텅 비면서 몸에서 힘이 빠져 나갔다. 마음이 그렇게도 허전할 수가 없었다.

자기도 모르게 밖에 귀를 기울이고 있었다. 혹시나 대치가 돌아오지 않나 해서였다. 대치가 다시 돌아오는 기척은 없었다. 그는 가버린 모양이었다. 아주 가버린 것일까. 그렇게 생각하자 갑자기 무서운 생각이 들었다. 그럴 리가 없다. 내일이면 돌아오겠지. 그러나 신혼 초에 이런 일이 일어나다니, 아무래도 내가 너무 부덕한 여자이기 때문이 아닐까. 부덕한 여자, 나는 부덕한 여자다.

적막한 밤이었다. 너무 고요해서 숨쉬기조차 거북할 정도였다. 고독이 뼈 속까지 스며드는 것 같았다.

마치 몽유병자처럼 그녀는 움직였다. 아래층으로 내려가 뜨락으로 나갔다. 겨울의 차가운 밤공기가 코끝을 시큰하게 했다. 뜨락 위에는 잔설이 덮여 있었다. 대문 쪽으로 다가가 문고리가 벗겨진 대문을 물끄러미 바라보았다. 남편은 잔설을 밟고 뜨락을 지나 대문 밖으로 나갔다. 이 추운 겨울밤에 어디로 가셨을까.

대문을 열고 밖으로 나가 보았다. 골목 위로 달빛이 하얗게 부서져 내리고 있었다. 어디선가 "약밥 사려어!" 하는 소리가 구슬프게 들려왔다. 골목 끝이 유난히도 허전해 보였다.

대치씨가 골목 끝에 나타난다면 달려가고 싶다. 달려가 안기고 울고 싶다. 제발 돌아와 주세요. 제가 잘못했어요. 왜 나가시려고만 하세요. 저보다도 아기를 생각해서라도 돌아와 주세요. 제발……부탁이에요.

힘없이 집으로 들어와 대문을 닫았다. 남편이 아무 때라도 들어올 수 있게 문고리를 그대로 벗겨둔 채 2층으로 올라갔다.

다시 우두커니 앉아 있다가 아무 의식 없이 백지와 펜을 꺼내놓고 그 위에 엎드려 편지를 쓰기 시작했다. 하림에게 쓰는 편지였다.

선생님.

고요한 밤입니다. 불현듯 선생님 생각이 나서 이렇게 편지를 씁니다.

날씨도 추운데 객지에서 얼마나 고생이 심하신가요. 저는 염려해 주시는 덕택에 잘 지내고 있습니다. 사령부에도 매일 나가고 있고 얼마 전에는 아얄티 중령님과 식사도 나누었습니다. 중령님은 저한테 잘해 주시고 계십니다.

선생님, 선생님께서 떠나신 이후 한시도 저는 선생님을 잊은 적이 없습니다. 시간이 흐를수록 선생님 생각이 나서 잠 못 이루는 밤이 자꾸만 늘어가고 있습니다. 제가 가장 걱정하는 것은 선생님께 혹시 위험한 일이 닥치지나 않을까 하는 점입니다.

선생님, 제발 위험한 짓은 하지 말아 주세요. 그런 일은 전쟁과 함께 모두 끝난 것이에요. 선생님이 계속 위험한 일을 하고 계신다는 건 정말 싫어요. 선생님, 제발 부탁이에요. 위험한 일일랑 내버려 두시고 하루빨리 돌아와 주세요. 따님이 선생님을 기다리고 있다는 걸 잊지 마세요.

 선생님, 선생님이 떠나시고 보니 제가 얼마나 선생님을 그리워하고 있는가를 깨닫게 되었습니다. 선생님을 그리워하는 저의 마음은 잘못된 것일까요. 일반적인 견해로 볼 때는 분명히 잘못된 것이겠지요. 그렇지만 그러한 견해에 지배받고 싶지 않아요.

 정말 그러고 싶지는 않아요. 이런 말을 하는 저는 나쁜 여자예요. 지아비와 자식까지 둔 여자가 이런 말을 하다니 저는 천벌을 받아 마땅하겠지요. 그러나 날이 갈수록 선생님이 보고 싶고 그리워 견딜 수 없으니 이를 어쩌면 좋을까요. 선생님, 용서해 주세요. 저를 실컷 꾸짖어 주세요.

 선생님, 이런 말씀을 드려야 할지 모르겠군요. 저는 요즘 그분과 매우 사이가 악화되어 가고 있답니다. 그럴려고 하지 않는데도 웬일인지 자꾸만 사이가 나빠지고만 있습니다. 그분은 지금 좌익 관계의 일을 보고 있답니다. 그래서 저한테 필요한 정보를 요구하곤 해요. 제가 미군 정보국에서 일하고 있기 때문에 그런 것이겠지요.

 아내로서 마땅히 저는 그분의 일을 도와드려야 옳다고 생각해요. 그러나 그분의 요구가 정당한 것이 못 될 때는 어떻게 해야 하나요. 제가 근무처에서 귀중한 정보를 빼내는 것은 일종의 도둑질이겠지요. 그리고 그것은 저에게 평생 잊을 수 없는 은혜를 베풀어 준 선생님과 아얄티 중령님에 대한 배반이겠지요.

 아, 선생님, 그런 줄 알면서도 저는 귀중한 정보를 꺼내오고 말았습니다. 그분의 요구를 들어주지 않으면 그분을 잃게 되기 때문이었어요. 그분으로부터 버림을 받는다면 저는 더 이상 살 수 없을 것 같아요. 제가 준 정보로 그분은「무인도의 동백꽃」이라는 암호명을 알아냈고 평양에서 미군 스파이가 활약하고 있는 것도 알아냈어요. 그분은 저에게 그 암호명의 정체를 알아내라고 했어요.

 선생님, 저는 그만 알아내고 말았어요. 바로 선생님이「무인도의 동백꽃」이라는 것을 알아내고 말았어요. 그렇지만 저는 차마 그 사실을 그분에게 알려드리지 못했어요. 그분은 그 때문에 화를 내고 나가 버렸어요. 선생님 어떡하면 좋을까요. 죽는 한이 있어도 저는 선생님을 배신할 수 없어요. 선생님, 용서해 주세요. 이대로 가다가는 저는 끝내 돌이킬 수 없는 죄악을 저지를 것만 같아요. 그러나 선생님을 배신하지는 않겠어요. 선생님······

 여기까지 정신없이 쓰고 난 여옥은 갑자기 편지를 구겨쥐고 일어났다. 자신의 모습을 거울에 비춰 보았다. 더없이 추해 보였다. 보지 않으려고 불을 껐다. 그리고 발작적으로 편지를 갈갈이 찢었다.

또 눈물이 나왔다. 눈물을 삼키면서 창가로 다가갔다. 창문에 얼굴을 대고 밖을 내다보았다. 섬뜩하도록 차가운 느낌이 전신에 퍼져갔다. 얼어붙은 창문을 손바닥으로 쓰다듬었다.

초생달이 맞은편 산 위에 걸려 있었다. 눈물을 닦고 물끄러미 달을 바라보았다. 갑자기 달이 창가로 다가왔다. 창문을 깨고 밖으로 뛰쳐나가 달을 붙잡고 싶었다. 바람에 나뭇가지가 흔들리는 것이 보였다. 산다는 것은 무엇일까. 비로소 삶에 대한 회의가 가슴속으로 스며들어왔다. 모든 것이 허망스러웠다.

창가에 붙어 서서 정신없이 어둠을 바라보고 있자니 어둠이 흐르는 소리가 들리는 듯했다. 한 시간이 지나고 두 시간이 지났다. 그때까지도 그녀는 창가에 붙어서 있었다. 남편을 기다리고 있는 것이다. 그러나 남편은 돌아오지 않았다.

날이 뿌우옇게 밝아오기 시작했지만 남편은 끝내 나타나지 않았다. 그녀는 무릎을 꺾으며 창가에서 무너져 내렸다.

벽에 등을 대고 무릎 위에 얼굴을 묻었다. 모든 것이 우르르 우르르 소리를 내며 무너져 내리는 소리가 들려오고 있었다. 이것으로 결혼생활은 끝난 것이다. 아니다. 그럴 리가 없다. 그래서는 안 된다! 절대 그래서는 안 된다!

머리를 흔들었다. 머리칼이 마구 헝클어졌다. 얼어붙은 듯 움직이지 않는다. 그이는 돌아올 것이다. 화가 나서 나갔으니까 곧 돌아올 것이다. 부부싸움은 칼로 물 베기라고 하지 않는가.

하림에게 쓰다가 찢어 버린 편지조각들이 허옇게 방에 널려 있었다. 그것을 쓸어모으며 다시 눈물을 뿌렸다.

꼬박 밤을 새우고 난 그녀는 더욱 창백했다. 부엌으로 나가 밥을 지었다. 남편을 위해 짓는 밥이었다.

밥상을 차려 윗목에 놓고 밥은 식지 않도록 이불 속에 묻어놓았다. 그리고 자신은 식은 밥을 물에 말아 먹었다. 식사하고 싶은 마음이 조금도 없었지만 아기를 위해 억지로 밥을 먹었다. 어미가 쓰러지면 제일 먼저 해를 입는 것이 자식이다. 자식을 위해서는 건강해야 한다고 다짐하면서 그녀는 밥을 씹지도 않고 목으로 넘겼다.

출근하기 전에 남편에게 편지를 써두는 것을 잊지 않았다.

"용서해 주세요. 제가 잘못했으니 돌아와 주세요. 대운이를 봐서라도 돌아와 주세요. 부탁이에요. 당신이 돌아오실 때까지 기다리고 있겠어요. 추운 밤에 나가시다니 저는 지금 가슴이 찢어지는 것만 같아요. 오시거든 진지부터 드세요. 밥은 이불 속에 묻어두었어요. 국은 난로에 데워 잡수세요."

아기를 아래층 노인에게 맡기고 밖으로 나왔다. 잔설이 덮인 거리를 조심스럽게 걸어가면서도 남편 생각이 떠나지 않았다.

사령부에 출근해서 타이프를 치면서도 대치 생각에 골똘했다. 그 바람에 자꾸만 틀린 글자가 나와 같은 것을 몇 번씩이나 다시 쳐야했다.

하루를 그렇게 꼬박 남편 생각을 하면서 보낸 그녀는 일과가 끝나자마자 바로 집으로 뛰어왔다. 그리고 밥상이 그대로 놓여져 있는 것을 보고는 쓰러질 듯 비틀거렸다.

밤이 되어도 대치는 돌아오지 않았다. 여옥은 선잠을 자다가 놀라 깨어나 주위를 두리번거리곤 했지만 대치의 모습은 어디에도 보이지 않았다. 그녀는 몽유병자처럼 서재로 건너가 방문을 열어보기까지 했다.

날이 새고 이틀째가 되었다. 그녀는 출근하지 않았다. 하루 종일 남편만 기다렸다. 이틀째에도 대치는 돌아오지 않았다. 그 다음 날도 여옥은 직장에 나가지 않았다. 남편은 역시 돌아오지 않았다.

저녁때 아얄티 중령이 그녀를 찾아왔다. 여옥은 몸이 불편해서 못 나갔다고 변명했다.

"푹 쉬다가 나와요. 염려하지 말고."

아얄티는 걱정스런 얼굴로 돌아갔다.

그날 밤도 여옥은 대문을 잠그지 않은 채 밤이 깊도록 대치를 기다리고 있었다. 자정이 지났을 때였다. 2층 창가에 서서 대문 쪽을 바라보고 있는데 누가 안으로 들어서는 것이 보였다. 여옥의 눈이 커졌다.

조금 후 그녀는 2층 계단을 구르듯이 달려 내려갔다. 남편이 돌아온 것이다. 그러나 막상 대치와 부딪치자 그녀는 그의 품으로 달려들지 못하고 못 박힌 듯 그 자리에 서 버렸다. 무엇인가 그녀 앞을 가로막는 것이 있었던 것이다.

대치 역시 멈춰서 있었다. 그녀를 강렬히 쏘아보고 있었다. 그러나 이내 뚜벅뚜벅 다가와 그녀를 품에 안았다. 그제서야 여옥은 그의 가슴에 얼굴을 묻으면서 울음을 터뜨렸다.

"기다렸어요……기다렸어요……안 오시는 줄 알았어요……."

"미안해. 내가 너무 무리한 부탁을 했어. 자, 들어가자."

며칠 동안의 긴장이 풀리는 바람에 그녀는 곧 쓰러질 것 같았다. 대치의 품에 안겨 2층으로 올라오면서 그녀는 비로소 슬픔이 가시는 듯했다.

"퇴근시간 전에 사령부로 전화를 걸었더니 출근하지 않았다고 하더군."

여옥은 대치의 품속으로 더욱 파고들었다.

"일이 손에 잡히지 않아 나갈 수가 없었어요."

"그러면 되나. 직장에는 충실히 나가야지."

"안 계시니까 사는 것 같지가 않았어요."

"미안해."

대치의 입이 그녀의 입술을 덮쳤다. 여옥은 숨을 몰아쉬면서 겨우 말했다.

"앞으로는……제발 나가지 말아요.……아기가 불쌍해요……."

대치는 고개를 끄덕이면서 그녀의 옷을 벗겼다. 여옥은 벌거벗긴 채 누워서 창가에 다가와 있는 달을 바라보았다. 초생달이 어느새 반달로 변해 있었다. 대치가 충격을 가해 올 때마다 달이 흐트러지곤 했다. 그녀는 대치와 같은 감정을 갖기 위해 그의 육중한 몸을 열심히 받아들이고 있었다. 그러나 웬일인지 애역이 일지 않고 있었다. 마음은 엉뚱하게도 허공을 맴돌고 있었다. 이상한 일이었다.

대치는 땀을 뻘뻘 흘리며 한바탕 몸부림치고 나더니 언제나처럼 일어나 앉아 담배를 한 대 피웠다. 그때의 그의 모습은 아주 만족스러워 보이는 것이었다.

한참 후 그는 무엇인가 꺼내놓았다. 여옥은 잠옷을 입은 다음 그것을 들여다보았다. 거기에는 「북조선공산당 입당원서」라고 씌어 있었다.

"당신 공산당에 가입하도록 해. 나도 공산당에 가입했으니까 당신도 마땅히 해야 해. 그렇게 되면 우리는 혁명가정이 되는 거야."

여옥은 망설였다. 무엇인가 불길한 예감 같은 것이 머리를 스치고 지나갔다. 그러나 남편이 가는 길이라면 자신도 따라갈 수밖에 없다는 생각에 그녀는 그 불길한 예감을 지워 버리려고 애를 썼다.

"특별지시가 내려왔어. 그만큼 당신을 중요하게 생각하고 있는 거야."

여옥은 남편이 무슨 말을 하고 있는지 얼른 이해가 가지 않았다. 다만 남편이 자기를 나쁜 길로 유인할 리가 없다는 생각에 그가 내미는 만년필을 받아들었다.

죽음의 손

 춥고도 긴 겨울이 계속되고 있었다. 시국이 사람들의 마음을 더욱 어둡고 춥게 만들어 주고 있었다. 해방의 기쁨도 사라지고 어느새 사람들의 가슴속에는 불안과 회의가 싹트고 있었다. 조그만 국토는 양분되어 점점 고착화되어 가고 있었고 독립국가 수립은 날이 갈수록 어려워지고만 있었다.

 그런 가운데 모스크바 삼상회의 결정을 실행하기 위한 미·소 공동위원회 예비회담이 1월 16일부터 서울에서 개최되었다.

 반탁의 물결은 여전히 계속해서 거리를 휩쓸고 있었다. 좌익은 거기에 질세라 찬탁의 깃발을 높이 쳐들고 나왔다. 예비회담에 대처해서 우익진영은 비상국민회의(非常國民會議) 결성을 서둘렀고 공산당은 반파쇼 공동투쟁위원회를 조직했다.

 정국이 미묘하게 치닫고 있는 가운데 예비회담은 간신히 남북한 우편물 교환과 본회의 종결 1개월 후에 과도정부를 수립할 것을 합의하고 막을 내렸다.

 얼마 후에 덕수궁에서 본회의가 열렸다. 미국측 대표는 A·V·아놀드 소장이었고, 소련측은 T·F·스티코프 중장이 맡고 있었다. 회의는 처음부터 벽에 부딪쳤다. 스티코프가 지연작전을 쓰기 시작한 것이다.

"모스크바 협정을 반대하는 정당이나 단체, 혹은 개인과는 협의할 수 없다."

이것은 우익진영으로서는 폭탄선언이나 다름없었다.

얼마 후에 공동 코뮤니케 제5호가 발표되었다.

"우리는 조선에 관한 모스크바 협정 제1항에 서술된 바와 같은 목적을 지지할 것을 선언한다. 즉 독립국으로서의 조선의 재건, 민주주의 원칙에 의거한 국가발전을 위한 제 조건의 설정과 오랫동안 계속되었던 일본의 통치로 인한 파괴적 결과의 조속한 제거, 또 우리는 조선 임시정부수립에 관한 모스크바 협정 제2항의 실행에 있어서 공동위원회의 결정을 준수할 것이다. 또 우리는 공동위원회가 조선 임시정부와 같이 모스크바 협정 제3항에 표시된 방법에 관한 제의를 작성하는데 참가함으로써 정부수립에 협력할 것이다."

소련측은 이 선언에 서명한 단체나 개인만이 공동위원회와 협의할 수 있다고 못을 박았다.

우익진영의 분노는 절정에 달했다. 국민들은 공동위원회를 반대하는 시위를 벌이기 시작했고 전 민족진영은 공동위원회를 거부하고 나섰다. 이에 소련측은 우익진영을 모두 반동분자로 몰아붙였다. 우익진영을 공동위원회 협의단체로 옹호하고 나선 미국측은 38선의 즉각적인 철폐를 요구하고 나섰다. 그러나 소련측은 그것을 단호하게 거부하고 마침내 평양으로 돌아가고 말았다.

결국 미·소 공동위원회는 문제에 접근하지도 못한 채 격론만 벌이다 무기 휴회로 들어가고 만 것이다. 이것은 소련 측의 계획적인 방해로 그렇게 된 것이다. 무기 휴회로 시간을 번 소련측은 그 동안, 북한이 북조선 임시 인민위원회를 조직하여 공산당 일색으로 정권 태세를 갖추고, 거기에 발맞추어 토지개혁을 실시하고 중요산업의 국유화를 시도해 나갔다.

소련측이 이렇게 나간데 반해 미군정은 날이 갈수록 혼란의 와중에 휩쓸려 들어가고만 있었다. 그 가장 근본적인 원인은 군정 책임자의 우유부단함에 있었다.

하지 사령관은 좌익에 대해 적대감을 가지고 있지 않았다. 오히려 호기심을 느끼고 있는 터였다. 그래서 신탁통치를 결사반대하는 김구, 이승만 등 우익진영의 움직임을 미군정에 대한 도전으로 보고 있을 정도였다.

하지의 기본정책은 모스크바 협정을 토대로 좌우합작에 의한 연립정부를 세우는 것이었다. 그러나 그의 이러한 구상은 처음부터 난관에 부딪치고 있었다. 특히 이승만을 중심으로 한 민족세력이 강한 반발을 보여 주고 있었던 것이다. 이 점에서 하지와 이승만은 팽팽히 대결했다. 물론 하지로서는 좌익에 어느 정도 호기심은 느끼고 있으되 미국무성의 방침에 따라 좌익보다는 우익진영에 더 밀착해야 한다는 것을 알고 있었다. 그러나

뜻대로 되지 않고 날이 갈수록 우익진영과는 마찰이 심해지고 있었다.

그렇다고 우익진영을 묵살하고 좌익만을 상대할 수도 없었다. 그렇게 되면 소련의 야욕을 도와주는 것이고 결국은 한반도 전체를 적화시키는 것이 되기 때문이었다.

이러한 마찰 속에서 득을 보는 것은 결국 좌익이었다. 좌익은 우익진영과 미군정과의 마찰을 최대한 이용했다. 신탁통치를 지지하고 미군정을 추켜세우면서 세력확장에 전력을 기울여 나갔다.

그러나 미·소 공동위원회 본회의의 결렬을 고비로 그때까지 순풍에 돛단 듯 치달리던 박헌영의 조선공산당은 갑자기 우익진영의 강력한 반격을 받고 주춤하지 않을 수 없었다. 공산당에 비해 우익진영은 강력한 통합세력을 구축하지 못한 채 사실상 분쟁상태에 빠져 있었다고 보는 것이 옳았다. 그것이 모스크바 협정을 고비로 전 우익진영으로 하여금 탁치반대라는 슬로건 밑에 뭉치게 한 것이다. 미·소 공동위원회가 발표한 코뮤니케 제5호는 전국민을 분노케 하기에 충분한 것이었다. 분노의 화살은 당연히 조선공산당으로 향했다.

그때까지 공격적이고 정치무대를 휩쓸어오던 공산당은 빗발치는 여론에 당황하지 않을 수 없었다. 허위와 기만성, 그리고 소련측의 지령대로 움직이고 있다는 것이 백일하에 드러나자 공산당은 공세를 버리고 수세로 돌아갔다. 이른바 퇴각전술을 취한 것이다.

대치는 조선공산당의 그러한 불리한 입장을 즉시 평양에 보고했다.

평양의 소련군사령부에서는 즉시 이에 대한 대책회의가 열렸다. 마프노는 36인의 공작조와 비밀회의를 가진 뒤 거기에 자신의 분석평가를 가한 보고서를 본국과 사령부 책임자에게 제출했다. 극비라는 주서가 찍힌 그 보고서 내용은 대강 다음과 같았다.

△ 정세

① 이승만과 하지는 정책문제에 있어서 매우 대립적임. 이승만에 비해 김구는 카리스마적 위력이 적은 반면 극우적 노선을 추구하고 있지 않아 하지와 접근할 가능성이 많음.

② 이승만은 미국무성과 직접적인 관계를 맺고 있음. 따라서 하지가 궁지에 몰릴 가능성이 크다고 볼 수 있음.

③ 이승만이 미국무성의 적극적인 지지를 받을 경우 조선공산당의 장래는 매우 위태로울 것으로 사료됨.

④ 이승만은 조선공산당과의 대화를 무조건 반대하는 극우적인 인물로서 그가 집권할 경우 공산당을 불법화할 것은 의심할 나위 없음.

⑤ 조선공산당이 약세로 몰린 주된 이유는 이승만을 중심으로 한 반동세력때문임.

△ 대책

① 미국무성을 등에 업고 강력한 세력자로 등장할 이승만을 제거하지 않을 경우 박헌영을 비롯한 조선공산당원들은 머지 않아 지하로 잠적하지 않을 수 없게 될 것임.

② 조선공산당에서 활로를 열어 주기 위해서는 이승만을 제거하는 것만이 가장 좋은 방법임.

③ 이승만 제거를 위해서는 소수의 공작원만으로도 작전이 가능함.

사흘 후 밤 9시경 최대치는 한강 인도교로 나갔다. 눈보라가 치고 있는 밤이었다. 가로등 불빛도 희미했다. 왼쪽 난간 중간쯤에 기대서서 시계를 들여다보았다. 9시가 막 지나고 있었다. 그때 캡을 눌러쓴 한 사나이가 저쪽에서 급히 다가왔다.

"담뱃불 좀 빌릴까요?"

대치는 말없이 성냥을 꺼내 주었다. 사나이는 몸으로 바람을 막고 서서 담배에 불을 붙였다.

"이런 밤에 시베리아 특급을 타고 대륙을 횡단하면 멋있겠는데요."

사나이가 성냥을 돌려 주면서 말했다. 대치는 상대를 쏘아보았다.

"평양에서 오셨군요?"

"그렇습니다, 최동무."

그들은 딱딱한 자세로 악수를 나누었다. 택시가 왔다. 대치는 그와 함께 차에 올랐다.

얼마 후 아지트로 돌아온 그는 사나이가 꺼내 주는 밀서를 들여다보았다.

△ 수신 = 시베리아 특급
△ 발신 = S
△ 내용
① 이승만을 제거하라.
② 작전암호명은 「고래잡이」
③ 「고래잡이」에 필요한 것은 즉시 연락하라.

대치와 두 사람의 시선이 뜨겁게 부딪쳤다. 대치는 밀서를 불에 태웠다.

평양에서 밀파된 사나이는 주영수(朱永洙)라고 했다. 나이는 서강천과 비슷한 30대였고 중키에 미남형이었다. 눈빛이 조용하면서도 차가워 보였다. 사격의 명수라고 했다.

대치는 묵묵히 담배만 피워댔다. 너무 엄청난 일을 앞에 두고 그는 아직 머리 속이 정리되지 않고 있었다.

상대는 너무 어마어마한 인물이다. 어마어마해서 암살을 기도한다는 것 자체가 어리석고 허황된 일로 생각되었다. 그러나 명령은 떨어졌다. 명령을 거역할 수는 없다. 명령을 거역하려면 당을 떠나야 한다. 당을 떠난다는 것은 혁명을 포기하는 것이다. 그럴 수는 없다. 혁명을 포기한다는 것은 생존을 포기하는 것이나 다름없다.

문득 이번 일이야말로 자신이 출세할 수 있는 좋은 기회라는 생각이 들었다. 성공하면 혁명의 영웅이 되는 것이다.

이승만이 아무리 민족주의자이고 일제시 독립운동을 했다고 하지만 혁명 수행에 방해가 된다면 마땅히 제거해야 옳은 것이다. 하찮은 송사리를 상대하기보다는 이승만 같은 거물을 상대하는 편이 오히려 낫다.

가슴속에서 뜨거운 것이 치밀어 올랐다. 가슴이 부글부글 끓었다. 그는 담배를 비벼 끄고 나서 두 사람을 바라보았다.

"자신 있나요?"

"글쎄, 해 봐야지."

서강천이 두려워하는 듯한 표정으로 말했다.

주영수는 대꾸를 하지 않았다. 대치가 눈으로 쫓자 그는 겨우 이렇게 말했다.

"사정거리 내에서 정지해 있기만 한다면……충분히 사살할 수가 있습니다."

"이번 작전은 매우 중요한 겁니다. 조선공산당의 사활이 걸린 문제라고 볼 수 있습니다. 그런 만큼 무슨 수단을 써서라도 성공하지 않으면 안 됩니다."

"이 인원 가지고는 부족하지 않을까요?"

서강천이 우려하는 빛으로 말했다. 대치는 손을 흔들었다.

"소수정예주의 라는 말이 있지 않습니까? 수가 많으면 오히려 비밀이 샐 우려가 많습니다. 이 수로도 얼마든지 가능하다고 생각합니다."

"박헌영 선생께 알리지 않아도 될까요?"

"알려서는 안 됩니다. 이것은 평양에서 직접 우리한테 내려온 명령입니다. 아는 사람이 많을수록 비밀이 샐 가능성이 많으니까 박헌영 선생께는 알리지 않는 게 좋겠습니다."

"그럼 어떤 식으로 이승만을 제거해야 할까요?"

서강천은 이런 일은 처음인 듯 대치의 얼굴만 쳐다보았다. 그에 비해 경험이 많은 대치는 이미 머리 속에 하나의 계획을 세워나가고 있었다.

"제일 먼저 해야할 일은 이박사의 동태와 경호상태를 알아내는 일입니다. 그걸 알아낸 뒤에 구체적인 작전을 세우도록 합시다. 그렇지 않고는 작전을 세울 수가 없습니다."

"그렇겠군요."

서강천이 고개를 끄덕인데 이어 이번에는 주영수가 물어왔다.

"이박사는 지금 어디서 기거하고 있나요?"

"돈암장(敦岩莊)에 있습니다. 내일부터 돈암장을 감시해야 합니다."

무서운 음모였다. 나라의 운명이 뒤바뀔지 모를 음모였다.

이튿날 11시쯤 세 사람은 이승만이 묵고 있는 돈암장으로 나갔다.

돈암장은 약간 높은 지대에 위치해 있는데 주위에 수목이 들어차서 저택 내부가 잘 보이지 않을 정도였다. 여름이 되어 잎

죽음의 손 · 279

이 무성해지면 완전히 수목에 싸여 아무 것도 보이지 않을 것 같았다.

대치는 돈암장 대문이 빤히 보이는 골목 입구에 서 있었다. 고급 주택가여서 주위는 사람의 왕래가 별로 없이 조용했다. 좀 아래쪽에는 서강천이 서 있었다. 주영수는 저쪽 큰길 가에 서 있었다.

날씨가 몹시 추웠기 때문에 가만히 서 있기가 고통스러웠다. 대치는 자주 몸을 움직였다.

12시가 조금 지났을 때 돈암장 대문이 삐걱이며 활짝 열렸다. 이윽고 안으로부터 검은 승용차 한 대가 미끄러져 나왔다.

대치의 눈에 먼저 띈 것은 허연 백발이었다. 뒷자리에 이승만이 타고 있었다. 그 옆에 중년 신사가 앉아 있었고 운전석 옆자리에도 젊은 신사가 한 사람 앉아 있었다.

차는 천천히 지나갔다. 이승만이 중절모를 머리에 얹는 것이 얼핏 보였다. 회색 두루마기 차림이었다.

대치는 급히 골목에서 벗어나 아래쪽을 향해 손을 흔들었다. 골목에 숨어 있던 서강천과 주영수가 밖으로 뛰어나와 차를 따라갔다.

이승만이 탄 승용차는 일단 차도로 나오자 갑자기 속력을 내어 달려가기 시작했다. 자객 세 명은 길가에 서서 멀리 사라지는 승용차를 바라보았다. 이윽고 차가 보이지 않자 대치는 주영수에게 물었다.

"차가 골목에서는 매우 느리게 가던데 가능할 것 같은가요?"

"가까이 접근해서 쏘면 가능합니다."

주영수는 목에 힘을 주면서 대답했다. 대치는 주머니 속에 들어 있는 권총을 만지작거렸다.

"이박사는 항상 뒷자리에 앉아 있을 겁니다. 그러니까 차 뒤로 접근해서 쏘면 쉬울 겁니다."

그것은 일차적인 점검이었다. 따라서 완벽을 기하기 위해서는 여러 가지 가능성을 알아볼 필요가 있었다.

대치가 두번째로 생각한 것은 돈암장 안으로 직접 침투하는 일이었다.

그날 밤 대치는 혼자서 돈암장 앞에 다시 나타났다. 대문은 출입하는 차량으로 자주 열리고 있었다. 우익진영의 중심 인물인 만큼 방문객이 끊이지 않고 있었다.

대문이 열릴 때 얼핏 보니 입구 오른쪽에 수위실까지 있었고 총을 든 사내들이 방문객들을 일일이 조사하고 있었다.

추운 밤이었다. 밤이 깊었는데도, 돈암장에는 방문객은 줄을 잇고 있었다.

아지트로 돌아온 대치는 동지들에게 상황을 설명했다.

"돈암장으로 직접 침투해서 해치운다는 건 어려울 것 같습니다. 감시가 심하고 방문객이 줄을 잇고 있어서 어렵습니다. 내일 다시 한번 가보기는 하겠지만 쉬울 것 같지가 않습니다."

이때만 해도 경호가 철벽 같지는 않았다. 암살에 대비한 경호 기술이 아직 발달되지 않고 미숙한 단계에 머물러 있었다. 따라서 마음만 먹으면 혼자서도 얼마든지 정객을 살해할 수 있는 시대였다. 현준혁과 송진우가 모두 어이없이 암살당한 것이 그것을 여실히 증명해 주고 있었다.

암살과 테러가 횡행하는 불안한 시대였다. 이승만과 김구 같은 지도적인 인물들은 역시 자객의 칼을 항상 염두에 두고 있었다. 암살 사건이 터질 때마다 주위의 권고도 있고 해서 그들은 경호를 강화해 나가고 있었다. 그러나 항상 대중과 마주쳐야 하는 그들로서는 언제 어디서 총알이 날아올지 몰라 내심 불안을 느끼지 않을 수 없었다.

경호가 강화되었다고는 하지만 침투할 수 있는 허점은 많았다. 대치도 그것을 알고 있었다. 돈암장으로 침투해서 암살할 수는 있다. 그러나 도망치는 게 문제다. 자객은 도주로를 확보한 뒤에 거사에 임해야 하는 것이다.

자폭을 각오한다면 문제는 간단하다. 그러나 상대를 죽이고 자신도 죽는다는 것은 아무 의미가 없다. 자신이 죽은 뒤에 영웅으로 추모되는 것은 무가치한 일이다. 그런 짓은 하고 싶지 않다.

세 사람은 권총을 꺼내놓고 기름걸레로 닦았다. 언제 어디서 일이 터질지 모르기 때문에 손질을 해둘 필요가 있었다. 세 자루 모두 45구경이었다.

손질을 끝낸 그들은 밖으로 나와 삼청동 쪽으로 걸어갔다. 자정이 지난 밤거리는 이미 인적이 끊겨 조용했다. 어느새 눈이 내리고 있었다.

비탈길을 한참 오르자 숲이 나타났다. 그들은 숲을 헤치고 안으로 깊숙이 들어갔다. 대치가 먼저 멈춰 서서 허공을 향해 권총을 발사했다. 탕 하는 총소리에 숲과 어둠이 뒤흔들렸다. 가슴을 메우고 있던 답답함이 일시에 풀리는 기분이었다.

다시 방아쇠를 잡아당겼다. 이어서 서강천과 주영수가 총을 쏘았다.

탕!

탕!

탕!

그들은 총알이 모두 없어질 때까지 방아쇠를 당겼다. 불발은 하나도 없었다. 모두가 성능이 좋은 권총을 들고 있었다. 한마디로 무법자들이었다. 메아리 되어 들려오는 총소리 때문에 숲속은 한동안 요란하게 흔들렸다.

이 추운 겨울밤에 총소리를 듣고 숲속까지 달려올 사람은 아무도 없었다. 경찰마저 외면할 것이라는 것을 그들은 잘 알고 있었다. 치안이 아직 자리잡히지 않았기 때문에 무법자들이 활약하기에는 아주 좋은 시대였다.

내려오는 길에 그들은 요정에 들러 술을 마셨다. 거사를 앞두고 있는 만큼 그전에 긴장을 풀어둘 셈이었다.

기생들과 어우러져 그들은 노래를 불렀다. 술이 몇 순배 돌자 대치는 거칠게 여자를 대했다.

"최형은 좋겠어. 예쁜 마누라까지 있고 말이야. 오랜만에 나는 여기서 몸이나 풀다 가야겠어. 최형은 마누라가 기다릴 테니까 이젠 가보지."

대치는 외눈으로 서강천을 쏘아보았다.

"나도 오늘밤 여기서 몸 좀 풀겠소이다."

방안에 웃음이 터졌다. 그러나 대치는 웃지 않았다. 서강천은 계속 비아냥거렸다.

"마누라가 토라지면 어떡하려고 그래? 나 같으면 그렇게 예쁜 마누라 떼어놓고 외박하지는 않겠는데……"

"예쁘긴 뭐가 예뻐."

대치는 기생의 저고리 밑으로 손을 쑥 집어넣어 젖가슴을 만져댔다. 기생은 몸서리치면서 물러앉았다. 그럴수록 대치는 바싹 다가앉아 여자의 허리를 끌어안았다.

"굶주린 늑대 같군."

"마누라 하나 가지고는 모자랍니다."

다시 웃음이 터졌다.

대치는 밤새 술을 마시다가 새벽녘에야 겨우 기생을 끌어안고 잠이 들었다. 여옥이 집에서 뜬눈으로 그를 기다리고 있을 것을 모르는 바 아니었다. 그러나 그것은 단지 잠깐 머리를 스치는 생각에 불과했다.

아침 늦게 잠이 깨어 집에 돌아가니 여옥은 수척한 모습으로 그를 기다리고 있었다. 그녀는 무슨 일로 외박했느냐고 묻는 법이 없었다. 단지 남편이 별일 없이 귀가한 것을 다행으로 생각하는 것이었다.

밤이 되어 대치는 다시 돈암장으로 나갔다. 이번에는 담으로 기어올라 안을 들여다보았다. 돈암장은 한옥이었다. 이승만은 일본식 집이 싫어 한옥을 택한 것이다.

담위에 바싹 엎드려 안을 들여다보고 있는데 갑자기 송아지만한 개가 그를 향해 짖어대기 시작했다. 조금 있자 이번에는 더 큰 개가 달려와 담밑에서 그를 보고 울부짖었다.

감시원들이 그가 있는 쪽으로 총을 겨누며 뛰어왔다. 대치도 담에서 뛰어내려 골목으로 줄달음쳤다.

돈암장으로 숨어든다는 것은 어려운 일이다. 그는 두번째 방법을 포기했다.

다음날은 일요일이었다. 대치는 동지들과 함께 다시 돈암장으로 나갔다. 이번에는 자전거까지 한 대 준비하고 있었다.

12시 가까이 되자 돈암장 문이 열리고 이승만이 탄 검은 승용차가 미끄러져 나왔다. 대치는 즉시 자전거를 타고 차를 따르기 시작했다.

자전거를 바싹 차 뒤에 들이대고 권총을 발사하면 별로 어려울 것 같지가 않았다.

차가 속력을 내자 대치도 자전거의 페달을 힘차게 밟아댔다. 이박사가 탄 승용차는 종로를 경유해서 곧장 광화문으로 향했다.

얼굴에 와 부딪치는 겨울바람이 차가웠다. 그는 고개를 숙이고 엉덩이를 들어올렸다. 모자를 깊이 눌러썼다.

얼마 후 이승만이 탄 승용차는 어느 교회 앞에서 정거했다. 정동교회(貞洞敎會) 앞이었다. 이승만은 두 명의 경호원 사이에 서서 안으로 들어갔다.

어느새 사람들이 몰려와 손을 흔들고 박수를 쳤다. 이승만은 그들을 향해 모자를 벗어 흔들었다.

이박사가 안으로 들어가고 난 뒤 대치는 자전거를 끌고 교회 정문으로 들어갔다. 자전거를 구석에 세워놓고 안으로 들어가니 이박사가 여러 사람들과 악수를 나누고 있는 것이 보였다. 그 중의 대부분이 유명한 사람들이었다. 하지 사령관을 비롯한 미군 장성들의 얼굴도 보였다.

이승만은 하지와 냉랭한 악수를 교환한 뒤 곧 중간쯤 되는 자리에 앉았다. 그 뒤쪽에 경호원 두 명이 바싹 붙어 앉는 것이 보였다.

예배가 막 시작되고 있었다. 대치는 안으로 들어가 이승만 쪽으로 접근했다. 빈 자리가 없는 것을 억지로 사람들 사이에 끼어 앉자 옆자리의 신사가 얼굴을 찌푸렸다.

"죄송합니다."

대치는 정중히 사과한 다음 앞을 바라보았다. 이승만의 허연 머리가 바로 수 미터 앞에 떠 있었다. 갑자기 일어나 권총을 발사하면 사람들은 처음에는 영문을 몰라 어리둥절해 할 것이다. 총소리에 대부분의 사람들이 의자 밑으로 기어들어 갈 것이다. 이승만이 쓰러지는 것을 보면서 나는 유유히 밖으로 나온다. 가능한 일일까.

그는 호주머니 속에 들어 있는 권총자루를 움켜쥐고 몸을 부르르 떨었다. 전율이 전류처럼 몸을 스치고 지나갔다. 백발백

중 맞힐 수 있는 거리다. 그러나 할 수가 없다. 안전하게 도망칠 수 있는 자신이 없다.

목사의 기도가 끝나자 찬송가 소리가 장내를 울렸다. 입을 꾹 다문 채 이승만의 뒷머리만 노려보았다. 사람이 너무 많다. 시선을 조금 들었다. 십자가가 보였다. 십자가에 못 박힌 예수의 상도 보였다. 불쾌한 생각이 들었다. 빌어먹을.

허리를 굽히고 조용히 빠져나왔다. 어쩐지 이승만의 모습이 손에 잡히지 않고 자꾸만 안개 속으로 사라지는 것만 같은 생각이 들었다. 역사적인 인물, 역사를 뒤바꿔 놓을 수 있는 인물을 암살한다는 것은 쉬운 일이 아닐 것이다. 자전거를 타고 아지트로 돌아왔다. 서강천과 주영수가 몹시 궁금해 하며 물어왔다. 대치는 고개를 설레설레 흔들었다.

"정동교회에서 예배를 보고 있는데 사람이 많아서 거기서는 힘들 것 같아요. 정지해 있기 때문에 명중시킬 수는 있는데 도주로가 봉쇄될 가능성이 많아요. 누가 한 사람 희생을 각오하고 덤벼들면 몰라도 그렇지 않으면 거기서는 불가능해요."

감히 자기가 희생되겠다고 나서는 사람은 아무도 없었다.

"더 좀두고 봅시다. 좋은 기회가 나타날 때까지……"

서강천의 말에 대치는 대꾸하지 않은 채 담배를 피워 물었다.

평양의 겨울은 유난히도 추웠다. 두터운 오버를 입고 있어도 몸이 절로 떨려왔다. 눈은 사흘거리로 내렸다. 쌓인 눈 위에 또 눈이 쌓이곤 하는 바람에 사람의 손이 가지 않은 곳은 숫제 빙판이 되어 미끄러웠다.

하림은 두터운 오버 차림에 목도리를 두르고 밖으로 나왔다. 어깨를 웅크리고 호주머니에 두 손을 찔렀다. 아침부터 그의 머리 속은 바쁘게 움직이고 있었다. 그것은 지난 며칠 사이에 갑자기 변해진 특무대 분위기 때문이었다.

모두가 긴장에 싸여 있는 듯했다. 그 이유가 무엇인지 알아보려고 했지만 정확한 것을 알 도리가 없었다. 막연히 남한의 요인(要人)을 제거하려고 하고 있다는 것만 짐작할 수 있을 뿐이었다. 누구를 언제 어디서 제거하는지에 대해서는 전혀 짐작조차 할 수 없었다.

채수정에게 부탁했지만 그녀 역시 그 세부적인 내용을 알아내지 못하고 있었다.

요인 암살은 무슨 수를 써서든지 막아야 한다. 지도자를 잃는다는 것은 크나큰 손실이다.

아침부터 눈이 내리고 있었다. 함박눈이었다. 그는 가끔씩 모자를 벗어 눈을 털면서 걸어갔다. 특무대 안으로 들어서자 먼저 나와 있던 사나이들이 일제히 그를 바라보았다. 한결같이 시선이 날카롭고 핏발선 눈들이었다. 하림은 가슴이 섬뜩했다. 육감이었지만 어제의 분위기와는 완전히 딴판이었다. 무엇인가 경계하는 듯한 눈초리들이었다.

무엇인가 심상치 않은 일이 일어나고 있다는 것이 직감적으로 느껴졌다. 요인 암살과는 다른 그 무엇이 또 일어나고 있음이 분명했다. 그것이 자신에 대한 것이라고 생각하자 그는 등골에 식은땀이 흐르는 것을 느꼈다. 그렇다면 서둘러야 한다. 어떻게 대처해야 할 지 모르지만 서두르지 않으면 위험하다.

의혹이 머리를 스치고 지나갔다. 자신에 관한 것이라면 신분을 의심하고 있는 것이 분명하다. 어떻게 눈치를 챘을까. 혹시 뒷조사를 해본 게 아닐까. 뒷조사를 했다 해도 그렇게 쉽게 정체가 드러날 리는 만무하다. 뒤에 마프노가 있는 이상은 그렇게 염려하지 않아도 된다. 이자들은 마프노 때문에 당분간 함부로 나를 대할 수는 없을 것이다. 그러나 확증을 잡고 마프노에게 보고하면 그때 가서는 채수정까지도 위험해진다.

아무도 그에게 말을 거는 사람이 없었다. 일을 시키지도 않았다. 점심때쯤 되자 누군가가 붙잡혀 왔다. 중년 신사였는데 조만식을 보좌하던 인물이라고 했다.

실장이란 자가 턱짓으로 하림을 따라오라고 했다. 두 명의 대원이 중년 신사를 지하실로 끌고 가고 하림은 실장과 함께 그 뒤를 따라갔다.

"동무가 책임지고 이자의 입을 열게 하시오."

지하실로 들어가자 실장이 핏발선 눈으로 하림에게 말했다. 하림은 자신에게 위험이 닥친 것을 느꼈다. 우익인사에게 고문을 가하라는 것은 이쪽의 태도를 살피려는 것이 분명했다. 일부러 나에게 그런 일을 시킬 이유가 어디 있는가.

하림은 하얗게 질려 있는 중년 신사를 물끄러미 바라보았다. 아무 증오감도 없이 그를 고문해야 하는 이유도 아직 모르고 있었다.

"안경 벗어."

하림은 저고리를 벗으며 무뚝뚝하게 말했다. 선비처럼 생긴 선량한 인상의 신사는 머뭇거리며 안경을 벗었다. 손끝이 떨리고 있었다.

"무슨 일로…… 왜 이러는 겁니까?"

말이 끝나자마자 하림의 주먹이 홱 날았다. 턱에 강한 일격을 받은 사내는 힘없이 풀썩 쓰러졌다가 비틀거리며 일어섰다. 입에서 피가 흐르고 있었다. 공포에 떠는 상대를 보기가 괴로웠다. 차라리 자신이 맞고 싶은 심정이었다.

실장의 눈이 날카롭게 자신을 쏘아보고 있다고 생각하자 그는 다시 주먹을 쥐고 이번에는 복부를 후려쳤다.

"어이쿠!"

사내는 배를 움켜쥐고 쭈그리고 앉더니 항의하기 시작했다.

"이놈들아 무슨 이유로 사람을 이렇게 때리는 거냐? 이 빨갱이놈들…… 이 나쁜 놈들……"

실장이 앞으로 나서더니 사내의 가슴을 구둣발로 밀었다.

"조민당(朝民黨)이 남한으로 가려는 거 다 알고 있어. 언제 어디로 가지? 바른대로 말하면 목숨을 살려 주겠다."

조선민주당은 조만식이 창당한 것으로 북한에서 공산당에 대항하는 가장 강력한 정당이었다. 그러나 조만식이 체포되어 행방불명되는 것을 고비로 당은 와해되기 시작했고 당에 대한 탄압은 노골화되어 가고 있었다.

중년 신사는 입을 다물어 버렸다. 실장은 하림에게 엄중한 지시를 내렸다.

"오늘 이자의 입을 열게 하지 않으면 동무의 성실성을 의심하겠소."

하림은 꿀 먹은 벙어리처럼 입을 다문 채 사내를 내려다보았다. 사내는 바닥에 주저앉은 채 무섭게 허공을 응시하고 있었다. 조금 전의 공포에 떨던 모습은 사라지고 죽음을 각오한 결의가 얼굴에 나타나 있었다. 누구에 의해서든 사내는 맞아죽을 수밖에 없는 입장에 놓여 있었다. 하림이 때리지 않으면 다른 특무요원들이 고문하도록 되어 있었다. 그렇다고 하지만 하림은 더 이상 손을 댈 수가 없었다. 그는 휙 돌아서서 실장을 바라보았다.

"이런 짓은 못하겠습니다."

"못 하겠다고?"

"네, 못하겠습니다. 다른 일이라면 몰라도……"

실장의 눈꼬리가 위로 치켜 올라갔다.

"좋도록 하시오. 상부에 보고하겠소."

하림은 대꾸하지 않고 밖으로 나왔다. 뒤에서 사내의 비명 소리가 들려왔다. 그 소리를 듣지 않으려고 걸음을 빨리 했다.

그날 밤 채수정은 마프노로부터 직접 이상한 지시를 받았다. 정사를 나누고 소파에 앉아 쉴 때였다.

"부탁이 하나 있어."

"네, 뭔데요?"

마프노는 파이프로 재떨이를 톡톡 두드렸다. 수정은 긴장한 눈으로 마프노의 흐릿한 눈을 바라보았다.

"서울에 좀 가줘야겠어."

"네에?"

수정의 눈이 커졌다. 그 눈이 의혹으로 빛났다. 마프노는 손을 뻗어 그녀의 손을 잡았다.

"헤어지는 건 섭섭하지만 부탁이니까 들어줘. 매우 중요한 일이야. 그렇지만 그렇게 힘든 일은 아니야."

"무, 무슨 일인가요?"

"자세한 이야기는 나중에 해 줄 거야. 조국을 위한 일이니까 힘껏 일해 봐요."

"싫어요! 헤어지기 싫어요!"

수정은 앙탈했다. 마프노는 그녀의 곁으로 다가와 그녀를 가만히 껴안았다.

채수정은 자신의 앙탈이 쓸데없는 짓이라는 것을 알고 있었다. 자신의 몸을 짓밟을 대로 밟고 난 마프노는 이제 자신을 다른 데 이용하려고 한다.

채수정의 직감력은 정확했다. 마프노는 자기의 품속에서 놀아난 여자를 결코 헛되게 버리는 인간이 아니었다. 애욕의 노예로 만든 다음 더 이상 재미를 느끼지 못하면 다음 단계로 넘기는 것이었다.

"나도 헤어지기는 싫어. 그렇지만 당분간이야. 좀 도와줘야 겠어."

"저와 헤어지려는 건 아니시겠죠?"

"아, 그럴 리가 있나."

사랑의 노에가 되어 버린 여자를 마프노는 실눈을 뜨고 만족한 듯 바라보았다. 수정은 짐짓 눈물을 짓는다.

"언제 떠나야 하나요?"

"내일……"

마프노는 탁자에 붙어 있는 부저를 눌렀다. 특무요원 하나가 들어왔다.

"이 여자를 데려가."

전격적인 조처에 수정은 정신을 차릴 수 없을 지경이었다.

그녀는 옷을 갈아입고 특무요원을 따라갔다. 마프노의 관저를 나서면서 그녀는 자꾸만 뒤돌아보았다. 미련이 있어서 그러는 것이 아니었다. 마프노를 그대로 둔 채 떠나는 자신이 더없이 억울하게 생각되었기 때문이다.

수정이 따라간 곳은 특무대 본부였다. 밤이라 건물 안은 적요하기 이를 데 없었다. 복도를 울리는 발자국 소리가 섬뜩하도록 무섭게 들려왔다.

어둠침침한 복도를 지나 한 방으로 들어가자 군복 차림의 30대 사나이 하나가 책상 앞에 앉아 있다가 일어서서 그녀를 맞았다. 아무 장식도 없는 단조로운 방이었다. 스팀이 들어오고 있어서 실내는 훈훈했다. 사나이는 그녀에게 자리를 권한 다음 단도직입적으로 용건을 털어놓았다.

"내일 밤 남한에 가십시오. 동무의 암호는 등불입니다. 암호를 잘 외워 두십시오. 내일 모레 아침 10시 정각에 비원 앞에 서 있으면 누가 올 겁니다. 구두를 벗어 터십시오. 그것이 접선표 십니다."

"제 임무는 무엇인가요?"

"이승만의 비서로 들어가는 겁니다."

감정이라곤 전혀 없는 차가운 목소리였다.

"비서로 들어가서 무슨 일을 할 건가요?"

"그건 나중에 알려 주겠소. 내일밤 8시 정각까지 역으로 나오시오. 특석을 예약해 두겠소. 시계탑 밑에서 기다리시오."

말을 마치고 손을 내민다. 수정은 악수를 하고 나서 그 방을 나왔다. 두렵고 어리둥절한 기분이었다. 이 사실을 빨리 하림에게 알려야 한다는 생각에 그녀는 걸음을 재촉했다.

하림은 집에 있었다. 수정은 집에 들어서자마자 하림의 품에 안겼다.

"큰일났어요."

"왜?"

두 사람의 시선이 뜨겁게 부딪쳤다.

"마프노의 지시예요. 저 보고 서울에 가래요."

"뭐라구!"

하림은 벽난로 가로 그녀를 데리고 가 자세한 내용을 들어보았다. 타오르는 장작불에 두 사람의 얼굴이 벌겋게 달아오르고 있었다. 타오르는 불꽃 만큼이나 두 사람의 가슴도 격렬하게 타오르고 있었다.

이야기를 듣고 난 하림은 올 것이 왔다는 생각이 들었다. 그러나 채수정을 돈암장에 침투시킨다는 것은 전혀 뜻밖이었다. 차라리 잘되었다는 생각이 들기도 했지만 단정을 내리기에는 아직 일렀다.

"어떻게 해야죠?"

하림을 바라보는 수정의 눈에 이슬이 맺혔다. 하림은 타오르는 불꽃을 한동안 물끄러미 바라보다가 그녀를 와락 껴안았다. 수정은 그의 품속으로 마구 파고들었다.

"저……저는……어떻게 해야죠?"

"하는 수 없는 일 아니오. 가는 데까지 가보는 수밖에……"

"선생님과 헤어지는 건 싫어요."

수정은 눈물을 흘리며 머리를 마구 저었다. 하림은 한 손으로 그녀의 머리를 쓰다듬어 주었다. 고통이 그의 가슴을 쓸고 지나갔다.

"나도 헤어지기는 싫소. 그렇지만 만일 수정씨가 마프노의 지시를 거절한다면 우리 조직은 쓸모없는 것이 돼버려요. 이번 기회야말로 놈들의 대(對) 남한공작을 알아낼 수 있는 절호의 기회라고 생각해요. 우리는 곧 다시 만나게 될 거요. 아무래도 나도 여기에 오래 못 있을 것 같소. 놈들이 이상한 눈치를 보이기 시작했어요. 조만간……"

수정은 울음을 그치고 겁먹은 눈으로 하림을 바라보았다.

"위험해지기 전에 함께 떠나요."

"지금 갑자기 내가 사라지면 수정씨까지 위험해져요. 당분간

더 두고 봅시다."

이별이 안겨 주는 슬픔이 두 사람의 가슴을 가득히 메워왔다. 하림은 불을 끄고 여자를 다시 품에 안았다. 벽난로의 불빛에 그의 얼굴이 붉게 드러났다. 그의 얼굴은 침통하게 일그러져 있었다.

"돈암장에 침투시키려는 걸 보니까……놈들은 이박사를 노리고 있는 게 분명해요."

"노리다니오?"

"이박사를 암살할 계획인 것 같소. 그러니까 우리는 그 전에 놈들의 조직을 뿌리뽑아야 해요. 서울에 닿는 대로 미군 정보국의 아얄티 중령에게 급히 연락하시오."

수정은 가만히 고개를 끄덕였다.

조금 후 여자의 팔이 그의 목을 끌어안았다. 여자는 몸부림치며 가슴을 밀어왔다. 이윽고 두 사람은 소파 위에 몸을 눕혔다. 여자의 숨결이 뜨겁게 부딪쳐왔다. 가슴에 열정을 품고 있는 여자였다.

"사랑해요."

흐느끼듯 여자의 목소리가 들려왔다. 이별을 앞둔 여자의 절박한 호소였다. 하림은 여자의 몸에서 마지막 옷을 벗겨냈다. 여자의 두 다리가 허공을 향해 허우적거렸다. 바위같이 단단한 하림의 등판이 둥그렇게 우그러들었다. 그 속에 감싸여 여자의 몸은 보이지 않았다.

불꽃이 방안을 한층 환하게 만들어 주고 있었다. 여자에게 상처를 안겨 주게 된 자신이 하림은 저주스러웠다. 그러나 여자를 뿌리칠 수는 없었다. 그들은 불꽃이 스러질 때까지 소파 위에 누워 있었다.

곧 어둠이 실내를 가득 채워왔다. 하림은 일어나 시계를 보았다. 자정이었다. 그는 방으로 들어가 무전기를 꺼내 놓고 키를 두드렸다.

△ 수신 = 예루살렘
△ 발신 = 무인도의 동백꽃
① 조만식, 고려호텔에 연금되었다가 행방불명. 소재를 알 수 없음.
② 이승만에 대한 암살계획 구체화 됨. 대처하기 바람.
③ 동백꽃, 근일 서울 도착. 대기하기 바람.

이튿날 하림이 눈을 떴을 때 채수정은 이미 떠나고 없었다. 그는 허둥지둥 일어나 창문을 열고 밖을 내다보았다. 멀리 아래쪽으로 채수정이 걸어가고 있는 모습이 시야에 들어왔다. 밖으로 뛰어나가 그녀를 붙잡고 싶은 것을 억지로 참았다.

마침내 그녀의 모습이 시야에서 사라지자 하림은 가슴이 쓰리다 못해 저려왔다. 그녀가 죽음 속으로 걸어 들어가는 것을 그대로 내버려두는 것만 같아 견딜 수가 없었다.

채수정은 검정 머플러로 얼굴을 싸매고 비탈길을 내려갔다. 뒤를 돌아보고 싶었지만 눈물이 쏟아질 것만 같아 그대로 내처 걸어갔다. 앙상한 나뭇가지들이 바람을 타고 윙윙 소리를 내고 있었다. 숲속에서 까마귀 한 마리가 먹이를 쪼고 있다가 인기척에 놀라 요란스럽게 울어대며 날아올랐다. 수정은 눈물을 훔치고 까마귀를 바라보다가 다시 걸어가기 시작했다.

그날 밤 8시 정각에 채수정은 지시받은 대로 역으로 나갔다. 역 시계탑 밑에 서 있자 양장 차림을 한 중년 여인 하나가 다가왔다. 여인은 안경 너머로 수정을 쏘아보더니

"채수정씨죠?"

하고 물었다. 수정은 고개를 까딱했다. 말이 얼른 나오지가 않았다. 여인은 잠자코 따라오라는 눈짓을 해 보인 다음 앞장서서 걸어갔다.

수정이 여인을 따라 들어간 곳은 화장실이었다. 사람이 없는 것을 확인한 여인은 재빨리 봉투를 하나 꺼내 수정에게 내밀었다. 그리고는 아무 말 없이 사라졌다.

수정은 봉투를 열어보았다. 봉투 속에는 차표와 지폐가 들어 있었다. 지폐는 남한에서 사용하는 원화(圓貨)였다.

대합실로 나가니 개찰이 시작되고 있었다. 수정이 개찰구로 다가가 특석차표를 내밀자 검표원이 새삼스럽게 그녀를 한번 쳐다보았다. 특석은 자리가 좋았다. 창가에 붙어 앉자 눈이 내리는 것이 보였다. 그쳤던 눈이 다시 내리고 있었다.

기적 소리가 울렸다. 길고 긴 기적 소리였다. 왈칵 슬픔이 북받쳤다. 기차가 덜컹하고 움직였다. 바로 그때 창밖에 하림의 모습이 보였다. 하림은 기둥 옆에 서서 모자를 벗어들고 있었

다. 변장한 모습이었지만 그녀의 눈에는 틀림없이 하림이었다.

창문을 열었다. 하림의 모습이 뒤로 물러갔다. 뒤로 고개를 돌려 손을 흔들었다. 하림도 모자를 흔들고 있었다. 기차가 속력을 내기 시작했다. 하림의 모습은 금방 어둠 속으로 사라져 버렸다.

"추운데 문 좀 닫읍시다."

맞은편에 앉아 있던 중년 사나이가 얼굴을 찌푸리며 말했다. 수정은 눈물을 훔치고 창문을 내렸다.

정처없이 멀리 떠나는 기분이었다. 차창에 머리를 기댄 채 눈을 감았다. 문득 돌아가신 아버지의 모습이 떠올랐다. 그러자 가슴속에서 뜨거운 것이 북받쳐 올라왔다. 수정은 눈을 떴다. 자기도 모르게 입이 꼭 다물어져 있었다. 어느새 얼굴에는 굳은 결의 같은 것이 나타나 있었다.

수정은 기차표를 꺼내 보았다. 해주까지 끊어져 있었다.

눈은 계속 내리고 있었다. 눈송이가 차창에 어지럽게 부딪쳐 오고 있었다. 창밖 어둠이 가슴 가득히 안겨 들어왔다. 무릎 위에 놓여 있는 백을 두 손으로 꽉 쥐고 몸을 바로 했다.

그로부터 이틀 뒤 채수정은 지시대로 비원 앞으로 나갔다. 아침 10시 정각이었다. 코트 속에 두 손을 찌른 채 구석진 곳에 오두마니 서서 시려오는 발을 동동 구르고 있었다. 너무 긴장한 탓인지 몸이 굳어 버리는 것만 같았다.

10시가 조금 지났을 때 캡을 쓴 중년 사나이 하나가 비원 앞으로 다가왔다. 깡말라 보이는 사나이는 안경 너머로 주위를 휘둘러보더니 채수정을 발견하고는 딱 멈춰 섰다.

 수정은 구두를 벗어 털었다. 양쪽 구두를 벗어 모두 턴 다음 허리를 일으키자 사나이가 고개를 끄덕이는 것이 보였다.

 안경은 담배를 한 대 피워 물더니 돌아서서 천천히 걸음을 옮기기 시작했다. 수정은 멀리 떨어져서 안경을 따라갔다. 가슴이 너무 두근거려 숨쉬기가 거북할 정도였다. 안경은 골목으로 들어갔다. 수정은 그를 따라 걸음을 빨리 했다. 안경과의 거리가 가까워졌다. 안경은 휙 한번 몸을 돌려 그녀가 따라오는 것을 확인하더니 다시 내처 걸어갔다. 눈빛이 싸늘하고 날카롭게 느껴졌다.

 골목을 꼬불꼬불 걸어가던 안경은 이윽고 어느 낡은 한옥 앞에서 걸음을 멈추었다. 곧 문이 열리고 사나이는 안으로 사라졌다. 채수정은 머뭇거리며 그쪽으로 다가갔다. 대문 안쪽에 안경이 서 있었다. 그녀를 보자 이를 드러내며 소리 없이 웃었다. 그리고 나직이 말했다.

 "어서 오십시오, 동무."

 안으로 들어서는 것과 동시에 대문이 쾅 하고 닫혔다. 순간 절망감이 눈앞을 확 덮쳐왔다. 정신을 가다듬고 침착하게 사나이를 바라보았다. 그리고 미소했다.

 그때 문이 열리면서 방안으로부터 두 사나이가 나타났다. 한 명은 중키에 잘생긴 얼굴이었고 다른 한 명은 눈에 안대를 하고 있었다. 미남은 그녀를 향해 웃었지만 안대를 맨 사나이는 한쪽 눈으로 날카롭게 쏘아보기만 할 뿐이었다. 수정은 외눈의 사나이를 보는 순간 공포가 엄습하는 것을 느꼈다. 그렇게 강렬한 인상의 사나이를 보기는 처음이었다. 얼핏 보기에도 떡 버티고 있는 몸은 강철같이 단단해 보였다.

먼저 수정이 방안으로 들어가자 사나이들도 뒤따라 들어왔다. 넓은 장판 방은 단조롭기 짝이 없었다. 아랫목에는 이불이 깔려 있었고 방 한가운데에는 다리가 짧은 긴 탁자가 하나 놓여 있었다. 여기저기 술병이 널려 있고 재떨이에 담배꽁초가 수북히 쌓여 있는 것이 지저분하기 짝이 없었다. 방 구석구석에 남자 냄새가 짙게 배어 있었다.

"방이 지저분해서 미안합니다."

안경 낀 사나이가 아랫목에 자리를 마련해 주면서 말했다. 수정은 머플러를 풀고 조심스럽게 자리에 앉았다.

외눈의 사나이는 탁자 앞에 두 팔을 괴고 앉아 묵묵히 담배를 피우고 있었다. 눈은 시종 그녀를 뚫어지게 바라보고 있었다. 수정은 자신이 발가벗기우는 것만 같아 몸을 도사리고 그의 시선을 피했다.

"동무, 먼길을 오시느라고 수고 많았습니다. 만나게 되어 기쁩니다."

안경이 웃으며 말했다. 수정도 억지로 웃어 보였다.

"서로 인사들 하시오. 앞으로 함께 일할 테니까."

안경은 먼저 외눈의 사나이를 가리켰다.

"우리 조직 책임자입니다."

"수고하십니다. 채수정이라고 합니다."

외눈의 사나이는 피우던 담배를 재떨이에 비벼 끄면서 고개를 끄덕했다.

"앞으로 단단히 각오를 해야될 거요."

조용히 말하는데도 강한 억양이 느껴졌다. 수정은 외눈이 무서워 몸서리를 쳤다. 다른 사나이들이 자기 소개를 했지만 잘 들리지가 않았다.

"여기 온 이유를 알고 있나요?"

외눈이 무뚝뚝한 어조로 물었다. 감정을 느낄 수 없는 사나이였다. 수정은 꺾이지 않으려는 듯 상대를 빤히 쳐다보았다.

"자세히는 모르지만……대강은 알고 있습니다. 이승만의 비서로 들어가는 걸로 알고 있습니다."

"이승만의 비서로 들어가서 무얼 할 거죠?"

"글쎄, 거기까지는 아직 모르겠습니다."

"그럼 알려 주겠소. 동무는 우리와 함께 이승만을 제거하는 계획에 참가하는 거요. 무슨 뜻인지 알겠나요?"

"네, 알겠습니다."

수정은 고개를 끄덕였다. 놀라거나 회피하려는 기색은 조금치도 보이지 않았다.

"우리는 무슨 수단을 써서든지 이승만을 제거해야 합니다. 그를 제거하지 못하면 우리는 공동책임을 지게 됩니다."

모두가 여자를 바라보고 있었다. 수정은 자세를 흐트리지 않으려고 애를 쓰고 있었다.

"동무는 이승만의 비서로 들어가 그의 신뢰를 얻도록 하시오. 동무는 비서로 채용될 수 있을 만큼 미모와 지식을 갖추고 있으니 그의 신뢰를 얻는 것은 그렇게 어려운 일이 아닐 거요."

"힘껏 노력하겠습니다. 들어가서 어떻게 하나요?"

"어떻게 할 것인가는 차차 알려 주겠소. 우선 신뢰를 얻는데 최대로 노력하도록 하시오."

"알겠습니다. 그럼 비서로 들어갈 수 있는 방법을 아르켜 주십시오."

"조금만 기다리면 사람이 올 거요."

반 시간쯤 지나자 중년 부인이 한 사람 들어왔다. 머리를 틀어 올리고 화려한 무늬의 두루마기를 입은 여인이었다. 홀쭉한 인상의 여인은 방에 들어서자마자 수정의 모습을 민망할 정도로 눈여겨보고 나서 입을 열었다.

"아, 바로 이 아가씨군요."

곁에 앉아서 다시 얼굴을 들여다보고 손을 만져보곤 하는 것이 마치 무슨 짐승을 대하듯이 한다.

"이 정도면 됐어요. 복스럽고 귀엽게 생겼는데요. 박마리아한테는 말해 뒀으니까, 쉽게 채용될 거예요."

채수정은 그녀가 무슨 말을 하고 있는지 얼른 납득이 가지 않았다.

"완전무결하게 해야 합니다. 박마리아가 의심하지 않게……"

대치가 다짐하자 여인은 손을 흔들어 보였다.

"그런 건 염려하지 않아도 됩니다. 박마리아한테는 내 조카라고 해뒀으니까 염려할 필요 없어요."

대치는 안주머니에서 돈 뭉치를 하나 꺼내 여인 앞에 던져 주었다.

"박마리아한테 선물이나 하나 하십시오."

여인은 돈을 거두어 품속에 집어넣었다. 그리고 수정을 보고 말했다.

"자, 색시는 나하고 함께 나가요."

수정은 여인을 따라 밖으로 나갔다. 여인은 어디론가 부지런히 걸어가면서 박마리아란 여자에 대해 수정에게 대충 설명해 주었다.

"이박사의 부인은 외국 여자야. 박사는 혼자 먼저 귀국했기 때문에 지금은 외롭게 지내고 있어."

수정은 한마디도 놓치지 않으려고 바싹 귀를 기울였다.

"박마리아는 그러니까 이박사의 온갖 시중을 다 들어 주고 있다고 볼 수 있지. 아주 영리하고 똑똑한 여자야. 그런데 혼자서 그 많은 손님 접대하랴 그 큰 집을 꾸려나가랴 정신이 없나 봐. 밑에 잔심부름하는 애가 두엇 있기는 한데 막일이나 할 수 있을까 중요한 일은 맡길 수 없나 봐. 그래서 내가 예쁜 조카애가 하나 있다고 했지. 참하고 일도 알뜰히 잘한다고 했더니 한번 보자는 거야."

"박마리아하고는 어떤 사이신가요?"

수정은 처음으로 입을 열어 물었다.

"같은 여학교 후배야. 그러니까 내가 선배되는 셈이지. 난 박마리아 남편하고도 가까워. 내 말이라고 하면 두 사람 다 무엇이나 믿어."

그들은 종로를 거쳐 국일관으로 걸어갔다. 국일관 앞에 이르자 여인은 거침없이 안으로 들어갔다. 여기저기서 젊은 여자들이 언니라고 부르는 소리가 들려왔다.

별실에 안내되어 앉아 있자 조금 후 그 여자가 다시 들어왔다. 여인은 담배를 한 대 꼬나물더니 한숨을 푹 내쉬었다.

"난 말이야. 여기서 잔뼈가 굵은 사람이야. 여긴 내 집이나 다름없으니까 이젠 마음 푹 놓아도 좋아. 여기선 나를 설화라고 부르지."

"제가 언니라고 불러도 될까요?"

"아, 좋고 말고……"

그러는데 문이 열리고 조그만 계집아이 하나가 들어왔다. 귀엽게 생긴 어린아이였다. 설화는 그 아이를 껴안고 볼을 비벼댔다.

"이애가 내 딸이지. 이애 아빠는 평양에 있지. 대학공부까지 한 인테리야. 나보다 나이가 어려. 그렇지만 나는 그 사람이 하는 일이라고 하면 무엇이나 도와줄 생각이야. 비록 우리는 정식 부부 관계는 아니지만 말이야."

여인은 담배를 연달아 피워댔다. 수정은 설화가 왜 좌익을 위해 일하고 있는가를 대강은 알 수 있을 것 같았다.

"이애 아빠는 공산당원이야. 오로지 거기에만 매달려 있고 내 생각은 조금도 하지 않아. 그렇지만 난 그 사람이 좋아."

아이를 내보내고 나서 설화는 목소리를 낮추어 말했다.

"아가씨 이름은 내가 만들어 줄게. 박마리아가 물으면 김청자라고 말해. 아버지는 중국에서 독립운동하다가 돌아가셨다고 하고 학교는 이화여전에 다니다 말았다고 해. 자세한 걸 묻지는 않을 거야."

그러고 있는데 보이로부터 박마리아가 왔다는 전갈이 왔다. 설화는 부리나케 뛰어나갔다. 수정은 옷매무새를 고치고 엉거주춤 일어났다. 가슴이 두근거려 견디기가 어려울 정도였다.

조금 후 박마리아가 들어왔는데, 동그란 얼굴에 얼굴빛이 유난히도 하얀 것이 귀티가 나는 여인이었다. 파란 치마 저고리 위에 털로 짠 머플러를 어깨에 두르고 있었고, 눈에는 선이 가는 안경을 끼고 있었다.

"얘, 인사드려. 박마리아 여사다."

설화의 말에 수정은 미소를 지으며 가만히 고개를 숙였다.

"아, 앉아요, 앉아."

목소리가 구르듯이 낭랑했고 움직임이 싹싹했다. 박마리아가 자리를 잡고 앉자 이미 준비해 놓은 듯 점심식사가 들어왔다. 대단한 성찬이었다.

박마리아는 대충 생각나는 대로 몇 마디 물어 보고 나서 채수정을 채용할 뜻을 밝혔다.

"잘 알겠지만 이박사님은 앞으로 큰일을 하실 분이야. 난 가정을 가지고 있는 몸이지만 그런 훌륭한 분을 모시게 된 것을 큰 영광으로 생각하고 있어. 청자도 그분을 모시게 된 것을 영광으로 알고 열심히 일해 봐. 열심히 일하면 크게 도움이 될 날이 있을 거야."

"감사합니다."

박마리아는 설화를 돌아보았다.

"언니한테 이렇게 귀여운 조카가 있는지 몰랐수."

"집에서 귀염만 받고 자라서 아무 것도 몰라요. 잘 좀 타일러서 오래오래 데리고 있어 줘요."

"언니가 부탁하는데 제가 모른 체할 수 있어요? 사실은 이렇다할 집안의 딸들이 돈암장에 들어오려고 나래비 줄을 서고 있다우."

"말하지 않아도 다 알아요. 이애는 언제부터 나가게 할까?"

"내일부터라도 좋아요. 아예 돈암장에서 기거하도록 해요. 이박사는 꼼꼼하고 까다로운 데가 있으니까 내가 시키는 대로만 하면 별 탈이 없을 거야."

수정은 식사를 하는 동안 내내 진땀을 흘리고 있었다. 앞으로 사태가 어떻게 돌아갈지 그녀 역시 알 수 없는 일이었다. 박마리아 모르게 설화는 가끔씩 수정에게 시선을 보내곤 했는데 그 눈초리가 살기를 느낄 정도로 무서웠다.

그날 하루종일 수정은 국일관에서 시간을 보냈다. 날이 저물자 설화에게 시내 구경을 하고 오겠다고 말하고 밖으로 나왔다.

종로통에 있는 찻집으로 들어가 미군사령부 정보국으로 전화를 걸었다. 반 시간쯤 지나자 청년이 하나 나타났다. 청년은 말없이 차를 마신 다음 수정으로부터 종이쪽지를 하나 받아들고 급히 사라졌다.

이튿날 아침 수정은 돈암장으로 나갔다. 안으로 들어가면서 그녀는 철통 같은 경계망에 적이 놀랐다. 워낙 큰 집이라 이박사가 어느 방에 기거하는지 짐작이 가지 않았다. 이박사에게 바로 소개시켜 줄줄 알았는데 박마리아는 그렇지가 않았다.

수정이 먼저 맡은 일은 사랑채로 차를 나르는 일이었다. 사랑채에는 이박사 노선을 따르는 각종 인물들이 아침부터 진을 치고 있었다. 모두가 이박사를 만나기 위해 온 사람들로 각자 정치적 주장들을 하나씩 가지고 있었다. 그 중에는 정치적 야심을 품은 자도 있었고, 기회주의자도 있었고, 장사치도 있었다.

박마리아는 이박사에게 어떤 여자의 접근도 허락하지 않고 있는 듯 했다. 철저히 인의 장막을 치고 그의 안전에 신경을 쓰고 있는 것 같았다.

잔심부름 같은 것을 전혀 해보지 않은 수정은 모든 일에 서툴렀다. 뿐만 아니라 힘이 들었다. 그러나 꾹 참고 시키는 대로 일을 했다.

사흘째 되는 날 아침, 비로소 이승만을 먼 발치에서 볼 수가 있었다. 창문을 닦다 말고 눈이 내리는 것을 보고 있는데 저쪽 나무 사이로 눈처럼 하얀 머리를 가진 노인이 뒷짐을 지고 천천히 걸어가는 것이 보였다. 한복 차림이었는데 중키에 단아한 모습이었다.

수정은 자기도 모르게 앞치마 한쪽을 손가락으로 비틀고 있었다. 문득 운명적인 만남 같은 생각이 들었다. 만일 나에게 저 노인을 죽이라고 한다면 어떡 하나. 그때 가서는 모든 것을 털어놓을 수밖에 없다.

이박사의 모습은 금방 사라져 버렸다. 수정은 그 자리에 한동안 우두커니 서 있었다. 눈을 맞으며 나무 사이로 사라진 하얀 머리의 노인의 모습은 신비스러운 데가 있었다.

이박사를 보호해야 한다는 생각이 번개처럼 머리를 스치고 지나갔다. 그러나 어떻게 보호해야 할지 알 수가 없었다. 벽시계의 똑딱똑딱 하는 소리가 마치 이박사의 죽음을 예고하는 소리처럼 들려왔다. 그녀는 불안한 눈으로 시계를 바라보고 나서 급히 안으로 들어갔다.

그날 10시쯤 정보국의 아얄티 중령이 직접 이승만을 방문했다. 아얄티가 이승만을 직접 대하기는 처음 있는 일이었다. 이승만은 주위를 물리치고 정보국장을 맞았다.

소파에 마주앉자 아얄티는 군소리 하나 없이 경호 문제를 꺼냈다.

"박사님을 노리는 자들이 있습니다. 경호에 신경을 써야 되겠습니다."

이승만은 눈을 가늘게 뜬 채 무례하게도 검은 안경을 쓰고 있는 사복의 미군을 지그시 바라보았다. 얼굴에는 아무 표정도 나타나 있지 않았다. 팔걸이 위에 걸쳐 있는 왼손이 조금 경련할 뿐이었다.

"나를 노리고 있는 자들이 있다는 걸 알고 있습니다. 그런 건 어느 국가 어느 사회에도 있는 거겠지요."

대수롭지 않게 받아넘긴다.

"그렇게 상식적으로 생각해서는 안 됩니다. 행동대가 이미 행동을 시작했습니다."

"그 행동대는 어떤 자들인가요?"

"공산당원들입니다. 북쪽에서 파견된 자들입니다."

"그럼 그자들을 체포하시오."

"일망타진하기 위해 관망중입니다. 결정적인 증거를 잡아야 합니다."

노인은 갑자기 일어나서 방안을 거닐었다.

"나는 겁쟁이로 보이는 건 싫소. 그리고 사람들이 많이 따라다니는 건 귀찮아요."

아얄티도 일어섰다. 그는 바지에 두 손을 찌른 채 이승만을 쳐다보았다.

"만일 박사님이 불행한 일을 당하시면 조선의 불행입니다."

"글쎄……나는 죽을 것 같지 않은데……"

이승만은 창밖을 바라보며 중얼거렸다. 밖에서는 처음 보는 처녀 하나가 빗자루로 눈을 쓸고 있었다.

"경호전문가를 파견하겠으니 써주십시오."

날카로운 목소리였다. 이승만은 대답하지 않았다.

사흘이 지났다. 일요일이었다. 대치 일당은 계획을 서둘렀다. 여옥으로부터 미군 정보국이 암살계획을 탐지하여 거기에 대비하고 있다는 말을 들은 것이다. 먼저 아지트를 옮겼다. 도주로를 확보한 다음 거사일을 일요일로 잡았다. 일요일이면 언제나 이승만이 정동교회로 정오예배를 보러간다는 것을 알기 때문에 그날을 거사일로 잡은 것이다.

대치는 자전거를 몰고 돈암장 앞 한길에서 대기했다. 나머지 두 사람은 돈암장 쪽으로 더 거슬러 올라가 양쪽 골목에 숨어들었다.

시간은 11시였다. 하늘은 오랜만에 개어 햇빛이 골목 안까지 비쳐들고 있었다. 주택가는 정적에 묻혀 있었다.

11시 30분, 마침내 돈암장의 큰 대문이 삐걱이며 활짝 열렸다. 이승만의 승용차가 느릿느릿 굴러나왔다. 햇빛을 받은 차창이 하얗게 빛났다. 서강천과 주영수는 오버 속의 권총을 슬그머니 빼들었다. 차가 골목 앞을 스르르 미끄러져 갔다. 뒷자리에 이승만의 흰머리가 보였다. 양쪽 골목에서 두 사나이가 뛰쳐나오며 권총을 발사했다.

탕!
탕!

조용한 주택가에 돌연 요란한 총성이 울렸다. 정적 속에 싸여 있던 거리가 지진이 난 듯 흔들렸다.

탕!
탕!

다시 총성이 주위를 뒤흔들었다. 이승만이 탄 차는 멈칫하는 것 같더니 갑자기 속력을 내어 한길 쪽으로 달려가기 시작했다. 뒷좌석에 앉아 있던 이승만의 모습은 보이지 않았다. 총알을 맞고 쓰러진 것일까.

뒤쪽 창은 박살이 나 있었다. 두 사나이는 달리는 차를 쫓아가면서 계속 권총을 쏘아댔다. 필사적으로 뒤쫓는 발짝 소리가 흡사 말발굽 소리처럼 주위를 울렸다.

불과 1분도 못 된 사이에 일어난 일이었다. 모든 것이 일순간에 이르러 갑자기 광란에 빠진 듯했다. 햇빛마저 떨고 있는 듯했다.

이승만의 승용차는 미친 듯이 굴러갔다. 운전사는 머리를 운전대 위에 처박은 채 악셀을 힘껏 밟고 있었다. 한길에 이르자 운전대를 오른쪽으로 휙 돌렸다. 끼익 하는 소리와 함께 차의 오른쪽이 들썩 쳐들렸다. 차는 멈추지 않고 계속 달려갔다.

이승만은 옆에 앉은 경호원의 가슴팍 밑에 깔려 있었다. 답답했다. 분노가 치솟았다. 그러나 참을 수밖에 없었다.

총알을 피해 이승만을 덮어 누른 경호원은 의외에도 미군이었다. 아얄티의 직속부하로 훈련이 잘 되어 있는 사람이었다. 그는 계속 이승만을 덮쳐 누르고 있었다.

헤드라이트를 번쩍이며 쏜살같이 달려가는 승용차를 행인들이 놀란 눈으로 바라보고 있었다.

운전석 옆자리에 앉아 있는 이승만의 비서는 총소리가 들리자마자 머리를 밑으로 처박은 채 벌벌 떨어대고 있었다. 이승만을 지키는 것보다 자신을 보호하는데 급급하고 있었다.

차가 안전권에 들어섰다고 생각한 미군 경호원은 고개를 쳐들었다. 순간 눈에 안대를 맨 사나이 하나가 자전거를 급히 몰아오면서 권총을 쳐드는 것이 보였다.

"탕!"

"탕!"

차창에 구멍이 뚫리면서 유리 파편이 튀었다. 자전거를 타고 따라오면서 권총을 쏘아대는 것이 여간 대담하고 무서운 놈이 아니었다.

"속력을 내!"

경호원은 다시 엎드리면서 거칠게 소리질렀다.

대치는 죽어라고 자전거 페달을 밟아대고 있었다. 눈에 보이는 것들이 휙휙 지나가고 있었다. 다리에 점점 힘이 빠져 나가고 있었다. 아무리 힘껏 페달을 밟아도 차의 속력을 따라갈 수는 없었다. 구멍이 여기저기 뚫린 뒤쪽 차창이 자꾸만 침침해 보였다. 이승만이 맞았는지 안 맞았는지 알 도리가 없었다. 거리가 점점 멀어졌다. 숨이 턱에 차 가슴이 터져 버릴 것만 같았다. 한 손으로 손잡이를 꽉 움켜쥐고 권총을 쥔 다른 한 손을 들었다. 창문을 겨누고 다시 방아쇠를 당겼다.

"탕!"

"탕!"

그 순간 갑자기 차가 급커브를 긋는 것 같더니 전봇대에 들이박히는 것이 보였다.

대치가 탄 자전거는 그대로 차 쪽으로 돌진해 갔다. 자동차와의 간격이 급속도로 좁혀지고 있었다.

 차와의 간격이 20미터쯤 되었을 때 돌연 차 속에서 사람이 하나 튀어나왔다. 키가 크고 금발인 것이 미국인인 것 같았다. 대치는 자전거의 브레이크를 걸었다.

 미국인은 차 문을 열어 잡고 그것을 방패로 상체를 가리더니 응사해 오기 시작했다. 그러자 대치는 자전거의 핸들을 급히 꺾어 골목으로 달려들어갔다. 골목으로 들어서는 순간 다리가 부러져 나가는 것 같은 통증이 왔다. 눈앞이 아찔해지는 것과 동시에 그는 자전거와 함께 벽에 세게 부딪치면서 땅바닥으로 나뒹굴었다.

 총소리가 그치더니 더 이상 들려오지 않았다. 갑자기 덮쳐오는 정적이 무섭게 가슴을 죄어왔다. 그는 몸을 일으키려 하다가 도로 나뒹굴었다. 그제야 오른쪽 허벅지에 총상을 입은 것을 알았다. 바지가랑이가 어느새 축축히 젖어들고 있었다. 눈앞이 캄캄해졌다. 이를 악물고 몸을 일으켰다. 놈들이 들이닥치면 꼼짝없이 죽는 목숨이다. 그는 자전거를 일으켜 세운 다음 간신히 다리를 걸고 올라탔다. 페달을 힘껏 밟았다. 오른쪽 다리가 쿡쿡 쑤셔왔다. 혼신의 힘을 다해 앞으로 밀고 나갔다. 이 정도야 참을 수 있다. 빌어먹을, 이렇게 될 줄 누가 알았는가.

 골목을 한참 동안 정신없이 달려가자 한길이 나왔다. 한길을 지나 다시 골목으로 들어갔다. 뒤를 돌아보았다. 따라오는 사람은 없는 것 같았다. 그렇다고 안심할 수는 없었다. 다시 헉헉거리며 달려갔다.

새로 옮긴 아지트는 효자동에 있는 어느 낡은 일본식 집이었다. 겨우 그곳에 닿은 그는 자전거에서 내리는 순간 의식을 잃었다. 먼저 돌아와 대기하고 있던 두 사람이 그를 들고 안으로 급히 들어갔다. 방바닥 위에 눕혀진 그는 죽은 송장이나 다름없었다. 두 사람은 바지를 벗기고 상처를 싸맸다. 함부로 병원으로 데려갈 수도, 의사를 데려올 수도 없어 그들은 전전긍긍했다. 대치는 금방 깨어났다. 그는 주위를 둘러보더니

"라디오를 켜 봐!"

하고 소리질렀다.

서강천이 급히 라디오 스위치를 틀었다. 대치는 얼굴을 잔뜩 찌푸린 채 라디오에 귀를 기울였다. 라디오에서는 음악만 흘러나오고 있었다.

이승만은 무사했다. 자리에서 상체를 일으킨 그는 몸 위에 떨어져 있는 유리 조각을 툭툭 털어냈다. 얼굴은 분노로 잔뜩 일그러져 있었다. 한숨을 내쉬며 앞을 바라보던 그의 시선이 운전사의 등판 위에서 딱 멎었다. 운전사의 등판이 시뻘건 피로 흥건히 젖어 있었다.

"쯧쯧……나쁜 놈들……"

중얼거리면서 밖으로 시선을 돌렸다. 차 주위로는 어느새 사람들이 몰려들고 있었다. 미군 경호원은 운전사를 밀어내고 대신 운전대를 잡았다.

"어디로 가려고?"

이승만이 영어로 물었다. 미군은 대답하지 않고 돈암장 쪽으로 차를 돌렸다.

"안 돼! 병원으로 먼저 가야 해!"

노한 목소리에 미군은 핸들을 꺾었다.

가까운 병원에 운전사를 입원시킨 다음 이승만은 그 길로 교회로 갔다. 앞이 우그러지고 창문이 박살난 차를 타고 사람들 앞에 나타나는 것이 좋지 않다고 생각한 그는 멀리 떨어진 곳에서 차를 내려 교회로 걸어갔다. 이승만의 뒤를 바싹 뒤따라간 미군 경호원은 교회 앞에서 이승만의 격려를 받았다.

"수고했어. 이제 돌아가도 좋아."

이승만은 자기보다 머리 하나가 더 큰 건장한 미군의 어깨를 툭툭 두드려준 다음 교회 안으로 천천히 들어갔다. 미군은 침착하기 짝이 없는 조그만 노인을 한동안 멀거니 바라보고 있다가 차를 세워둔 쪽으로 급히 걸어갔다.

이 암살미수사건은 일체 보도되지 않았다. 이승만의 지시로 비밀에 붙여진 것이다.

한편 최대치는 거사가 실패로 돌아간 것을 알자 방바닥을 치며 분해했다. 허벅지에 총알이 박혀 고통스러웠지만 그런 것은 그렇게 대수로울 게 못 되었다.

공산당원 중에 마침 의사가 한 사람 있어 그의 다리 상처를 치료해 주러 왔다. 먼저 살 속에 박힌 총알을 뽑아내야 했기 때문에 의사는 환자를 마취시키려고 했다. 대치는 마취를 거부했다. 마취주사를 몹시 싫어하기 때문이었다.

"몹시 아플텐데요."

중년의 의사는 저고리를 벗고 고무장갑을 끼면서 걱정스러운 듯이 말했다. 대치는 머리를 흔들었다.

"그냥 뽑아 주시오. 마취는 싫으니까."

모두가 두려운 눈으로 지켜보고 있는 가운데 의사는 칼로 상처를 도려냈다. 피가 물 흐르듯이 흐르고 생살이 찢겨나갔지만 대치는 벽에 등을 기대고 앉은 채 지켜보고 있었다. 어느새 이마 위에는 진땀이 배어나오고 있었다. 그는 계속 줄담배를 피워대고 있었다. 총알은 깊이 박혀 있었다. 그래서 쉽게 뽑아지지가 않았다. 대치의 입에서는 신음 소리 하나 흘러나오지 않았다. 고통에 못 이겨 터져나오는 신음 소리를 그는 이를 악물고 참았다.

거의 한 시간 가까이 지나서야 상처에서 총알이 빠져 나왔다. 그제서야 모두가 안도의 한숨을 내쉬며 대치의 참을성에 혀를 내둘렀다. 대치는 집으로 자리를 옮겼다. 일요일이라 집에 있던 여옥은 남편이 부상을 입고 나타나자 소스라치게 놀랐다. 자리에 누운 대치는 입을 꾹 다문 채 아내의 물음에 한마디도 대답하지 않았다. 여옥은 어찌 할 바를 모르고 안타까운 나머지 눈물만 흘렸다. 병원에 입원하라고 권했지만 대치는 꼼짝도 하지 않았다.

밤새 열이 오른 대치는 비로소 고통을 이기지 못하는지 끙끙거리며 앓았다. 여옥은 남편 곁에 붙어앉아 꼬박 밤을 새웠다.

무엇이 어떻다 해도, 그리고 누가 뭐라 해도 대치는 그녀에게
있어서 역시 소중한 남편이었다. 대치는 새벽녘에 잠깐 잠이 들
었다가 도로 깨어나 여옥이 그때까지 자기를 간호하고 있는 것
을 알고는

"미안해. 그만 자라구."

하고 중얼거렸다. 여옥은 남편의 상처가 아물 때까지 출근하지
않으려고 했으나 대치가 한사코 나가라고 하는 바람에 하는 수
없이 출근했다.

"하루라도 출근하지 않으면 그만큼 정보를 얻지 못하게 돼.
혼자 있어도 괜찮으니까 염려 말고 출근해."

여옥은 하는 수 없이 출근했다. 미군 정보국 내에는 이승만
암살미수사건 소문이 파다하게 퍼져 있었다. 눈에 안대를 맨 자
가 자전거를 타고 쫓아오면서 이박사를 향해 권총을 마구 발사
했다는 말을 듣자 여옥은 기가 질려 입이 벌어지지가 않았다.

어느 소녀

 골목길로 들어서면서 하림은 뒤를 힐끗 돌아보았다. 아까부터 뒤가 켕기는 것이 꼭 누가 따라오는 것만 같았다. 한길 맞은편 전봇대 뒤로 캡을 쓴 사나이 하나가 재빨리 몸을 숨기는 것이 보였다. 어두워서 누군지 잘 알아볼 수가 없었다. 미행을 당하고 있다고 생각하자 소름이 쭉 끼쳐왔다. 골목길을 급히 걸어가면서 권총을 꺼내 장탄을 했다. 피하던가 부딪치던가 둘 중의 하나다.

 골목 끝은 개천이었다. 그는 당황했다. 골목 안으로 도로 뛰어들어와 모퉁이에 몸을 가리고 서서 기다렸다. 뛰다시피 걸어오는 소리가 들려왔다. 발짝 소리는 점점 가까워지고 있었다. 권총을 들고 소리의 속도를 가늠했다.

 검은 동체가 눈앞에 확 나타나는 순간 발로 상대의 복부를 힘껏 내질렀다. 상대는 의외로 단단했다. 그리고 이미 경계를 하고 있었던 듯 약간 비틀하더니 몸 전체로 밀고 들어왔다. 건장한 사나이였다.

 권총을 든 손목을 잡혔다. 상대는 두 손으로 하림의 오른 손목을 움켜잡더니 그것을 우악스럽게 비틀어대기 시작했다. 하림은 권총을 놓치지 않으려고 기를 쓰면서 무릎으로 상대의 사타구니를 힘껏 걷어찼다. 급소를 얻어맞은 사내는 두 손을 풀면서 엉거주춤 쭈그리고 앉았다. 하림의 구둣발이 이번에는 상대의 어깨를 걷어찼다. 권총 손잡이로 머리를 후려갈겼다. 다시 무릎으로 얼굴을 내질렀다.

신음 소리와 함께 사내의 건장한 몸이 뒤로 벌렁 나자빠졌다. 하림은 사내의 멱살을 움켜쥐고 골목 끝으로 끌고 나갔다. 개천 축대 끝에 사내의 머리를 걸쳐놓고 구둣발로 가슴을 밟은 채 내려다보았다. 특무대에 같이 근무하는 놈이었다.

"왜 나를 미행했지?"

사내는 벌벌 떨면서 두 손을 마주 비벼댔다.

"미, 미행해서……주소를 알아오라고 했습니다."

"누가?"

차갑고 날카로운 목소리였다. 평소의 부드러운 목소리는 조금도 보이지 않았다.

"실장님이 그랬습니다."

"나를 의심하고 있나?"

"그, 그렇습니다. 살려 주십시오."

하림은 난처했다. 살려줄 수도 죽일 수도 없는 난처한 입장이었다. 살인이라는 것을 대수롭지 않게 생각한다면 당장 죽여 버릴 수도 있다. 그러나 그는 사람을 죽인다는 것이 끔찍이도 싫었다. 아무리 상대가 자기를 해치려 한다 해도 어쩔 수 없는 경우가 아니고는, 그리고 꼭 죽여할 인물이 아닌 바에는 상대를 죽이고 싶지가 않은 것이 그의 솔직한 심정이었다. 그는 사내의 주머니 속에서 권총을 빼내 그것을 개천 위로 내던졌다.

"나를 따라올 생각은 하지 마. 두번째에는 용서하지 않는다."
"가, 감사합니다."

사내는 살아난 것이 기쁜지 울음 섞인 목소리로 몇 번이나 감사해 했다.

하림은 서둘러야 한다고 생각했다. 급히 집으로 돌아와 무전기를 꺼내자 삑삑하고 즉시 신호가 왔다. 레시버를 대고 귀를 기울였다.

△ 수신 = 무인도의 동백꽃
△ 발신 = 예루살렘
△ 내용 = 이승만 암살 미수. 범인 미체포.

하림은 머리에 한 대 강하게 얻어맞은 기분이었다. 잠시 멍하니 있다가 키를 두드렸다.

△ 수신 = 예루살렘
△ 발신 = 무인도의 동백꽃
△ 내용 = 위치 불안. 즉시 출발 예정.

무엇을 기다릴 시간도 없었고, 그럴 필요도 없었다. 무전기를 가방 속에 집어넣은 다음 단서가 될만한 것들은 모두 벽난로 속에 처넣고 태워 버렸다.

집을 나선 것은 새벽 1시쯤이었다. 눈이 내리고 있었다. 터벅터벅 걸어가는 모습이 몹시 쓸쓸해 보였다. 루트도 끊어지고 단신 남하해야 하니 고생을 각오하지 않으면 안 된다.

역에는 이미 특무대원들이 깔려 있었다. 대합실로 들어서려다 말고 하림은 발길을 돌렸다. 마침 역 앞에 택시가 한 대 서 있었다. 요금을 많이 줄 테니 중화(中和)까지 가자고 하자 운전사는 머뭇거리다가 못 이기는 체하고 문을 열어 주었다.

눈이 내리고 있어서 차는 마음대로 달리지 못하고 굼벵이처럼 느릿느릿 굴러갔다

언제 다시 올지 모르는 평양거리를 하림은 조용한 눈길로 바라보았다. 너무 이른 새벽이라 아직 어둠이 짙게 배인 거리에는 사람이 하나도 보이지 않았다. 마치 죽음의 도시 같은 느낌이 들었다.

중화에 닿은 것은 날이 환히 밝아서였다. 역 앞에서 택시를 내린 그는 해장국을 한 그릇 사먹은 다음 곧장 남하하는 기차를 탔다.

기차 속은 추웠다. 승객이 많지 않다면 더 추울 것 같았다. 선반 위에 짐들이 가득가득 쌓여 있는 것으로 보아 거의가 살길을 찾아 남하하는 사람들 같았다. 민족의 대이동이 모르는 사이에 조용하면서도 필사적으로 진행되고 있었다. 누가 이들을 쫓아내고 있는가. 왜 이들은 정든 고향산천을 등지고 정처없이 떠나

야만 하는가. 동족의 슬픈 운명을 보고 있으려니 하림은 견딜 수가 없었다.

기차가 사리원에 닿았을 때는 차안은 발 들여놓을 틈도 없이 승객들로 초만원을 이루고 있었다. 그곳에서 일단 기차를 내린 하림은 두 시간쯤 기다려 동부행 기차로 갈아탔다.

겨울이라 해가 짧았다. 금천에 이르렀을 때는 어느새 땅거미가 지고 있었다. 기차에서 내린 그는 역을 빠져나와 저녁식사를 든든히 먹은 다음 몇몇 사람을 통해 남하할 수 있는 길을 수소문해 보았다. 거의가 임진강 상류 쪽이 얼었으니 그쪽으로 가보라고 일러 주었다.

자전거를 한 대 구입한 다음 서둘러 출발했다. 어두운 밤길인데다 눈보라까지 몰아치고 있어서 달리기가 몹시 힘들었다. 그런 길을 아이들 손목을 잡고 걸어가는 가족들의 행렬이 줄을 잇고 있었다. 여유 있는 가족들은 그래도 소달구지라도 이용하고 있었다.

정신없이 달리다 보니 손발이 얼어붙어 감각이 없었다. 그래도 자전거를 모는 바람에 몸에서 열이 났다. 들판을 지나고, 내를 건너고, 산밑을 돌았다. 새벽닭 우는 소리가 들려왔을 때 마침내 희끄무레한 줄기가 멀리 보였다.

임진강이었다. 숨을 가다듬은 다음 자전거에서 내려 강 쪽으로 걸어갔다.

갈대밭이 계속되고 있었다. 갑자기 서치라이트가 밤하늘의 어둠을 가르며 한 바퀴 회전하더니 강 위를 비쳤다. 개미떼처럼 움직이는 사람들의 모습이 훤히 드러나 보였다. 이어서 총소리가 요란스럽게 밤하늘을 울리기 시작했다.

총소리 사이사이로 울부짖는 소리가 들려왔다. 떼지어 강을 건너던 사람들이 사방으로 흩어지는 것이 보였다.

하림은 몸이 부들부들 떨려왔다. 공포 때문이 아니라 분노로 몸이 떨리는 것이었다. 무고한 양민들에게 총질을 하다니. 그것도 외국군이 그런 짓을 하다니 분통이 터져 견딜 수가 없었다. 이 나라 백성이 나라 안에서 자기가 살고 싶은 곳을 찾아가는데 도대체 누가 그들을 막을 권한이 있단 말인가.

대낮같이 밝은 빙판 위에 총을 맞은 몇 사람이 쓰러져 있는 것이 보였다. 빙판 위에서 누군가가 울부짖었다.

"이놈들아-이놈들아-너희들이 뭔데-너희들이 뭔데-"

노성이 허공을 울리며 어둠 속으로 메아리 되어 멀리멀리 퍼져가고 있었다. 어느 노인의 외침이었다.

다시 총소리가 울렸다. 노인의 외침이 사라지고 정적이 찾아왔다. 빙판 위를 비추던 불빛도 꺼지고 차가운 바람만이 몰아쳐왔다.

자동차 굴러가는 소리가 들려왔다. 하림은 갈대를 헤치고 앞으로 기어나갔다. 한참 기어나가자 다시 서치라이트가 강 위를 비쳤다. 강 위를 구석구석 비친 다음 불빛은 사라졌다. 시간을 재 보니 1분마다 서치라이트가 비치고 있었다. 1분 동안에 강을 건너지 않으면 빙판 위에 벌집이 되어 처박힐 것이다.

갈대는 빙판까지 계속되고 있었다. 하림은 갈대 소리를 내지 않으려고 조심하면서 계속 앞으로 움직여 나갔다. 숨이 가빠오고 몸에서는 땀이 흐르고 있었다.

그때 저벅저벅 자갈 밟는 소리에 그는 납작 엎드렸다. 바로 앞을 소련군 병사 두 명이 중얼거리면서 지나가고 있었다. 권총을 빼들고 숨을 죽였다. 발각되는 날에는 먼저 선수를 칠 수밖에 없다.

군화 소리가 사라지는가 했더니 이번에는 갑자기 여인의 비명 소리가 들려왔다. 어둠 속에서 여자의 살려달라고 애원하는 소리가 가슴을 찢을 듯이 들려왔다. 강을 건너려고 갈대밭에 숨어 있다가 경비병들에게 붙잡힌 모양이었다. 욕정에 굶주린 병사들에게 붙잡혔으니 그녀가 어떻게 처리될 것인지는 보지 않아도 뻔했다.

여자의 애걸하는 소리가 점점 가까워졌다. 가지 않으려고 발버둥치는 여자를 병사들은 우격다짐으로 끌고 오는 것 같았다. 목소리로 보아 여자는 나이가 어린 것 같았다. 질질 끌리듯이 하면서 여자는 하림이 엎드려 있는 곳 바로 앞을 지나갔다. 여자의 울부짖는 소리가 삭풍보다 더 차갑게 얼굴을 후려쳤다. 솟구쳐 일어나려는 자신을 억누르면서 그는 흐느끼듯 거친 숨을 내쉬었다.

소련군 병사들은 얼마 떨어지지 않은 갈대밭에서 일을 치르려는 것 같았다. 입을 틀어막혔는지 여자의 울부짖는 소리는 더 이상 들려오지 않았다. 그 대신 갈대를 짓이기는 소리가 소란스럽게 들려왔다.

하림은 망설였다. 그대로 강을 건너 도망쳐야 하느냐 아니면 여자를 구해야 하느냐. 여자를 내버려둔 채 도망친다는 것은 비겁한 일이다. 보다 큰일을 위해 여자를 버리고 강을 건너야 한다. 아니다. 그것은 일종의 변명이다. 자기 합리화다. 비겁한 자식.

강 쪽으로 기어가는 대신 그는 마침내 여자가 끌려간 쪽으로 움직이기 시작했다. 눈보라 때문에 지척을 분간할 수 없는 것이 다행이었다.

여자는 로스께가 벗어놓은 오버 위에 눕혀져 있었다. 하체를 가리고 있던 옷들은 무자비하게 찢겨나가고 두 다리는 허공을 향해 마지막 안간힘을 쓰며 허우적거리고 있었다.

로스께 한 명이 여자 위에 올라타고 앉아 주먹으로 그녀를 때리고 있었다. 그래도 여자는 저항을 멈추지 않고 악착같이 남자를 밀어내고 있었다.

"빨리빨리 해치워."

서서 구경하고 있던 다른 로스께가 급하다는 듯 재촉했다. 눈보라치는 강변 갈대밭 속에서 가냘픈 여자 하나를 겁탈하기 위해 벌어지는 온갖 야만적인 소리가 마치 폭풍처럼 들려오고 있었다. 하림은 이를 갈면서 숨을 깊이 들이켰다.

여자를 올라타고 있는 병사는 좀처럼 결판을 못 내고 있었다. 옆에서 구경하고 있던 로스께가 더 이상 참지 못하겠는지 총검을 뽑아 여자의 얼굴에 들이댔다. 얼음처럼 차가운 칼날이 얼굴에 닿자 그렇게도 심히 저항하던 여자는 갑자기 움직임을 멈추었다.

 로스께가 바지를 풀어 내리고 여자 위에 엎드리는 것이 보였다. 어둠 속에서 허연 엉덩이가 흔들리고 있었다.

 하림이 몸을 일으킨 것은 그때였다. 갑자기 눈보라가 확 몰아쳤기 때문에 시야가 가려졌다. 서 있는 로스께의 뒷모습이 흐릿하게 보였다. 엎드린 사내의 허연 엉덩이가 높이 치솟고 있었다. 일을 막 치르려 하는 것이 분명했다.

 서 있는 로스께는 건장했다. 좀더 가까이 접근했다. 거리가 2미터쯤 된다고 생각했을 때 호흡을 정지하고 방아쇠를 당겼다. 상대를 죽인다는 생각보다는 러시아를 향해 총을 쏜다는 기분으로 방아쇠를 당겼다.

 탕!

 대지가 흔들리는 것 같았다. 화약 냄새가 물씬 풍겨왔다. 로스께의 건장한 몸뚱이가 이상할 정도로 힘없이 옆으로 나가떨어졌다.

 엉덩이를 까고 막 일을 벌이려던 자가 화들짝 놀라 튀어 일어났다가 하림을 보고는 주춤주춤 물러섰다. 한마디 할 겨를도 지체할 틈도 없었다. 하림은 두번째 방아쇠를 당겼다.

 탕!

 소련군 병사는 하림이 쏜 총알을 가슴에 안고 가만히 주저앉았다. 두 손을 앞으로 뻗어 허우적거리다가 뒤로 천천히 드러누웠다. 하림은 재짤리 여자의 팔을 나꿔챘다. 불빛이 머리 위를 스쳐갔다.

"고개 숙여!"

비틀거리는 여자의 허리를 끌어안고 몇 걸음 뛰다가 갈대 속으로 파고들었다. 다시 불빛이 휘익하고 지나갔다. 뛰쳐 일어나려는 여자를 품속에 꽉 끌어안고 숨을 몰아쉬었다.

"정신 바짝 차리지 않으면 죽어! 내가 시키는 대로 해!"

다시 일어나 뛰었다. 정신없이 뛰다가 뒤엉켜 쓰러졌다. 총소리가 들려왔다. 꼼짝하지 않고 있는 동안 불빛이 지나갔다.

다시 일어났다. 여자는 비로소 살아야겠다고 결심했는지 그의 손을 잡고 허둥지둥 따라왔다. 갈갈이 찢긴 치맛자락 사이로 허연 허벅지가 드러나고 있었지만 그런 것은 조금도 상관하지 않았다.

총소리가 계속 들려오고 있었는데 엉뚱한 방향으로 터지고 있는 것 같았다.

"괜찮겠소?"

하림은 숨을 몰아쉬며 여자를 바라보았다. 여자는 그의 물음에는 대답도 하지 않고 그의 팔을 잡은 채 마구 떨어대고 있었다. 하림은 얼굴도 이름도 모르는 처녀를 힘주어 끌어안고 다짐했다.

"나를 떨어지면 안 되니까 꼭 붙어서 따라와요."

여자가 고개를 끄덕거리는 것이 느껴졌다. 하림은 더 힘주어 그녀를 안았다.

"강을 건너다가 만일 내가 쓰러지더라도 그대로 뛰어가요. 지체하면 다 죽게 되니까."

이 말에는 반응이 없었다. 자기를 구해 준 남자의 은혜를 저버릴 수 없다는 애틋한 정리가 그대로 가슴에 전해져와 하림은 코끝이 시큰해지는 것을 느끼지 않을 수 없었다.

하림은 서둘렀다. 경비원 두 명이 살해된 것을 알면 놈들은 전력을 동원해서라도 눈에 불을 켜고 달려들 것이다. 그전에 강을 건너지 않으면 보복을 당할 것이 뻔하다.

갈대를 헤치고 강가로 조금씩 접근해 갔다. 눈보라가 세차게 몰아치는 것이 적이 다행스러웠다. 여자의 손을 꽉 움켜쥐고 얼음판 위로 한발을 내디뎠다. 그때 서치라이트가 휘익하고 얼음판 위를 비쳤다. 그들은 도로 갈대 속으로 들어갔다.

하림은 서치라이트가 사라지는 순간 여자의 손을 잡고 빙판 위로 뛰어들었다. 미끄러워 제대로 뛸 수가 없었다. 여자는 몇 번씩이나 쓰러지곤 했다. 그때마다 여자는 허둥지둥 일어나 하림에게 매달렸다.

경비가 엄중하고 발각되면 무조건 사살되는 판이었지만 사람들은 기를 쓰고 강을 건너고 있었다. 자유에의 갈구가 그토록 강렬한데 대해 하림은 눈물이 나올 지경이었다. 어둠 속에서 빙판 위를 기어가는 사람들의 모습이 애처로우면서도 장엄해 보였다. 미끄러운데다 강폭이 넓어서 1분 동안에 강을 건넌다는 것은 무리였다.

중간쯤 이르렀을 때 마침내 서치라이트가 빙판 위를 비쳤다. 이어서 총소리가 콩볶듯이 들려오기 시작했다. 총알이 빙판에 떨어지는 소리가 흡사 소나기 같았다. 여기저기서 처절한 비명 소리가 들려왔다.

"엎드려!"

하림은 외치면서 여자를 끌어당겼다. 여자의 몸이 그의 옆으로 굴러왔다. 무전기가 들어 있는 가방과 함께 여자를 끌고 가야 했기 때문에 마음대로 몸이 움직여지지가 않았다.

"움직이지 마!"

하림은 여자를 끌어안으면서 얼음 바닥에 누워 버렸다. 움직인다는 것이 오히려 위험을 자초할 것 같아 죽은 듯이 누워 있기로 했다.

하림의 생각대로 총알은 움직이는 사람들 쪽으로 날아가고 있었다. 누워서 보니 빙판 위로 시체가 즐비했다. 날이 새면 소련군들은 시체를 치우고 아무 일 없었다는 듯 시침을 뗀다. 죽는 사람만 개죽음을 당하는 것이다.

총소리가 그치고 죽음 같은 적막이 찾아왔다. 빙판 위에는 시체만 즐비할 뿐 움직이는 사람은 하나도 보이지 않았다.

서치라이트가 사라지는 순간 하림은 여자를 일으켜 세웠다. 그리고 사력을 다해 마지막 남은 빙판을 건너뛰기 시작했다. 여자는 아까보다 훨씬 힘이 빠져 있었다. 거의 끌리다시피 따라오고 있었다. 손을 놓자 그대로 쓰러져 버린다.

"조금 남았으니까 힘을 내요!"

소리치면서 허리에 팔을 두르고 앞으로 달려갔다. 하림은 달리면서 손이 갑자기 따뜻한 물에 잠기는 것 같은 기분을 느꼈다. 겨우 강을 건넜을 때 다시 서치라이트가 어둠을 가르며 비쳐왔다. 엎드렸다가 불빛이 지나가는 틈을 타 여자를 들쳐업고 달려갔다.

강 건너도 갈대밭이었다. 갈대 속으로 뛰어들면서 풀썩 쓰러져 버렸다. 불빛이 멀리 한 바퀴 돌아 사라졌다. 이젠 안심해도 될 것 같았다. 거친 숨을 몰아쉬며 여자를 들여다보았다.

여자는 쓰러진 채 움직이지 않고 있었다. 여자를 부축해 일으키다가 다시 손이 따뜻한 물 속에 잠기는 것을 깨닫고는 비로소 사태를 깨달았다.

여자의 몸은 피로 흥건히 젖어 있었다. 복부에서 계속 피가 흘러나오고 있는 것 같았다. 등을 관통한 총알이 복부를 꿰뚫고 나온 모양이었다. 너무 억울하고 원통한 일이었다.

하림은 고개를 돌려 강 건너 북쪽을 바라보았다. 분노의 손길로 한동안 어둠 속을 쏘아보고 있다가 그는 여자를 와락 껴안았다. 이름도 얼굴도 알 수 없는 그 여자는 하림의 품속에 안겨 떨고 있었다.

오랫동안 사귀어 온 여자를 잃었을 때의 비통한 감정이 그대로 가슴을 가득 메우더니 급기야 그로 하여금 눈물을 흘리게 했다. 여자의 뺨에 얼굴을 비비면서 그는 겨우 입을 열었다.

"자, 이젠 안전하니까 나하고 갑시다."

여자는 떨리듯 숨을 깊이 들이켰다.

"미안해요."

그녀의 목소리는 들릴 듯 말 듯 작았다. 처음 들어 보는 목소리였다. 짓찢긴 치맛자락 사이로 그녀의 하체가 그대로 드러나 있다. 하림은 오버를 벗어 그녀의 몸을 감쌌다. 여자의 몸은 가벼웠다.

"선생님……고마워요……"

하림은 고개를 끄덕이면서 갈대를 헤치고 어둠 속을 한참 걸어갔다.

"선생님……저를 멀리……멀리 데려다 주세요……"

바람이 그녀의 목소리를 집어삼켰다. 하림은 걷잡을 수 없이 눈물이 나왔다.

정신없이 한참을 걸어가다 보니 여자한테서 아무 소리도 들려오지 않았다. 멈춰 서서 얼굴에 귀를 대 보았다. 숨소리도 들리지 않았다. 여자는 낯선 사나이가 자기를 멀리 평화로운 곳으로 데려다 줄 것이라고 믿으면서 눈을 감은 것이다.

여자가 죽었다고 생각하자 하림은 갑자기 다리에서 힘이 빠지면서 비틀거렸다. 그대로 땅바닥에 주저앉아 통곡을 하고 싶었다.

소녀를 안고 한 시간 남짓 걸어가자 불빛이 보였다. 조그만 마을이었다. 몇 사람이 다가와 그를 에워쌌다. 마을 사람들은 밤마다 강을 건너오는 사람들을 보호하고 안내해 주는 일을 하고 있었다.

노인 한 사람이 등불을 들어 하림이 안고 있는 여자를 들여다보더니 혀를 끌끌 찼다.

"안됐소만……죽은 모양이오."

오버까지 피에 후줄근히 젖어 있었다. 마을 사람들은 머뭇거리며 하림을 쳐다보고 있었다. 불빛에 드러난 여자의 얼굴은 평화스러워 보였다. 잠자듯이 눈을 감고 있었는데 십칠팔 세쯤 된 것 같았다. 복스럽고 귀여운 얼굴이었다.

하림은 고개를 들어 어둠 속을 바라보았다. 선생님……저를……멀리……멀리……데려다 주세요. 소녀의 목소리가 들려오는 듯했다.

"따님이신가요?"

변장하고 있는 하림의 모습이 꽤 나이 들어 보였던지 노인이 조심스럽게 물었다. 하림은 잠자코 소녀의 헝클어진 머리를 쓰다듬었다.

너무도 비통한 모습이었지만 마을 사람들은 더 이상 말을 붙이지 못한 채 하림을 쳐다보기만 했다.

하림은 한 걸음 앞으로 나섰다. 몸이 금방이라도 쓰러질 듯 비틀거렸다. 모자 위에도, 얼굴 위에도, 어깨 위에도 눈이 허옇게 덮여 있었다.

"삽을 좀 빌릴 수 없을까요?"

노인을 향해 힘없이 묻는다. 노인은 고개를 끄덕이더니 한 청년에게 삽을 가져오라고 지시했다. 청년이 달려가 곧 삽을 가져왔다. 노인이 등불을 들고 길을 안내했다. 사양했지만 노인은 굳이 앞장서서 걸어갔다.

마을 뒤쪽에 야산이 있었다. 눈보라 속에 소녀의 시체를 안고 어둠 속을 더듬어 산을 오르는 하림의 모습은 이루 형언할 수 없을 정도로 비통해 보였다. 그는 소녀를 들여다보면서 묵묵히 오솔길을 올라갔다. 멀리서 늑대의 울부짖는 소리가 들려왔다. 노인이 헛기침을 했다.

"나쁜 놈들……죄 없는 불쌍한 백성들한테 총질을 하다니……"

구부러진 노인의 등에서 분노가 느껴졌다.

언덕에 올라서자 바람이 거세게 불었다. 등불이 흔들렸다. 노인의 얼굴은 온통 주름투성이였다. 눈을 뜨고 있는지 감고 있는지 잘 분간이 가지 않았다. 노인이 등을 나뭇가지에 거는 동안 하림은 시체를 땅위에 내려놓았다.

"너무 상심하지 마시오. 나고 죽는 게 다 하늘의 이치이니……너무 괴로워하지 마시오."

땅은 얼어 있었다. 하림은 삽으로 땅을 파기 시작했다. 그때 노인이 갑자기 작은 소리로 노래를 불렀다.

나는 가네 나는 가네

황천길로 나는 가네

……………………………

……………………………

바람에 노래 소리는 끊겼다가 다시 들려오곤 했다. 들을수록 처연한 노랫가락이었다.

얼어붙은 거죽을 벗겨내자 그 다음부터는 파기가 쉬웠다. 노인이 교대하자고 했지만 하림은 쉬지 않고 땅을 팠다.

이윽고 삽을 놓자 노인도 노래를 그쳤다. 하림은 소녀의 시체를 오버에 싼 다음 구덩이 속으로 들어가 시체를 가만히 눕혔다. 오버 끝으로 소녀의 버선발이 튀어나와 있었다. 한쪽 발은 버선도 없는 맨발이었다. 그것을 보자 비통한 감정이 되살아났다. 허리를 굽혀 소녀의 조그만 발을 두 손으로 감싸쥐었다. 소녀의 발은 얼음장처럼 차가웠다. 몹시 춥겠는데 멀리까지 가려면 추울 거야. 그렇지만 할 수 없는 걸 어떡하나. 미안해. 데려다 주지 못해 미안해. 잘 가라구. 안녕히.

삽을 들어 흙을 뿌리는데 눈물이 후두둑 떨어졌다. 발작적으로 삽질을 빨리 하기 시작했다. 한참 후 낮고 조그만 무덤 하나가 생겨났다. 무덤 위로 금방 눈이 쌓이기 시작했다.

하림은 노인을 바라보았다.

"부탁 하나 드리겠습니다."

"네, 말씀하시지요."

"수고스러우시겠지만 이 묘를 좀 돌봐 주십시오."

"그거야 뭐 어렵지 않습니다. 푯말이라도 하나 해 박아야 하지 않겠습니까?"

사람 좋은 노인은 자기 일처럼 나서며 말했다.

"그랬으면 좋겠는데……이름을 모릅니다."

"아니, 그럼 따님이 아니신가요?"

"네, 아닙니다. 우연히 함께 넘어오게 된 겁니다. 불행히도 총을 맞는 바람에……"

노인이 자기 집에서 자고 가라고 했지만 하림은 도무지 다리를 뻗고 자고 싶은 심정이 아니었으므로 그대로 남쪽을 향해 걸어갔다.

오버까지 벗었기 때문에 몹시 추웠다. 얼굴을 숙이고 어깨를 잔뜩 웅크린 채 길을 걸어갔다. 모진 눈보라에 시야가 거의 보이지 않았다. 한참을 걸어가자 조그만 개울이 하나 나타났다. 물소리가 들리는 것이 꽁꽁 얼어붙지는 않은 것 같다.

개울에 내려가 바람을 등으로 막고 앉아 돌멩이로 내려쳐서 얼음을 깼다. 물은 별로 차갑지가 않았다. 피에 젖은 손을 씻고 세수를 했다.

멀리서 새벽 닭 우는 소리가 들려왔다. 마을이 가까운 것 같았다. 다시 남쪽을 향해 걸어갔다. 곧 마을이 나타났는데 아까보다는 훨씬 커 보였다. 주막에 불이 켜져 있는 것으로 보아 벌써 영업을 시작한 것 같았다.

더 이상 추위와 굶주림에 참을 수 없게 된 하림은 주막 안으로 들어섰다. 장꾼처럼 보이는 사내 두 명이 자리를 잡고 앉아 해장을 걸치고 있다가 안으로 들어서는 그를 이상한 듯이 바라보았다.

"북에서 오우?"

한 귀퉁이에 주저앉자 장꾼 하나가 퉁명스럽게 물었다. 하림은 말없이 고개를 끄덕거렸다. 늙은 주모가 김이 무럭무럭 나는 해장국을 가져오자 그는 단숨에 그것을 먹어치운 다음 한 그릇을 더 시켰다.

"어지간히 배가 고프셨구먼. 경비가 엄합딥까?"

"엄한 정도가 아니라……발각되면 무조건 사살입니다."

장꾼들은 눈을 크게 떴다.

"용케 빠져 나오셨구먼."

"운이 좋았나 봅니다."

추위가 풀리자 피로가 한꺼번에 몰려왔다. 빈 속에 해장국 두 그릇을 먹고 나자 긴장이 풀려 몸을 움직일 수가 없을 지경이었다. 주모에게 양해를 구한 다음 방으로 들어가 아랫목에 드러누웠다.

간밤의 일들이 주마등처럼 머리를 스쳐가면서 꿈같은 생각이 들었다. 곧 잠 속으로 빠져들었다.

잠이 들자마자 꿈을 꾸었다. 흉몽이었다. 로스께 여러 명이 총검을 치켜들고 쫓아오고 있었다. 살기 위해 도망치려고 했지만 왠지 발이 떨어지지가 않았다. 뒤를 돌아보니 그 이름 모를 소녀도 쫓겨오고 있었다. 머리는 산발한 채였고, 짓찢긴 치마 사이로 하얀 살이 그대로 드러나 보이고 있었다.

갑자기 소녀의 비명 소리가 들려왔다. 돌아보니 소녀가 로스께한테 붙잡혀 마구 옷을 찢기고 있었다. 하림은 뒤돌아서 그쪽으로 뛰어갔다. 총검이 그의 앞을 가로막았다. 앞으로 나갈 수가 없었다.

쓰러진 소녀의 몸 위로 여러 놈들이 달려들고 있었다. 분노에 떨면서도 그들을 제지할 수 없었다. 한참 후 정신을 차리고 보니 로스께들은 간 곳이 없고 그곳에는 소녀 혼자 울고 있었다. 소녀는 피투성이가 된 채 알몸으로 울고 있었다.

그가 손을 대려고 하자 소녀는 뒤로 물러나면서 원망스러운 눈으로 그를 바라보았다. 손을 앞으로 내밀며 가까이 다가서자 소녀는 돌연 저쪽 어둠 속으로 도망치기 시작했다. 나는 가겠어요. 붙잡지 마세요. 멀리 아무도 살지 않는 곳으로 가겠어요. 나는 인간을 저주해요. 소녀의 외침이 어둠 속에 메아리가 되어 들려오고 있었다.

사랑의 길

 하림이 서울에 닿은 것은 이튿날 오후 2시경이었다. 집에도 들르지 않고 그는 곧바로 사령부로 들어가 아얄티 중령을 만났다. 중령은 하림을 껴안고 흔들었다. 사나이들만이 느낄 수 있는 격렬한 감정이 두 사람의 가슴을 뒤흔들어 주고 있었다.
 "다친 데는 없소?"
 "없습니다."
 하림은 변장했던 것을 지우고 본래의 모습으로 돌아갔다.
 아얄티와 함께 소파에 앉자 문이 열리면서 여직원 하나가 차를 가져왔다. 하림이 고개를 들어 보니 바로 여옥이었다. 여옥도 그를 보고는 멈칫하고 놀라는 것 같았다. 아얄티 중령이 말없이 두 사람을 번갈아 보며 미소했다.
 검정 털셔츠를 입고 있기 때문인지 여옥의 얼굴은 전보다 더욱 창백해 보였다. 찻잔을 내려놓는 손끝이 가늘게 떨리고 있었다. 억지로 웃어 보이는 얼굴 모습이 오히려 서글픈 분위기를 띠고 있었다.
 "무사히 돌아오셨군요."

잠기는 것 같은 목소리로 말했다. 하림은 자기도 모르게 일어섰다. 그리고 손을 뻗어 그녀를 잡으려다가 말았다.

"별일 없었나요?"

"네."

서로가 뚫어질 듯 상대방을 응시했다. 여옥이 먼저 돌아서서 조용히 방을 나갔다.

"미세스 윤이 몹시 걱정하고 있었소. 아마 제일 걱정하고 있었을 거요."

아얄티의 말에 하림은 새삼 여옥에 대한 애정이 끓어오르는 것을 느꼈다.

그들은 곧 이승만에 대한 암살미수사건을 검토하기 시작했다. 하림은 채수정에 대한 소식이 제일 궁금했다.

"미스 채는 현재 돈암장에 들어갔습니다. 오늘밤 우리 요원이 그 여자와 만나기로 돼 있습니다. 그때 범인들의 명단을 넘기기로 돼 있습니다. 놈들의 아지트를 습격했는데, 벌써 도망치고 없었어요. 아마 다른 곳으로 옮긴 모양입니다."

아얄티는 암살미수사건이 일어났을 때의 상황을 자세히 설명해 주었다. 그것을 듣고 난 하림은 내심 깜짝 놀랐다.

"눈에 안대를 맨 놈이 분명히 범인이었습니까?"

"우리 경호원이 그놈과 총격전을 벌이기까지 했다니까 틀림없을 거요. 그놈 외에 다른 두 명도 있었다는데 인상을 확실히 보지는 못했답니다."

최대치의 모습이 하림의 머리 속을 스쳐갔다. 설마하고 생각했지만 불길한 생각을 떨쳐버릴 수는 없었다. 채수정을 만나보면 금방 알 수 있는 일이다. 만일 최대치가 범인이라면 어떻게 해야 하나. 거기까지 생각하자 하림은 모골이 송연해졌다.

"미스 채가 놈들의 아지트를 가르쳐 줘서 즉시 습격했더니 벌써 도망치고 없어요."

"놈들은 첫번째 거사에 실패했으니까 다음에는 신중을 기해서 틀림없이 성공하려고 들 겁니다. 다음 번에는 미스 채를 이용할지 모릅니다. 그 여자를 돈암장에 침투시킨 이유가 바로 이 박사 암살에 있으니까요."

"그렇겠지요. 미스 채가 잘해내야 할 텐데……"

"미스 채도 안전하지 못합니다. 제가 남하한 것을 알면 평양에서 즉시 놈들에게 연락이 갈 겁니다. 그렇게 되면 그 여자의 신변이 위험해집니다."

그들은 불안한 시선으로 서로를 바라보았다.

"미스 채의 입장이 그렇게 불안하다면 철수시키지요."

아얄티가 단정하듯 말했다. 하림이 단안을 못 내리고 머뭇거리자 그가 다시 말했다.

"놈들을 모두 체포하기 위해서는 당분간 그 여자를 거기에 놔두어야 하는데……"

아얄티의 말에도 일리가 있었다. 그래서 하림은 거기에 동의했다.

"그럼 당분간 거기에 있게 하고 감시를 철저히 하지요. 오늘 밤에 저도 그 여자를 만나러 가겠습니다."

"피곤할 텐데 좀 쉬지요."

"괜찮습니다."

그들의 대화는 북한에서 일어나고 있는 사태로 이어졌다. 거기에 대해 입을 연 하림의 목소리는 몹시 무거웠다.

"조만식 선생이 없는 북한은 이제 적색 일색입니다."

"조만식씨가 풀려날 가망은 없습니까?"

"없습니다. 놈들은 그분의 행방마저 극비에 붙이고 있습니다."

"생사도 모르겠군요?"

"모릅니다. 그분을 따르던 우익 인사들까지 모두 숙청 당하고 있습니다."

두 사람은 약속이나 한 듯 입을 다물었다. 무거운 침묵이었다. 한참 후 하림이 먼저 입을 열었다.

"북한에 공산정권이 세워지는 건 시간문젭니다. 일단 정권을 세우고 나면 남한을 적화하려고 들 겁니다."

"비극입니다. 이런 비극은 극복되어야 합니다."

"미국의 미온적인 태도에 저는 불만입니다. 왜 미국은 소련처럼 강력하게 나오질 못합니까? 정국이 이렇게 혼란한 것은 무엇보다도 좌우익이 대립하고 있기 때문입니다. 미국은 도대체 여기에 어떤 정권을 세우기를 원합니까?"

하림은 분노를 억누르며 물었다 아얄티의 얼굴에 곤혹의 빛이 스쳐갔다.

"나도 현재 군정 정책에 대해 불만이 많습니다. 군정 책임자가 단안을 내리지 못하고 우물쭈물하고 있는 책임이 큽니다. 국무성에 계속 건의를 하고 있지만 아직 어떤 결정이 내려지지 않고 있습니다."

"이승만 박사를 암살하려고 한 것만 보아도 놈들이 남한 적화를 위해 얼마나 기를 쓰고 있는가를 알 수 있을 겁니다. 이번 사건은 정확한 자료를 수집해서 국무성에 빨리 보고해야 될 겁니다."

"아, 물론이지요."

"암살지령은 평양에서 직접 내려온 겁니다. 미군은 북한에 암살단을 보내지 않았습니까?"

"보내지 않았습니다."

"왜 보내지 않았습니까? 저쪽이 칼을 들고 오면 이쪽에서도 칼을 들고 대항해야 합니다. 힘 이외에는 지금은 살아날 방도가 없습니다."

"알고 있어요. 그렇지만 내 맘대로 할 수가 없으니……"

아얄티는 말끝을 흐리면서 창밖을 바라보았다.

"지금 당장 시급한 것은 민족지도자들을 암살로부터 보호해야 하는 일입니다. 앞으로도 계속 암살사건이 일어날 소지가 많습니다."

"조처를 취하도록 합시다."

아얄티의 방을 나온 하림은 그 길로 형님네 집으로 갔다. 마음씨 좋은 형수의 보살핌으로 아기는 별탈 없이 건강하게 자라고 있었다. 아기를 품에 안고 빙빙 돌아가는 하림을 보고 형수는 눈물을 흘렸다.

형 경림은 여전히 공산당 일에 열심히 뛰어다니고 있는 모양이었다.

"아기를 봐서라도 이젠 집에서 나가지 마세요. 형님이 기분 나쁜 말을 하시더라도 참으시고 집에 계세요."

형수가 애원하듯 말했다. 하림은 형수 대하기가 무척 면구스러웠다.

"네, 그래야지요."

그렇게 말은 했지만 마음이 편치가 않았다. 마음이 편할 리가 없는 것이다.

형과는 다시 한번 크게 부딪칠 수밖에 없다는 것을 그는 잘 알고 있었다. 대립이 보다 격렬하고 날카로워지고 있는 이상 부딪치는 것은 피할 수 없는 일이다. 형은 왜 그럴까. 형은 현재 취해 있다. 가장 냉엄한 지성을 갖추어야 할 시인은 죽었는가. 형의 재질이 아까웠다.

일제 하에서는 내내 침묵만 지키던 형이었다. 이제 해방이 되었으니 우리 글로 얼마든지 자유롭게 시를 쓸 수 있지 않은가. 그런데 시를 버리고 혁명가연하고 있다. 괴로운 일이었다.

아기와 뒹굴며 놀다가 퇴근시간에 맞춰 밖으로 나왔다. 정보국에 전화를 걸어 채수정과 만날 시간과 장소를 알아본 다음 사령부 앞으로 나가 여옥이 퇴근하기를 기다렸다.

6시가 되자 날이 완전히 어두웠다. 10분쯤 지나자 여옥이 나오는 것이 보였다. 하림은 길을 건너 그녀의 뒤를 따라갔다.

여옥은 오버에 두 손을 찌른 채 고개를 숙이고 천천히 걸어가고 있었다. 그 뒷모습이 몹시 쓸쓸해 보였다. 수심이 가득 찬 모습이었다. 말하지 않아도 그녀가 몹시 고뇌하고 번민하고 있다는 것을 알 수가 있었다. 무슨 일 때문에 그럴까. 지금쯤 신혼생활에 젖어 단꿈을 꾸고 있어야 할 여옥이 아닌가. 그런데 그런 기미가 전혀 느껴지지 않는다.

하림은 여옥을 차마 부르지 못한 채 한참 동안 뒤따라갔다. 그런데 누가 따라오는 것을 느꼈는지 여옥이 갑자기 뒤돌아보는 바람에 두 사람의 시선이 딱 마주쳤다.

"어머!"

여옥이 깜짝 놀라면서 뒤돌아보았다. 그리고 자신의 걸어가는 모습을 보인 것이 부끄러웠던지 얼굴을 확 붉혔다. 하림은 웃으며 그녀 앞으로 다가갔다.

그들은 자연스럽게 찻집으로 들어갔다. 차를 시켜 놓고 마주보는 두 사람의 눈길은 깊고도 격렬했다. 표정은 부드러웠다. 그러나 시간이 지나자 그들의 표정은 한결같이 창백해지고 있었다. 서로가 어떤 사실에 대해 말을 꺼내는 것을 두려워하고 있었다.

"몹시 걱정했어요. 이젠 서울에 계시는 거죠?"

여옥이 먼저 확인하듯 물어왔다. 하림은 무겁게 고개를 끄덕였다.

"다른 지시가 없는 한 서울서 일하게 될 거요. 집에는 별일 없나요?"

이번에는 여옥이 대답 대신 고개를 끄덕였다.

"대치씨는 잘 있나요?"

부드럽게 물었지만 거기에는 무엇인가 간파해 내려는 날카로움이 숨어 있었다.

"네, 잘 있어요."

여옥의 표정이 일순 굳어졌다가 곧 풀어지고 있었다.

"그전보다 얼굴이 못하군요. 어디 아팠나요?"

여옥은 억지로 웃어 보이면서 고개를 급히 저었다.

"그렇다면 다행이군요. 여옥씨는 누구보다도 행복하게 살아야 합니다."

그 말에 여옥의 머리가 밑으로 떨어졌다. 두 사람은 한동안 말없이 앉아 있었다. 서로가 진심을 말하고 싶으면서도 그것을 억제하고 있었다. 그러나 진심을 말하는데 있어서는 하림보다 여옥이 더 용감했다. 여옥은 가만히 고개를 쳐들더니

"보고 싶었어요."

하고 중얼거리듯 말했다.

"나도 보고 싶었소."

한숨을 쉬듯 하림 역시 똑같은 말을 했다. 두 사람의 눈이 불꽃처럼 타올랐다. 그러나 그것은 한순간에 불과했다. 불꽃은 이내 꺼지고 두 사람은 자기 위치를 지키려고 애쓰고 있었다. 하림은 더 참지 못하고 물었다. 이미 남의 아내가 되어 버린 여옥에 대해 더 이상 관심을 가져서는 안 된다는 것을 알면서도 입을 열고 말았다.

"집안에 무슨 일이 있었지요?"

"……"

여옥의 시선이 밑으로 떨어지더니 한참 후 고개를 가만히 흔든다. 하림은 뚫어지게 그녀를 응시했다.

"아까 뒤따라가면서 보니까 그렇게 쓸쓸해 보일 수가 없었소. 행복하다면 정말 다행이오만……"

여옥은 고개를 쳐들었다. 무엇인가 하소연할 듯 입이 벌어지다가 도로 다물어지고 있었다.

"대치씨, 혹시 공산당 일을 하고 있지 않은가요?"

하림의 갑작스런 물음에 여옥은 흠칫 놀랐다. 이내 어깨를 움츠리면서 고개를 저었다.

"잘 모르겠어요."

"대치씨가 만일 거기에 관계한다면 생각을 돌리는 게 좋을 거요. 그런 일을 하면 가정생활이 유지되기가 어려울 거요."

여옥이 말을 하지 않았기 때문에 하림은 더 이상 캐묻지는 않았다. 그러나 여옥이 무엇인가 깊은 비밀을 간직하고 있다는 느낌만은 떨쳐 버릴 수가 없었다. 여옥이 먼저 나가고 난 뒤에도 그는 한동안 찻집에 홀로 앉아 있었다. 시계를 보니 채수정과 만날 시간은 아직 좀 남아 있었다.

다시 그의 머리 속은 여옥에 대한 생각으로 꽉 채워졌다. 여옥을 사랑하면서도 그녀가 대치와의 결혼생활에 실패하지 않고 행복해야 한다는 생각은 변함이 없었다. 여옥이 불행해진다는 것은 정말 가슴 아픈 일이 아닐 수 없었다.

채수정과 접선하는 장소는 명동 성당이었다. 찻집을 나온 하림은 성당 쪽으로 급히 걸어갔다. 성당 안에는 저녁 미사를 올리려고 사람들이 십여 명쯤 앉아 있었다. 성당에 와보기는 실로 오랜만이었다. 장엄하고 신비스런 분위기에 하림은 저절로 위축되는 기분을 느꼈다. 뒤쪽 구석진 자리에 모자를 벗고 조용히 앉아 있자 먼저 와 있던 동지가 그쪽으로 다가왔다.

"아직 안 왔습니까?"

하림이 작은 소리로 묻자 동지는 고개를 저었다.

"곧 나타나겠죠. 지금 8시 정각입니다."

"8시에 만나기로 했나요?"

"네, 정각 8시에……"

5분이 지나고 10분이 지났다. 그러나 채수정은 나타나지 않았다. 두 사람은 초조해지기 시작했다. 성당 밖으로 나온 그들은 입구에 서서 서성거렸다.

30분이 지났다. 채수정의 모습은 어디에도 보이지 않았다. 하림은 동지를 그곳에 있게 하고 거리로 나와 본부에 전화를 걸어 보았다. 거기에도 채수정으로부터 연락이 없었다.

하림은 동지와 함께 9시까지 성당 앞에 서 있다가 그곳을 떠났다.

하림이 채수정에게 무슨 사고가 생겼다고 본 것은 옳은 판단이었다.

그날 밤 채수정은 명동 성당에 가는 도중에 다른 사나이들에게 다른 곳으로 연행되었다. 긴급한 일이라고 해서 수정은 별일 없으려니 하고 그들을 따라갔는데 막상 가 보니 그게 아니었다.

새로 옮긴 어느 일본식 집 2층으로 올라간 그녀는 방안의 살벌한 분위기에 절로 몸이 움츠러들었다. 거기에는 다리에 부상을 입은 최대치 외에 처음 보는 낯선 사나이도 있었다. 낯선 사나이는 제일 연장자인 듯 보였고 몹시 마른 인상이었다.

최대치는 지팡이를 짚고 우뚝 서 있었다. 말없이 여자를 쏘아보는 눈이 무섭게 빛나고 있었다.

"바로 이 개년이군."

마른 사나이가 손가락으로 수정의 턱을 치켜올리며 말했다.

"꿇어앉아!"

서강천이 뒤에서 그녀의 등을 후려치자 수정은 앞으로 힘없이 고꾸라졌다. 일어나는 그녀를 이번에는 마른 사나이가 주먹으로 내려 갈겼다.

"개 같은 년! 너를 잡으려고 평양에서 내려왔다!"

수정은 얼굴이 축축이 젖어드는 것을 느꼈다. 코에서 흘러내린 피가 가슴 위로 뚝뚝 떨어지고 있었다. 주영수가 그녀의 오버를 잡아 벗겼다. 다른 옷도 벗기려고 하자 수정은 방어태세를 취했다.

서로 힘주어 잡아당기는 바람에 옷이 북하고 찢어졌다. 흰 허벅지가 환히 드러났다. 저고리 단추가 떨어져 나가자 탐스러운 젖무덤이 흔들리는 것이 보였다. 사나이들의 눈이 번득였다. 가학적 본능이 서서히 고개를 쳐들고 있었다. 수정은 두 손으로 젖가슴을 싸안으면서 그들을 노려보았다.

"악마들!"

평양에서 온 사나이가 그녀의 손을 걷어치우고 젖가슴을 움켜쥐었다. 뒤로 물러나려는 그녀를 서강천이 뒤에서 막아서고 있었다. 수정은 고통에 못 이겨 비명을 질렀다. 즉시 입 속에 걸레가 처박혀졌다.

"마프노를 이용하려고 했지? 무인도의 동백꽃은 누구냐?"

"죽여라. 이놈들아!"

"못 죽일 줄 아느냐? 서서히 죽여 주겠다. 그 키 큰놈은 누구냐? 그놈이 두목이냐?"

"……"

"그놈이 서울로 도망쳐 온 거 다 알고 있다. 그놈이 무인도의 동백꽃이지? 그렇지?"

머리채를 감아쥐고 끌어당기자 그녀의 몸이 뒤로 벌렁 나자빠졌다.

"그놈 있는 곳을 대 봐! 그놈 본명하고 있는 곳을 알려 주면 네 목숨은 살려 주겠다!"

수정은 하림을 생각했다. 그를 팔면 살아날 수 있을까. 아니다. 그분은 큰일을 할 사람이다. 그분을 팔 수는 없다. 그분을 사랑한다. 죽음 같은 것은 아무 것도 아니다. 사랑하는 이를 위해 죽는 것이 무엇이 무서운가. 하림씨, 고통스러워요. 아파 죽겠어요. 당신을 사랑해요. 사랑할 수밖에 없어요.

"이년, 악질인데……"

세 명의 사나이가 한꺼번에 달려들어 주먹질과 발길질을 했다. 수정의 몸은 방바닥 위에서 공처럼 굴러다녔다.

그때까지 대치는 지팡이에 몸을 의지한 채 묵묵히 서 있었다. 서 있는 모습은 마치 바위덩이 같았다. 가끔씩 외눈만이 번득일 뿐 그는 동지들이 고문하는 광경을 말없이 바라보고만 있었다.

그가 움직인 것은 세 사람이 고문을 그쳤을 때였다. 그는 쩔룩거리며 다가서더니 지팡이를 쳐들었다. 최대치의 지팡이가 수정의 목덜미를 겨누었다. 그의 외눈이 무섭게 이글거렸다.

"이중 스파이였군. 바른대로 말하지 않으면 죽여 버리겠다. 너를 침투시킨 놈이 누구냐?"

대치를 바라보는 수정의 눈이 불처럼 활활 타오르고 있었다. 증오의 눈길이었다. 코에서는 계속 피가 흘러내리고 있었지만 닦으려고도 하지 않았다. 입은 굳게 다물어져 있었다. 대치의 지팡이가 그녀의 목덜미를 후려쳤다. 그녀는 엎어졌다가 다시 일어나 앉았다. 목덜미가 부풀어오르고 있었다.

"평양에서 너와 함께 공작을 편 놈이 누구였지?"

"……"

"빨리 자백하지 못해? 네가 마프노에게 오빠라고 소개시킨 그놈은 누구냐?"

"……"

"이 개 같은 년이!"

다시 지팡이가 날아왔다. 이번에는 어깨에 부딪쳐왔다. 가슴 깊은 곳으로부터 신음이 흘러나왔다. 그러나 그녀의 입은 결코 벌어지지 않았다.

"그놈 이름이 뭐지? 본명을 대! 있는 곳이 어디냐? 빨리 말해!"

"……"

뒤통수에서 탁 하는 소리가 났다. 눈이 튀어나오는 것 같은 충격을 느끼면서 그녀는 모로 쓰러졌다.

이번에는 서강천이 화롯불 속에 꽂아두었던 화젓가락을 뽑아들고 다가섰다. 기절해 쓰러져 있는 그녀의 허벅지에 서슴없이 젓가락을 갖다대자 지지직하는 소리와 함께 옷과 살이 타는 냄새가 물씬 풍겨왔다. 순간 수정의 몸이 꿈틀댔다. 이번에는 등짝이 타 들어갔다. 수정은 부르르 떨었다. 그러나 깨어나지는 못하고 있었다.

수정이 눈을 뜬 것은 한밤중이었다. 누군가 위에서 그녀를 타 누르고 있었다. 하체에 충격이 왔다. 밀어내려고 했지만 꼼짝할 수가 없었다. 다시 정신을 잃었다. 한참 후 눈을 뜨자 커튼 사이로 달빛이 희미하게 비쳐들고 있었다. 몸을 움직이려고 하자 사지가 떨어져 나가는 듯 저려왔다. 겨우 무릎으로 기면서 물을 찾았다.

"물……물……"

입에서 저절로 물을 찾는 소리가 나왔다. 방문 쪽으로 기어가 문을 밀었다. 그러나 문은 밖으로 굳게 잠겨져 있었다. 창가로 다가갔다. 커튼을 젖히자 달빛이 쏟아져 들어왔다. 창틀을 잡고 겨우 몸을 일으킨 다음 문고리를 뽑아내고 창문을 열었다.

찬바람이 몰려들어오자 정신이 번쩍 드는 것 같았다.

그녀가 들어 있는 곳은 2층 구석진 방이었다. 2층은 높았다. 이래 죽으나 저래 죽으나 마찬가지라면 더럽게 개죽음을 당하고 싶지는 않았다.

연약한 여자지만 죽음을 각오하자 놀랄 정도의 투지가 솟아났다. 이를 악물고 창틀 위로 발을 올려놓았다. 찢긴 옷자락 사이로 추위가 엄습해 왔다.

아래는 뒤뜰이었다. 한쪽 발을 빼는 것과 동시에 몸을 창틀 위로 끌어올렸다. 숨을 몰아쉰 다음 상체를 앞으로 기울이자 갑자기 땅바닥이 가까워진 듯 보였다. 손을 놓자 그녀의 몸은 밑으로 굴러 떨어졌다.

탁하고 부딪치는 둔탁한 소리와 함께 그녀는 다시 의식을 잃었다. 머리가 정통으로 정원석에 부딪쳐 깨진 것이다. 모두가 잠들었는지 그녀가 2층에서 뛰어내린 것을 모르고 있었다.

한참 후 의식을 되찾았을 때 그녀는 무서운 추위를 느꼈다. 몸이 얼어붙어 잘 움직일 수가 없었다. 기다시피 겨우 몸을 끌고 나갔다. 들키면 바로 죽음을 당할 것이다. 달빛이 밝은 것이 두려웠다. 무릎이 저려왔다. 그러나 그것도 이내 느끼지 못하게 되었다.

뒤꼍을 겨우 돌아 나온 그녀는 마당을 가로질러 가는 것을 피하고 일부러 담밑 나무 사이로 돌아갔다. 여자의 몸으로서는 배겨나기 힘든 고통이었지만 죽음 직전의 마지막 힘이 그녀를 앞으로 밀어내고 있었다.

겨우 대문 앞에 닿았다. 대문을 열고 밖으로 나가기만 하면 된다. 몸을 일으켜 빗장을 잡았다. 그것을 돌리자 끼익 하는 소리가 났다. 멈췄다가 조금씩 조금씩 소리 없이 그것을 뽑았다.

마침내 빗장이 뽑히고 대문이 삐걱하고 열리자 그녀의 몸이 휘청거렸다. 잡을 것을 더듬으며 가까스로 골목으로 빠져 나간 그녀는 더 이상 버티지 못하고 푹 쓰러졌다. 그때 골목 저쪽에서

"약밥 사려!"

하는 소리가 들려왔다.

정신을 잃어서는 안 된다고 생각하면서 그녀는 소리가 들려오는 쪽으로 기어갔다. 그러나 그것은 꿈틀거리는 것에 지나지 않았다.

약밥장수의 발소리가 가까이 들려왔다. 길바닥 위에 사람이 쓰러져 있는 것을 발견한 청년은 급히 다가와 약밥통을 내려놓고 그녀를 흔들었다.

"여, 여보세요."

수정은 청년을 올려다보았다.

"저 좀……사, 살려 주세요."

겨우 한마디 하고 의식을 잃었다.

하림이 연락을 받고 수정이 입원한 병원에 나타난 것은 그로부터 두 시간 가까이 지나서였다. 수정의 의식은 혼미를 거듭하고 있었다. 깨어났다가는 곧 정신을 잃곤 했기 때문에 그것을

보고 있는 하림은 안타깝기 짝이 없었다. 그러한 그녀를 붙들고 이것저것 캐물을 수가 없었다.

"머리를 크게 다친 데다 피를 너무 많이 흘려 위독한 상태입니다. 지금으로서는 뭐라고 말할 수가 없습니다."

이것은 젊은 의사의 말이었다.

"뇌수술을 해야 합니까?"

"엑스레이 결과가 나와 봐야 알겠는데 아마 십중팔구 수술을 해야 할 겁니다. 그런데 우리 국내에서는 아직 뇌수술을 할 만한 데가 없습니다."

"그럼 어떻게 해야 됩니까?"

"미군 병원이라면 가능할 겁니다."

하림은 즉시 아얄티 중령에게 전화를 걸었다.

그로부터 한 시간도 못 되어 미군 앰뷸런스가 나타났다. 채수정은 앰뷸런스에 실리기 전에 마지막 가는 길이라고 생각했던지 문득 눈을 뜨고 하림을 뚫어지게 바라보았다. 그리고

"결혼하고 싶어요."

라고 말했다.

하림은 그녀의 손을 잡아 주면서 식어가는 그녀의 볼에 자신의 뺨을 갖다댔다.

"치료가 끝나는 대로 우리 결혼합시다."

"아니에요. 전 못 일어날 거예요."

그녀는 머리를 저으면서 허공을 응시했다. 한 줄기 눈물이 흘러내리고 있었다. 그녀의 손을 잡고 있는 하림의 손이 떨렸다.

"힘을 내야 해요. 그런 생각하면 안 돼요."

수정의 눈이 다시 하림을 올려다보았다. 어느새 눈에서는 빛이 스러지고 있었다. 미군이 다가와 담가를 차 속으로 밀어 넣으려고 했다. 수정이 손을 뻗어 하림의 옷자락을 잡았다.

"최대치……그 사람을 조심해요."

안간힘을 다해 토해내는 말이었다. 하림의 귀가 번쩍 뜨였다.

"그놈이 범인인가?"

수정은 눈을 감았다가 뜨면서 고개를 끄덕였다.

"눈에 안대를 했었소?"

"네……무서운 사람이었어요."

숨가쁜 목소리와 함께 수정의 몸은 차 속으로 밀어넣어졌다. 곧 문이 닫혀지고 차는 출발했다.

하림은 어둠 속으로 사라지는 차를 바라보면서 한동안 정신없이 그 자리에 서 있었다. 어느새 밤하늘에서는 눈발이 날리고 있었다. 눈발이 얼굴에 와 부딪치는 대로 내버려두었다. 가슴이 저려왔다. 슬픔과 분노가 함께 뒤엉켜 가슴이 뒤끓는 것 같았다.

어둠 속으로 걸어갔다. 눈보라에 시야가 막혀 아무 것도 보이지 않았다. 발길 닿는 대로 무작정 걸어갔다.

최대치가 장본인이라는 사실은 그에게는 너무도 충격적인 것이었다. 이승만을 저격한 범인이 눈에 안대를 하고 있었다고 했을 때 그는 혹시 대치가 아닐까 하고 생각했었다. 그러나 그것은 잠깐 스쳐간 생각에 불과했었고 더 이상 거기에 대해서는 신경을 쓰지 않으려고 했었다. 그런데 그것이 움직일 수 없는 사실로 나타난 것이다.

지금 당장 연락만 취하면 최대치를 체포할 수 있다. 그는 독 안에 든 쥐나 다름없다. 당연히 그자를 체포해야 한다. 순간 여옥의 얼굴이 대치의 얼굴 위에 겹쳐져 나타났다.

그는 자기도 모르게 머리를 흔들었다. 여옥을 생각할 때 대치를 체포한다는 것은 도저히 불가능한 일이었다. 그것은 생각할 수도 없는 일이었다.

그는 누구보다도 여옥을 사랑하고 그녀의 행복을 바라고 있었다. 그런 처지에 그의 손으로 그녀에게 불행을 안겨줄 수는 없었다.

실로 생각할수록 이럴 수도 저럴 수도 없는 일이었다. 이를 어떡하나. 여옥에게 사실을 말해야 하나. 그럴 수는 없다. 사나이 대 사나이로 최대치와 직접 부딪쳐 해결을 보는 게 어떨까. 생각이 여기에 미치자 그는 절로 한숨이 나왔다.

하숙집으로 돌아와 잠자리에 들었지만 잠이 오지 않았다. 형수의 간곡한 만류에도 불구하고 그는 형인 경림과의 마찰을 피해 하숙을 얻어들고 있었다.

이튿날 아침, 하림은 사령부에 출근하는 대신 여옥의 집으로 향했다.

여옥이 출근한 것을 확인한 뒤 집 부근에서 대치가 나오기를 기다렸다. 한 시간이 지났지만 대치는 나타나지 않았다. 두 시간 세 시간이 지났지만 아무도 나오는 사람이 없었다.

그날은 포기하고 돌아왔다. 이튿날 아침에도 그는 여옥의 집으로 향했다.

기다리는 시간은 지루하고 답답했다. 거기다가 몹시 추웠기 때문에 그는 발을 동동 구르며 대치의 집에서 빠져나오는 길목을 지켰다.

여옥은 여느 때처럼 출근했다. 골목을 빠져나온 그녀는 큰길을 따라 총총히 걸어갔다. 아무 것도 모르고 있을 그녀를 생각하자 하림은 가슴이 아팠다.

대치가 마침내 모습을 드러낸 것은 11시 가까이 되어서였다. 헐렁한 오버에 캡을 눌러쓰고 지팡이를 짚은 그는 절룩거리며 골목 밖으로 나왔다. 눈에 안대를 하고 있어서 금방 알아볼 수가 있었다. 멈춰 서서 주위를 한번 휘둘러보고 난 그는 천천히 한길을 건너왔다. 한쪽 손은 오버 주머니 속에 깊이 찔러져 있었다.

대치가 알아보지 못하도록 하림은 변장하고 있었다. 그러나 눈치채지 않게 하기 위해 일부러 반대 방향으로 걸어갔다. 느릿느릿 걸어가다가 뒤돌아보니 대치는 인력거에 오르고 있었다. 하림도 인력거를 집어탔다. 삼십 분쯤 지나 대치는 어느 일식 2층집 앞에서 인력거를 내렸다. 하림 역시 인력거를 내려 주변 지리를 눈여겨 익혀두었다.

다시 기다리는 시간이 계속되었다. 그는 끈질기게 기다렸다.

점심때가 지났다. 몸이 얼어붙어 더 이상 길가에 서 있기가 힘들 지경이었다. 그러나 그는 떠나지 않고 자리를 지켰다. 놀랄 정도의 인내심으로 추위를 견디며 기다렸다.

오후 2시 조금 지나 대치는 나타났다. 이번에는 안경을 낀 사내와 동행이었다. 낯선 사내 역시 캡을 눌러쓰고 있었다.

그들은 택시를 집어탔다. 하림도 택시를 잡았다. 대치 일행이 차를 내린 곳은 미도파 앞이었다. 택시를 내린 하림은 급히 골목으로 뛰어들었다.

대치와 안경은 명동 입구에서 헤어졌다. 안경은 조선호텔 쪽으로 대치는 명동 쪽으로 들어갔다. 하림은 대치의 뒤를 바싹 쫓아갔다. 목이 타는 듯했다. 대치와 부딪칠 시간이 가까워오고 있었다.

대치는 불편한 다리를 끌면서 어디론가 급히 가고 있었다. 하림은 그를 쫓아가면서도 어떻게 상대해야 할지 아직 단안을 못 내리고 있었다.

그때 뒤가 켕겼던지 대치가 갑자기 뒤를 돌아보았다. 하림은 주춤했다. 두 사람의 시선이 불꽃을 튕기듯 부딪쳤다. 눈에 불이 확 당기는 듯했다. 하림은 어금니를 깨물면서 대치 앞으로 다가갔다. 대치의 외눈은 움직이지 않은 채 크게 부릅떠져 있었다. 그는 그때까지도 상대가 누군지 모르고 있는 것 같았다. 하림이 변장을 하고 있으니 무리도 아니었다.

"오랜만이오."

하림이 잠긴 목소리로 상대를 쏘아보면서 말했다. 두 사람 모두 호주머니에 한쪽 손들을 찌르고 있었다. 호주머니가 유난히 불룩한 것으로 보아 권총을 숨기고 있는 것이 분명했다. 하림은 권총 끝이 이쪽으로 향하고 있는 것을 의식하면서 계속 대치를 쏘아보았다. 대치의 얼굴이 돌처럼 굳어지고 있었다. 동요의 빛이 사라지고 방어태세로 굳어지고 있었다.

"누구신가요?"

무거운 음성이 흘러나왔다. 아직도 하림을 몰라보고 있었다.

"나, 장하림이오."

그 말을 듣는 순간 외눈이 한번 번득였다. 이어서 얼굴이 일그러졌다. 자신이 놀란데 대해 몹시 불쾌하게 생각하고 있는 것이 분명했다.

고개를 끄덕이더니

"많이 변하셨군. 오랜만이오."

하고 퉁명스럽게 말했다.

하림의 변장을 노골적으로 비웃고 있었다. 하림은 솟구치는 분노를 짓누르면서 한 걸음 더 다가섰다.

"할 이야기가 있으니 같이 좀 갑시다."

"그래요? 나 지금 바쁜데……"

"중요한 이야기니까 같이 좀 갑시다."

대치는 지팡이를 한번 휘둘렀다. 그 태도가 다분히 위협적이었다. 지팡이로 딱 소리가 나게 땅바닥을 때리고 나서 그는 거칠게 말했다.

"지금은 시간이 없어서 안 돼요. 할 이야기가 있으면 나중에 약속합시다."

딱 부러지게 말을 뱉고 나서 휙 돌아서서 걸어가기 시작했다. 하림은 재빨리 손을 뻗어 대치의 팔을 낚아챘다.

"순순히 따라오는 게 좋을 거요."

두 사람은 서로 무섭게 상대를 쏘아보았다. 대치의 표정은 표독스럽게 굳어져 있었다.

"나한테 시비거는 거요?"

"시비가 아니라 급히 할 이야기가 있단 말이오."

"지금은 시간이 없다고 그러지 않았소. 이거 놓으시오!"

대치는 하림의 손을 홱 뿌리쳤다. 하림의 얼굴에 경련이 스쳐갔다.

"정 그렇다면 체포하겠소!"

낮게 소리치자 대치는 돌아서다 말고 멈칫했다.

"뭐라고? 나를 체포하겠다고?"

이글거리는 눈빛으로 하림을 쳐다보다가 대치는 발작하듯 너털웃음을 터뜨렸다.

"사람을 적당히 웃기시오! 당신이 뭔데 나를 체포한다는 거지? 어디, 한번 체포해 보시오."

두 사나이가 길 가운데 마주서서 살벌하게 대치하고 있자 길 가던 사람들이 하나둘씩 모여들기 시작했다. 하림은 앞으로 다가서서 다시 대치의 팔을 움켜잡았다. 이번에는 절대 놓치지 않겠다는 듯 꽉 움켜쥐며 작은 소리로 말했다.

"길에서 창피 당하기 전에 순순히 따라오시오. 당신 목숨에 관계되는 일이니까 그러는 거요."

주머니에 들어 있는 권총 끝으로 옆구리를 쿡 찌르자 대치의 몸이 꿈틀했다. 두 사람은 시선을 피하지 않고 마치 닭싸움하듯 서로 응시했다.

"나도 무기를 가지고 있어."

대치도 지지 않고 총구를 하림 쪽으로 디밀었다. 하림은 상대를 잡아끌었다.

"피를 보고 싶지 않으니까 순순히 따라와. 자, 가자구."

대치의 지팡이가 찌를 듯이 하림의 턱밑으로 올라왔다. 금방이라도 두 사람은 폭발할 것 같았다.

"다리를 다쳤다고 해서 나를 무시하지 마."

증오에 서린 말을 뱉고 나서 대치는 하림을 따라왔다. 찻집으로 들어간 하림은 구석진 자리에 대치를 앉게 한 다음 카운터로 와서 정보국으로 전화를 걸었다.

"범인들 아지트를 발견했으니 지금 곧 급습하시오!"

위치를 알려준 다음 전화를 끊고 돌아오니 대치는 엉거주춤 일어서려고 하고 있었다.

"지, 지금 어디로 전화 걸었지?"

하림은 대치의 어깨를 밀었다. 대치는 일어서려다 말고 풀썩 주저앉았다.

"당신이 체포되지 않는 것만도 다행으로 생각해."

"뭐, 뭐라고?"

"당신 친구들은 곧 체포될 거야."

"이놈, 뭐가 어째?"

"조용히 해! 우리 동지들이 당신 아지트를 찾아낼 거야. 당신은 여기에 나와 함께 있으니 안심해도 되겠지. 안 그런가!"

"이 망할 자식, 네놈이 그럴 수가!"

대치의 손이 뻗어오더니 멱살을 움켜쥐었다. 차를 가지고 온 레지가 어쩔 줄 몰라 머뭇거리고 있었고 손님들도 모두 그들을 바라보고 있었다. 그러나 하림은 대치의 손목을 잡고 가만히 비틀었다.

"현명하게 처신하는 게 좋아. 여기서 시끄럽게 굴면 당신만 손해야."

"미제의 앞잡이……어디 두고 보자."

대치는 이를 갈면서 멱살 쥔 손을 놓았다. 하림은 커피를 저어 그것을 조용히 마셨다. 대치의 거친 숨소리가 들려왔지만 그는 동요하지 않고 침착하게 행동했다.

"커피 드시오."

"상관말고 용건이나 빨리 말해!"

"최대치, 당신이 이박사를 저격한 주범이라는 게 밝혀졌어. 전 수사진이 동원되어 당신을 수배하면 어떡하지?"

"그 계집애가 발설했군. 죽여 버릴 걸 놔뒀더니……"

갈수록 그는 분노로 몸을 떨어대고 있었다. 이쯤 말하면 오히려 겁을 집어먹고 살길을 찾을 줄 알았던 하림은 적이 실망하지 않을 수 없었다.

"그 여자는 지금 위독해. 그 여자가 죽으면 당신은 살인범이 되는 거야."

"홍, 당신이 걱정할 일이 아니야."

"당신을 걱정해서 그러는 게 아니야."

"그럼 왜 이러는 거지? 나를 암살범으로 왜 체포하지 않나? 이유가 뭐지?"

하림의 눈이 대치를 무섭게 쏘아보았다.

"바보 같으니……"

"내가 바보라고? 하하……그럴지도 모르지."

"체포되면 어떻게 되는 줄 아나?"

"그야 사형 당하겠지."

"아무렇지도 않나?"

"사형 당할 수야 없지. 더구나 미제 앞잡이들 손에 죽을 수야 없지."

"지금은 군정이야. 암살범으로 체포되면 무조건 총살이야. 비록 미수에 그쳤다고 하지만 이박사에게 총질을 했으니 사형을 면할 수 없어."

"감사하군. 이렇게 알려줘서……"

빈정거리는 투로 대꾸했다. 하림은 분노를 누르며 다시 말을 이었다.

"당신은 홀몸이 아니야. 처자식을 거느린 몸이란 말이야. 당신이 사형 당하는 것이야 아무렇지도 않지만 그렇게 되면 당신 처자식이 문제야."

"거기까지 생각해 주다니 당신은 역시 휴머니스트군. 그러고 보니까 여옥이 때문에 나를 체포하지 못하는 거군. 그럴 필요 없이 나를 체포하고 여옥이를 차지하지 그래. 난 그 계집애한테 미련이 없으니까 말이야."

하림의 손바닥이 대치의 뺨을 철썩하고 후려갈겼다.

"개 같은 자식, 다시 또 그 따위 말을 했다가는 죽여 버리고 말겠다!"

대치는 벌겋게 달아오르는 뺨을 손으로 쓰다듬으며 하림을 노려보았다.

"지금은 내가 불리하니까 참아 주겠다. 그렇지만 언젠가는 네놈이 내앞에 무릎을 꿇을 때가 있을 거다. 그때 가서 내가 당한 모욕을 갚아 주겠다."

"멋대로 생각해. 너는 지금 큰 착각에 빠져 있어."

"모든 건 역사가 증명해 주겠지."

"역사를 운위하지 마. 넌 파괴분자야."

"그럼 미제 앞잡이는 뭔가?"

"난 앞잡이가 아니야. 힘을 빌리고 있을 뿐이야."

"흥, 그럴듯하군."

"넌 반역자야. 민족의 독립을 방해하는 반역자야."

"사상의 노예일는지는 모르지. 그렇지만 내가 추구하는 사상은 옳은 거야. 어떤 대가를 치르고서라도 그것을 이 땅에 성취시켜야 해. 거대한 소련도 혁명에 성공했어. 중국대륙도 성공하고 있어. 이까짓 조그만 반도 하나쯤 혁명화시키지 못한다는 건 말도 안 되지."

"광신자도 이만저만한 광신자가 아니군."

"당신은 휴머니스트인 척하지만 한낱 고루한 보수분자에 불과해."

하림은 말문이 막혔다. 바위덩이를 상대로 이야기하고 있는 것 같은 생각이 들었던 것이다. 대치라는 인간은 볼수록 바위덩이 같았다. 무슨 말을 해도 그에게는 통할 것 같지가 않았다. 그는 혁명이라는 것으로 바위덩이처럼 뭉쳐 있었다. 그것이 바로 그의 생명이었고 신앙이었다. 거기에는 눈물도 피도 없는 것 같았다. 하물며 하림의 말이야 귓가에도 들리지 않을 것은 당연했다.

"이 땅을 이 기회에 공산혁명화하지 못한다면 우리 역사는 오히려 후퇴하는 것이나 다름없어. 부자와 빈자의 사회, 부자가 지배하는 사회, 부자를 위해서만 빈자의 존재가치가 인정되는 사회, 그런 사회로 전락할 따름이야. 당신도 차제에 생각을 고치도록 해. 그리고 나와 하께 혁명운동에 참가하는 게 어때?"

하림은 어이가 없어 한동안 멀거니 대치를 바라보았다. 오히려 이쪽을 설득하려드는 그의 태도에 어안이 벙벙할 뿐이었다. 죽음 같은 것도 두려워하지 않는 것 같다. 별난 사내다.

"나는 가난해도 자유롭고 평등한 사회에서 살고 싶어. 그래서 이 길을 택한 거야. 당신이 추구하고 있는 그 사상은 결국 전체주의사회를 낳게 돼. 모든 인간을 하나의 사상으로 묶는다는 것 자체가 모순이야. 인간은 다양한 사고 능력을 갖추고 있어.

그것을 무시한다는 건 자유를 박탈하는 것이나 다름없어. 개인이 자기 생각대로 자유롭게 살 수 있는 사회, 나는 그런 국가사회를 바라고 있어."

"흥, 꿈같은 소리를 지껄이고 계시는군. 당신은 미제의 앞잡이에 불과해. 뭐라고 자기 변명을 하든 그 사실은 분명해."

하림은 목이 타는 것을 느꼈다. 엽차로 목을 축이고 나서 그는 부드럽게 대치를 바라보았다.

"처자식을 생각해서 생각을 돌릴 수 없나?"

"생각을 돌리라구?"

대치의 얼굴이 일그러지는가 싶더니 곧 그는 실내가 떠나가라 하고 요란스럽게 웃어대기 시작했다. 찻집 안의 손님들이 모두 어리둥절한 눈으로 그를 바라보았지만, 그는 상관하지 않고 한참 동안 웃어댔다. 그것을 보고 있는 하림의 표정은 창백하다 못해 파리해지기까지 했다. 대치가 웃음을 그치기를 기다렸다가 그는 날카로운 어조로 말했다.

"마지막으로 경고해 둔다. 남한에서 더 이상 활동하지 마! 당장 꺼져! 그렇지 않으면 체포하고 말겠다!"

"여옥이 덕분에 내가 살아나게 됐군."

"그래. 당신 부인 덕분에 살게 된 거야. 당신 부인만 아니었다면 당신은 내 손에 죽었을 거다. 당신 부인한테 감사해. 정말 훌륭한 부인이다."

"감사하고 말고. 마누라 때문에 내가 살게 되다니, 이 무슨 운명의 장난이지. 내 마누라를 사랑하나?"

"사랑하지 않아!"

고통이 가슴 한가운데를 뚫고 지나갔다.

"솔직히 말하시지 그래. 내 마누라를 사랑하기 때문에 나를 살려 주는 게 아닌가?"

"시끄러!"

하림은 엽차의 물을 대치의 얼굴에 뿌렸다. 얼굴에 물을 뒤집어 쓴 대치는 웃으며 소맷자락으로 물을 닦았다. 전율이 느껴지는 웃음이었다.

하림이 먼저 밖으로 나오자 대치도 뒤따라 나왔다. 하림은 갑자기 눈물이 나왔다. 대치를 끌어안고 싶은 충동을 가까스로 누르면서 그의 어깨 위에 손을 얹었다.

"다시는 내앞에 나타나지 마시오. 두 번 다시 나타나면 할 수 없이 당신을 체포할 거요."

하림의 부드러운 말씨에 대치 역시 무엇인가 느꼈던지 갑자기 태도가 누그러졌다.

"그럼 나는 어디로 가란 말이지?"

"그건 당신이 알아서 할 일이오."

"처자식을 데리고 어디로 가란 말인가? 이렇게 하면 어떻겠소? 당신이 내 처자식을 돌봐 주면 어떻겠소?"

"그럴 수는 없어!"

하림은 완강히 거절했다.

"당신 처자식은 당신이 거두어야 해. 내가 베풀 수 있는 건 이 정도뿐이니까 다음부터는 당신이 알아서 하시오. 당신이 체포되는 건 정말 바라지 않아!"

"알았소."

두 사람의 감정은 가라앉아 있었다. 이상한 일이었다. 조금 전까지만 해도 분노에 차서 서로 노려보던 그들이었다. 그런데 지금은 부드럽게 대화를 나누고 있다. 그렇다고 그들 각자가 원칙을 무시하고 있는 것은 아니었다. 그것은 다만 표현 방법을 다르게 하고 있는 것에 불과했다.

"당신 동지들이 신문에 견디지 못하면 당신 이름을 불게 될 거요. 그렇게 되면 당신에 대한 수사가 본격적으로 벌어질 테니까 잘 알아서 하시오. 그 안대는 표가 나니까 벗고 다니시오."

"생각해 줘서 고맙소."

"잘 가시오."

하림은 손을 내밀었다. 대치는 그것을 들여다보다가 묵살하고 돌아섰다. 그것은 결코 화합할 수 없는 두 사람의 관계를 그대로 드러낸 것이었다.

대치는 몇 걸음 절룩이며 걷다 말고 휙 돌아섰다. 하림을 쳐다보는 외눈이 이글거리고 있었다.

"당신이 무인도의 동백꽃인가?"

"……"

갑자기 정곡을 찌르는 물음에 하림은 말문이 막혀 가만히 대치를 바라보기만 했다.

"그렇군. 그랬었군."

대치는 끄덕거리고 나서 그대로 걸어갔다. 하림은 문득 대치를 그대로 돌려보낸 것이 앞으로 큰 불행을 자초할 것 같은 생각이 들었다. 지금이라도 늦지는 않다. 달려가서 체포해 버리는 거다. 그러면 후환은 없어지겠지.

하림은 급히 대치가 사라진 쪽으로 달려가 보았다. 대치는 막 길을 건너고 있었다. 하림은 건널목에서 걸음을 멈추고 말았다. 마음과는 달리 몸이 움직여 주지 않았다. 마치 꿈속에서 몸을 움직일 수 없는 것처럼 꼼짝할 수가 없었다. 여옥이 그의 눈앞을 가로막고 있기 때문이었다. 그는 여옥의 환영을 지우려고 머리를 흔들었다. 손을 들어 그녀를 뿌리쳤다. 그러나 그럴수록 여옥은 눈물을 뿌리며 그에게 매달리고 있었다.

하림은 어금니를 깨물면서 발길을 돌렸다. 여옥을 위해서라면 어떠한 희생도 감수할 수밖에 없다고 생각했다.

사령부로 돌아오니 이미 대치의 공작조 한 명이 체포되어 신문을 받고 있었다. 30대의 사내로 중키에 미남이었다. 많이 얻어맞았는지 얼굴은 온통 피투성이였다.

그곳은 지하실이었는데 오래 사용하지 않은 탓으로 습기가 많이 차고 곰팡이 냄새가 물씬 풍겨왔다. 전깃불도 들어오지 않아 촛불을 켜놓고 신문하고 있었다.

촛불에 드러난 사나이의 모습은 비참해 보였다. 이럴 수밖에 없을까 하고 생각하면서 하림은 사내 앞으로 다가섰다.

사내의 눈이 공포로 크게 떠졌다. 하림은 주전자를 들어 꼭지를 사내의 입 가까이에 가져갔다. 그것을 본 사내의 부르튼 입술이 움직거렸다. 그러나 입을 갖다 대지는 않았다. 갈증을 참고 있는 것이 분명했다.

하림은 동지들에게 자리를 비키라고 눈짓을 했다.

"그 새끼, 한마디도 입을 열지 않았습니다."

동지들은 사내를 흘겨보면서 밖으로 나갔다.

하림이 다시 주전자를 디밀자 그제야 사내는 정신없이 물을 마시기 시작했다. 한 주전자나 되는 물을 남김없이 모두 마시고 나서야 그는 물러나 앉았다.

"왜 쓸데없이 고집을 부리는 거요?"

하림은 조용하고 부드럽게 물었다. 사내는 시멘트 바닥에 무릎을 꿇고 앉아 있었다. 무릎이 저리는지 몸을 또 틀면서 두려운 눈으로 그를 올려다보았다.

하림은 책상 앞에 사내를 다가앉게 했다. 그리고 자신도 맞은편 자리에 앉았다. 낡은 책상 위에 두 개의 촛불이 놓여 있었다. 맞은편 벽위에 그려진 그림자가 흔들거리고 있었다. 하림은 사내에게 담배를 권했다. 담배를 받아드는 사내의 손이 떨리고 있었다.

"이름이 뭐요?"

"주영수라고 합니다."

모기 소리처럼 작은 소리로 사내가 대답했다. 모든 것을 포기한 듯했다.

"주소는 어디요?"

"평양에서 내려왔습니다."

"이박사 암살지령을 받고 내려왔군요?"

"……"

"지령은 누가 내렸죠?"

"……특무대에서 내렸습니다."

"공작조 암호는?"

"시베리아 특급입니다."

"시베리아 특급……음, 공작조는 모두 몇 명이오?"

"세 명입니다."

"지휘자는 누군가요?"

"최대치라고 합니다."

사내는 갑자기 흐느끼기 시작했다. 울음 소리가 비통했다.

"사, 살려 주십시오! 목숨만 살려 주시면 무슨 일이나 하겠습니다! 시키는 대로 무슨 일이나 하겠습니다!"

딱한 사내였다. 가장 나약한 사내를 보는 것만 같아 하림은 쓴웃음이 나왔다.

"당신은 공산주의자일 텐데……"

"용서하십시오. 죽을 죄를 졌습니다."

"당신은 사상을 위해 목숨을 바칠 각오도 없는 모양이지?"

"그, 그러고 싶지 않습니다."

"그럼 왜 이박사를 암살하려고 했지요?"

"지령을 받았기 때문에……"

"괜한 영웅심리로 공산당에 들어가 그런 짓을 했군요?"

"……"

"당신이 무슨 사상을 가지든 그건 자유입니다. 그러나 그것

때문에 다른 사람을 살해하려는 것은 용서할 수 없는 일입니다. 그 사상을 타인에게 강요하고 그것으로 혁명을 꾀한다는 것은 큰 죄악입니다. 왜 아무 죄도 없는 많은 사람들을 희생시키려고 하죠?"

"죽을 죄를 졌습니다. 용서해 주십시오."

"또 한 명의 이름은 뭐죠?"

"서강천이라고 합니다."

주영수는 서강천이 당본부에 가 있을 것이라고 대답했다.

"최대치는 어떤 인물인가요?"

하림은 가장 알고 싶은 것을 물었다. 주영수는 대답하기가 두려운지 머뭇거리다가 겨우 입을 열었다.

"함께 일한 지 얼마 안 되지만 그는 보통 사람이 아닙니다."

"보통이 아니라니, 그럼 특별하다는 겁니까?"

"그 사람은 무서운 인물입니다. 집념이 강하고 잔인합니다. 만일 제가 자백한 것을 알면 가만두지 않을 겁니다."

"그자의 임무는 이박사 암살에 있는가요? 단지 그것뿐인가요?"

"그뿐이 아닐 겁니다. 그는 박헌영과 가까이 지내고 있고 특무요원으로 권한이 막강한 걸로 알고 있습니다. 이박사 암살뿐만 아니라 보다 큰일을 하기 위해서 활약하고 있을 겁니다."

"보다 큰일이란 적화를 의미하는 건가요?"

"잘은 모르지만……아마 그럴 겁니다. 박헌영과 평양 특무대와의 연락망이라고 할 수 있습니다."

대치가 얼마나 중요한 위치에 있는 인물인가는 이 정도로도 알 수 있는 일이었다.

"그자가 자전거를 타고 쫓아가면서 이박사에게 총을 쏘았나요?"

"그, 그렇습니다."

"대담한 놈이군. 당신들이 죽도록 고문한 그 여자를 어떻게 돈암장에 침투시켰나요?"

"설화라는 여자가 돈암장에 있는 박마리아와 가까운 사이인 모양입니다. 그래서 그 여자를 통해서 침투시켰습니다."

"설화라는 그 여자, 공산당원인가요?"

"네, 그렇습니다."

"그 여자는 어디에 있나요?"

"국일관에 있습니다. 거기 기생입니다."

"침투시킨 목적은 무엇이었나요? 역시 이박사 암살에 있었나요?"

"네, 그렇습니다. 만일 여의치 않으면 이박사를 독살시킬 계획이었습니다."

주영수는 목숨이나 건질까 하고 술술 자백했다. 그때 문이 열리면서 안경 낀 사내 하나가 끌려들어왔다. 바로 서강천이었다. 아지트에 돌아갔다가 체포된 것 같았다.

"당신이 서강천이오?"

하림이 묻자 안경은 입을 꾹 다문 채 쏘아보기만 했다. 옆에서 때리려는 것을 제지하면서 하림은 그에게 자리를 내주었다.

책상을 사이에 놓고 주영수와 서강천이 마주앉았다. 주영수가 불안하고 초조한 모습으로 앉아 있자 서강천의 얼굴에 비웃음이 나타났다.

"비겁한 놈, 모두 자백했지?"

"어쩔 수 없었어."

주영수는 하림과 서강천을 번갈아 보면서 들릴 듯 말 듯 말했다. 서강천은 분노를 터뜨리면서 상대의 멱살을 움켜쥐었다. 그리고 얼굴을 향해 침을 캭하고 뱉었다.

"이 비겁한 놈! 더러운 놈!"

주영수도 만만치가 않았다. 막판에 자신이 살아야할 길이 무엇인가를 알고 있는 그는 표변했다.

"이 자식아, 난 살고 싶어서 자백했다. 무엇이 나쁘다는 거냐? 혁명? 그런 거 이젠 다 소용 없어! 난 전향하기로 했어! 너도 살고 싶으면 전향해!"

"개 같은 놈 같으니!"

서강천이 신음 소리를 내며 달려드는 것을 하림이 말렸다.

"당신은 신념이 강한 것 같군. 목숨을 버릴 각오가 되어 있나요?"

"맘대로 해!"

"자기 목숨이 귀중하지 않나 보지?"

"죽어도 좋아! 레닌 만세! 스탈린 만세!"

서강천은 갑자기 두 팔을 쳐들면서 만세를 불렀다. 뒤에 서 있던 요원 하나가 뒤통수를 후려치자 그는 모로 나뒹굴었다. 서강천은 쓰러진 채 발작을 일으키고 있었다. 사지를 비틀어대면서 거품을 내뿜고 있는 것이 간질병환자 같았다.

그때 문이 열리면서 한 사람이 급히 들어왔다.

"아얄티 국장이 찾고 있습니다."

하림은 지하실을 나와 정보국장의 방으로 갔다. 아얄티 중령은 창가에 서서 바람에 흔들리는 앙상한 나뭇가지를 바라보고 있었다. 인기척이 나자 그는 돌아서서 고개를 끄덕였다.

"방금 연락이 왔는데……미스 채가 위독한 모양이오."

충격을 받은 하림은 멍하니 창밖을 바라보았다.

"미군 병원에서도 어쩔 수 없는 모양이오."

마지막 잎새 하나가 나뭇가지에 매달려 떨고 있는 것이 유난히 가슴에 와 박혔다. 하림은 꼼짝하지 않고 서서 그것을 바라보고 있었다.

"지금……미스터 장을 찾고 있다는 연락이 왔소."

"미스 채가 말입니까?"

"네, 그런 모양이오. 밖에 헌병 지프가 기다리고 있으니까 빨리 가보시오."

하림은 시야가 뿌우옇게 흐려오는 것을 느꼈다. 급히 방을 나온 그는 정문 쪽으로 뛰어갔다. 헌병 지프는 발동을 걸고 그를 기다리고 있었다. 하림이 다가가자 운전석 옆자리에 앉아 있던 미군 헌병이 뛰어내리며 그에게 경례했다.

미군 지프는 사이렌을 울리며 달려갔다. 하림은 지프가 달리는 동안 내내 초조하게 담배만 피워댔다. 20분 후 하림이 병실에 뛰어들었을 때 채수정은 이미 숨을 거두고 난 뒤였다.

위생병이 시체 위에 시트를 덮고 시체를 끌어내리려는 것을 하림이 안으로 들어서면서 막았다. 막 나가려던 미군 군의관이 돌아서면서

"미스터 장인가요?"

하고 물었다. 하림은 고개를 끄덕이면서 시체를 덮은 시트를 벗겼다.

수정의 머리는 온통 붕대로 감겨진 채 눈 코 입만 드러나 있었다. 눈은 천장을 바라보고 있었는데, 아무런 빛도 담겨 있지 않았다. 눈물로 축촉이 젖어 있는 속눈썹을 보는 순간 하림은 목이 메어 아무 말도 할 수가 없었다. 수정은 마지막 순간 나를 기다리며 울고 있었던 게 아닐까. 이승을 떠나면서 얼마나 외로움을 느꼈을까. 얼마나 슬펐을까. 아무도 위로해 주는 이 없이 홀로 떠나다니, 얼마나 비통했을까.

얼마나 눈물을 흘렸는지 머리 밑 시트가 축축이 젖어 있었다. 하림은 자기도 모르게 무릎을 꿇고 앉아 그녀의 조그만 손을 꼭 쥐었다. 손은 이미 차갑게 식어 있었다. 그 손 위에 입술을 대자 눈물이 후두둑 떨어졌다. 그때 군의관의 목소리가 들려왔다.

"미스터 장을 사랑한다고 했습니다……유언이었습니다……"

하림은 울음을 삼키며 한 손으로 그녀의 눈을 감겨 주었다.

"다른 말은 없었던가요?"

시트를 덮고 일어서면서 겨우 이렇게 물었다.

"화장을 시켜 달라고 했습니다."

군의관이 조심스럽게 말했다.

"그럼 화장을 부탁합니다. 화장할 때는 꼭 연락해 주십시오."

군 병원을 나온 하림은 헌병 지프를 외면한 채 어두운 거리를 터벅터벅 걸어갔다.

바람이 몹시 불고 있었다. 바람이 창문을 두드리는 소리를 들으면서 채수정과 함께 첫날밤을 보내던 일이 생각났다.

여자의 길

한편 최대치는 종로 뒷골목 술집에서 폭음하고 있었다. 분노와 증오로 그의 가슴은 뒤끓고 있었다. 그것을 삭이기라도 하려는 듯 그는 혼자서 마구 술을 퍼마셨지만 가슴이 가라앉기는커녕 더욱 끓어오르기만 하고 있었다.

조직은 붕괴되고, 동지가 모두 체포되고, 이승만 암살은 실패하고, 자신은 장하림의 도움으로 겨우 목숨을 건지게 되었다. 이 무슨 망신이냐?

책임 추궁을 당할 것이 틀림없다. 혁명의 영웅이 되려던 웅지도 이것으로 끝장이란 말인가. 실패의 대가로 시베리아로 유형이나 보내면 그야말로 내 인생은 끝나는 것이다. 빌어먹을. 장하림 그놈! 갈아먹어도 시원치 않을 놈 같으니!

결국 그의 생각은 장하림에게 쏠렸고, 그것은 이내 증오심으로 응어리지고 있었다. 장하림이 그를 구해 준데 대해 그는 조금치도 고마운 마음이 일지 않았다.

그러기는 커녕 생각할수록 하림이란 작자가 저주스러웠다. 놈은 나를 구해 주고 싶어서 구해 준 것이 아니다. 조금도 나를 구해 주고 싶은 마음은 없었다. 나를 구해 준 것은 여옥이 때문이다. 여옥을 사랑하기 때문이다. 여옥을 사랑하기 때문에 그녀의 남편인 나를 살려 준 것이다. 그뿐이다. 개 같은 자식 같으니! 여옥이만 아니었다면 놈은 나를 잡아다가 총살시키겠지. 그물을 쳐놓고 내 앞에 나타나 나에게 은혜를 베푸는 척하다니, 나쁜 자식! 어디 두고 보자. 내가 그렇게 쉽게 꺾어질 줄 아느냐! 천만의 말씀. 이 최대치는 꺾어질수록 더 힘차게 일어나는 사나이다. 장하림 너 같은 놈에게 꺾어질 내가 아니야!

장하림이 조직을 일망타진했다고 생각하니, 대치는 이가 부드득 갈렸다. 병 주고 약 준 것이다. 팔다리를 모두 잘라놓고 도망가라는 것이나 다름없다. 처자식까지 거느리고 평양으로 가란 말인가.!

이미 그는 몸을 가누기 어려울 정도로 취해 있었다. 그런데도 거듭 술을 마셨다. 이번에는 하림의 모습에 겹쳐 여옥의 얼굴이 뒤엉켜 나타났다. 같은 족속이라는 생각이 들었다. 동시에 질투심이 치솟았다. 두 년놈은 지금도 서로 깊이 사랑하고 있다. 이번 일로 그것이 더욱 뚜렷해졌다.

"갈보 같은 년!"

그는 술잔을 탁 놓고 일어섰다. 술집 아낙이 그의 주량에 혀를 내두르며 두려운 낯빛으로 그가 내주는 술값을 받았다.

"갈보 같은 년!"

대치는 중얼거리며 골목길을 비틀비틀 걸어갔다. 그의 입에서는 끊임없이 욕지거리가 튀어나오고 있었다.

"내가 사라지면 미제의 앞잡이 놈과 갈보 같은 년이 서로 좋다고 붙어먹겠지……개 같은 년놈들……내가 그대로 순순히 물러날 줄 아느냐……나는 불사신이야……수 백 킬로의 버마 국경을 혼자 넘어서 살아난 놈이야……이 외눈이 그걸 증명해 주고 있어……오오에 오장이란 놈이 이 눈을 찔렀어……나는 돌로 그놈을 찍어 죽였어……골통이 부서질 때까지 찍었어……그리고 배를 갈라 그놈의 간을 꺼내 먹었지……흐흐흐……그러면서 밀림과 늪지대……불모의 사막을 넘어 살아났단 말이야……아무도 내 말을 믿지 않겠지……본 사람이 없으니까……그렇지만 사실이야……사실……믿지 않아도 좋아……"

갑자기 배를 움켜쥐고 앉은 그는 길 위에다가 토하기 시작했다. 정신없이 마신 술이 한꺼번에 쏟아져 나왔다. 눈물까지 흘러내리고 있었다. 분노 때문에 흘리는 눈물이었다.

길 가던 행인들이 멈춰서서 그의 토하는 모습을 얼굴을 찌푸리며 구경하고 있다가 그가 비틀비틀 일어서자 좌우로 흩어졌다. 몇 사람이 혀를 끌끌 차면서 지나갔다.

"나는 빨갱이다! 그게 어떻다는 거냐? 기다려! 당신들도 빨갱이로 만들어 줄 테니!"

대치가 지팡이를 휘두르며 외치자 구경꾼들은 뒤로 주춤주춤 물러섰다. 그때 이북 사투리를 심하게 쓰는 중년 사나이 하나가 앞으로 나서면서 대치의 턱을 세차게 후려갈겼다.

"간나새끼!"

쓰러지는 대치를 향해 다시 주먹이 날아갔다.

"나는 빨갱이 등쌀에 못 살고 쫓겨왔다! 빨갱이 새끼는 모두 잡아죽여야 해!"

이번에는 구둣발이 턱을 올려쳤다. 땅바닥에 쓰러진 대치는 몸을 일으키려고 기를 썼다. 그러나 워낙 취해서 마음대로 몸이 움직여지지가 않았다. 중년사내는 사정없이 그를 구타했다.

대치가 저항을 포기한 채 움직이지 않자 사내는 그제야 옷을 털면서 물러갔다.

추위를 느끼고 대치는 깨어났다. 몸을 일으키다가 도로 엎어졌다. 온몸이 얼어붙어 아무 감각도 느껴지지 않았다. 팔다리가 쿡쿡 쑤셔왔다. 얼굴을 만져 보니 온통 부르터져 있었다.

길 가던 노인 한 사람이 그를 부축해 주었다.

"이러다가 얼어 죽으면 어떡하려고 그러우?"

대치는 노인의 얼굴을 들여다보았다. 쭈글쭈글한 얼굴이 흡사 아버지 같다고 생각했다.

"걸어갈 수 있겠소?"

"괜찮습니다."

"젊은이, 이런 때일수록 몸조심하시오."

"고맙습니다."

갑자기 고향 생각이 났다. 지팡이에 몸을 의지하고 겨우 한 걸음 떼어놓으면서 한숨을 내쉬었다. 실컷 얻어맞은 탓인지 기분이 좀 후련했다. 모두 토해 버렸기 때문에 취기도 사라지고 있었다. 그는 다시 술 한 병을 사들고 걸어가면서 그것을 마셨다. 흡사 야수 같았다.

밤늦게 가까스로 집에 닿은 그는 대문을 발로 차는 것과 동시에 그 자리에 쓰러져 버렸다. 여옥이 달려와 김노인과 함께 자기를 집안으로 떠메고 가는 것을 의식하면서도 그는 눈을 감은 채 꼼짝하지 않고 있었다.

김노인이 나가고 나자 여옥은 흐느끼면서 물수건으로 대치의 부르터진 얼굴을 닦아 주었다. 얼굴은 피로 범벅이 되어 있었다.

"갈보 같은 년!"

죽은 듯이 누워 있던 대치가 갑자기 상체를 일으키면서 여옥의 따귀를 후려갈겼다. 느닷없이 손찌검을 당한 여옥은 눈을 크게 뜨고 대치를 바라보았다.

안대도 벗어 버린 대치의 모습은 무섭기 짝이 없었다. 흉측스러워 보이기까지 했다. 인형의 눈이 박혀 있는 의안은 초점없이 동그랗게 떠져 있었고 성한 한쪽 눈은 충혈된 채 그녀를 노려보고 있었다.

"갈보 같은 년!"

저주스러운 욕설이 다시 튀어나왔다.

"넌 갈보야! 갈보!"

여옥이 남편의 손을 잡았다. 남편을 바라보는 눈에 눈물이 가득 괴어 있었다.

"진지 드시고 주무세요."

"안 먹어. 먹지 않겠어."

대치는 손을 들어 여옥의 어깨를 움켜쥐었다.

"바른대로 말해. 미제의 앞잡이를 좋아하지?"

여옥의 눈이 크게 떠졌다. 무슨 말인지 아직 모르고 있는 듯했다. 다시 술에 취한 대치의 얼굴은 불에 타오르는 듯 이글거리고 있었다.

"미제의 앞잡이가 누군지 모르나?"

"……"

"흥, 모르면 내 가르쳐 주지. 장하림, 네가 사랑하는 장하림이 바로 미제의 앞잡이란 말이다. 이제 알겠지?"

여옥의 얼굴이 하얗게 질렸다. 그녀는 아무 말도 못한 채 대치를 뚫어지게 바라보고 있었다.

"그 미제의 앞잡이 놈이 나를 협박했어. 이 최대치를 협박했단 말이야. 내 기가 막혀 말이 나오지 않는다."

주먹을 쥐고 여옥을 노려보다가 방바닥을 쳤다. 여옥의 몸이 떨렸다.

"무, 무슨……말씀이세요?"

겨우 한마디 묻고는 겁에 질린 눈으로 대치를 바라보았다.

"장하림 그놈이 우리 조직을 망쳐놨어. 나만 빼놓고 모두 체포되었어. 왜 내가 체포되지 않은 줄 아나? 너 때문이야. 네 덕분에 그놈이 나를 풀어 준 거야. 그놈 입으로 직접 그랬어. 알겠어? 너를 봐서 나를 살려 주는 거라고 했어. 그리고 다시는 자기 눈에 띄지 않게 아주 멀리 사라지라고 그랬어. 개 같은 놈, 자기가 뭔데 이래라 저래라 그래. 처자식을 데리고 어디로 가란 말이야!"

소리를 꽥 지르자 자던 아기가 화들짝 놀라 깨어 울어대기 시작했다. 그러나 대치는 우는 아기를 거들떠보지도 않았다.

"그, 그놈이 왜 나를 체포하지 않은 줄 이제 알겠지? 너를 사랑하기 때문에 나를 살려 준 거란 말이야. 너한테 감사해야 되겠어. 암, 감사하고 말고. 마누라를 잘 둬서 덕을 본 거야. 흐흐흐……이 봐. 마누라, 고마워. 고맙고 말고."

말은 그렇게 하면서도 여옥을 바라보는 눈은 증오에 서려 있었다. 여옥은 우는 아기를 안은 채 고개를 떨어뜨렸다.

"무슨 일로 하림씨가 체포하려고 했나요?"

"정당한, 가장 정당한 일을 했지. 그런데 놈이 나를 체포하려고 했어. 그 미제 앞잡이 놈이 무슨 자격이 있다고 나를 체포하겠다는 거야? 꺼지지 않으면 체포하겠다고? 개 같은 놈! 넌 내가 그놈 욕을 하니까 기분 나쁘지? 그렇지?"

다시 여옥의 가냘픈 어깨를 움켜쥐고 흔들었다. 어깨가 저린지 여옥이 미간을 찌푸렸다.

"기분 나빠? 내가 싫지? 이 애꾸눈이 징그럽지? 하림이 보고 싶지? 그놈 사랑은 달콤하지?"

대치는 짓궂게 파고들었다. 질투심을 그런 식으로 발산하고 있었다. 연약한 아내를 그렇게 괴롭힘으로써 한편으로는 쾌감을 맛 보고 있었다.

"너무하세요!"

마침내 여옥의 눈에서 눈물이 흘러넘쳤다. 그녀는 원망스러운 눈길로 남편을 바라보면서 한 손으로 눈물을 닦았다.

"흥, 너무한다고? 뭐가 억울해서 울지? 솔직히 말해 봐! 내 눈은 속일 수 없어! 그놈을 사랑하지? 그렇지?"

외눈이 광기를 띠면서 여옥을 응시했다. 여옥은 울면서 말했다.

"너무해요……"

그러나 대치는 아내의 울음 따위에는 아랑곳하지 않았다. 그는 갈수록 여옥을 헤집고 들었다.

"간음하지 마! 그놈과 간음하지 말라고! 마음으로 간음하는 것도 간음하는 것이야! 예수를 믿으니까 그 정도는 알겠지!"

여옥은 소리를 죽이며 오열했다. 아내의 우는 모습에 대치는 아내가 더욱 얄밉게 보였다. 아내가 불쌍하다는 생각 따위는 조금치도 들지 않았다.

"뭐가 억울해 울지? 울어야 할 사람은 정작 나야! 나는 피해자라구! 마누라는 미제 앞잡이와 간음하고, 나는 그 미제 앞잡이한테 협박을 당하고……그러니 피해자는 나란 말이야. 난 울고 싶어! 그놈을 죽이고 싶어! 죽이고 싶어서 혼났어!"

"그러지 마세요! 부탁이에요!"

"흥, 나 보고 그러지 말라고? 그럼 당하고만 있으란 말이야?"

"그분은 나쁜 사람이 아니에요. 두 분은 좋은 친구가 될 수 있어요."

아내의 말에 대치는 웃음을 터뜨렸다. 얼굴을 일그러뜨리고 한참 동안 괴로운 듯이 웃고 나서 다시 정색을 했다.

"뭐가 어째? 그분은 나쁜 사람이 아니에요? 이제야 솔직히 말하는군. 사랑하는 사람이 나쁘게 보일 리가 있나. 그놈하고 잘 붙어먹으라구! 그놈은 신사니까 잘 대해 줄 꺼야. 가면을 벗고 솔직히 행동하라구! 나는 장하림씨를 사랑해요. 그분은 좋은 분이에요. 나는 그분과 간음했어요. 어때? 이렇게 솔직히 말할 수 없겠나? 원한다면 지금 당장이라도 이혼해 주겠어! 그런 건 어려운 일이 아니야. 나를 사랑하지도 않으면서 사랑하는 척하지 마! 난 너 같은 갈보는 사랑하지 않아! 그런 건 어린애 장난 같은 거야. 미제 앞잡이 같은 년놈들이나 그런 걸 믿지 나 같은 혁명가는 그런 거 믿지 않아. 혁명가의 길은 고독하고 험난한 거야. 넌 혁명가의 아내가 될 자격이 없어! 그 이유는 첫째, 눈물이 너무 흔해. 둘째, 이미 미제 앞잡이의 물을 먹어서 순수하지가 못해. 너는 식물 같은 여자야."

여옥은 이제 숨쉬기조차 어려웠다. 너무 기가 막혀 아무 말도 나오지가 않았다. 더없이 슬프기만 했다.

"넌 무인도의 동백꽃이 누구인지 알고 있었지?"

"……"

"내가 알아내라고 그렇게 부탁했는데도 너는 알아낼 수 없다고 잡아뗐어. 무인도의 동백꽃은 바로 장하림이었기 때문에 잡아뗀 거야. 그렇지?"

"아니에요."

여옥은 부인했지만 거기에는 힘이 없었다.

"거짓말하지 마! 다 알고 있어! 넌 알아내고서도 나한테 모른다고 잡아뗀 거야! 그놈을 사랑하기 때문에 그런 거야!"

"그만 하세요."

여옥은 가슴이 찢어지는 것 같았다. 대치 역시 마찬가지였다. 그러나 그의 고통은 분노와 증오에서 오는 것으로 여옥과는 그 아픔의 내용이 달랐다.

"뻔뻔스러운 계집 같으니!"

다시 그의 거친 손바닥이 여옥의 뺨을 후려쳤다. 그의 눈에 여옥이 이토록 저주스러워 보이기는 처음이었다. 여옥의 아름다움이 오히려 그의 잔인성에 부채질을 더하고 있었다.

"네가 그걸 알려 주기만 했어도 내가 이 지경이 되지는 않았어! 네가 숨겼기 때문에 결국 내가 먼저 그놈한테 당한 거야!"

다시 대치의 손이 휙 날았다. 남편에게 사정없이 따귀를 얻어맞으면서 여옥은 고통보다도 비참함을 느꼈다. 동시에 결코 화합할 수 없는 이질감도 느꼈다. 남편이 미쳐가고 있다고 생각했다.

대치는 아내가 그 사실을 알고도 숨긴 것을 자기에 대한 배신이라고 생각했다. 일단 그렇게 생각하자 배신감에 더욱 분노가 치솟았다. 아내를 죽여 버리고 싶었다.

"나보다도 그놈이 더 중하더란 말이냐? 나가! 그놈한테 가라구! 너 같은 건 이제 필요 없어! 나가!"

여옥은 아기와 함께 쓰러졌다. 쓰러진 몸 위로 대치의 주먹이 거침없이 날았다.

"어차피 나는 떠나지 않으면 체포될 몸이야. 모든 게 네 탓이야. 네가 자초한 일이야. 내 말만 들었어도 우리는 헤어지지 않아도 되는 거야. 나와 헤어지면 너는 미제 앞잡이 놈과 붙게 되겠지. 마음놓고 말이야. 잘해 봐. 잘해 보라구!"

"아니에요! 제발 그러지 마세요!"

여옥은 아기를 내려놓고 대치에게 매달렸다. 대치는 코웃음쳤다.

"네가 애걸한다고 해서 내 마음이 달라질 거라고 생각하면 큰 오산이야. 우리는 결혼하지 말았어야 했어. 난 큰 실수를 했어. 난 혼자 살아야 마땅해. 당신 같은 여자는 이제 필요 없어."

"제발 그런 생각하지 마세요. 저 같은 건 아무래도 좋아요. 아기를 봐서라도 제발 그런 말씀하지 마세요. 부탁이에요!"

"이제 말이지만 그애가 내 자식이란 걸 어떻게 보장하지?"

여옥은 고개를 들어 대치를 바라보았다. 그 눈이 공포에 질려 있었다.

"아기를 의심하시나요?"

"난 믿을 수 없어!"

차가운 한마디는 비수처럼 여옥의 가슴을 깊숙이 찔러왔다. 여옥의 얼굴에 경련이 스쳐갔다.

"아기는 당신을 닮았어요! 이보다 확실한 사실이 어디 있어요? 그런 말씀을 하시다니, 너무하세요……"

다시 울음이 터져나왔다. 눈앞이 캄캄해져 왔다. 모든 것이 끝장이라는 생각이 들었다.

"아직 확실하지 않아. 더 커 봐야 나를 닮았는지 안 닮았는지 알 수 있어."

"지금까지 의심해 오셨군요. 전 그래도 당신에게 보이려고 사이판에서 저 애를 낳아 가지고……여기까지 왔는데……의심하다니 그럴 수가 없어요."

목이 메어 더 이상 말을 못하고 있었다.

"그런 정성이면 왜 내 부탁을 외면했지? 왜 장하림이란 놈을 숨겼지? 무인도의 동백꽃 정체를 알아내지 못하면 내 목숨이 위험해진다고 분명히 말했어. 그런데도 너는 그 정체를 알면서도 나한테 말하지 않고 숨겼어. 장하림 편을 든 거야. 나는 이제 피하지 않으면 목숨이 위험하게 됐어."

여옥은 다시 대치에게 매달렸다. 그러나 대치는 거칠게 그녀를 밀어 버렸다.

"저리 비켜! 배신자 같으니! 이미 늦은 일이야! 지금 당장이라도 나를 잡으러 올지 몰라! 나는 가야 해!"

"도대체 무, 무슨 일이에요?"

"알 필요 없어!"

"저도 따라가겠어요! 가시는 곳이 어디든 따라가겠어요!"

"안 돼!"

"하림씨에게 부탁하겠어요! 당신을 살려달라고 부탁하겠어요!"

"뭐가 어째!"

대치의 손이 다시 철썩하고 여옥의 따귀를 후려쳤다.

"누구 망신을 시키려고 그래! 그 따위 자식한테 살려달라고 애걸을 해? 그 따위 짓하면 죽여 버릴 테다! 당장 내가 총살당한다 해도 그런 놈한테는 애걸하지 않아!"

여옥은 필사적이었다. 대치한테 얻어맞은 것이 문제가 아니었다. 남편과 기약없이 헤어지게 된다는 사실에 그녀는 공포와 전율을 느꼈다.

"그럼 어떡하실 거예요?"

"여기 앉아서 개죽음을 당할 수야 없지! 떠날 거야! 멀리!"

"데려가 주세요! 어디든지 따라가겠어요! 이애를 버리시고 가면 안 돼요! 대운이는 당신 아들이에요!"

"쓸데없는 소리하지 마! 혁명가의 길은 아무도 예측할 수 없어! 내 자신도 어디로 가야할지 알 수 없어! 그런데 처자식을 데리고 동서남북으로 뛰어?"

"그러면 어때요, 따라가겠어요!"

"안 돼!"

대치는 버럭 고함을 질렀다. 여옥은 물러서지 않았다.

"그럼 저희는 어떡하라는 거예요?"

"그대로 여기 있어! 사령부에 그대로 근무하고 있어! 너는 아무 일 없을 테니 그대로 일하고 있어!"

"차라리 저를 죽이고 가세요! 당신 없이는 살 수 없어요!"

눈물로 뒤범벅이 된 얼굴을 쳐들고 여옥은 애걸했다. 그러나 대치의 표정은 돌처럼 굳은 채 냉엄하기만 했다.

"내가 없어도 넌 충분히 살아갈 수 있어! 미제 앞잡이 놈이 너를 보살펴 줄 텐데 뭐가 걱정이야!"

대치는 여옥을 뿌리치고 벌떡 일어섰다. 여옥은 대치의 발치에 무너질 듯 엎드려 서럽게 울었다.

"저를 데려가 주세요! 잘못했어요! 다시는 안 그러겠어요!"

"저리 비켜! 안 된다면 안 되는 줄 알아."

"정말 지금 가시는 거예요?"

"그래!"

"다리도 불편하신데……"

여옥은 말을 맺지 못한 채 흐느껴 울었다. 간장을 녹이는 듯한 애끓는 울음 소리였다. 길길이 날뛰던 대치도 이별을 서러워하는 아내의 모습에 마음이 흔들리는지 방 가운데 우두커니 서 있었다.

"이제 가시면 언제 오시는 거예요?"

"몰라."

"정말 저를 버리시는 거예요?"

"……"

"부탁이에요! 버리지만 말아 주세요……당신이 저를 버리시면 저는 갈 데가 없어요! 제발 버리지만 말아 주세요!"

문득 연민의 그림자가 대치의 얼굴에 나타났다가 사라졌다. 증오와 연민이 엇갈리는 기묘한 표정을 지은 채 그는 비통해 하는 아내를 물끄러미 내려다보았다. 지금의 아내는 진실로 이별을 서러워하는 것 같았다. 동시에 자신이 너무 오해하고 있지 않나 하는 생각이 들었다.

"저를 버리시지만 않는다면 당신을 기다리고 있겠어요. 일 년이고 이 년이고 기다리고 있겠어요. 아기를 훌륭히 키우고 있겠어요."

여옥은 지푸라기라도 붙잡고 싶은 심정이었다. 남편이 그녀를 걷어차고 나가 버린다면 그것으로 모든 것은 끝장이다. 남편이 몸을 피해야 한다는 것은 어쩔 수 없는 사실인 것 같았다. 그렇다면 남편을 따라가지 못할 바에는 희망을 가지고 남편이 돌아오기를 기다릴 수밖에 없다.

여옥은 자신이 울고불고 해 봐야 소용없다는 것을 깨달았다. 대치의 결심이 바위 같다는 것은 누구보다도 잘 알고 있는 그녀였다.

남편이 자기를 버리지만 않는다면 모든 것을 운명으로 돌리고 남편이 돌아오기를 기다릴 생각이었다.

"제발 버리지만 말아 주세요! 당신만을 만날 생각에 아기를 안고 사이판에서 여기까지 살아온 거예요! 제 말이 진실이라는 걸 믿어주세요! 부탁이에요!"

"어느 한쪽을 택하라구! 두 남자를 상대할 생각은 하지 마!"

"제 남편은 당신이에요! 제가 또 누구를 섬기겠어요!"

대치는 아내를 뚫어지게 내려다보다가 손을 뻗어 아내를 일으켰다. 여옥은 대치가 이끄는 대로 일어나 그의 품에 와락 안기며 울음을 터뜨렸다.

대치는 아내가 쏟는 눈물에 자기의 가슴이 축축이 젖어드는 것을 느꼈다. 차갑게 얼어붙어 있던 가슴이 눈 녹듯 풀리는 것을 느끼면서 그는 아내를 깊이 껴안았다. 성격이 격렬한 반면 풀리는 것도 빨랐다.

"울지 마. 그만 울어. 때리고 싶어 때린 게 아니야. 울지 마."

여옥은 울음을 그치려고 애쓰면서 대치의 가슴속으로 더욱 파고들었다.

"당신 없으면 전……살아갈 수 없어요."

"그래 돌아올 테니까 기다려."

"꼭 돌아오셔야 해요. 기다리고 있겠어요."

"장하림 그놈은 나한테는 적이야. 그러니까 당신도 그렇게 알고 앞으로는 조심하도록 해. 나의 적은 바로 당신의 적이란 걸 알아둬."

한숨을 내쉬며 하는 말에 여옥은 고개를 끄덕거렸다.

"알겠어요. 어디 가시든 몸조심하세요."

"내 걱정은 하지 마."

"지금 떠나셔야 하나요?"

"음, 그래. 놈들이 언제 들이닥칠지 모르니까 여기 있으면 위험해."

"왜 그 사람들은 당신을 잡으려고 하나요?"

"알고 싶어?"

"네……"

"모르는 게 좋아."

여옥은 눈물을 거두고 남편의 가방을 챙겼다. 낡은 가방 속에 옷가지며 양말, 칫솔 등을 챙겨 넣으며 그녀는 기약 없는 이별에 마구 눈물을 흘렸다. 울지 않으려고 해도 자꾸만 나오는 눈물을 어떻게 주체할 수가 없었다.

대치는 방 가운데 우뚝 서서 아내가 가방을 챙기는 것을 물끄러미 바라보고 있었다. 웅크리고 앉아 울음을 삼키며 가방을 챙기고 있는 아내의 모습은 유난히 작아 보였다. 그래서인지 애처로워 보이기까지 했다.

그는 원래 눈물을 싫어했다. 본능적으로 눈물에는 질색이었다. 그러나 여옥의 비통해 하는 모습을 보고 있자니 자신의 마음도 울적해지는 것이었다. 아내한테 너무 심하게 했다는 생각이 들었다.

가방을 챙겨 넣고 어쩔 줄 몰라하며 비통해 하는 아내를 껴안고 입을 맞추었다. 이미 각오한 바이지만 자신의 운명 역시 앞을 예측할 수 없을 정도로 험난할 것 같았다.

"울지 말고 굳세게 살아. 내가 없더라도 당신은 살아갈 수 있을 거야."

"제발 몸조심하세요."

여옥은 울음을 삼키면서 아기를 안아들고 대치를 바라보았다. 아내가 무엇을 바라고 있는지 알고 있는 대치는 아기를 들여다보다가 잠자코 손을 뻗었다. 대치의 손이 닿자 아기는 갑자기 울었다. 아버지가 무서워서인지, 아니면 아버지가 기약없이 떠나는 것을 알았던지 자지러지게 울어대기 시작했다.

대치는 아기를 꼭 껴안고 볼에 얼굴을 비볐다. 조금 전 아기의 피를 의심하던 그 잔혹스런 태도는 씻은 듯이 사라지고 없었다. 대신 자식을 두고 떠나야 하는 아버지의 고통이 얼굴에 짙게 드러나고 있었다. 결국 그가 그렇게 분노한 것도 질투 때문이었다. 자신은 그것을 인정하지 않으려고 했지만 그의 의식 밑바닥에는 인간 본연의 감정이 도사리고 있었던 것이다. 그는 입으로 여옥을 사랑하지 않는다고 말하기도 했다. 그리고 마음속으로도 그렇게 다짐하곤 했다.

그러나 그의 무의식 속에는 그 자신도 모르게 아내에 대한 애정이 깊이 뿌리 박고 있었던 것이고 다만 그는 그것을 인정하지 않으려고 했을 따름이었다. 그의 이러한 모순은 그가 지니고 있는 사상과 혁명가연하는 의식 때문이었다. 그는 적색혁명을 최고의 가치로 믿고 있었다. 그래서 모든 인간적인 것을 거부하고 있었고, 그런 생각을 하는 것만도 수치로 알고 있었던 것이다.

목으로 치밀어 오르는 뜨거운 것을 집어삼키면서 그는 아기를 여옥에게 돌려 주고 가방을 집어들었다. 그리고 눈물을 보이지 않으려는 듯 몸을 홱 돌리고 밖으로 나갔다.

밖에는 어느새 함박눈이 소리 없이 내리고 있었다. 어둠에 싸인 정원이 눈빛으로 뿌우옇게 드러나 있었다.

대치는 캡을 눌러쓰고 마당으로 나섰다. 얼마 전의 격렬하던 행동과는 달리 그의 움직임은 그림자처럼 조용했다. 지팡이를 짚고 눈 위를 쩔룩쩔룩 걸어갔다. 집안에서 흘러나오는 불빛에 그의 뒷모습이 유난히도 외로워 보였다.

여옥은 현관에 서서 남편의 뒷모습을 지켜보고 있었다. 남자들을 움직이게 하는 그 무엇인가가 원망스럽기도 하고 신비스럽게 생각되기도 했다. 갑자기 눈물이 쏟아져 나와 앞이 보이지가 않았다. 대문 여는 소리를 듣고 뛰어나갔다. 아기를 안은 채 남편의 뒤를 따라갔다. 대문 밖으로 나선 대치는 돌아서서 아내를 바라보았다.

"아기 감기 들겠어. 빨리 들어가."

눈을 허옇게 맞으며 서 있는 그의 모습은 처음 보는 이방인 같았다. 여옥은 미어져 나오는 울음을 삼키면서 남편 앞으로 다가섰다.

"몸조심하세요. 기다리고 있겠어요."

"염려하지 마."

"이거 받으세요."

여옥이 한쪽 손을 내밀었다. 대치는 무심코 손을 내밀어 아내가 주는 것을 받았다.

"이거 뭐지?"

"당신을 보호해 줄 거예요. 드릴 것이 그것밖에 없어요."

대치는 눈에 가까이 대고 들여다보았다. 놀랍게도 그것은 십자가였다. 목에 걸 수 있도록 줄까지 달려 있었다. 반사적으로 거부반응이 일어났다. 그러나 그는 그것을 버리지 않았다. 아내가 그를 위해 주는 것이라고 생각하자 기묘한 느낌이 들었다.

"버리지 마세요. 당신을 보호해 줄 거예요."

"알았어."

대치는 팔을 벌려 아내와 아기를 껴안은 다음 결심한 듯 돌아섰다. 그리고

"당신이 공산당원이라는 거 절대로 잊지 마. 당신은 혁명가의 아내야."
하고 말했다.

눈이 펄펄 날리는 사이로 그는 조용히 걸어갔다. 때때로 지팡이가 땅바닥에 부딪치는 소리가 둔탁하게 들려왔다.

여옥은 얼어붙은 듯 그 자리에 서서 어둠 속으로 사라지는 대치의 뒷모습을 바라보고 있었다. 남편의 모습은 눈 속에 싸여 침침해 보이다가 이내 보이지 않게 되었다. 그래도 여옥은 그 자리에 우두커니 서 있었다. 집으로 들어가고 싶지 않다. 그 자리에서 망부석이 되어 남편이 돌아오기를 기다리고 싶다. 일 년이고 십 년이고 기다리고 싶다.

남편이 가고 난 자리에는 공허한 발자국만 남아 있었다. 그 발자국도 이내 눈에 묻히고 죽음 같은 적막이 찾아왔다.

추운지 아기가 울기 시작했다. 그제야 여옥은 집안으로 들어왔다. 남편이 없는 방안은 크고 공허해 보였다. 남편이 흘리고 간 술 냄새가 아직 방안에 남아 있었다. 여옥은 숨을 깊이 들이키면서 창가로 다가섰다.

그림자처럼 창가에 붙어 서서 밖을 내다보았다. 넋빠진 여자처럼 멍하니 눈이 내리는 것을 바라보고 있었다. 눈물도 말라붙어 더 이상 나오지 않는다. 불도 켜지 않은 어두운 방안에서 그림자처럼 창가에 붙어서 있는 그녀의 모습을 누군가가 보았다면 아마 정신나간 여자쯤으로 생각했을 것이다.

손을 들어 성애가 허옇게 낀 창문을 쓰다듬다가 거기에 뺨을 갖다 댔다. 섬뜩할 정도로 차가운 냉기가 가슴을 타고 흘러내려 간다. 기다려야 한다고 생각한다. 참고 참아야 한다. 숱한 밤들이, 잠 못 이루는 숱한 밤들이 찾아오겠지. 그 무서운 밤들을 지새워야 한다. 하는 수 없는 일이다. 고독과의 싸움에 쓰러지면 그때는 마지막이다. 기다림으로 해서 나는 생존한다. 그밖에는 아무 의미가 없다. 남편을 기다리는 거다. 남편을 사랑한다. 사랑해야 한다. 그것이 나의 모든 것이다.

시간이 흘러갔다. 새벽의 뿌우연 빛이 창가에 서리고 있었다. 그때까지 그녀는 창가에 서 있었다.

폭설이었다. 통행이 어려울 정도로 폭설이었다. 곳곳에서 눈을 치우느라고 야단법석이었다. 여옥은 어제처럼 출근했다. 사령부로 가면서 간밤에 떠난 남편 생각을 했다. 이렇게 눈이 많이 내렸는데 그분은 어디로 가셨을까. 무사히 피신했을까.

사령부로 들어서서 그녀의 방으로 가다가 복도에서 하림과 마주쳤을 때 반사적으로 고개를 돌려 외면했다. 무엇이라고 표현할 수 없는 곤혹스러움이 차마 하림을 마주 대할 수 없게 만든 것이다. 하림 역시 창백한 얼굴로 그녀를 바라보다가 지나쳐 갔다.

여옥은 하루종일 일이 손에 잡히지 않았다. 초조한 가운데 일과를 마치고 퇴근하려고 하는데 하림이 밖에서 그녀를 기다리고 있었다.

하림을 따라가는 동안 그녀는 몸이 얼어붙어 아무 말도 할 수가 없었다. 죄진 사람처럼 고개를 숙인 채 다소곳이 하림을 따르기만 했다.

그들은 어두운 고궁으로 들어갔다. 눈이 그대로 쌓여 있어서 발이 푹푹 빠졌다. 벤치 앞에 이른 하림은 갑자기 돌아서서 여옥을 바라보았다.

"집에 무슨 일이 있었지요?"

깊이 응시하는 눈이 떨리는 것 같았다. 여옥은 고개를 떨어뜨렸다.

"떠났어요. 그이가……"

더 말을 잇지 못하고 흐느끼자 하림이 그녀를 안았다. 여옥은 하림의 가슴에 안기면서 몸을 떨었다.

"지팡이를 짚고……눈이 오는데……떠났어요."

"용서하시오. 내 잘못이오."

하림의 목소리 역시 잠기고 있었다. 여옥은 고개를 저었다.

"아니에요. 선생님은 잘못하신 거 없어요."

"어쩔 수가 없었소. 그럴 수밖에 다른 도리가 없었소."

하림은 여옥을 끌어안고 그녀의 등을 쓰다듬었다. 여옥의 몸은 격렬하게 떨리고 있었다. 그녀는 울음을 삼키느라고 무진 애를 쓰고 있었다.

"그이를 구해 줘서 고마워요. 선생님이 아니었다면……"

"아니오. 내가 구해 준 건 아니오. 나는 어떻게든지 두 사람의 결혼생활을 파괴하고 싶지 않았소. 그래서 하는 수 없이 그런 방법을 취할 수밖에 다른 도리가 없었던 거요."

"그이가······그이가 무슨 일을 저질렀나요?"

"여옥씨는 모르는 게 나아요."

"아니에요! 알고 싶어요! 알아야 해요!"

여옥은 머리를 마구 저었다. 그녀의 풍성한 머리칼이 하림의 턱밑에서 흔들렸다.

"모르고 넘어갈 수는 없어요. 저는 그이가 하는 일을 자세히 알아야 할 권리가 있어요!"

"놀라지 마시오."

하림은 포기한 듯 말했다.

"무슨 말을 해도 놀라지 않겠어요."

침묵과 함께 긴장이 흘렀다. 하림은 한참 주저하다가 비로소 입을 열었다.

"유명한 정계의 거물을······암살하려고 했었소."

찬바람이 얼굴을 할퀴며 지나갔다. 나뭇가지 위에 붙어 있던 눈가루가 바람에 쓸려 와르르 쏟아져 내렸다. 그러나 그들은 움직이지 않고 그 자리에 서 있었다.

"그 유명한 사람은······누, 누구인가요?"

"이승만이오."

"그랬었군요. 다리에 총상을 입었기에 설마 했는데······"

여옥은 중얼거리면서 비틀거렸다. 갑자기 현기증이 일면서 쓰러질 것만 같았다. 하림이 그녀를 부축해 주었다.

"그런 무서운 일을 하다니······그이는 왜 그럴까요?"

"그는······혁명을 꿈꾸고 있어요. 적색혁명을······왜 하필 여옥씨 남편 되는 사람이 그런 일을 꿈꾸고 있을까. 이것도 운명일까요? 운명치고는 너무 가혹하군요."

"그런 사람을 살려 주시다니……정말 고마워요."

"나한테는 누구를 살리고 죽이고 할 권리가 없어요. 그러고 싶지도 않아요. 그렇지만 여옥씨가 불행해지는 걸 보고 있을 수는 없어요."

"저 때문에 너무 고통을 당하시고 계시는군요."

"그런 고통은 얼마든지 감수할 수 있어요. 여옥씨야말로 끝까지 보호되어야 할 몸이오. 나는 그걸 부정할 수 없어요! 여옥씨를 사랑하기 때문만은 아니오!"

일본군 정신대로 끌려가 아기까지 낳아 가지고 돌아온 여자. 그 끈질긴 생명력, 그것이 해방된 조국에서 꽃피지 못하고 희생된다는 것은 조선의 죄악이다. 하림은 이렇게 외치고 싶었다. 하림이 말을 안 했지만 여옥은 다음 말을 이해하고 있었다. 그래서 감동한 나머지 눈물이 글썽한 눈으로 하림을 올려다보기만 했다.

"감사해요. 저 같은 것을 그렇게 생각해 주시니……"

여옥은 하림의 품속으로 파고들었다. 그래서는 안 되는 줄 알면서도 두 사람은 서로를 뜨겁게 갈구하고 있었다.

여옥은 갈수록 자신이 하림에게 빠져드는 것을 느끼고 있었다. 그것이 사랑이라는 것을 그녀는 조금도 부인하고 싶지가 않았다. 이제는 하림과의 사랑이 어쩔 수 없는 운명처럼 확실한 형태로 굳어지고 있었다. 그녀는 일부러 그것을 피하고 싶지도 않았다. 그렇다고 불륜이라는 생각이 드는 것은 아니었다. 그런데도 하림과의 사랑이 신성하게 느껴지는 것은 웬일일까. 이해할 수 없는 일이었다.

그녀는 하림의 품에 안겨 어두운 고궁 안을 거닐었다. 아무도 밟지 않은 눈의 감촉이 부드럽게 느껴지고 있었다.

"암살범은 어떻게 되지요?"

"무조건 사형이죠. 미수에 그쳤다 해도 사형이오. 암살을 방지하기 위해 미군사령부는 범인을 극형에 처하고 있어요."

"그이도 체포되면 사형을 받겠지요?"

"물론……피할 수야 없지요. 지금 남한 전역에 수배되어 있기 때문에 빨리 피하지 않으면 위험해요. 다시 또 잡히면 나로서도 손을 쓸 수 없어요. 체포된 다른 공작원이 최대치의 이름을 밝혔어요. 다행히 아직 그가 여옥씨의 남편이라는 사실이 알려지지는 않았지만 만일 알려지면 여옥씨 집에도 수사관들이 찾아들 테니까 그때는 남편에 대해서 아무 것도 모른다고 잡아떼시오. 대치씨는 어디로 갔나요?"

"글세, 모르겠어요. 자기도 어디로 가야할지 모르겠다고 하면서 갔어요."

"무사해야 할 텐데……"

눈이 다시 내리고 있었다. 그들은 낮은 처마 밑으로 들어서서 하늘을 쳐다보았다.

"다리도 성치 않은데……"

눈 내리는 어둠 속으로 사라지던 남편을 생각하자 여옥은 슬픔이 다시 북받쳐 올랐다. 자기를 학대하던 남편이었지만 그를 원망하고 싶은 마음은 조금도 없었다.

"만일 선생님이 그분을 도망치게 하신 걸 알면 선생님한테 화가 미칠 텐데요."

"내 걱정은 하지 않아도 돼요. 그보다도 여옥씨가 걱정이오. 앞으로 어떻게 할 생각이오?"

"그분이 돌아오시기를 기다릴 수밖에 없어요."

"그야 그렇지만……문제는 그의 앞날이 험난할 것이라는 점이오. 그는 남자니까 험하게 산다 해도 별문제 될 게 없겠지만 여옥씨와 아기가 문제요. 가족들한테까지 영향을 미치기 때문에 문제란 말입니다. 여옥씨 고생이 이만저만이 아닐 텐데……"

하림의 목소리는 무겁고 침울했다. 그는 정말 여옥의 앞날을 걱정하고 있었다.

"저는 아무래도 좋아요. 아기가 걱정이에요. 그분이 생각을 고치고 가정으로 돌아와 줬으면 좋겠는데……"

하림은 대꾸하지 않았다. 그가 보기에 대치는 전향할 인물이 아니었다. 그는 돌이킬 수 없을 정도의 광신자였다. 여옥에게 절망적인 말을 할 수가 없어 그는 침묵하고 있었다.

여옥이 앞으로 어떻게 살아나갈지는 그 자신도 알 수가 없었다. 그 자신 역시 여옥을 위해 어떤 대책도 서 있지 않았다.

"저는 그분을 떠날 수가 없어요."

여옥이 울먹이며 말했다. 그녀를 안고 있는 하림의 가슴속으로 뜨거운 것이 치밀어왔다.

"그래야지요. 떠나서는 안 되지요."

"그분이 어떻게 되더라도 저는 기다리고 있을래요."

사랑했기 때문만은 아니라고 말하려다가 그녀는 입을 다물어 버렸다. 하림이 입술을 덮쳐왔기 때문이다. 뜨겁고 축축한 입술이었다.

하림은 그래서는 안 되는 줄 알면서도 어쩔 수없이 여옥을 사랑하고 있었다. 이제 그것은 자신의 힘으로도 어쩔 수 없을 정도로 그를 얽어가고 있었다. 여옥처럼 그 자신 역시 그 사랑을 뿌리치려고 하지를 않았다.

"이럴 때……만일 선생님이 안 계셨다면 저는 아마 큰일났을 거예요. 정말 고마워요."

"언제나 나는 여옥씨 곁에 있고 싶소. 그리고 여옥씨가 행복하게 사는 걸 보고 싶소."

"죄송해요, 걱정을 끼쳐 드려서……모든 건 제 책임이에요. 제가 부덕한 여자이기 때문에 그런 거예요."

"그런 말은 하지 맙시다."

하림은 으스러지게 여옥을 껴안고 몸을 떨었다.

그들은 눈을 맞으며 다시 걸었다. 하림은 여옥의 손을 잡고 걸으며 아까보다는 좀 큰 소리로 말했다.

"앞으로 고난이 닥쳐올 거요. 우리가 생각하는 것 이상으로 그것은 심각할 거요. 그러나 우리는 그것을 이겨내리라고 난 믿어요."

"네, 이겨내겠어요."

여옥은 들릴 듯 말 듯 말했지만 그녀의 마음속에는 고난을 극복하려는 결의가 어느새 굳게 자리잡고 있었다.

하림과 헤어져 돌아오는 길은 새로운 결의로 다져진 듯했다. 그러나 이제부터 혼자 밤을 맞이해야 한다는 생각을 하자 조금 전의 결심은 눈처럼 녹아 없어져 버리고 그 대신 앞을 분간할 수 없을 정도의 어둠이 앞으로 덮쳐왔다. 어두운 방안에서 아기를 안고 숱한 밤들을 새워야 한다고 생각하자 고독과 절망이 엄습해 왔다.

가는 길에 교회가 하나 있었다. 한번도 가본 적이 없는 교회였다. 출입문이 활짝 열려 있었고 열려 있는 문 사이로 불빛이 환히 흘러나오고 있었다. 여옥은 주저하다가 안으로 들어섰다.

조그만 교회였는데, 불이 환히 켜져 있을 뿐 안에는 아무도 보이지 않았다. 문을 닫고 뒷자리에 조심스럽게 앉았다.

정면 벽 위에 걸려 있는 십자가를 물끄러미 바라보았다. 십자가 저쪽으로 대치가 눈을 맞으며 걸어가고 있는 모습이 보였다. 그분이 십자가를 받아 준 것이 더 없이 감격스럽게 생각되었다.

"그것을 꼭 간직하고 계셔야 해요! 그것을 내버리시면 안 돼요! 부탁이에요! 그것은 당신이 외로움을 느낄 때, 당신이 고통을 당할 때, 당신이 위기에 처할 때 당신을 구해 줄 거예요! 그것은 제 사랑이에요!"

눈물이 어려 앞이 침침해 보였다. 그녀는 고개를 숙이고 눈을 감았다. 저절로 입이 열렸다.

"이승만 박사를 암살하려고 한 제 남편의 죄를 주여, 용서해 주시옵소서! 제 남편은 전쟁 중에 큰 상처를 입어 지금도 마음에 큰 혼란을 겪고 있습니다. 그는 황량한 모래벌판 위를 헤매고 있는 상처 입은 한 마리의 늑대이옵니다. 그에게는 따뜻한 햇볕과 목을 축일 물이 필요합니다. 그리고 무엇보다도 주님의 사랑이 필요합니다. 얼어붙고 방황하는 마음을 녹일 수 있는 것은 주님의 은총뿐이옵니다. 지금 그는 사악한 무리들에 섞여 자신을 파멸로 이끌어가고 있습니다. 이제 주님의 은총만이 그를 구할 수 있다고 생각되옵기에 감히 이 탕녀가 엎드려 주님에게 기도 드리는 바이옵니다. 주여, 그를 구해 주시옵소서! 그를 가정으로 돌아오게 해 주시옵소서!"

여명의 눈동자 · 제7권에 계속

● 김성종 추리소설

『최후의 증인』-상·하 | 김성종 장편추리소설
한국일보 창간 20주년기념 공모 당선작! 살인혐의로 20년간 억울하게 옥살이를 한 황바우의 출옥과 동시에 일어나는 살인사건! 사건을 뒤쫓는 오병호 형사의 집념으로 20년 동안 뒤엉킨 사건의 전모가 백일하에 드러난다.

『제5열』-상·중·하 | 김성종 장편추리소설
일간스포츠에 연재한 최고의 인기소설! 대통령선거를 기화로 국제 킬러를 고용, 국가를 송두리째 삼키려는 범죄 집단의 음모를 수사진이 적나라하게 파헤친다. 종래의 추리물과는 그 궤를 달리한 최초의 하드보일드 추리소설!

『부랑의 강』-김성종 장편추리소설
여대생과 외로운 중년신사가 벌인 불륜의 사랑이 몰고온 엽기적인 살인사건! 살인범으로 몰린 아버지의 무죄를 확신하고 이 사건에 뛰어든 딸의 집요한 추적의 정통 추리극! 사건의 종점에서 부딪치게 되는 악마의 얼굴은 과연?

『일곱개의 장미송이』-김성종 장편추리소설
임신 3개월 된 아내가 일곱 명에 의해 유린당하자 평범하고 왜소하고 얌전하던 남편이 복수의 집념을 불태운다. 아내의 유언에 따라 범인을 하나씩 찾아내어 잔인하게 죽이고 영전에 장미꽃을 한 송이씩 바치는 처절한 복수극!

『백색인간』-상·하 | 김성종 장편추리소설
허영의 노예가 되어 신데렐라의 꿈을 쫓는 미녀의 끈질긴 집념과 방탕, 그리고 그녀를 죽도록 사랑하며 혼자 독차지하려는 이상 성격을 가진 청년의 단말마적인 광란! 그리고 명수사관이 벌이는 사각의 심리 추리극!

『제5의 사나이』-상·중·하 | 김성종 장편추리소설
국제 마약조직이 분실한 2천만 달러의 헤로인 6kg! 배신자들을 처치하고 헤로인을 찾기 위해 홍콩으로부터 날아온 국제킬러 제5의 사나이! 킬러가 자행하는 냉혹한 살인극과 경찰이 벌이는 숨가쁜 추적의 하드보일드 추리극!

『반역의 벽』-상·하 | 김성종 장편추리소설
한국이 개발한 신무기 레이저 X, —핵무기를 순식간에 녹여버릴 수 있는 X의 가공할 위력! 이를 빼내려는 국제 스파이의 음모와 배신, 이들의 음모를 저지하려는 수사관들의 눈부신 활약. 국내 최초의 산업스파이 소설!

『아름다운 밀회』-상·하 | 김성종 장편추리소설
신혼여행 도중 실종된 미모의 신부로 인해 갑자기 용의자가 되어버린 신랑! 그가 벌이는 도피와 추적! 미녀의 뒤에 있던 치정과 재산을 둘러싼 악마들의 모습을 밝혀낸 수사극의 결정판! 김성종 추리소설의 새로운 지평!

『경부선특급 살인사건』-상·(중·하권 집필중) | 김성종 장편추리소설
그들은 연휴를 맞아 경부선 특급열차에 오른다. 밤열차에서 시작되는 불륜의 여로는 남자의 실종으로 일순간에 무너져 버린다. 실종이 몰고온 그 모호하고 안타까운 미스테리는 "열차속에서의 연속살인"으로 이어지는데……

『라인 X』-상·중·하 | 김성종 장편추리소설
교황을 살해하려는 KGB의 지령에 따라 잠입한 스파이 라인-X, 킬러의 총부리가 교황을 위협하는 절대절명의 순간 이를 제압하는 한국 경찰과 신출귀몰하는 라인—X와의 생사를 건 한판 승부를 묘사한 국제적 추리소설!

『어느 창녀의 죽음』-김성종 단편집
작가 김성종의 탄탄한 필력을 유감없이 보여주는 주옥같은 단편집! 신춘문예 당선작 「경찰관」및 「김교수 님의 죽음」, 「소년의 꿈」, 「사형집행」등을 수록. 문학적 흥미와 감동으로 독자를 매료하는 김성종 추리소설의 백미

『죽음의 도시』-김성종 SF단편집
김성종 SF단편소설집! 김성종이 예견한 기상천외한 미래사회의 청사진! 「마지막 전화」, 「회전목마」, 「돌아온 사자」, 「이상한 죽음」, 「소년의 고향」등 SF 걸작들! 새로운 문학장르를 개척하려는 김성종의 끊임없는 실험정신!

『여자는 죽어야 한다』-상·하 | 김성종 장편추리소설
김성종이 시도한 실험적 추리소설! 독자는 특별한 예고살인 속으로 여행을 시작한다. 「오늘밤 여자 한 명을 죽이겠다. 여자는 한쪽 귀가 없을 것이다. 잘해 봐!!」 살인 예고장을 보는 순간 독자들은 숨가쁜 긴장속으로 빠져든다.

『한국 국민에게 고함』-상·중·하 | 김성종 장편추리소설

추악한 한국 국민들에게 보내는 對국민 경고장! 「한국 국민에게 고함!」—이 경고를 받아들이지 않으면 테러를 감행할 수밖에 없다! 가공할 폭탄테러에 전율하는 시민들과 이를 추적하는 수사진의 필사적인 노력!

『국제열차 살인사건』-1·2·3 | 김성종 장편추리소설

이탈리아 밀라노에서 눈덮인 알프스산맥을 넘어 스위스 취리히에 이르는 낭만의 기나긴 여로—그 여로 위를 달리는 국제열차에서 벌어지는 살인사건! 한 사나이의 父情과 분노가 엮어내는 눈물겨운 드라마!

『슬픈 살인』-1·2·3·4 | 김성종 장편추리소설

부산 해운대를 무대로 펼쳐지는 김성종의 새롭고 야심찬 대하 추리소설! 뜨거운 여름 바닷가를 중심으로 벌어지는 젊은이들의 애욕과 애증의 파노라마가 몰고 온 엽기인 연쇄 살인사건! 범인과 수사진이 벌이는 추리극의 백미!

『불타는 여인』-상·하 | 김성종 장편추리소설

불처럼 화려한 여인의 육체에 공포의 AIDS가! 무서운 AIDS를 접목시켜 공포의 연쇄 살인을 연출해낸 김성종 최신 장편추리소설—현대여성의 비극적 자화상을 경탄할만한 솜씨로 묘파해낸 우리시대의 새로운 인간드라마!

『제3의 사나이』-상·하 | 김성종 장편추리소설

대통령 출마를 선언한 대재벌 회장의 과거! 일본에 의해 지배당할 운명에 처한 한국경제를 구하기 위해 독재자에게 도전장을 낸 그의 약점을 쥐고 협박을 해오는 검은 그림자! 그들을 무자비하게 칼로 살해한 제3의 사나이는?

『죽음을 부르는 소녀』-김성종 장편추리소설

친구들과 지리산에 올랐다가 실종된 무당의 딸 현미. 민가를 침범하는 호랑이와 산속에 사는 사냥꾼 부자의 숙명적인 대결. 수십년 간 벼랑의 굴속에서 숨어 살아온 빨치산 출신의 야수. 그들이 벌이는 죽음의 드라마!

『홍콩에서 온 여인』-상·하 | 김성종 장편추리소설

군부의 지원을 받아 쿠테타를 성공시킨 염광림의 개혁조치에 불안을 느낀 극우 보수 세력은 홍콩의 범죄조직을 끌어들여 염광림을 제거하려 한다. 킬러의 뒤를 끈질기게 추적한 오병호 경감은 마침내 이들의 계획을 저지한다.

『버림받은 여자』-**상·하** | 김성종 장편추리소설

밝은 보름달 아래 피냄새를 쫓아 여자사냥에 나선 식인개― 전설로만 전해오던 그 개는 실제로 존재하는가? 한 남자의 아내와 애인이 맹수에게 물어뜯겨 살해된 시체로 발견되었다. 그녀들은 왜 그렇게 잔인하게 살해되었을까?

『코리언 X파일』-**상·하** | 김성종 장편추리소설

21세기를 향해 첫발을 내딛는 김성종 추리문학의 진수! 한반도의 운명을 좌우할 X파일을 찾아라! 한·중·일 3국의 비밀기관원들이 X―파일을 둘러싸고 벌이는 상상을 초월하는 음모와 배신이 연속되는 문학적 흥미와 감동!

『**형사 오병호**』-김성종 장편추리소설

고층호텔에서 추락사한 외국인에 이어 연쇄적으로 발생하는 살인사건! 배후에 도사린 일단의 국제 테러리스트! 그들의 음모를 분쇄하기 위해 목숨을 걸고 사지에 뛰어든 형사 오병오의 숨막히는 스릴과 불타는 투혼!

『**서울의 황혼**』-김성종 장편추리소설

도심의 20층 호텔에서 벌거숭이로 떨어져 죽은 여배우 오애라― 그 뒤에 도사리고 있는 비밀요정의 정체! 그리고 마약·인신매매·밀항·국제매음조직 등 깊고 우울한 함정을 날카로운 시각으로 추라한 김성종 장편추리소설!

『**세 얼굴을 가진 사나이**』-**상·하** | 김성종 장편추리소설

지리산에 올랐다가 실종된 무당의 딸 현미와 시체로 발견된 5명의 친구들, 대규모 수색작업이 수포로 돌아가자 조준기 형사는 혼자 현미를 찾아나선다. 지리산의 험산준령속에 파묻혀 있던 몇십 년 묵은 비밀과 현미의 행방은?

『**얼어붙은 시간**』-김성종 장편추리소설

임신한 어린 소녀가 사창가로 흘러들어 갔다. 그녀의 어린 남동생은 골목에서 손님을 불러들인다. 그리고 어느 날 그 사창가 쓰레기 더미 속에서 중년남자의 시체가 발견되는데…… 강한 휴머니즘을 바탕에 둔 비극미의 극치!

『**나는 살고싶다**』-김성종 장편추리소설

성불능 남편에게 이혼을 요구하던 아내의 죽음 때문애 살인 누명을 쓰고 옥살이를 하던 최태오의 탈옥! 죽음의 의식 속에서 더욱 강렬해지는 삶의 욕구, 피와 살이 튀기는 성의 고통과 환희속에서 그는 집요하게 범인을 추적한다.

『끝없는 복수』-상·(하권 집필중) | 김성종 장편추리소설

대학입시 준비에 여념이 없는 여학생을 감히 납치 폭행 살해한 악마들의 단말마적 폭력극! 하나밖에 없는 어린 딸을 살해한 자들을 찾아나선 눈물겨운 아버지의 피어린 복수극이 전편을 끝없는 긴장속으로 몰아넣는다.

『미로의 저쪽』-상·하 | 김성종 장편추리소설

인생의 모든 것을 상실한 여인 吳月, 네 명의 악한을 상대로 「복수」에 생의 최후를 건다. 연약한 여인이 벌이는 복수극은 처절하리만큼 비정하고 완벽하다. 독신 형사와 연하의 대학생이 등장하여 극적인 전환을 이루는 주리소설!

『안개속에 지다』-상·하 | 김성종 장편추리소설

세균학의 세계적 권위자인 유한백 박사가 의문의 살해를 당하고 잇달아 두 처녀가 피살된다. 미술을 전공한 미모의 외동딸 보화는 아버지가 남긴 막대한 재산으로 남자들을 고용, 범인의 주적에 나서는데……

『Z의 비밀』-김성종 장편추리소설

일본의「적군파」, 서독의「바더마인호프단」, 이탈리아의「붉은여단」, 팔레스타인의「검은 9월단」……세계의 도시 게릴라들이 모두 한국에 잠입했다. 암호명 Z의 비밀을 밝혀라! 그들의 한국 수사진의 한판 승부!

『최후의 밀서』-김성종 장편추리소설

다섯 살 된 아이의 유괴사건, 그 아이가 어느 재벌 2세의 사생아임이 밝혀지면서 기업에 얽힌 악마 같은 드라마는 시종 숨가쁜 호흡을 토해낸다. 유괴범을 집요하게 추적하는 형사 앞에 마침내 얼굴을 드러낸 X! 그는 과연?

『비련의 화인(火印)』-김성종 장편추리소설

귀여운 외동딸 청미가 이루지 못한 사랑의 붉은 도장(火因)이 몸에 찍힌 채 탄생한다. 8년 후 청미는 열차 속에서 시체로 발견되는데……청미의 유괴를 둘러싸고 벌이는 갈등 속에 범인으로 떠오르는 전혀 뜻밖의 인물!

『피아노 살인』-김성종 장편추리소설

밤마다 흐느끼듯 들려오는 쇼팽의 야상곡 소리는 6개월 시한부 인생을 살고 있는 여인이 벌거벗은 몸으로 목졸린 채 피살되면서 사라진다. 욕망이라는 정신분열적 성격을 다룬 김성종의 또 다른 실험적 포스드모더니즘!

『고독과 굴욕』-김성종 단편집

뛰어난 상상력, 치밀한 구성, 다양한 패턴으로 독서가를 쉽쓸고 있는 김성종소설집! "심온달궁", "창", "바다의 죽음", "눈물", "이슬", "회색의 절벽", "코스모스", "바다", "빛과 어둠" 등 주옥 같은 단편소설!

『제3의 정사(情死)』-김성종 장편추리소설

여대생과의 제3의 정사, 그 속에 감추어진 끈적끈적한 욕망. 그러나 그녀의 뒤에 무서운 음모가 도사리고 있을 줄이야 ……그를 괴롭히는 무서운 사팔뜨기의 정체는? 작가 김성종 특유의 하드보일드식 터치의 냉혹과 비정!

『서울의 만가(輓歌)』-상·하 | 김성종 장편추리소설

피의 오르가즘이 전율하는 김성종 추리소설의 백미! 사랑과 증오, 결박과 도피로서 새끼처럼 꼬여가는 삶의 의미를, 그리고 감추어진 진실을 밝혀내기 위해 사람을 죽여야 하는 도시의 밤을 사자의 비명에 의지하여 경험케 한다.

『비밀의 연인』-상·하 | 김성종 장편추리소설

애욕의 거리를 휩쓰는 살인의 전주곡, 목격자 없는 사건의 용의자는? 여자인 자신조차도 모르던 야누스적 심리구조와 20대 여성들의 이중적 사랑방식을 적나라하게 파헤친 걸작! 절망의 벼랑에서 부르는 슬픈 사랑의 광시곡!

『붉은 대지』-1·2·3·4·5 | 김성종 장편추리소설

독재자를 죽이려다 사형대의 이슬로 사라진 대학생 유병수, 아들의 복수를 위해 포스트박 암살을 계획하는 유인하 교수, 그를 돕는 하미주와 국가비밀조직 '센터'의 책임자 '대물', 이들이 펼치는 사랑과 배신, 복수의 대로망!

『가을의 유서』-1·2·3·4 | 김성종 장편추리소설

우리 현대사에 대한 뼈아픈 후회와 반성으로부터 시작된 이 소설은 현대사의 한 가운데를 불꽃 같은 생명력으로 헤쳐나왔던 어느 민초의 가족사를 그리고 있다. 온몸으로 부딪치며 갈구하는 그들의 자유를 향한 몸부림!

『돌아온 사자(死者)』-김성종 단편집

뛰어난 상상력, 치밀한 구성, 다양한 패턴으로 독서가를 쉽쓸고 있는 김성종소설집! "소년의 꿈", "어느 창녀의 죽음", "고족과 굴욕", "회색의 벼랑", "마지막 전화", "이상한 죽음", "김 교수님의 죽음" 등 주옥 같은 단편소설!

김종성

1941년 전남 구례출생
연세대학교 정외과 졸업
1969년 조선일보 신춘문예 소설당선
1971년 「현대문학」지 소설추천 완료
1974년 「한국일보」에 「최후의 증인」으로 장편소설 당선

黎明의 눈동자 제6권

김성종 장편대하소설

초판발행	1979년 5월 20일
2판발행	1991년 1월 20일
3판1쇄	2003년 10월 20일
저자	金聖鍾
발행인	金仁鍾
북디자인	정병규디자인
발행처	도서출판 남도
등록일자	서기 1978년 6월 26일(제1-73호)
주소	(134-023) 서울 강동구 천호동 451 산경빌딩 B동 5층 3-1호
전화	02-488-2923
팩스	02-473-0481
E.mail	namdoco@hanafos.com

ⓒ 2003 Kim Sung Jong. Printed in Korea

정가: 10,000원
ISBN 89-7265-506-6 03810
ISBN 89-7265-500-7(세트) 03810
파본이나 잘못된 책은 교환하여 드립니다.